Texas Knight
Munich Calling

M. C. Steinweg

ISBN: 1494351447
ISBN-13: 978-1494351441(USA)
ISBN-13: 978- 3-8476-7341-5 (Deutschland)
Texas Knight – Munich Calling
M.C. Steinweg
m.c.steinweg@googlemail.com

Umschlaggestaltung Veronika Caspers (web of sound)

Printed in Germany by Amazon Distribution GmbH, Leipzig

Für meinen Mann ich liebe dich

An dieser Stelle bedanke ich mich bei Sarah und Eli, die unermüdlich meine Zeilen studiert und korrigiert haben.

1

Es ist kurz nach halb 8 Uhr morgens und ich sitze im ICE, der von München nonstop nach Köln fährt. Nachdem Susanne gestern Abend nach Hause gefahren ist, habe ich meinen Koffer und eine Reisetasche gepackt, die restliche Wäsche, die ich tags zuvor mitgebracht habe, liegt gewaschen und getrocknet auf meiner Couchlehne. Es war gestern schon nach Mitternacht, bis ich mit dem Packen, Waschen und Trocknen fertig war. Zum Bügeln der Wäsche fehlte mir die Energie; das muss warten, bis ich wieder zurückkomme. Im Laufe des Abends habe ich die Flasche Rotwein, die uns der Pizzalieferdienst gebracht hat, Glas für Glas geleert. Allein. Der Rotwein war kein geschmackliches Glanzlicht, aber ich hoffte, damit genügend Bettschwere und Vergessen zu erreichen.

Leider hat dieses Vorhaben nicht geklappt. Denn auch in der letzten Nacht habe ich von Shamar geträumt. Dieses Mal waren wir in der Wüste. Doch an Stelle von mir, sah ich in meinem Traum Sabah mit ihm am Pool seines Appartements. Das war der Zeitpunkt, zu dem ich weinend aus meinem Schlaf wieder aufgewacht bin. Ich war hellwach und total verheult. Einschlafen hätte sich auch nicht mehr gelohnt, denn eine Stunde später hätte mein Wecker sowieso geklingelt.

Somit war die gutgemeinte Rotweineinschlafhilfe von Susanne zwar erfolgreich, aber meine Träume konnte ich damit nicht abschalten. Jetzt sitze ich in einem Großwagenabteil am Fenster und schaue in die vorbeiziehende Landschaft. Der Platz neben mir ist frei, dort liegt meine Handtasche mit den Tickets. Mein Abteil teile ich mit diversen Schlipsträgern, die sehr wichtig, mit irgendwelchen Leuten über ihr Handy telefonieren oder aber verbissen die Tasten ihres Notebooks bearbeiten.

Ich hätte gerne ein wenig Ruhe gehabt; das ist aber unter den gegebenen Umständen nicht drin. Die Geräuschkulisse von piependen Handys und überlauten Telefonaten bohrt sich erbarmungslos über meine Ohren in meinen Kopf. Ich versuche mir zu helfen, indem ich mir die Ohrstöpsel meines IPods in die Ohren stecke und Musik höre. Sobald jedoch die ersten Klänge ertönen, bildet sich in meinem Hals ein dicker Knoten und meine Augen fangen an zu brennen. Es hilft auch nicht, dass ich versuche einen anderen Interpreten auszuwählen. Auch hier stellen sich die gleichen Probleme ein. Kaum höre ich irgendeine Melodie, muss ich an Shamar denken, was zur Folge hat, dass mir sofort die Tränen in die Augen schießen. Musik, stelle ich fest, kann ich im Moment überhaupt nicht ertragen. Also bleibt mir nichts anderes übrig, als mich zwischen Pest und Cholera zu entscheiden. Toll.

Ich schalte meinen IPod wieder ab, verstaue ihn in meiner Tasche und beschließe, weiterhin durchzuhalten und die Geräuschkulisse um mich herum auszuhalten, während ich aus dem Fenster schaue. Verstohlen zupfe ich ein Papiertaschentuch aus der Handtasche und tupfe mir die Nässe aus den Augen. Die Landschaft zieht in deutlichen Herbstfarben an mir vorbei und verleitet dazu, die Gedanken schweifen zu lassen. Es ist einfach nur beschissen, denn schon wieder taucht Shamar vor meinen Augen auf. Die vergangenen zwei Wochen sind wie ein Traum für mich gewesen. Unreal und wie aus einer anderen Welt erscheint mir das, was ich erlebt habe. Der scharfe stechende Schmerz in meiner Brust ist wieder da. Verdammt. Ich liebe Shamar. Ich liebe ihn wie verrückt und das liegt nicht nur daran, dass er mir meine Unschuld genommen hat und meine erste Beziehung in meinem Leben war, sondern weil ich das Gefühl hatte, meine zweite Hälfte gefunden zu haben. Manche suchen ihr ganzes Leben danach; mir ist sie am anderen Ende der Welt begegnet. Ich habe mich mit Haut und Haaren komplett und unwiderruflich in ihn verliebt. Vom ersten Augenblick, in dem ich ihn gesehen habe, hat mich eine immer größer werdende Spannung ergriffen. Meine Gefühle fuhren schon Achterbahn nach dem ersten Gespräch mit ihm. Eigentlich schon, als ich ihn am Hotelpool getroffen hatte. Wie kann ich meine Gefühle bloß abschalten? Was kann ich nur machen, damit der brennende Schmerz in mir endlich aufhört?

Die Fahrt dauert fast fünf Stunden, ehe der Zug im Kölner Hauptbahnhof einläuft. Ich greife meine Handtasche und ziehe mit Mühe die Reisetasche aus der oberen Gepäckablage herunter. Ich ärgere mich über die verdammten Business-Kasper, die die ganze Zeit telefonieren und debattieren, aber sich außer Stande sehen, mal helfend mitanzupacken. Ruckelnd ziehe ich den Koffer aus dem Kofferabstellplatz im Abteil und quäle mich zur Tür. Einer der Schlipsträger, die ich vorhin beobachtet habe, hilft mir dann doch noch den Koffer und die Reisetasche auf den Bahnsteig zu wuchten. Dann stehe ich allein unter den vielen Menschen, die in schnellem Tempo hin und her laufen, um ihren Geschäften nachzugehen. Ich schlurre meinen Rollkoffer hinter mir her und fahre mit dem Aufzug in die untere Ebene. Dort geht es dann in Richtung Taxistand. Ich sende einen stummen Dank an Markus, der mir freigestellt hat, für die An- und Abreise ein Taxi zu benutzen. Außer Atem erreiche ich den Außenbereich, wo die Taxen in einer Reihe stehen und auf Kundschaft warten. In Nullkommanichts saust der nächste freie Fahrer auf mich zu und hilft mir bei meinem Gepäck. Während er alles im Kofferraum verstaut, setze ich mich in das Fahrzeug.

»Na, wo soll es denn hingehen, Fräulein«, fragt der Fahrer in schönstem Kölsch und dreht den Zündschlüssel seines Fahrzeuges herum.

Ich schaue auf meinen Zettel, der in dem braunen Umschlag lag, den ich gestern bekommen habe.

»Ich muss zur Thielenbrucher Allee in Köln Dellbrück.«, lese ich von meinem Zettel ab.

Der Fahrer nickt. »Welche Hausnummer?«

»26a.«, antworte ich.

Wieder nickt der Fahrer und fährt los. Wir sind eine ganze Weile unterwegs. Es geht heraus aus der Stadtmitte in einen etwas ruhigeren Bereich von Köln. Schließlich hält der Fahrer vor einem gepflegten Mehrfamilienhaus.

»Wir sind da, Fräulein, macht 46 Euro 80.« Mit routiniertem Griff stoppt er das Taximeter und liest den Betrag ab.

Ich gebe ihm einen fünfzig Euro Schein an und bitte ihn, mir über den genannten Betrag eine Quittung auszustellen. Ohne Quittung keine Abrechnung, das habe ich mir schon einmal von der Reisestelle anhören müssen. Jetzt bin ich schlauer.

Er reicht mir die Quittung und den Restbetrag herüber. Ich gebe ihm davon noch ein Trinkgeld und der Fahrer trägt mir den Koffer und die Reisetasche bis zur Tür. Dann verabschiedet er sich freundlich und fährt davon.

Auf dem Klingelbrett suche ich den Namen meiner Vermieterin, bei der meine Versicherung dieses Appartement für die Dauer meines Aufenthaltes angemietet hat. Ich finde ihren Namen, Waltraud Gerlach, und klingle an. Sie öffnet die Tür und begrüßt mich freundlich. Während sie die Schlüssel zu meinem Appartement holt, mustere ich sie unauffällig. Sie hat eine rundliche Figur und ein Gesicht, das von kurzgeschnittenen stark ergrauten Haaren umrahmt wird. Obwohl sie streng, geradezu oberlehrerhaft aussieht, ist ihr Lächeln sehr sympathisch. Sie hilft mir bei meinem Koffer und steigt mit mir hoch in die erste Etage, in der das Appartement liegt. Mit dem Schlüssel, den sie sich soeben eingesteckt hat, schließt sie die Tür auf und zeigt mir die Räumlichkeiten.

Das Appartement ist winzig. Aber mehr brauche ich auch nicht. Es gibt eine Kochzeile, die in einem kombinierten Wohn-/ Schlafraum integriert ist. Gegenüber von dem Bett hängt ein kleiner Flachbildfernseher an der Wand. Das Bett dient gleichzeitig auch als Sitzgelegenheit, denn eine Couch gibt es nicht. Ein kleiner Tisch mit zwei Stühlen die sich gegenüberstehen, befindet sich zwischen der Küchenzeile und dem Bett. Neben dem Fernseher steht ein kleiner Schiebetürenkleiderschrank. Vom winzigen Wohnungsflur geht ein kleines Badezimmer ab. Dort ist Platz für die Toilette, eine Dusche und das Waschbecken. Wenigstens steht dort eine Waschmaschine, sodass ich nicht in einen Waschsalon muss, um meine Wäsche zu waschen. Alles sieht sauber und ordentlich aus. Dankend nehme ich die Schlüssel zu dem Appartement von ihr in Empfang. Frau Gerlach bittet mich noch, sie zu kontaktieren, sollte ich irgendetwas brauchen, bevor sie mich in meinem neuen Heim auf Zeit, alleine lässt.

Nachdem sie die Tür hinter sich zugezogen hat, lege ich meinen Koffer auf das Bett, öffne ihn und fange an, meine Klamotten auszupacken. Das Gleiche geschieht mit meiner Reisetasche. Innerhalb einer halben Stunde ist der Inhalt meines Reisegepäcks ordentlich verstaut. Dann stecke ich mir die Schlüssel ein und mache mich auf den Weg zur U-Bahn Station, die am Ende der Straße ist, nur wenige hundert Meter von meiner Bleibe entfernt.

Zumindest steht es so in meinen Unterlagen. Ohne Probleme finde ich die Station und löse einen Fahrschein für die nächste Bahn. Lange brauche ich auf dem Bahnsteig nicht zu warten. Mit lautem Quietschen der Bremsen hält der Zug vier Minuten später von mir. Ich fahre fünf Stationen und steige dann aus. Nachdem ich die Treppenstufen zum Ausgang hochgelaufen bin, kann ich das Gebäude der Versicherung mit seiner großen Leuchtreklame schon sehen. Zielstrebig steuere ich darauf zu. Der Empfang ist von einer Dame besetzt, die vor sich auf dem Tisch ziemlich hilflos versucht, die Ausgangspost zu sortieren. Ich stelle mich ihr vor und informiere sie, dass ich die Firma in den nächsten 4 Wochen unterstützen werde, bis davon auszugehen ist, dass die erkrankten Assistentinnen wieder ihre Arbeit aufgenommen haben.

Sie versieht mich umgehend mit einem Mitarbeiterausweis, der mir den Zugang zu allen Bereichen verschafft und schickt mich in die dritte Etage. Oben angekommen, kommt mir einer der Kölner Kollegen entgegen. Er begrüßt mich sehr freundlich und zeigt mir meinen Arbeitsplatz. Bis um 19 Uhr arbeite ich konzentriert an dem mir zugewiesenen Platz. Ich tippe Antwortschreiben, sortiere Post nach den einzelnen Ansprechpartnern, beantworte Telefonanrufe und eingegangene Emails.

Es ist so viel liegen geblieben, dass ich problemlos das ganze Wochenende inklusive dem anstehenden Feiertag durcharbeiten kann, um den Rückstand einigermaßen aufzuholen. Kurz nach 19 Uhr verlasse ich das Gebäude wieder. Es ist seit einer guten Stunde dunkel draußen und der Wind pfeift kühl als deutlicher Herbstbote um die Häuserecken. Auf dem Weg zurück zur U-Bahn Station gehe ich in einen kleinen Supermarkt und hole mir das

Nötigste an Lebensmitteln und etwas zu Trinken.

Eine Stunde später beginnt mein erster einsamer Abend in meinem Appartement. Da mir nachmittags ein Kollege aus der Kantine ein Stück Kuchen mitgebracht hatte, habe ich keinen weiteren Hunger. Die Arbeit hat mich über einige Zeit gut ablenken können, doch jetzt sitze ich allein auf meinem Bett und surfe wahllos durch die Fernsehprogramme. Bei keinem der Sender bleibe ich hängen. So sehr ich mich auch bemühe nicht an Shamar zu denken, es gelingt mir leider nicht.

Ich sehe sein Gesicht vor mir, spüre seine Hände, rieche sein After Shave. Irgendwann fällt mir auf, dass ich auf den Fernseher starre, ohne etwas von dem Programm wahrzunehmen. In Gedanken versunken habe ich nicht weitergeschaltet und schaue auf die Bilder, ohne sie zu begreifen. Seufzend schalte ich den Fernseher aus und mache mich bettfertig. Morgen werde ich möglichst früh anfangen und am besten so lange wie möglich arbeiten - je weniger ich nachdenken muss, desto besser. Im Dunkeln ist das Gefühl des Verlustes noch stärker.

Seine Nähe fehlt mir so sehr. Shamar hat immer hinter mir gelegen, sein ganzer Körper berührte meinen. Während er einen Arm locker über meine Taille schlang, lag sein anderer Arm unter meinem Kopf. Nie in meinem Leben habe ich mich geborgener gefühlt, als so in seinen Armen einzuschlafen. Ich vermisse ihn unsäglich und weine mich in den Schlaf. Nach kurzer Zeit wache ich von meinen Tränen wieder auf. In meinem Kopf hämmert es und ich versuche, mit einer Tablette Aspirin, die sich in meinem Waschbeutel befindet, meinen Kopfschmerz in den Griff zu bekommen. Leider helfen die Tabletten nicht richtig und die Kopfschmerzen bleiben mir weiter erhalten.

Die Spuren meiner schlechten Nacht sind mir am nächsten Tag mehr als deutlich anzusehen und meine

Kollegen werfen mir misstrauische Blicke zu, wahrscheinlich haben sie Angst, dass ich das nächste Opfer der Grippewelle werde.

Gegen zehn Uhr kann ich mich kurz zurückziehen und bei dem norwegischen Unternehmen anrufen, deren Antwortschreiben ich während meiner Abwesenheit erhalten habe. Ich werde von der Telefonzentrale des Unternehmens weiterverbunden. Eine Dame in der Personalabteilung erklärt mir, dass sie einen Interviewtermin mit dem Leiter einer Abteilung koordinieren müsste, der maximal einmal in der Woche in Deutschland sei. Sie würde sich bei mir melden. Sie klingt freundlich und professionell. Überraschenderweise kommt ihr Rückruf bereits am nächsten Tag und ich vereinbare mein zweites Vorstellungsgespräch als Geologin.

Mein erstes Gespräch mit Raoul in Shamars Suite, im Burj al Arab, taucht vor meinem inneren Auge auf. Es kommt mir so vor, als sei es erst gestern gewesen und doch schon Monate her. Mein Gott, hören diese Erinnerungen denn nie auf?

Ich frage mich, ob das anstehende Gespräch ähnlich laufen wird. Viel Erfahrung mit solchen Gesprächen habe ich nicht. Seinerzeit für die Versicherung hat es ein kurzes Gespräch mit der Personalabteilung gegeben und das war es.

Jetzt ist die Sachlage anders und ich bewerbe mich um einen qualifizierten Arbeitsplatz nach meinem Studium. Die Dame aus der Personalabteilung ist sehr nett und wir vereinbaren einen Termin für Mitte Oktober. Ich soll nachmittags in Düsseldorf vorbeikommen. Nachdem das Gespräch beendet ist, studiere ich im Internet die Angebote verschiedener Autovermieter und suche nach einem passenden Angebot, welches kein allzu großes Loch in meine Kasse reißt.

2

Zwei Wochen sind vergangen. Es hat sich ein Muster entwickelt. morgens in der Früh, meistens noch vor sieben Uhr ohne ein Frühstück nur mit einem Kaffee aus dem Haus, danach ins Büro, dort bleibe ich so lange, bis das der Wachdienst mich von meinem Arbeitsplatz verscheucht. Die erste Woche bestand einzig und allein darin, alles Liegengebliebene aufzuarbeiten. In der vergangenen Woche war erstmalig ein halbwegs strukturiertes Arbeiten möglich. Die Kollegen sind nett aber ebenfalls bis an die Grenze der Belastbarkeit mit Arbeit überschüttet. Jeden einzelnen Tag arbeite ich bis abends um einundzwanzig Uhr oder noch ein bisschen später, falls der Wachdienst seine Runde später dreht.

Dann fahre ich in mein Appartement und versuche krampfhaft nicht an Shamar zu denken. Doch in jeder beschissenen Nacht holt mich die Erinnerung ein. Immer ist er in meinen Träumen. Mal lockt er mich und reicht mir seine Hand, doch wenn ich sie ergreife, sehe ich Sabah süffisant daneben stehen. Oder ich träume davon, dass wir beide miteinander schlafen, anstelle der Erfüllung rückt jedoch die bewusste Erkenntnis, dass Sabah meinen Platz eingenommen hat.

Der Ablauf ist immer der gleiche, ich wache weinend auf. Mittlerweile bin ich ein Nervenbündel geworden. So oft ich kann, telefoniere ich mit Susanne. Inzwischen arbeitet sie in der Klinik ihrer Eltern. Sobald jedoch die Gespräche mit ihr beendet sind, falle ich wieder in mein alt bekanntes Loch. Der Wunsch, durch ein Übermaß an Arbeit, zusammen mit einem Ortswechsel, meinem Liebeskummer ein Schnippchen zu schlagen, ist leider nicht in Erfüllung gegangen. Wie kann man nach einem solchen Erlebnis daran denken, sich wieder auf einen Menschen einzulassen? Für mich ist das überhaupt nicht vorstellbar. Klar, ich war ja auch noch nie zuvor verliebt. Noch zwei Wochen, denke ich, dann bin ich wieder in meinen eigenen vier Wänden. Vielleicht wird es dann etwas besser.

Ich mache etwas eher Feierabend, weil ich mir ein Auto geliehen habe, um nach Düsseldorf zu meinem Vorstellungsgespräch zu fahren. Damit müsste ich in einer Stunde in Düsseldorf sein. Vorsichtshalber kalkuliere ich noch ein bisschen Zeit für die Parkplatzsuche ein und fahre dann los. Mit Erschrecken habe ich heute Morgen festgestellt, dass mir die schwarze Stoffhose, die ich extra für das Vorstellungsgespräch mitgenommen habe viel zu weit geworden ist.

Bei dem bisschen was ich esse, ist mir klar, dass ich abgenommen habe, schließlich ich sehe mich ja jeden Tag im Spiegel und meine Jeans sind ebenfalls ein guter Indikator für mein Gewicht, aber ich bin überrascht, wie sehr sich mein Gewichtsverlust an der Stoffhose, bemerkbar macht. Sie schlabbert lose an meinen Beinen und ich kann sie problemlos im Stehen über meine Hüften herunterziehen. Ich versuche den Mangel in der Passform, durch eine Bluse zu überspielen, die ich über meine Hose trage und damit das Schlimmste überdecken kann.

Wenigstens ist die Autofahrt kein Problem. Der Verkehr ist zwar dicht, aber dank dem Luxus eines Navigationssystems, finde ich meinen Weg ohne Umwege und lästiges Suchen. Ich stelle mich auf dem Besucherparkplatz des Unternehmens und bin mehr als rechtzeitig da.

Eine Viertelstunde vor dem vereinbarten Termin melde ich mich am Empfang des Unternehmens. Ich werde gebeten, nebenan in einer Sitzgruppe Platz zu nehmen und zu warten. Um mich herum herrscht geschäftiges Treiben und ich schaue den vielen Leuten nach, die an meiner Sitzgruppe vorbei gehen. Kurze Zeit später kommt eine Dame in einem eleganten dunkelgrauen Kostüm auf mich zu. Sie begrüßt mich, stellt sich als Mitarbeiterin der Personalabteilung vor und bittet mich, mit ihr zu kommen. Gemeinsam besteigen wir einen Aufzug und fahren in die oberste Etage. Offensichtlich haben alle Chefs das Bedürfnis sich ganz oben in einem Gebäude anzusiedeln und quasi von oben auf ihre arbeitenden Angestellten herabzuschauen.

Bei Shamar ist es auch nicht anders. Er sitzt mit Raoul in der obersten Etage. Mist, denke ich, schon wieder Shamar. Wir gehen in einen Besprechungsraum wo wir uns hinsetzen an einem kleinen Besprechungstisch hinsetzen. Nahezu zeitgleich trifft mein anderer Interviewpartner ein. Er kommt auf mich zu, reicht mir die Hand und stellt sich vor:

»Guten Tag Fräulein Buchholz, mein Name ist Norstedt, ich führe den Bereich Geologische Petrochemie.« Er sitzt mir gegenüber, neben ihm die Dame aus der Personalabteilung.

»Beantworten Sie uns doch bitte zunächst einige Fragen.« Ich nicke zustimmend.

»Gut, als erstes erzählen Sie bitte Ihren Werdegang bis zum heutigen Tag.«

Ich wundere mich, da sie ja meinen Lebenslauf mit

allen Daten vor sich liegen haben, fange aber trotzdem an, meine Daten aufzuzählen.

Die Dame aus der Personalabteilung macht sich ein paar Notizen. Als nächstes möchte Herr Norstedt meine Studienschwerpunkte und meine Erfahrungen wissen. Auch diese Fragen beantworte ich so voll-ständig wie möglich. Raoul hatte mich in unserem Gespräch ebenfalls danach gefragt. Mist, ich sollte mich wirklich mehr auf das Gespräch konzentrieren, als immer wieder in die Vergangenheit abzuschweifen.

»Fräulein Buchholz, haben Sie einen Kinderwunsch?« Die Personaltante schaut mich investigativ an.

»Natürlich möchte ich irgendwann Kinder haben«, antworte ich wahrheitsgemäß, »allerdings sollte dann eine feste Beziehung vorhanden sein. Dies ist jedoch nicht der Fall und dürfte sicherlich auch nicht in der nächsten Zeit der Fall sein.«

Ich bin mir nicht sicher, ob eine solche Frage gestellt werden darf. Aber ich habe nichts zu verheimlichen. Mit wem sollte ich wohl auch Kinder haben? Im Moment ist mein Gefühlsleben ein einziges Chaos und ich kann mir nicht einmal ansatzweise vorstellen, jemals wieder eine neue Beziehung einzugehen. Das wäre als würde ich Shamar betrügen. Aber das dürfte ihn am allerwenigsten interessieren, füge ich meinen Gedanken hinzu.

»Sind Sie räumlich flexibel?« Herr Norstedt schaut in seine Unterlagen.

Ich nicke. »Es gibt keinerlei Einschränkungen, was Reisen oder einen Dienstsitz angeht.«

Das scheint ihm zu gefallen, denn er macht sich Notizen. Dann fragt er mich, wann ich denn frühestmöglich anfangen könnte.

»Nun«, antworte ich, »ich arbeite als Hilfskraft im Sekretariat einer Versicherung. Dort habe ich eine vertraglich vereinbarte Kündigungsfrist von drei Monaten.«

Er nickt und notiert sich meine Angaben, die

Personaltante schreibt ebenfalls mit.

Dann darf ich zur Abwechslung Fragen zum Unternehmen stellen. Ich habe im Internet über das Unternehmen recherchiert. Daher frage ich nach dem neuesten Projekt in der Bering See. Leider weiß mein Gesprächspartner nicht allzu viel darüber und verweist mich auf seine Verschwiegenheitspflicht. Das kenne ich von Shamar und dem ersten Abend in Dubai.

Es dauert keine zwei Stunden, da ist das Gespräch auch schon vorbei. Man will sich bei mir melden. Ich habe keine Ahnung, wie es gelaufen ist. Ein Gefühl für das Gespräch und die Erfolgsaussichten für eine mögliche Beschäftigung habe ich nicht und kann das auch nicht einzuschätzen. Nach dem das Gespräch beendet ist, mache ich mich wieder auf den Weg zurück nach Köln und gebe das Auto bei der Verleihfirma zurück.

Es lohnt sich nicht mehr noch ins Büro zu fahren, daher nehme ich die U-Bahn auf direktem Weg zu meiner Bleibe. Ich bin total gefrustet, weil im Moment nichts in meinem Leben so läuft, wie ich es mir vorgestellt habe. Den ganzen Tag arbeite ich als Sekretärin, obwohl ich mein Studium mit Auszeichnung beendet habe. Von den angeschriebenen Firmen haben sich zwei gemeldet. Die anderen haben entweder abgesagt oder bitten darum, meine Bewerbung auf Wiedervorlage behalten zu dürfen.

Mein Gefühlsleben ist nach der Rückkehr von Shamar auf den absoluten Nullpunkt angekommen. Nach wie vor kann ich mir keine Musik anhören. Wenn im Fernsehen eine Liebesszene gezeigt wird oder irgendetwas anderes mich an die gemeinsame Zeit mit Shamar erinnert, heule ich gleich los. Es muss sich dringend etwas ändern. Daher beschließe ich, am Sonntag nicht ins Büro zu fahren, sondern mir ein wenig Köln anzuschauen. Außerdem habe ich an dem Tag Geburtstag. Was soll ich da Trübsal blasen? Eine Kollegin die ebenfalls aushilft, begleitet mich. Sabine stammt aus Hannover und ist eine Woche vor mir in Köln eingetroffen. Ihr Einsatz endet in der nächsten Woche. Wir zwei machen uns am Sonntag auf den Weg in die Kölner Innenstadt. Vom Hauptbahnhof sind viele der Sehenswürdigkeiten leicht erreichbar.

Zwischendurch erreichen mich mehrere Anrufe auf meinem Handy. Susanne gratuliert mir, ebenso ihre Eltern sogar ihr Bruder schickt eine SMS. Einige meiner alten Studienkollegen schicken ebenfalls Glückwünsche. So wie es aussieht scheint der Tag doch nicht so trist zu werden, wie es am Morgen noch schien.

Der Dom ist unser erster Anlaufpunkt. Rund um den Dom zieht sich die Domplatte, auf der sich viele Kleinkünstler präsentieren. Ich fotografiere Sabine mit einem Mann, der ganz in Silber gekleidet und angemalt ist. Er steht regungslos wie eine Statue auf einem Kasten. Er lässt sich von Sabine nicht aus der Ruhe bringen, so sehr sie es auch versucht.

Anschließend gehen wir in den Kölner Dom. Durch die vielen Bleiglasfester strömt gedämpftes Licht in das Innere des Domes. Die Fenster stellen biblische Situationen dar. Der Dom ist so groß, dass jegliches Geräusch laut nachhallt. Langsam und ehrfürchtig wandern wir an den Seiten entlang nach vorne. Es gibt ein Hinweisschild auf die Führungen, die den unteren Bereich unterhalb des Doms anbieten. Dort sollen sich diverse Gräber und Ausgrabungsstätten befinden. Leider ist eine Besichtigung gerade nicht möglich, so dass uns nichts anderes übrig bleibt, uns auf eigene Faust im Innern des Doms umzuschauen. Obwohl ich einen Mantel trage, wird mir bei den Temperaturen die in dem Dom herrschen, immer kälter und ich bin froh, als wir unsere Besichtigung beenden und eine Kleinigkeit essen gehen.

Mäcces ist in unmittelbarer Nähe und wir beschließen dort haltzumachen. Wir essen Hamburger und trinken Coke, bevor wir uns zu unserem nächsten Ziel, dem Römisch Germanischen Museum aufmachen. Das

Museum hat mehrere Standorte in Köln. Der Museumsbereich, der direkt neben dem Kölner Dom befindet, ist unsere nächste Anlaufstelle.

Wir laufen durch die großen Räume und nehmen die vielen Informationen in uns auf. Römische Gebrauchsgegenstände und auch Geld sind ausgestellt. Diverse Rüstungen wurden um gefundene Einzelteile wieder restauriert. Köln war eine der wichtigsten Städte im Römischen Reich. Sie wurde in römischer Zeit unter dem Namen Oppidum Ubiorum gegründet und als Colonia Claudia Ara Agrippinensium zur Stadt erhoben. Geschichte finde ich beinahe so interessant wie Geologie. Vielleicht liegt es an den Dingen, die man aus lange voraus liegender Zeit entdeckt. Das Museum hat aber auch viele alt Germanische Exponate. Wir stehen staunend von einer gut erhaltenen Moorleiche.

Mir läuft eine Gänsehaut über den Rücken. Was hat diese arme Frau die vor uns liegt mitgemacht. Wie war wohl ihr Leben? Hat sie geliebt und wurde sie geliebt? Ob sie wohl Kinder hatte? Was hat man ihr wohl vorgeworfen, dass man sie lebendig im Moor versenkte? Dass sie irgendwann zu einem Ausstellungsstück werden würde, hätte sie bestimmt nicht gedacht und mit Sicherheit hätte es ihr auch nicht gefallen. Mir wäre es jedenfalls nicht recht, mich mit einem Fetzen bekleidet als mumifizierte Leiche einer unbekannten Nachwelt präsentieren zu müssen. Wir verlassen das Museum erst, als es schon dunkel wird.

Die Kneipen in der Altstadt öffnen und laden die ersten Gäste ein. Mir ist zwar nicht nach geselligen Bierchen, aber ich mag es Sabine nicht abschlagen. Darum ziehen wir weiter in eine kleine urige Kneipe, in der wir ganz hinten noch einen winzigen Zweiertisch entdecken. Wir bestellen uns jeder ein Glas Bier und reden über Gott und die Welt. Beim zweiten Bier, ist der Laden schon deutlich voller geworden und Sabine mustert voller

Interesse die Männer, die sich in unserer Nähe aufhalten.

»Schau mal, wie findest du denn den dort vorn an der Theke, der mit der schwarzen Jacke?« Unauffällig blickt sie in die Richtung. Ich folge ihrem Blick. Dort sitzt ein mittelblonder Typ, mit militärisch kurz geschnittenen Haaren. Er scheint alleine da zu sein und genießt an der Theke sitzend sein Bier.

»Der sieht doch ganz nett aus«, antworte ich, »stehst du auf blonde Männer?«

Sabine nickt. »Im Prinzip ja. Das ist die Haarfarbe, die mich als erstes anspricht.«

Ich mustere den Typen an der Theke. Er scheint trainiert zu sein. Eigentlich gar kein Kneipentyp. Sein Bier steht fast unberührt vor ihm. Möglicherweise wartet er ja noch auf jemanden.

»Der sitzt da, als würde er noch jemanden erwarten.« Spreche ich meinen Gedanken laut aus.

Sabine beobachtet den Mann weiter, lässt aber die anderen Typen um uns herum nicht aus den Augen.

»Welchen nimmst du dir für heute Abend mit?« Raunt sie mir ins Ohr.

Wie bitte? Ich bin doch nicht hier um mir einen Mann zu angeln. Das kann Sabine gerne alleine machen, ich mache da nicht mit.

»Sabine, du kannst dir aussuchen wen immer du möchtest. Ich will keinen von denen.«

»Ist keiner nach deinem Geschmack dabei? Worauf stehst du denn?« Sie klingt ein wenig enttäuscht.

»Ich bin einfach nicht der Typ für eine schnelle Nummer ohne weitere Verpflichtungen. Das kann ich nicht. Bediene dich, du hast die freie Auswahl.«

Ich hoffe, dass sie nicht weiter nachfragt. Shamar wäre der einzige den ich wollte. Der ist aber weder hier, noch ist er für mich überhaupt noch eine Alternative. Wahrscheinlich laufen seine Hochzeitsvorbereitungen auf Hochtouren. Er hatte mir noch eine SMS geschickt, die ankam, während ich meinen ersten Nachmittag in Köln gearbeitet habe.

‚Luna vertraue mir. Ich liebe dich. S.'

Die hatte ich aus Versehen gelesen, bevor ich sie gelöscht habe. In dem Wust an Arbeit hatte ich den Absender der Nachricht einfach überlesen und die SMS geöffnet. Seitdem ist Funkstille. Was auch besser für mich ist. Wie soll ich jemals von ihm loskommen, wenn er ständig präsent ist. In meinen Gedanken und Träumen ist er das sowieso, das muss nicht auch noch persönlich sein.

Sabine mustert mich von der Seite. »Sicher?«

»Absolut sicher.« Das scheint das Startkommando zu sein.

»Kann ich dich mal eben kurz alleine lassen?« Sie wartet mein Nicken kurz ab und schnappt sich ihr Bierglas. Damit geht sie zur Theke und fängt eine Unterhaltung mit dem Typen an, auf den sie mich aufmerksam gemacht hat. Die dauert allerdings nicht lange. Mit einem frustriert verzogenen Gesicht ist sie zwei Minuten später wieder da.

»Und«, frage ich Sabine »hat er kein Interesse?« Ich bin gespannt, was für eine Art Abfuhr sie sich eingehandelt hat.

»Einer der Nachteile für uns Frauen in Köln ist, dass die besten Typen schwul sind.«

»Hat er das gesagt?«

Sie nickt und trinkt einen Schluck von ihrem Bier. »Er sagte mir, dass er auf einen Freund wartet. Außerdem sei er weder an mir noch an einer anderen Frau interessiert.«

Dass die Leute so offen über ihre sexuelle Orientierung reden, ist neu für mich. Offensichtlich unterscheidet sich Köln gewaltig von dem erzkonservativen Bayern. Ich bin müde, von der ungewohnten Menge frische Luft, den zwei Bierchen und dem bisschen Schlaf in den letzten Wochen. Die Gesamtmischung zeigt deutliche Spuren. Ich muss ein Gähnen unterdrücken. Am liebsten würde ich jetzt in mein

Bett kriechen und endlich auf einen traumlosen Schlaf hoffen.

»Wenn du möchtest, dann bleibe doch noch ein bisschen. Vielleicht läuft dir ja noch der Richtige für dein Vorhaben über den Weg? Ich für meinen Teil muss langsam ins Bett.« Versuche ich so nett wie möglich einen Rückzug anzutreten.

Sollte Sabine beleidigt sein, lässt sie sich das nicht anmerken. »Na klar Luna, ist doch kein Problem. Außerdem haben wir fast halb elf. Soll ich dich zur Bahn begleiten oder kriegst du das alleine hin?«

Ich brauche kein Kindermädchen. Also verabschiede ich mich bei Sabine und lasse sie in ihrer Jagdlaune alleine zurück. An der Theke bezahle ich meinen Deckel und mache mich dann auf den Weg in Richtung Hauptbahnhof. Es sind um diese Uhrzeit noch viele Leute unterwegs, die wahrscheinlich alle Morgen nicht arbeiten müssen. Ich laufe zügig zum Bahnhof und freue mich, als meine U-Bahn kurze Zeit später einfährt.

Meine Haltestelle ist der letzte Haltepunkt auf der Fahrtstrecke. Die U-Bahn leert sich immer mehr, je weiter ich mich vom Stadtzentrum entferne. An meiner Haltestelle angekommen, ist nur noch ein Mann in meinem Abteil und der steigt mit mir aus. Ich ziehe meinen Mantel enger um mich und klemme mir die Handtasche unter meinem Arm ein. Schnell laufe ich die Treppen hoch. Der Mann, der mit mir ausgestiegen ist, schlägt die gleiche Richtung ein wie ich. Mich beschleicht ein ungutes Gefühl. Auch wenn hier ringsum Häuser stehen, ist niemand mehr auf der Straße. Ich laufe ein bisschen schneller und versuche den Abstand zwischen uns zu vergrößern. Doch egal was ich mache, der Abstand zwischen uns wird nicht größer sondern kleiner.

Angstschweiß bricht mir aus. Ich schaue mich um und sehe ihn immer näher kommen. Er trägt dunkle Kleidung, Sportschuhe und ein Kapuzensweatshirt. Sein Gesicht kann ich nicht sehen. Mein Körper sendet Warnsignale in großen roten Buchstaben:

Renn so schnell du kannst!!

Ich fange an zu rennen, so schnell es mit meinen Pumps möglich ist. Hätte ich mir doch nur ein Paar Sportschuhe angezogen anstelle der Pumps, schelte ich mich selbst. So sehr ich mich auch an-strenge, ich bin nicht schnell genug. Der Mann holt auf. Inzwischen kann ich seinen stoßweisen Atem hinter mir hören. Dann geht alles ganz schnell. Er packt mich von hinten, drückt mir seine Hand auf den Mund und hält mir ein Messer vor das Gesicht.

Vor Angst und Panik geben meine Beine nach. Meine Stimme versagt. Er zieht mich in Richtung eines Gebüschs. Ich strample und wehre mich, was das Wegziehen für ihn erschwert und mich meine Schuhe verlieren lässt. Plötzlich bin ich frei. Taumelnd und haltsuchend stehe ich auf meinen Füßen. Der Mann, der mich gerade noch festgehalten hat, wird von einem anderen Mann niedergerungen. Das Messer liegt außer Reichweite am Boden. Mit schreckensweiten Augen sehe ich zu, wie die beiden miteinander kämpfen.

Der Unbekannte boxt meinen Verfolger mehrmals in den Bauch. Erst ein kräftiger Faustschlag ins Gesicht, setzt ihn außer Gefecht und mein Angreifer bleibt benommen liegen. Mit geübten Griffen zieht der Unbekannte meinem Verfolger den Gürtel aus dessen Jeans und fesselt ihm damit die Hände auf dem Rücken. Die ganze Zeit stehe ich daneben und habe das Gefühl, als Statistin in einem schlechten Film zu sein. Der Unbekannte steht wieder auf und kommt mich zu. Instinktiv gehe ich einen Schritt zurück. Er hebt die Hände und redet mit mir.

»Haben Sie keine Angst. Der Kerl wird Ihnen nichts mehr tun. Ich kümmere mich um ihn.« Er schaut mich direkt von vorn an und dabei fällt mir auf, dass ich ihn schon mal gesehen habe.

»Ich kenne Sie«, sage ich mit heiserer Stimme. Zu einer besseren Tonqualität lassen sich meine Stimmbänder nicht überreden.

»Sie waren doch vorhin in der Altstadt, in der Kneipe, Sie standen an der Theke.«

Er schaut mich an und nickt. »Ja, das ist richtig.«

»Wieso verfolgen Sie mich?« Ich verstehe nichts mehr. »Sagten Sie nicht, Sie wären schwul? Was wollen Sie von mir?« Ein neuer Anfall von Panik schüttelt mich.

Er hebt abwehrend die Hände.

»Nein, bitte, haben Sie keine Angst, ich will nichts von Ihnen. Ich beobachte nur, dass ist alles.«

»Sie beobachten mich?«

Er nickt.

»Dann sind Sie nicht schwul? Wenn Sie nichts von mir wollen, worum geht es dann?« Ich gehe ein Stück zur Straße hin und lehne mich haltsuchend an der Einfriedung der Mülltonnen die zu dem Haus gehören, welches im Halbdunkel ein wenig abseits daneben steht.

Der Typ bleibt auf Abstand. Er behält meinen Angreifer, der sich rührt und versucht sich zu befreien, im Auge.

»Ich arbeite für einen Sicherheitsdienst. Wir wurden beauftragt, Sie zu beobachten und zu schützen wenn notwendig.«

Wer beauftragt denn jemanden um mich zu beschützen, frage ich mich. Ich habe noch nicht zu Ende gedacht, da fällt mir die Antwort schon ein. Trotzdem frage ich nach.

»Wer hat Sie dazu beauftragt?«

Dem Mann scheint die Information unangenehm zu sein. »Der Auftrag kam von Shamar Shalazar und wird seit ziemlich genau zwei Wochen ausgeführt.«

Seit zwei Wochen beobachtet man mich und erstattet Shamar Bericht über mich? Das kann doch wohl nicht wahr sein. Erst verschweigt er mir seine Verlobte und gaukelt mir vor, ich wäre die einzige in seinem Leben, und jetzt hetzt er mir auch noch einen Wachdienst auf die Pelle. Warum lässt er mich nicht in Ruhe?

»Verstehen Sie mich bitte nicht falsch. Ich danke Ihnen für das was Sie gerade eben gemacht haben. Ohne Sie hätte mich der Typ da drüben mit Sicherheit vergewaltigt und mir vielleicht noch Schlimmeres angetan. Aber ich möchte nicht beobachtet werden. Richten Sie Ihrem Auftraggeber aus, dass er mich ab sofort in Ruhe lassen soll. Ich will nichts mehr mit ihm zu tun haben. Weder indirekt durch einen Wachdienst noch direkt mit ihm persönlich. Geht das?«

Der Mann nickt bedächtig.

»Das gebe ich gerne so weiter. Ich kann Ihnen aber nichts versprechen.« Er wendet sich um, denn der Typ ist wieder auf die Beine gekrabbelt. »Du setzt dich besser sofort wieder hin, wenn du keine mehr verpasst haben willst, Freundchen.« Offensichtlich hat sich der Typ es überlegt, denn er setzt sich langsam und umständlich mit den gefesselten Händen wieder hin.

Der Unbekannte dreht sich wieder zu mir. »Kommen Sie alleine klar?«

»Wie Sie sicherlich wissen, wohne ich 150 Meter weiter. Das schaffe ich wohl alleine. Nochmals Danke für alles.« Ich reiche ihm die Hand, die er mit einem warmen, festen Händedruck ergreift.

Ich drehe mich um und laufe zügig, fast rennend in Richtung meines Appartements. Unterwegs krame ich in meiner Tasche nach dem Schlüssel. Sobald ich an der Türe stehe, versuche ich sie aufzuschließen. Meine Hände zittern und ich treffe das Schlüsselloch kaum. Da wird die Türe von innen von meiner Vermieterin geöffnet. Trotz der späten Stunde ist sie noch komplett angezogen. In ihrem Arm hält sie einen gigantischen Strauß aus roten Rosen. Das Lächeln, das ihr eben noch auf den Lippen war, verschwindet und macht einem Ausdruck des Entsetzens Platz.

»Um Gotteswillen Fräulein Buchholz, was ist denn mit Ihnen passiert?« Der Blumenstrauß gerät zur Nebensache. Sie zieht mich in den Hausflur und schließt die Türe eilig hinter mir.

»Man hat gerade versucht, mich zu überfallen. Ich bin knapp entkommen, weil ich einen Retter hatte, der dazwischen gegangen ist.« Antworte ich ihr, während ich mit zitternden Knien vor ihr stehe und mich am Treppengeländer fest halte.

»Du liebe Güte, ist Ihnen etwas passiert? Hat man Ihnen etwas angetan? Soll ich die Polizei rufen? Wollen Sie nicht in meine Wohnung kommen? Möchten Sie einen Tee? Kann ich irgendwas für Sie tun?« Die Fragen kommen im schnellen Tempo. Nein, ich will keine Polizei, ich will auch nicht reden, ich will einfach nur alleine sein und mich verkriechen.

»Seien Sie mir nicht böse Frau Gerlach, aber ich bin restlos erledigt. Ich möchte einfach nur noch meine Ruhe haben. Es wird sich bereits um alles gekümmert. Vielen Dank für ihr Angebot aber was ich jetzt brauche ist eine heiße Dusche und mein Bett!« Und Shamar, denke ich, mit ihm wäre mir das nicht passiert. In seinen Armen bin ich geborgen und sicher.

So ein Quatsch Luna, sagt mir mein Kopf, Shamar umarmt jetzt eine andere und nicht dich. Nie mehr. Schlag ihn dir endlich aus dem Kopf. Seufzend will ich den Weg die Treppe hoch antreten, als mich Frau Gerlach am Ärmel zupft und mich aufhält.

»Fräulein Buchholz, einen Augenblick noch. Diese Blumen wurden heute für Sie abgegeben. Haben Sie einen Verehrer hier in Köln?«

Kaum verhüllte Neugier ist auf ihrem Gesicht. Das geht sie nun wirklich nichts an.

»Danke Frau Gerlach. Habe ich eigentlich eine Blumenvase oben?«

»Ja, unter der Spüle müsste eine Blumenvase stehen Fräulein Buchholz.« Sie nickt bestätigend zu ihren Worten. Vorsichtig nehme ich den riesigen Blumenstrauß entgegen, nicke ihr noch freundlich zu und laufe die Stufen zu meinem Appartement hoch und schließe die Wohnungstüre hinter mir.

Für heute Abend reicht es mir an Aufregung. Ich fange an, mit den Zähnen zu klappern und heftig zu frieren. Das ist der Schock über das soeben Erlebte. Die Blumen landen in der Spüle, von meinem Schwung fällt ein kleiner Briefumschlag heraus. Reflexartig bücke ich mich und hebe ihn auf.

Erst jetzt frage ich mich, wer mir rote Rosen zum Geburtstag schickt. Mit dem Briefumschlag in meinen Händen verschwinde ich in meinem winzigen Badezimmer. Neugierig öffne ich den Umschlag, während ich auf der Toilette sitze. Er ist von Shamar. Shamar! Eine Karte, die von ihm selbst geschrieben wurde, denn ich erkenne seine Handschrift.

Luna,
alles Liebe zu deinem heutigen Geburtstag, den ich sehr gerne mit dir zusammen gefeiert hätte.
Nicht alles ist so, wie es scheint.
Meine Liebe gilt einzig und allein dir.
Bitte habe ein wenig Geduld und vertraue mir!
Shamar

Ein Kloß so groß wie ein Fußball sitzt in meiner Kehle, während mir die Tränen an den Wangen herunter laufen. Wenn er mich beobachten lässt, weiß er auch wo ich bin. Warum kann er mich nicht einfach in Ruhe lassen? Glaubt er tatsächlich, dass er erst Sabah und dann mich heiraten kann? Dass ich ihn teilen würde? Was bildet er sich nur ein?

Meine Wut auf ihn nimmt neue Ausmaße an und

übertüncht das soeben Erlebte. Ich zerreiße seine Karte und stelle mich unter die heiße Dusche. Auf dem Weg ins Bett entsorge ich die Schnipsel im Mülleimer. Mein Blick bleibt an den Rosen im Waschbecken haften. Sie sind wunderschön. Große volle dunkelrote Blüten, jede einzelne wie gemalt, liegen in der leeren Spüle. Das haben sie nun wirklich nicht verdient. Unter dem Becken finde ich, wie von Frau Gerlach angegeben, eine Blumenvase. Schnell fülle ich sie mit Wasser und stelle die Blumen hinein.

Dann schlüpfe ich unter die Bettdecke. Trotz meiner Müdigkeit kann ich nicht einschlafen. Zusammengerollt liege ich in dem Bett, während mir die Tränen aus den Augen laufen. In dieser Nacht träume ich von dem Überfall. Ich sehe den Typen mit dem Messer wieder vor mir. Dann den anderen Mann, der mir zu Hilfe eilt. Er dreht sich um und ich schaue in Shamars Gesicht. Shamar, den ich so sehr liebe und nicht haben kann.

3

Pünktlich verlasse ich am nächsten Morgen das Haus um zur Arbeit zu fahren. Dieses Mal schaue ich mich um, ob ich irgendwo jemanden entdecke, der mich beschattet. Aber ich sehe niemanden. Entweder machen die ihren Job super gut oder aber sie haben sich tatsächlich zurückgezogen. Ich hoffe, Letzteres ist der Fall. Bevor ich aus dem Haus ging, habe ich Shamars Karte aus dem Abfall geholt, zusammengelegt und erneut gelesen. Ich weiß nicht, was ich erwartet habe, doch nun sitzt ein dumpfer tiefer Schmerz in meinem Brustkorb. Niedergeschlagen sitze ich in der U-Bahn und warte darauf, mich mit meiner Arbeit ablenken zu können.

Die letzten beiden Wochen in Köln verlaufen unspektakulär. Ich arbeite viel und es kommt mir so vor, als wäre ich für zwei Leute tätig. Doch alles ist gemacht und nichts liegt mehr auf meinem Schreibtisch als ich am letzten Tag meiner Arbeit in Köln meine Ausweiskarten wieder zurückgebe. Das Einzige, was ich noch vor dem Verlassen des Firmengebäudes auf den Weg bringe, ist meine Reisekostenabrechnung der letzten Wochen. Das erleichtert mir den Arbeitsaufwand, den ich noch habe, um die letzte Abrechnung, nämlich die der jetzt laufenden

Woche inklusive meiner Rückreise, zu machen.

Ich bin gespannt, wie viel ich verdient habe. In den letzten Wochen habe ich über 300 Überstunden gemacht. Davon kriege ich mit Sicherheit den Betrag für das Ticket von Houston nach München und das Taxi, welches ich vom Flughafen nach Hause genommen habe, wieder raus.

Vor mir liegen noch 5 Stunden Bahnfahrt und ein Wochenende, in dem ich erst mal meinen Haushalt wieder sortieren muss. Sonntag schaut Susanne vorbei. Das ist das erste Highlight, seit dem ich von Shamar weg bin.

Ach Shamar. Wenn ich doch nur aufhören könnte, an ihn zu denken. Ob die Hochzeit inzwischen stattgefunden hat? Ich könnte das mit einer simplen Suche bei Google bestimmt herausbekommen. Gesellschaftliche Anlässe wie diese, werden in der Regel öffentlich kommentiert. Ich verwerfe den Gedanke so schnell wie er gekommen ist. So masochistisch bin ich definitiv nicht veranlagt, mich selber mit Bildern und Berichterstattungen von Shamars Hochzeit mit dieser Sabah zu quälen. Ich könnte es nicht ertragen, auch nur ein Foto der beiden zu sehen oder zu lesen, was für ein tolles und glückliches Paar die beiden sind. Ich mache etwas eher Feierabend, weil ich mit meinen gepackten Koffern im Büro sitze und den Zug nicht versäumen will. Einer der Kollegen ist so freundlich und bringt mich zum Hauptbahnhof. Die Fahrt nach Hause dauert schier endlos. Wieder einmal stehe ich mitten in der Nacht im Hausflur und muss meinen Koffer und dieses Mal auch noch eine Reisetasche hochtragen.

Daheim ist alles noch so wie ich es vor gut vier Wochen verlassen habe. Meine Blumen leben Dank meiner netten Nachbarin noch. Auf der Küchenzeile stapelt sich die Post. Für einen Nachsendeantrag hatte ich keine Zeit mehr, deshalb muss ich die Post aus vier Wochen aufarbeiten.

Ich bin so müde, dass ich stehenden Fußes einschlafen

könnte. Nach einer kurzen Katzenwäsche schlüpfe ich in mein Nachthemd und dann weiter in mein Bett. Es tut gut, endlich wieder in dem eigenen Bett zu liegen. Keine ungewohnten Geräusche, kein ungewohntes Knarren beim Herumdrehen im Bett. Das ist die erste Nacht, in der ich tatsächlich traumlos schlafe.

Morgens koche ich mir eine Tasse Tee, den ich mit Kaffeesahne und Zucker versetze. Mehr habe ich nicht in meinen Schränken, brauche ich aber auch nicht, denn in den letzten Wochen habe ich mir das Frühstücken abgewöhnt. Mit der Tasse und meiner Post setze ich mich ins Bett und lasse den Tag langsam beginnen.

Einige Rechnungen sind dabei, die ich später am Tag online anweisen werde. Noch eine Antwort auf einer meiner Bewerbungen ist eingegangen. Dieses Mal ist es ein Unternehmen aus England. Ich beschließe, mich dort in der kommenden Woche zu melden. Ein großer Umschlag fällt mir in die Hände. Der Absender ist Shalazar Industries.

Mit zitternden Händen mache ich den Umschlag auf. Was kann das sein? Heraus kommt ein An-schreiben der Personalabteilung, die mich bitten, den Arbeitsvertrag zu unterzeichnen und zurückzusenden oder aber das Arbeitsangebot abzusagen. Nach den ganzen Wochen, in denen ich in mühevoller Kleinarbeit versucht habe, alles was ich mit Shamar erlebt habe, zu verdrängen, ist in einem Sekundenbruchteil alles wieder da. Schneidend und schmerzhaft. Den Arbeitsvertrag hatte ich in unserem Schlafzimmer auf der Kommode neben den anderen Sachen liegenlassen.

Ob Shamar dahinter steckt? Ich überlege, ob das der Fall sein kann und schüttle vor mir selber den Kopf. Das ist ein Schreiben, welches automatisch von den Personalabteilungen versendet wird. Ein stinknormales Standardanschreiben. Shamar hat damit nichts zu tun. Was soll ich damit machen? In Shamars Unternehmen arbeiten, ihn vielleicht regelmäßig sehen und erst Recht auf dem

Zahnfleisch gehen wenn ich ihn mit Sabah sehe? Das kann ich mir im Leben nicht vorstellen. Wenn nicht Shamar, würde spätestens Sabah dafür sorgen, dass ich früher oder später meinen Job verliere, denn ich glaube, dass sie fuchsteufelswild wird, wenn ihre ehemalige Mitstreiterin in Shamars Unternehmen, möglicherweise mit ihm zusammen unter einem Dach arbeitet. Darauf muss ich es nicht wirklich ankommen lassen.

Nachdem ich die gesamte Post gesichtet habe, mache ich zwei Stapel, der eine ist für die Ablage, bei dem Anderen muss ich Geld überweisen, der Rest kommt in den Müll und der Brief von Shalazar Industries in meinen Wohnzimmerschrank. Ich kann mich nicht aufraffen, auch nur irgendeine Reaktion diesbezüglich an den Absender zurückzusenden. Die werden ihre Schlüsse auch so irgendwann ziehen, denke ich.

Nach dem Duschen und Anziehen starte ich meinen Waschtag mit der ersten Maschine Wäsche. Kaum das die sich in der Trommel dreht, ziehe ich mir etwas über und mache mich auf den Weg. Erst zum Geldautomaten Bargeld abholen, dann in den Supermarkt und Vorräte einkaufen. Da ich kein Auto habe muss ich zwei Mal laufen, bis ich alles zusammen habe. Jedes Mal komme ich mit Tüten bepackt wie ein Lastesel zurück.

Bis zum Nachmittag ist auch die restliche Wäsche komplett gewaschen. Jetzt hängt sie auf dem Wäscheständer oder liegt im Trockner. Ich mache mir auf dem Herd ein ultraschnelles Nudelgericht und setze mich vor meinem Rechner. Mein Konto ist dank einer Vorauszahlung meiner Firma nicht so sehr in den roten Zahlen wie ich befürchtet habe. Somit kann ich die notwendigen Überweisungen alle in Auftrag geben.

Den Abend lasse ich alleine vor dem Fernseher mit einer Flasche Wein ausklingen. Nach zwei Gläsern ist Schluss, denn ich vertrage nichts mehr. Die restliche Flasche stelle ich in den Kühlschrank für Susanne am morgigen Tag. Ich schlafe auf der Couch ein und träume.

Shamar ist wieder da. Er lacht, nimmt mich in seine Arme. Seine Hände streicheln tröstend meinen Rücken. Der rationale Gedanke, dass ich träume, katapultiert mich gedanklich wieder zurück in die Gegenwart und in mein Wohnzimmer. Mit hängenden Schultern mache ich den Fernseher aus und schlürfe rüber in mein Schlafzimmer.

Der Sonntag gehört meiner Bügelwäsche. Über zwei Stunden bügle und falte ich meine Wäsche, die ja noch von meinem Urlaub dort liegt. Nachmittags bin ich mit allem durch und freue mich riesig auf Susanne. Kurz vor sechs klingelt sie und marschiert die Treppen hoch. Mein Gott, ich habe sie ewig nicht gesehen.

Sie umarmt mich und hält mich dann ein Stück von sich weg. »Luna, sag mal, wie viel hast du abgenommen? Du bist ja nur noch Haut und Knochen.« Sie mustert mich mit ihrem medizinischen Röntgenblick.

»Ach Suse, dass kommt alles irgendwann wieder zurück. Ich hatte eine anstrengende Zeit und habe viel gearbeitet.« Versuche ich abzulenken.

»Wie viel Luna?«

»So ungefähr sieben Kilo.« Wohlwissend dass es mehr sind. Aber ich bin nicht bereit für eine Standpauke.

»Immer noch so schlimm?« Mitfühlend nimmt mich Susanne in die Arme.

Ein dicker Kloß steigt mir in die Kehle und ich brauche nichts zu sagen, Susanne sieht es auch so.

»Ach Luna, ich dachte, dass es langsam besser wird.« Sagt sie seufzend.

»Wird es ja auch«, antworte ich gepresst. »Ich habe mich so gut es eben ging abgelenkt und trotz-dem merke ich, dass es lange nicht genug war. Wenn ich an ihn denke, dann ist es fast so als wäre es gerade eben erst passiert.«

»Weißt du, ich wollte damals nichts sagen, als du wie ein Häuflein Elend hier gesessen hast. Aber hast du jemals mit deinem Shamar geredet und dir seine Version der Geschichte angehört?«

Kopfschüttelnd antworte ich. »Nein, das habe ich

nicht. Er hat mich immer wieder angerufen, doch ich habe keinen der Anrufe beantwortet und seine Nachrichten ungehört gelöscht. Das einzige was ich tatsächlich gelesen habe war eine SMS, die er mir vor zwei Wochen gesendet hat.«

Ich stehe auf, um den Wein, eine Flasche Wasser und Gläser auf den Couchtisch zu stellen.

»Was hat er denn geschrieben? Oder ist das zu intim für mich?«

»Quatsch Suse, natürlich kannst du das wissen. Er schrieb mir, dass er mich liebt und ich ihm vertrauen soll.«

Nachdem die Gläser gefüllt sind, stelle ich sie vor uns ab.

»Wieso willst du das wissen Suse?«

»Naja, ich frage nur, weil ihn doch niemand zwingen kann, ja zu einer Ehe zu sagen, die er gar nicht eingehen will.«

Ich atme tief durch. »Sicher, du hast Recht, niemand kann ihn dazu zwingen eine Ehe einzugehen, die er nicht will. Aber er sagt selber, dass er in zwei Welten groß geworden ist. Ein Heiratsversprechen ist eine Sache der Ehre. Wenn Shamar nein sagt, dann entzweit er sich mit seinen Eltern und diese verlieren ihr Gesicht bei denjenigen, die diese Hochzeit arrangiert haben. Ich würde es ihm niemals antun wollen, dass er meinetwegen mit seiner Familie bricht oder seine Eltern unglücklich macht.« Ich nehme einen Schluck Wein.

»Und deshalb hast du ihm die Entscheidung einfach abgenommen? Möglicherweise gab es ja noch eine Alternative ...« Sie runzelt die Stirn.

»Das habe ich dir doch schon gesagt, die Alternative wäre gewesen, entweder als seine Geliebte ein geduldetes Schattendasein zu führen oder aber als Ehefrau Nummer zwei ihm und Sabah in die Emirate zu folgen. Ich kann weder das Eine noch das Andere. Was sollen da sonst noch für Alternativen sein?« Ich fahre mit meinen Händen durch meine Haare und stütze mein Kinn vornüber gebeugt auf die Hände.

»Wenn es ihm genauso unter die Haut gegangen ist wie dir, wird er etwas unternehmen. Da bin ich mir sicher. Ich habe eine ganze Weile darüber nachgedacht. Warte mal ab, du wirst bestimmt noch von ihm hören.«

Ich lache Susanne bitter an.

»Na klar, darum herrscht auch Funkstille in den letzten Wochen. Obwohl….«

Susanne setzt ihr Glas abrupt ab. »Obwohl was?«

»Er hat mich beschatten lassen als ich in Köln war.«

»Wie hast du das denn rausgekriegt und warum erfahre ich das erst jetzt?« Sie lehnt sich vor und schenkt mir ihre ganze Aufmerksamkeit.

»Ich war vor zwei Wochen Sonntags mit einer Kollegin unterwegs. Wir haben uns ein paar Sehenswürdigkeiten in Köln angeschaut und sind hinterher noch ein Bierchen in einer Altstadt-Kneipe trinken gegangen. Nach dem zweiten Bierchen habe ich mich auf den Rückweg gemacht und wurde zwischen der U-Bahn Station und meinem Appartement überfallen. Ein Mann griff mich von hinten an und versuchte mich in ein Gebüsch zu zerren.« Susanne hat große Augen und greift ins Leere um an ihr Glas zu kommen.

»Und? Weiter? Ist dir etwas passiert? Oh Gott Luna! Erzähl!«

»Nein, mir ist glücklicherweise nichts passiert. Kaum hatte der Kerl mich angegriffen, ist ein anderer dazwischen gegangen. Er hat meinen Angreifer K.O. geschlagen und ihn dann anschließend mit dessen Gürtel gefesselt. Der Typ, der das gemacht hat, war in Köln in der gleichen Kneipe wie meine Arbeitskollegin und ich. Ich habe ihn erkannt, und ihm gesagt, dass ich ihn zuvor in einer Kneipe gesehen hätte, die ich besucht hatte. Er teilte mir mit, dass er auf mich angesetzt sei und mich seit Wochen nicht aus den Augen gelassen hat. Ich habe ihn nach seinem Auftraggeber gefragt und er gab an, dass es sich um Shamar handelt.«

Suse atmet die Luft aus, die sie die ganze Zeit angehalten hat.

»Und dir ist ganz sicher nichts passiert? Oh Gott Luna, wenn der Kerl nicht dazwischen gegangen wäre. Ich darf gar nicht daran denken!«

»Nein, mir ist nichts passiert. Ich habe einen ordentlichen Schrecken bekommen und ich bin danach nicht nochmal alleine so spät unterwegs gewesen. Dem Typen habe ich allerdings gesagt, dass sich Shamar die Bewachung sonst wohin schieben kann und dass ich das nicht will. Danach habe ich niemanden mehr gesehen.«

»Mensch Luna, du machst Sachen. Sei froh, dass er dich beschützt hat.« Sie hält immer noch ihre Hand vor Entsetzen vor dem Mund.

Ich grinse sie schief an, denn inzwischen kann ich über diesen Vorfall lachen, auch wenn mir da-mals nicht danach zumute war. Von Shamars Geburtstagsgruß erzähle ich nichts.

»Lass uns doch von etwas anderem reden als von mir. Wie ist es denn zum Beispiel in der Klinik von deinen Eltern?«

Susanne holt nochmal tief Luft und schüttelt sich. Dann erzählt sie, dass laut dem Arbeitsvertrag, den sie mit der Klinik damals hatte, sie sofort nach dem Bestehen ihrer Prüfung ihren Arbeitsplatz verliert. Im Gegensatz zu den anderen Kollegen hatte sie das Glück in der Privatklinik ihrer Eltern praktizieren zu können, solange sie noch keine andere Stelle hat.

Jetzt steht sie morgens im OP und verbringt die Nachmittage auf den Stationen oder macht Aufnahmeuntersuchungen. Sie bekommt keinen Tochter Bonus, sondern muss genauso arbeiten wie alle anderen. Was bedeutet, dass sie oft auch übers Wochenende in der Klinik ist. Alles in allem ist es aber erträglich, so sagt sie. So bleibt ihr wenigstens erspart, sich beim Arbeitsamt als arbeitssuchend zu melden. Nicht jeder hat so viel Glück.

Wenigstens kommt sie in den Genuss, ohne Umwege

an Fortbildungsveranstaltungen teilzunehmen und sie verdient weiterhin ihr Geld. Demnach geht es in den nächsten Tagen zu einem Kurs in plastischer Chirurgie, an dem sie teilnehmen wird. Wir plaudern noch eine Weile und es wird immer später. Gegen zweiundzwanzig Uhr bricht sie dann auf und fährt wieder nach Hause.

Während ich die Gläser wegräume fallen mir Susannes Worte nochmal ein. Hätte ich Shamar tatsächlich die Gelegenheit geben müssen, die Situation zu klären? Was hätte er mir denn noch an Möglichkeiten geben sollen. Und an Sabahs Worten zweifle ich nicht. Dazu passte alles viel zu gut zusammen. Der Anruf von seinem Vater, die plötzliche Abreise, das Matthew und Annie Sabah offensichtlich kannten. Jetzt kann ich ohnehin nichts mehr ändern. Und da ich von der SMS abgesehen, seit meiner Rückkehr nichts mehr von Shamar gehört habe, gibt es wahrscheinlich auch nichts mehr zu sagen. Mit einem schmerzenden Rücken vom vielen Bügeln, gehe ich an diesem Abend ins Bett.

Die neue Woche fängt früh an. Bereits um acht Uhr bin ich im Münchener Büro und mache die Reisekostenabrechnung für die vergangene Woche. Markus mein Chef hat mich gefragt, ob ich auch den November über, ein paar Stunden mehr arbeiten könnte und mich gleichzeitig zu der Weihnachtsfeier eingeladen, die in diesem Jahr am 10. November im Schlachthaus stattfinden soll.

Das Schlachthaus ist eine Lokalität, die Räumlichkeiten und die komplette Ausstattung für alle Arten von Veranstaltungen und feiern anbieten. Das hatte die Versicherung für die Weihnachtsfeier komplett angemietet. Ich sage zu und freue mich auf einen Abend mit meinen Kollegen. Auch wenn mir weder weihnachtlich noch zum Feiern zu Mute ist, finde ich es schön, mal etwas anderes um die Ohren zu bekommen. Die Kollegen sind alle sehr nett und ein gemütlicher Abend mit allen, dürfte mir sicherlich aus meinem Stimmungstief helfen.

4

Der Tag unserer Weihnachtsfeier kommt schnell. Ich habe mir ein schwarzes Kleid von Susanne geliehen, das schmal geschnitten, jedoch mit einem Schlitz bis weit über mein Knie ausgestaltet ist. Ein Herzförmiger Ausschnitt lässt den Ansatz meines Busens erahnen. Und um meinen Hals liegt ein zierliches Goldkettchen mit einem Herzanhänger, welches ich von meiner Mutter geerbt habe. Markus hat sich angeboten, mich von daheim abzuholen und mich später wieder nach Hause zu bringen. Pünktlich um 19.30 Uhr klingelt er an meiner Tür.

Da ich schon im Mantel bin und nur auf sein Erscheinen gewartet habe, laufe ich schnell die Treppe herunter.

»Luna!« Überrascht, dass ich ihm die Haustüre persönlich öffne, schaut er mich an. »Guten Abend, Sie sehen fantastisch aus.« Bewundernd tritt er einen Schritt zurück. Sonst sieht er mich eher in legeren Klamotten. »Du liebe Güte, Sie sehen ganz verändert aus. Kommen Sie, im Auto ist es warm.«

Er geleitet mich zu seinem Auto und öffnet die Beifahrertür. Nachdem ich eingestiegen bin, schließt er sie vorsichtig und steigt auf der Fahrerseite ein.

»Haben Sie schon mal daran gedacht, eine Karriere in unserem Unternehmen in Angriff zu nehmen?«

Ich schaue ihn erstaunt von der Seite an.

»Nein, das habe ich bislang nicht. Meine Studienrichtung passt schließlich nicht mit dem Versicherungsgewerbe zusammen.«

Er blinkt und biegt ruhig auf eine Verbindungsstraße ab. »Sie haben in Köln hervorragende Arbeit geleistet. Die Kollegen sind voll des Lobes über Sie.«

Ich merke wie mir ein wenig Röte ins Gesicht schießt. Ich kann immer noch nicht gut mit Lob umgehen.

»Danke Markus. Dass ist wirklich nett, dass Sie mir das Lob weitergeben.«

»Luna, ich meine das ernst mit dem Angebot. Mir ist klar, dass Geologie mit unserem Geschäftsfeld nichts zu tun hat. Aber man kann sich überall einarbeiten und ganz ehrlich gesagt, sind Sie besser als viele unserer gutbezahlten Assistentinnen.«

Ich schaue aus dem Fenster in das abendlich dunkle München. »Markus, danke für Ihr nettes Angebot, aber ich kann mir nicht vorstellen, wie das funktionieren sollte.«

Markus schaut mich einen langen Augenblick an.

»Ich wäre Ihr Mentor Luna. Ich würde Ihnen helfen. Sie würden es schaffen, da bin ich mir sicher.«

Er schaut mich bei seinen Worten immer wieder eindringlich an, so als würde ihm viel daran liegen.

»Markus, ich lasse mir das in Ruhe durch den Kopf gehen. In Ordnung?« Ich mag ihm nicht so platt vor dem Kopf sagen, dass ich die Geologie niemals für einen Job als Assistentin oder Ähnliches aufgeben werde. Auf der anderen Seite muss ich mir alle Optionen offen halten, denn die Sache mit einem Job im geologischen Bereich ist offensichtlich nicht so einfach gelagert. Ich brauche das Einkommen, welches ich mit meiner Tätigkeit erziele.

Pünktlich um zwanzig Uhr sind wir da. Markus hat Glück und bekommt ganz in der Nähe einen Parkplatz. Galant hilft er mir aus dem Auto. Beim Aussteigen öffnet sich mein Mantel ein wenig und gibt durch den Schlitz des Kleides viel von meinem Bein, seinen Blicken preis. Sein Blick verweilt darauf. Soll er doch gucken, denke ich, schließlich arbeite ich mit ihm seit einigen Jahren zusammen. Meine Beine hat er schon etliche Male gesehen – allerdings von einer Jeans verhüllt. Der Schlachthof ist hell erleuchtet und draußen stehen Leute, die uns hinein lotsen. Es ist meine erste Weihnachtsfeier, an der ich teilnehme. Die Jahre vorher war ich zu sehr mit meinem Studium beschäftigt, als dass ich ausgegangen wäre. Jetzt allerdings ist alles anders.

Wir gehen in das Gebäude und werden von ausgelassenen Kollegen und lauter Musik empfangen. Das scheint eher eine Disco als eine Weihnachtsfeier zu sein. Viele der dort anwesenden Personen kenne ich gar nicht. Die Firma beschäftigt alleine in München über 600 Personen. Ich kenne nur einen kleinen Teil davon. Irgendwo muss ein Stapel Weihnachtsmannmützen gefunden worden sein. Die meisten Kollegen tragen die roten dünnen Filzmützen mit einem blinkenden Leuchtrand um den Kopf.

Im Moment läuft ein Stück von Depeche Mode ‚Enjoy the silence'. Das ist zwar kein Weihnachtslied, lädt aber viele der Kollegen dazu ein, ihr Tanzbein zu schwingen. Ich bleibe ein wenig abseits in einer Gruppe zusammen mit Markus stehen und lausche dem Text: 'All I ever wanted, all I ever needed is here in my arms.' Während die anderen fröhlich mit singen, habe ich sofort einen dicken Kloß im Hals. Automatisch denke ich an Shamar. Ich werde ihn niemals vergessen können.

Schnell blinzle ich die aufsteigenden Tränen weg. Markus führt mich weiter in die einzelnen Räume des Gebäudes und besorgt mir eine Cola. Wir stehen in kleinen Grüppchen zusammen und unterhalten uns. Plötzlich verstummt die Musik und der Geschäftsführer betritt die Bühne, die sich vor uns befindet. Er hält eine kurze

Ansprache und begrüßt uns zur diesjährigen Weihnachtsfeier.

Das Highlight dieses Abends wird eine Tombola sein. Die Lose können ab sofort für einen Preis von 2 Euro je Los erstanden werden. Der Erlös aus der Tombola wird einem gemeinnützigen Zweck zugeführt. Als nächstes werden Helfer und Helferinnen für den Losverkauf sowie eine Glücksfee des Abends gesucht. Meine Kolleginnen, mit denen ich sonst zusammen arbeite heben sofort ihre Hand, um ihre Bereitschaft zur Mithilfe zu signalisieren. Eine von ihnen ergreift meine Hand und hält sie mit hoch.

»Luna, du musst mitmachen!« Lacht sie mich an.

Natürlich mache ich mit. Lose verkaufen ist schließlich kein Problem. Die nächste Stunde wandere ich mit den anderen Kolleginnen und zwei kleinen Plastikeimern bewaffnet durch die Menge. Die Eimer sind übereinander gestapelt. Im unteren befindet sich das Geld, im oberen die Lose. Ich kaufe selber zwei Lose für mich und mache mich dann mit meinem gefüllten Los Eimer auf den Weg. Erst als alle Lose verkauft sind, wird am späteren Abend die Verteilung der Gewinne gestartet.

Inzwischen ist der Laden gerammelt voll und die Stimmung schon auf Grund des Alkohols immer ausgelassener. Ich selber habe zwei Nieten gezogen. Markus gewinnt eine Wochenendfahrt nach Paris.

»Luna, machen Sie sich nichts draus. Sie wissen doch, Pech im Spiel dafür Glück in der Liebe.« Er zieht die Augenbrauen hoch und wackelt damit. Er sieht lustig damit aus und ich muss lachen, obwohl ich grade wieder einmal an Shamar denken muss. Von wegen Glück in der Liebe.

Um Mitternacht wird die Caipirinha Bar eröffnet. Sofort entsteht ein riesiger Ansturm darauf. Ich stelle mich an und ergattere nach kurzer Zeit einen der heißbegehrten Caipis. Damit kehre ich zu dem Platz zurück, an dem ich mit Markus und den anderen gestanden habe. Auf dem kleinen Stehtisch vor mir häufen sich die Longdrinks.

»Was ist das denn?« Frage ich, da stehen bestimmt 10 Gläser und jeder hat eines in der Hand aus dem er trinkt. »Ich habe Ihnen einen Caipirinha mitgebracht und die beiden« Markus deutet auf seine Kollegen aus dem Management, »hatten die gleiche Idee.«

»Tut mir leid, ich kann doch keine vier Caipirinhas trinken. Wenn ich das mache, erlebe ich den Rest des Abends nicht mehr ...« Hilflos schaue ich auf die Longdrink Batterie. Markus grinst mich verschmitzt an. »Mach dir mal keine Gedanken, ich fahr dich doch nach Hause.«

Mir fällt auf, dass er vom ‚Sie' in die weitaus vertraulichere Anrede ‚du' gefallen ist. Ich will nicht spießig erscheinen und stimme mit ein.

»Na gut, mal schauen. Lass mich erst mal den einen hier trinken.« Da ich selten Alkohol trinke, merke ich die Wirkung bereits nach einigen Schlucken. Markus fordert mich zum Tanzen auf und da ein bisschen Bewegung sicherlich nicht schaden kann, lasse ich mich von ihm auf die Tanzfläche ziehen. Mit meinen Schuhen haben wir fast die gleiche Körpergröße. Kaum auf der Tanzfläche angekommen, legt er sofort seine Arme um mich. Automatisch muss ich an Shamar denken. Es kommt mir fast so vor, als würde ich fremdgehen. Ich fühle mich unwohl doch Markus zieht mich fest an sich heran. Er ist kein geübter Tänzer. Nicht so wie Shamar, der mich in traumwandlerischer Sicherheit, vor einem großen Publikum vollkommen sicher geführt hat. Wir kommen immer wieder aus dem Takt und jedes Mal lacht Markus und zieht mich noch enger an sich. Das ist mir eindeutig zu viel des Guten. Kaum ist das Stück zu Ende, bedanke ich mich und flüchte fast zum Tisch zurück.

Ich bin durstig und stürze hastig einen ganzen Caipirinha aus meinem Vorrat herunter. Es ist laut hier, die Musik dröhnt und der Alkohol verstärkt die Eindrücke noch. Ich muss raus an die frische Luft und am liebsten würde ich nach Hause fahren. Markus ist mir von der Tanzfläche aus zurück an den Tisch gefolgt. Er prostet mir zu und nimmt einen Schluck von seinem Getränk. Der Alkohol und die wummernden Bässe der Musik setzen mir immer mehr zu.

»Markus, es tut mir leid, aber ich würde gerne nach Hause. Wenn du nichts dagegen hast, könnten wir jetzt fahren. Ich kann mir aber auch ein Taxi nehmen, falls du noch bleiben möchtest.«

Markus grinst mich an. »Nein Luna, ich fahre dich mit dem größten Vergnügen nach Hause.« Er geht los, um meinen Mantel aus der Garderobe zu holen. Kurze Zeit später ist er wieder da und hilft mir in den Mantel. Ich muss mich an seinem Arm festhalten, denn der zweite Caipirinha zeigt massive Wirkung. Mein Gang ist unsicher geworden.

Die Fahrt nach Hause verläuft ohne Probleme, obwohl es auf den Straßen, durch überfrierende Nässe, stellenweise glatt ist. Ich bin deutlich spürbar betrunken. Wenn ich die Augen schließe, wird mir schwindelig und wenn ich aus dem Fenster schaue, passiert mir das Gleiche. Markus schaut mich von der Seite an.

»Ist alles in Ordnung mit dir?«

Ich nicke.

»Tut mir Leid Markus, aber der zweite Caipirinha hat mich völlig aus der Bahn geworfen. Ich bin einfach nicht an Alkohol gewöhnt.«

Er sagt nichts und fährt weiter in Richtung Fürstenfeldbruck. Dann biegen wir in meine Straße ein. Sie liegt jetzt, mitten in der Nacht, in tiefer Dunkelheit. Ich wohne in einer Allee und Markus fährt seinen Wagen zwischen zwei Bäumen auf den Bürgersteig.

»Danke, dass du mich gefahren hast Markus, das war echt nett von dir.« Meine Hand liegt auf dem Schloss des Sicherheitsgurtes und ich versuche ihn zu lösen. Irritiert halte ich inne, als sich Markus Hand plötzlich auf meine legt.

»Warte einen Moment Luna!« Ich ziehe die Hand vom Schloss zurück und schaue ihn an.

»Ja?« Mein Blick wandert von dem Verschluss des Sicherheitsgurtes in sein Gesicht. Es liegt im Halbdunkel und wird von den bunten Leuchten im Tacho des Armaturenbrettes in grün und rot angestrahlt. Er sieht ganz fremd aus.

Seine Hand legt sich vertraulich auf meinen Oberschenkel. Mit der Hitze eines Bügeleisens gräbt sich seine Berührung in mein Bein. Nach Luft schnappend versteife ich mich, dass ist definitiv nichts, was ich möchte.

»Luna, du bist wunderschön.« Sein Gesicht, das vorher auf seiner Seite des Fahrzeugs war, ist mir bedenklich nahe gekommen. Schwer liegt Markus Hand auf meinem Oberschenkel und bewegt sich nach oben. Ich versuche die aufkommende Panik zu unterdrücken und bemühe mich, so ruhig wie möglich zu bleiben.

»Markus, dein Kompliment schmeichelt mir, aber es wäre mir lieber, du würdest deine Hand weg-nehmen.«

Ich sitze steif und zitternd auf dem Sitz. Sein Unterarm blockiert den Zugriff auf das Schloss des Sicherheitsgurtes und mir bleibt nichts anderes übrig, als ausgeliefert auf meinem Platz neben ihm sitzen zu bleiben.

Markus reagiert gar nicht auf meine Worte, es sieht so aus, als würde er weder meine Worte, noch meine Körpersprache wahrnehmen. Im Gegenteil. Er wendet sich mir zu und legt seine Hand in meinen Nacken, während er die andere Hand von seiner Ausgangsposition weiter an der Innenseite meines Oberschenkels nach oben gleiten lässt. Seine Hand in meinem Nacken greift immer kräftiger zu und seine Finger schmerzen in meinem Genick.

Automatisch werfe ich den Kopf zurück. Langsam krabbelt die Panik wie ein Schwarm Käfer in mir hoch und ich fange an zu hyperventilieren. Nach dem Zwischenfall in Köln bin ich hochgradig sensibilisiert, was Übergriffe angeht.

Ich will mich wehren, doch ich weiß nicht wie. Die eine Hand liegt wie eine Schraubzwinge in meinem Nacken, während seine andere Hand immer weiter nach oben fährt und gefährlich nahe an meinen Schritt kommt.

»Lass mich sofort los!« Ich versuche mit einer Hand den Sicherheitsgurt zu lösen und mit der anderen Hand die Türe zu öffnen. Die Tür lässt sich nicht öffnen und an das Schloss des Sicherheitsgurtes komme ich nicht dran. Wir stehen auf einer fast unbeleuchteten Straße im Dunklen zwischen zwei Bäumen auf dem Parkstreifen. Niemand ist zu sehen, alles um uns ist dunkel und nächtlich still. Mein Atem ist laut und abgehackt, während sich Markus Hände ungehindert und ungerührt von meiner Panik, weiter voran arbeiten.

»Lass mich los Markus. Sofort. Hör auf oder ich schreie um Hilfe.« Plötzlich löst sich mit einem Klick löst mein Sicherheitsgurt. Ich bin in meiner Bewegungsfreiheit nicht mehr eingeschränkt. Als erstes versuche ich seine Hände abzuschütteln. Doch die sind auf einmal überall.

»Komm schon Luna, du bist so ein scharfer Zahn. Ich stelle mir schon so lange vor, wie es mit dir wäre. Jetzt stell dich doch nicht so an.«

Das ist der Zeitpunkt an dem ich völlig ausflippe. Ich schreie ihn an und schlage auf ihn ein. Irgendwie kommt der wochenlange Frust ins Rollen und findet plötzlich ein Ventil. »Du verdammter Dreckskerl, lass mich in Ruhe. Fass. Mich. Nicht. An. Lass mich hier raus. Sofort.« Geradezu panisch reiße ich an dem Türgriff, doch die Türe öffnet sich nicht.

Plötzlich klopft es lautstark an der Windschutz-scheibe. So laut, dass ich das Gefühl habe, die Scheibe müsste jeden Augenblick platzen. Markus und ich erstarren augenblicklich in unseren Bewegungen. Ich kann mich nicht rühren, bin total geschockt und ich weiß nicht, was mir mehr zusetzt: Dass laute Klopfen auf dem Glas, denn ich hatte niemanden kommen sehen, oder aber dass ich in die wütenden Augen von Shamar sehe, der draußen steht.

»Ich glaube die Lady hat andere Pläne.« Seine Stimme ähnelt dem gefährlichen Knurren eines Raubtieres, während er Markus mit seinem Blick auf dessen Sitz festnagelt.

Meine Bewegungen erstarren. Wie hypnotisiert starre ich Shamar an. Meine Augen sehen ihn, mein Hirn verweigert die Datenverarbeitung.

Markus überwindet seinen Schrecken deutlich schneller als ich den meinen und schreit Shamar an.

»Verpiss dich Kanacke!« Die Adern an Markus Hals schwellen an und er kneift die Augen vor Wut zusammen.

»Wenn du nicht willst, dass ich dir den Schädel einschlage, dann lässt du Luna sofort aussteigen. Die Dame hat dir gesagt, dass sie dich nicht will!« Shamars Ton lässt keine Diskussion, keine Widerworte zu und ich bin mir absolut sicher, dass, wenn Markus nicht augenblicklich von mir lässt, er die längste Zeit ein intaktes Auto hatte.

Obwohl Shamar in breitem texanischen Englisch gesprochen hat, versteht Markus jedes Wort. Erschreckt schaut er auf Shamar, dann auf mich. Er kneift seine Lippen aufeinander und drückt auf einen Schalter an seiner Tür. Mit einem Klicken entriegelt sich die Beifahrertür. Sofort wird sie von außen aufgerissen und Shamar zieht mich aus dem Auto.

Das ist ein Traum. Ich muss träumen. Das kann nicht real sein. Das muss am Alkohol liegen. Meine Beine geben nach und Shamar hält mich fest.

Er gibt der Beifahrertür einen kräftigen Stoß und zischt Markus zu: »Verpiss dich Arschloch.«

Markus gibt Gas und fährt krachend von der Bordsteinkante herunter. Er gibt zu viel Gas und sein Auto entfernt sich rasch mit durchdrehenden Reifen.

Mit weichen Knien und immer noch schwer atmend von der Auseinandersetzung mit Markus stehe ich von Shamars kräftigen Armen gehalten, auf dem Bürgersteig vor meinem Haus.

Das Licht einer entfernten Straßenlaterne wirft einen schwachen Lichtkranz um Shamars Kopf und verleiht ihm eine Art Heiligenschein. Sein männlicher Duft gemischt mit seinem After Shave steigt mir sinnlich verwirrend in die Nase. Was will er hier? Mit aller Kraft stemme ich meine Arme gegen ihn. Widerstrebend lässt er mich los. Während ich schwer atmend vorsichtig einen Schritt zurückgehe und den Abstand zwischen uns vergrößere, kann ich nicht umhin, ihn zu bewundern. Er sieht einfach umwerfend in seiner dunklen Jacke und Hose aus. Ein Schal liegt locker um seinen Hals. Er hätte auch als Model arbeiten können. Es ist totenstill und alle Fenster um uns herum sind dunkel. Zitternd vor Aufregung und Kälte stehe ich mühsam auf meinen Beinen vor Shamar.

Eigentlich müsste sich jetzt ein Loch auftun und mich verschlucken. Was will er hier? Ich rieche seinen Duft, ich spüre seine Kraft, seine Muskeln, seine breite Brust und die Mischung lässt die Schwäche in meinen Beinen nur noch stärker werden. Shamar bemerkt, dass ich wanke und ist mit einem Schritt dicht bei mir.

Ich kann nicht anders und lege meine Arme um ihn, mein Kopf sinkt an seine Brust. Er versenkt sein Gesicht in meine Haare und atmet meinen Duft ein.

5

Tränen steigen in mir hoch und purzeln in wahnwitziger Geschwindigkeit aus meinen Augen. Völlig ungläubig schaue ich hoch. Unsere Augen treffen sich. Dieses Perlmutt werde ich in meinem ganzen Leben nicht vergessen.

»Endlich .... Endlich. Luna.« Er stöhnt tief und ich kann die Vibration seines Brustkorbes an meiner Wange fühlen. Reden ist mir nicht möglich. Ich breche komplett zusammen, weine, schluchze und kämpfe gegen einen Schluckauf.

»Shamar ....«

»Schhh mein Engel. Alles wird gut.«

Ich schaue ihn ungläubig an. So viele Nächte habe ich mich in den Schlaf geweint. So viele Nächte hat er mich im Traum begleitet. Wie oft bin ich weinend vor Trauer aufgewacht, weil ich ihn verloren habe. Ich trage eine tiefe Wunde in mir, von der ich glaubte, dass sie inzwischen durch ein zartes Häutchen bedeckt ist. Jetzt bricht sie mir aller Macht und Gewalt auf, bahnt sich ihren Weg und zerreißt mich. Ich schüttle den Kopf.

»Nichts wird gut. Gar nichts. Was willst du hier?«

Meine Stimme klingt erstickt, ich habe entsetzliche Schmerzen in der Brust und kann kaum atmen. Es fühlt sich an, als wäre ein glühender Ring straff um meinen Oberkörper gelegt worden, der mich am Atmen hindert. Gleichzeitig bohrt sich ein inzwischen überwunden geglaubter Schmerz mit neuer Heftigkeit mitten in mein Herz.

Das halte ich nicht aus. Das ist einfach zu viel.

Er schließt die Augen und öffnet sie wieder um mich in seinem geschmolzenen Perlmutt zu umschließen.

»Luna, wir müssen miteinander sprechen. Ich muss dir so viel erklären.«

Sein Blick beschwört mich, ihm zuzuhören. Ich sehe ihm an, wie bestürzt er über meine Reaktion ist, doch ich kann mir nicht helfen. In meinem Kopf arbeitet es.

»Wenn du gekommen bist um mich mit Sabah zu teilen, dann kannst du wieder dahin zurückkehren, von wo aus du gekommen bist.«

Ich keuche und kämpfe um jeden Atemzug. Mir ist sterbenselend und meine Stimme versagt den Dienst.

Shamar streicht mir zärtlich durch mein Haar und lässt seine Hand in meinem Nacken liegen. Die Wärme seiner Hand in meinem Nacken lässt die Schmerzen von Markus Übergriff verschwinden. Wohliges Kribbeln entsteht auf meiner Haut unter seiner Hand. Seine Gegenwart hat etwas seltsam Tröstendes und gleichzeitig zutiefst Aufwühlendes an sich.

»Nichts von dem mein Engel. Bitte, lass es mich erklären. Bitte.«

Seine Augen sind dunkel und seine Stimme kehlig. Die plötzliche Erinnerung, welche Wirkung seine Stimme und sein Blick stets auf mich hatten und auch jetzt auf mich haben, lassen mich erschaudern. Mit meinen Armen schiebe ich ihn wieder von mir weg. Oh Gott, eigentlich will ich ihn nicht wegschieben, am liebsten wäre ich ihm ganz nahe, Haut an Haut.

Ich trete einen Schritt zurück und versuche mich zu

sammeln. Er hat das Recht, sich zu erklären. Susannes Worte kommen mir wieder ins Gedächtnis. Schließlich hat er einen weiten Weg hinter sich gebracht, um mich zu sehen und zu sprechen. Ihm das zu verweigern aus Angst vor meinen eigenen Gefühlen oder den Schmerz den er damit auslösen könnte, wäre unfair Ihm das aus Angst vor meinen eigenen Gefühlen oder vor den Schmerz, den er damit auslösen könnte, zu verweigern, wäre unfair..

Meine Schultern sinken herab, mein ganzer Körper erschlafft in Resignation. Ich muss das irgendwie schaffen. Allerdings habe ich keine Lust, das Ganze hier unten auf der Straße, nachts im Dunklen und in der Kälte zu machen.

»Dann komm mit hoch und lass uns reden.«

Ohne ein weiteres Wort drehe ich mich um und suche den Schlüssel in meiner Handtasche. Schweigend und in Gedanken versunken laufe ich vor ihm die Treppen hoch, öffne meine Wohnungstür und lasse ihn eintreten. Ich bin wie auf Autopilot geschaltet. Er kommt herein und geht mit wenigen Schritten direkt in mein Wohnzimmer und schaut sich um.

Shamar mitten in meiner Wohnung zu sehen ist so ziemlich das Ungewöhnlichste, was ich mir je hätte vorstellen können.

»Schön hast du es hier.«

Er lächelt mich schüchtern an. Er sagt die Wahrheit, das sehe ich ihm an. Ihn in meinen vier Wänden zu sehen, ihm so nah zu sein, nach all dem was passiert ist, haut mich fast um. Obwohl wir so viel miteinander erlebt und geteilt haben, stehen wir schüchtern und befangen voreinander. Diese kleine Wohnung ist seit Jahren mein Zufluchtsort. An der Wand hängt ein Foto von meinen Eltern. Er betrachtet es interessiert.

»Sind das deine Eltern?«

Echtes Interesse klingt aus seinen Worten. Es ist, als wollte er ein unverfängliches Thema suchen um die Barriere die sich zwischen uns aufgebaut hat, zu umgehen.

»Ja, etwa ein Jahr bevor die beiden verunglückt sind.« Ich stelle meine Handtasche bei Seite, streife meine Schuhe ab und ziehe den Mantel aus. Ich spüre seine Nähe noch bevor ich ihn sehe. Er greift nach meinem Mantel und hilft mir heraus. Dann hängt er den Mantel an dem Garderobenbrett in meinem Flur auf. Er steht dicht bei mir und seine Wärme umstrahlt mich mehr als angenehm.

»Mein Gott Luna, du bist ja nur noch Haut und Knochen.«

Stellt er mit seltsam gepresst klingender Stimme fest.

»Daran bin ich Schuld. Was habe ich dir nur angetan!«

Er schüttelt den Kopf und streichelt mit seinen Händen über meinen Rücken. Seine warmen Hände auf meinem Rücken tun mir so verdammt gut. Sofort spüre ich wieder dieses Kribbeln, wie schon vorhin. Erstaunt schaue ich ihn an.

»Wie schön du bist Luna!« Seine Stimme klingt unendlich sehnsuchtsvoll und heiser.

»Danke.«

Stottere ich mühsam hervor, während ich spüre, wie sich die Röte in meinem Gesicht ausbreitet. Luna, ermahne ich mich selbst, bleib bei der Sache. Innerlich straffe ich mich und versuche, meine Unsicherheit zu überspielen.

»Kaffee?«

Meine Stimme klingt fester. Gut so, wenn wir reden, könnte das eine lange Nacht werden. Da kann Kaffee und entsprechende Contenance nicht schaden.

Er nickt. Ich spüre seinen Blick auf mir, während ich in der Küche die Kaffeemaschine bestücke. Langsam zieht er sich seine Jacke aus, hängt sie neben meinem Mantel und läuft mit den Händen in den Hosentaschen in meinem Wohnzimmer herum. Nachdem die Kaffeemaschine mit leisem Blubbern zum Leben erwacht ist, ziehe ich mich in mein Schlafzimmer zurück. Hinter der geschlossenen Tür ziehe ich mein Kleid aus und eine Jeans an. Dazu nehme ich mir einen dicken Pullover aus dem Schrank. In dem Kleid hätte ich mich für eine Aussprache so wie sie mir bevorsteht, nicht wohl genug gefühlt.

Dann werfe ich noch einen Blick in den Spiegel über der Kommode. Ich sehe total verheult aus und meine Wimperntusche hat sich in Streifen bis zu meinem Kinn verteilt. Schnell husche ich ins Bad und nehme die schwarzen Spuren mit einem Feuchttuch ab. Das ist zwar nicht schön, aber wenigstens sehe ich nicht mehr aus wie ein depressiver Bergmann.

Umgezogen und gereinigt gehe ich zurück ins Wohnzimmer. Shamar steht immer noch, jetzt allerdings am Fenster. Sein Blick ruht auf mir. Ich erröte und ärgere mich sofort dafür. Hastig drehe ich mich um und verschwinde in die Küche. Der Kaffee ist inzwischen durch die Maschine gelaufen. Mit zitternden Händen fülle ihn in zwei Tassen. Die nehme ich mit ins Wohnzimmer und stelle sie auf den kleinen Couchtisch.

»Du wolltest reden, dann lass uns reden.«

Ich setze mich auf die Couch und schaue ihn an. Ich bin völlig am Ende und er hat noch nicht einen Ton gesagt. Shamar lässt sich neben mir auf meine Couch nieder, dabei spannt sich seine schwarze Stoffhose um seine Beinmuskeln, während der schwarze Rippenstrickrolli seinen breiten Oberkörper und den flachen Bauch unterstreicht.

Dieser Mann könnte jede Frau in hilfloses Hecheln ausbrechen lassen. Oh nein, ich bin noch lange nicht fertig mit ihm und erst recht nicht über ihn hinweg. Ein silberner Sportchronograph von Richard Mille prangt an seinem Handgelenk. Shamar sieht ein bisschen blass aus, was sicherlich an der Anspannung liegt. Er sitzt am anderen Ende der Couch, der Platz in der Mitte liegt zwischen uns. Ich greife zu meiner Tasse und schaue ihn erwartungsvoll an. Die Tasse halte ich festumklammert, so als könnte sie mich erden und rational denken lassen.

»Luna, wer war das vorhin?«

Er schaut mich finster an.

»Das war mein Chef.«

Der nach dem Vorfall soeben wohl sicherlich nicht mehr lange auf mich als Mitarbeiterin zählen wird. Nach dem Abend heute, ist eine Zusammenarbeit mit ihm für mich sowieso völlig undenkbar geworden. Ich werde mir jetzt einen anderen Aushilfsjob suchen müssen, bevor es mit einem qualifizierten Arbeitsverhältnis klappt.

»Ein feiner Chef. Du wirst nicht mehr für ihn arbeiten.«

Er nimmt einen Schluck von seinem Kaffee. Er ist heiß, schwarz und stark – so wie er ihn mag. Während meiner mit viel heißer Milch verdünnt ist.

»Shamar, es tut mir leid, aber das geht dich wirklich nichts mehr an. Was ich mache ist alleine meine Sache.« Sechs Wochen lang war ich komplett auf mich alleine gestellt. Ich habe mich in Köln alleine durchgeboxt und meine Geldausgabe, die ich auf Grund des Ticketerwerbs von Houston nach Hause hatte, wieder hereingearbeitet.

Verdammt, ich habe ungezählte Stunden damit verbracht, mir entweder die Augen aus dem Kopf zu heulen oder tapfer die Erinnerungen zu ertragen, die an jedem einzelnen Tag auf mich eingeströmt sind. Er hat verdammt nochmal kein Recht, sich jetzt hier aufzuspielen.

Er schaut mich an. Sein Mund ist grimmig verzogen. Aber er sagt nichts mehr dazu.

»Also, Shamar. Rede mit mir.«

Ich will es hinter mich bringen, je eher wir damit durch sind umso besser. Meine Nacht ist eh gelaufen.«

Er holt tief Luft.

»Das könnte jetzt länger dauern.«

Mit der Kaffeetasse an meinen Lippen muss ich für ihn unsichtbar grinsen.

»Ich habe im Moment keine anderen Pläne. Also los, ich bin ganz Ohr!«

Shamar schließt die Augen und scheint sich zu sammeln, holt nochmal tief Luft und fängt dann an zu erzählen:

»Mein Vater, Osman, war 27 als er meine Mutter Zoé in Paris kennenlernte. Sie ist 6 Jahre jünger als er und studierte an der Sorbonne Kunstgeschichte. Sie begegneten sich auf einem Ausflugsboot an der Seine. Meine Mutter verdiente sich etwas zu ihrem Studium hinzu, indem sie als Fremdenführerin arbeitete. Nachdem mein Vater Zoé gesehen hatte, ruhte er nicht eher, bis dass er sich mit ihr verabreden konnte. Bei beiden war es Liebe auf den ersten Blick.«

Ich hatte ja keine Ahnung dass aus der Aussprache ein Überblick der Familiengeschichte wird. Aber meinetwegen, das ist seine Gelegenheit. Es ist seine Sache, was er daraus macht.

Shamar erzählt weiter.

»Mein Vater ist der Bruder eines Emirs der saudischen Scheichtümer. Die Familientradition wollte es, dass er sich in Kürze mit einem Mädchen aus angesehenem Haus verheiraten sollte. Ehen wie diese werden arrangiert, um Geschäfte zu besiegeln oder Familien zu festigen. Er sollte in dem gleichen Jahr, in dem er meine Mutter kennenlernte dieses Mädchen heiraten. Soweit kam es jedoch nicht. Mein Vater weigerte sich, das Mädchen zu heiraten, entschied sich für meine Mutter und brach mit der Familie.«

Na, denke ich, das geht also doch. Warum zum Geier kann Shamar das nicht. Hat er mich nicht genug geliebt? Der Gedanke daran versetzt mir einen schmerzhaften Stich.

Unauffällig lasse ich meinen Blick über seine Hände gleiten. Ich sehe keinen Ring. Was heißt das? Oder bedeutet das nichts, weil nicht jeder Eheringe trägt? Ich nehme noch einen Schluck aus meiner Kaffeetasse und lausche weiter seinen Ausführungen.

»Die beiden lebten erst eine Weile in Paris, bis das meine Mutter mit mir schwanger wurde. Dann siedelten beide nach Dallas um. Mein Vater nutzte das Geld, welches er besaß um ein Baugeschäft aufzubauen und wurde schnell erfolgreich mit dem was er machte. Meine Mutter bekam mich und beendete ihr Studium an der Dallas University.

Über mehrere Jahre bemühte sich mein Vater um eine Kontaktaufnahme mit seinem Bruder. Die beiden trafen sich schließlich in Paris anlässlich irgendeiner Konferenz, an der mein Onkel teilnahm. Die beiden kamen wieder miteinander ins Gespräch und der Streit wurde schließlich beigelegt. Die Familie der Frau, die mein Vater verschmäht hatte, war zutiefst beleidigt und sorgte mit entsprechenden Einlassungen bei meinem Onkel für stetigen Ärger.

Mein Onkel und mein Vater vereinbarten, mich, seinen ältesten Sohn, regelmäßig in die Emirate zu entsenden. Ab einem Alter von fünf Jahren begann ich meinen Onkel dort regelmäßig zu besuchen. Er nahm mich mit in die Wüste. Lehrte mich, mich darin zu orientieren und zu überleben. Ich lernte alle Sitten und Gebräuche. Sei es die Jagd mit Greifvögeln oder das Pferdepolo es gab nichts, was er mir nicht gezeigt hat. Meine Eltern unterstützten ihn darin. Später als ich alt genug war, kam ich in ein Internat in England. Dort erhielt ich den größten Teil meiner Schulbildung und absolvierte mein Geologie Studium an der Royal Holloway University in London. Wie du weißt, habe ich dort übrigens auch Raoul Décoste kennengelernt.

Kurz bevor ich mit meinem Studium begann, war ich mit meinen Eltern und meinen Geschwistern in den Ferien bei meinem Onkel. Offenbar hatten meine Eltern beschlossen, die Zurückweisung die durch meinen Vater der Familie der Braut wiederfahren war, auszumerzen. Sie berieten über eine von allen Seiten tragbare Lösung, die darin gefunden wurde, dass eine neue Ehe arrangiert wurde.

Dieses Mal sollte der erstgeborene Sohn meines Vaters diese Aufgabe über-nehmen. Sabah ist eine Nichte von

Vaters zurückgewiesener Braut. Ich war erst fünfzehn oder sechzehn, als ich Sabah das erste Mal sah. Sie spielte noch mit Puppen und war durch und durch wie meine kleine Schwester Charlie. In dem Alter hatte ich mit Frauen noch gar nichts am Hut. Natürlich wusste ich um den Umstand Bescheid, was diese Vereinbarung bedeutete, allerdings war das alles so unendlich weit von mir entfernt. Ich erklärte mich damals mit diesem Bündnis einverstanden.«

Shamars Kaffee ist geleert. In seinen Pausen zwischen den Sätzen hat er immer wieder davon getrunken.

»Möchtest du noch einen Kaffee?« Ich deute auf seine leere Tasse. Auch meine Tasse ist leer.

»Trinkst du noch einen Kaffee mit? Ansonsten hätte ich gerne ein Wasser.«

Ich stehe auf und werfe nochmal meine Kaffeemaschine an. Dann stelle ich zwei Gläser und eine Flasche Wasser auf den Tisch. Aus der Küche tönt das vertraute Blubbern der Maschine. Schnell gieße ich das Wasser aus der Flasche in die Gläser und gehe zurück in die Küche. In der Mikrowelle erhitze ich eine halbe Tasse Milch, die ich dann mit dem Kaffee aus der Maschine auffülle. Shamar bekommt wieder einmal den schwarzen Kaffee, den er am liebsten mag. Es fällt mir schwer, zu seinen Ausführungen großartig etwas zu sagen und bin eher still. Shamar beobachtet mich, kommt mir aber nicht näher. Sobald ich sitze, erzählt er weiter.

»Der Gedanke an eine Eheschließung war für mich so weit weg, wie nur irgendwas. Ihre Familie zog nach dieser Übereinkunft nach Dallas, wo meine Eltern lebten. Von da an verbrachte ich die meiste Zeit dort. Mein Verhältnis zu Sabah war – nein ist – in den vielen Jahre in denen wir uns kennen, eher geschwisterlich gewesen. Ich habe sie zu keinem Zeitpunkt als begehrenswert empfunden und der Gedanke an eine Heirat rückte in immer weiterer Ferne.«

Er dreht die Kaffeetasse zwischen seinen Händen, während er gedankenverloren auf die dampfende Oberfläche des Kaffees schaut.

»Auf Grund meiner Beziehungen in die Emirate war es mir möglich, in unglaublich kurzer Zeit äußerst erfolgreich zu sein. Irgendwann fing ich an, mich in der Damenwelt umzuschauen. Ich traf viele, die sich in meiner Gegenwart sonnten, mich zu allen möglichen Veranstaltungen begleiteten, die es darauf anlegten, das Bett mit mir zu teilen. Nur verliebt habe ich mich nie. Sie alle waren nett aber eine wie die andere austauschbar.

Mit der Zeit wurde mein alter Herr ungeduldig und drängte auf eine baldige Hochzeit. In Saudi Arabien ist es nicht ungewöhnlich, dass Frauen mit 16 oder 17 Jahren verheiratet werden. Sabah war damals gerade mit ihrer Schule fertig und ich begann damit, mein Unternehmen weiter auszubauen und zu expandieren. Weitere Unternehmenszweige entstanden und Shalazar Petroleum wurde in Shalazar Industries integriert. Eine Heirat passte mir überhaupt nicht in den Plan. Sie hätte mich in meinem Handeln zu dem Zeitpunkt nur ausgebremst. Also setzte ich zur Bedingung, dass ich erst dann Sabah heiraten würde, wenn meine Firma und meine Investitionen auf sicheren Füßen stehen. Inzwischen war mir Sabah so egal oder so lieb wie jede andere meiner Liebschaften.

Ich bevorzugte dunkelhaarige Frauen in der Hoffnung, mich dann mehr zu Sabah hingezogen zu fühlen. Das hat nicht funktioniert. Schließlich legte mir mein Vater sprichwörtlich Daumenschrauben an und verlangte von mir, im Dezember, zu Sabahs einundzwanzigsten Geburtstag das Eheversprechen einzulösen.

Dieses Mal gab es keinen Weg daran vorbei. Die bevorstehende Ehe wurde kommuniziert, Einladungen ausgesprochen, die Planungen für das Fest begannen bereits im Sommer. Mein Onkel freute sich, dass jetzt alles seinen Gang nehmen würde und Sabahs Familie söhnte sich mit unserer Familie aus. Tja, und dann kamst du.«

Shamar schaut mich an und ich könnte in seinen Perlmutt schimmernden Augen versinken. Es ist kurz vor vier Uhr morgens. Ich bin hellwach. Trotz des heißen

Kaffees wird mir kalt. Ich stehe auf und hole mir eine Jacke aus dem Schlafzimmer. Darin wickle ich mich ein.

»Möchtest du noch einen Kaffee Shamar?«

Ich kann nicht verhindern, dass mir sein Name mit der altbekannten Wärme über die Lippen geht. Shamar schaut auf, als er seinen Namen von mir so ausgesprochen hört.

»Nein, danke Luna. Ich trinke Wasser.« Er lehnt sich auf der Couch zurück. Wir sitzen seit Stunden hier und ich höre ihm zu, ohne ihn zu unterbrechen. Mein Rücken schmerzt vom krummen Sitzen. Langsam lasse ich mich wieder auf meinem Platz herunter sinken, nachdem ich schon halb aufgesprungen war, um einen neuen Kaffee für Shamar zu kochen.

»Erzähl weiter.«, fordere ich ihn auf.

Er fährt sich mit den Händen durch die Haare und durch sein Gesicht. Während er erzählt, mustere ich ihn. Er wirkt müde, regelrecht ausgepowert. Seine Augen sind matt auch wenn sie in seinem unverkennbaren Perlmutt strahlen. Trotz der dicken Kleidung kann ich erkennen, dass er Gewicht verloren hat. Er hat auch gelitten, geht es mir durch den Kopf. Nicht nur ich, er auch.

»Meine Personalchefin kam damals mit deiner Bewerbung zu mir. Sie zeigte mir deine Unterlagen und schlug vor, dich in unser Förderprogramm aufzunehmen. Sie redete und ich konnte den Blick nicht von deinem Foto nehmen. Es war, als würdest du dich jeden Moment bewegen und aus dem Foto kommen. Ich stimmte ihr zu und bat sie, dich mit zu den anderen Teilnehmern nach Dubai einzuladen. Deine Unterlagen behielt ich.

Sie liegen heute noch in meinem Schreibtisch. Seitdem ich das Foto von dir gesehen habe, hatte ich keine ruhige Minute. Ich konnte es nicht abwarten, dich persönlich zu sehen. Irgendwie hoffte ich zeitgleich, dass mich meine Gefühle täuschen und ich doch nicht so viel für dich empfinden würde. Aber dem war nicht so.

Gleich am ersten Tag sah ich dich am Pool liegen. Von meinem Besprechungsraum konnte ich dich sehen. Ich gab vor, ein wichtiges Telefonat führen zu müssen und zog mich aus dem Raum zurück. Mein Weg führte mich zu dir. Ich sprach wie ein pubertierender verlegen mit meiner Mailbox, nur um dich beobachten zu können. Alle meine Gefühle die ich seit Wochen für dich hegte, explodierten geradezu exponentiell mit jedem Blick, mit dem ich dich sah. Ich hatte nur noch ein Ziel und einen Wunsch, dich kennenzulernen, dein Interesse an mir zu wecken.

Meine Gefühle für dich waren lange schon da, bevor ich dich auch nur ein einziges Mal in den Armen halten durfte. Das du dich mir hingegeben hast, war das größte Geschenk, dass du mir machen konntest. Ich habe deine Unsicherheit an dem Tag gespürt, als du mir deine Liebe gestanden hast. Für mich war es das zweite Geschenk in meinem Leben das wertvoller war, als alles andere was ich besitze. Keine Minute wollte ich mehr ohne dich verbringen. Deshalb nahm ich dich mit zu der Wohltätigkeitsveranstaltung, wohlwissend, dass die Presse über uns berichten würde.

Liebes, ich habe den Abend mit dir so sehr genossen. Auch ich war ein wenig überrascht von der Vielzahl der anwesenden Presse, jedoch hätte ich nicht damit gerechnet, dass der Artikel über uns gezielt meinem Vater zugespielt wurde. Mir ist nicht bekannt, wer da Schicksal gespielt hat, doch das Resultat war eine tiefe Verärgerung von ihm. Er fühlte sich hintergangen und war deswegen aufgebracht. Deswegen bin ich zu meinen Eltern geflogen.

Natürlich hätte mich niemand zu einer Ehe zwingen können, aber da es mir schlichtweg egal war, wen ich heiraten würde, habe ich nach allen Seiten die falschen Signale ausgesendet. Mein Vater war außer sich, als er den Artikel gelesen hat und verlangte eine Erklärung. Genau die wollte ich ihm eigentlich in der Zeit geben, in der du zurück nach Deutschland wolltest um deine Angelegenheiten zu klären.

Wie du weißt, kam mir das Schicksal zuvor und ich musste eher mit meiner Familie reden. Trotz der angespannten Situation wusste ich, dass die beiden besser als irgendjemand anderes auf der Welt mein Dilemma verstehen. Für meine Eltern stand zu diesem Zeitpunkt mehr auf dem Spiel als für mich.

Ich hätte wenig Probleme damit gehabt, meine Geschäftsbeziehungen in die Emirate zu kappen, mein Unternehmen zu verkleinern, aber dafür mit dir zusammen zu sein.

6

Dazu kam es jedoch wie du weißt, nicht mehr. Mein Vater rief mich an dem besagten Sonntag an und teilte mir mit, dass er meine Liaison mit dir nicht dulden würde. Er hat sich furchtbar aufgeregt und sich mit meiner Mutter gestritten. Sie verteidigte mich, während mein Vater eine Wiederholung der von ihm selber seinerzeit getroffenen Entscheidung für meine Mutter, in meinem Fall strikt ablehnte.

Meine Mutter hat dieser arrangierten Verbindung von je her sehr zwiespältig gegenüber gestanden. Da ich mich aber nie für eine Frau festgelegt habe oder mich verliebte, ist sie ruhiger geworden. Ich musste an dem Sonntag zu meinen Eltern fliegen um mit ihnen zu reden. Du warst so verzweifelt und ich hätte dich liebend gerne getröstet, dir alles erklärt, doch dafür fehlte mir die Zeit.

Also flog ich zu meinen Eltern und redete mit ihnen. Matthew rief mich an und teilte mir mit, dass Sabah dir einen Besuch abgestattet hat. Ich versuchte dich auf deinem Handy zu erreichen, doch du gingst nicht dran. Zu wissen, dass Sabah dir ihre Version der Geschichte erzählt, ohne dass ich es richtigstellen konnte, hat mich fast wahnsinnig gemacht. Im nächsten Anruf teilte mir

Matthew mit, du seist abgereist. Ich wollte dich eindringlich dazu bewegen, nicht zu gehen, erst abzuwarten und mit mir zu reden. Doch ich erreichte dich weder über dein Mobiltelefon, noch über die Flughafeninformation. Du bist aus meinem Leben verschwunden, so schnell und unerwartet, wie du in mein Leben getreten bist.«

Seine Stimme ist rau geworden und mir sind die Tränen in die Augen gestiegen.

»Weiter«, sage ich erstickt, ich will die ganze Geschichte hören.

»Du warst abgereist, daran konnte ich fürs Erste nichts ändern. Also setzte ich mich mit meinen Eltern zusammen. Ich teilte ihnen mit, dass mein Entschluss feststeht, mein Leben mit dir zu verbringen. Sabah war für mich überhaupt keine Option. Mein Vater schäumte vor Wut und Enttäuschung, während meine Mutter weinte und immer wieder einwarf, dass es barbarisch sei, Menschen die sich lieben, so etwas anzutun.«

Wie Recht sie hat, denke ich. So etwas ist barbarisch und nicht zeitgemäß. Das mag anders aussehen, wenn man mit den arabischen Werten in der arabischen Gesellschaft lebt und kein westlicher Einfluss vorhanden ist, für mich ist das jedoch nicht nachvollziehbar. Zoé ist mir auf Anhieb sympathisch ohne dass ich ihr je begegnet bin.

»Mein Vater drängte darauf, dass die Verbindung eingegangen wird. Er gab zu bedenken, dass ich zum Islam konvertieren und dich dann trotzdem heiraten könnte. Diese Alternative war für mich genauso undenkbar, wie für dich. Denn ich wusste auch ohne mit dir zu gesprochen zu haben, dass du das niemals akzeptieren würdest.«

Ich nicke zu seinen Worten. Exakt das waren meine Gedanken gewesen. Was noch wichtiger ist, wenn er erst zum Islam konvertieren muss, kann er kein gläubiger Muslim sein. Entgegen meiner Vorsätze unterbreche ich ihn.

»Du bist kein gläubiger Muslim?«

Er schüttelt den Kopf.

»OK, entschuldige die Unterbrechung. Bitte, erzähl weiter.«

Shamar nickt und trinkt den letzten Schluck Wasser aus seinem Glas. Während er weiter erzählt, schenke ich ihm aus der Flasche wieder neues Wasser ein.

»Wir erörterten unsere Möglichkeiten. Für mich war klar, dass ich nie eine andere Frau wollte als dich.«

Dabei schaut er mich an und ergreift fast schüchtern meine Hand. Ich lasse es zu und genieße augenblicklich das sanfte Kribbeln und die Wärme die davon ausgeht.

»Wir redeten uns die Köpfe heiß und drehten uns immer wieder im Kreis. Ich wollte mit meinen Eltern eine Lösung finden, die für alle verträglich ist. Irgendwann kam mein Bruder dazu. Er wusste nicht, dass ich da war und wollte nur meine Eltern kurz besuchen kommen. Wir zogen ihn in unseren Familienrat mit ein. Von ihm kam das Argument, dass Sabah als Braut Jungfrau sein müsste.«

Ich nicke, denn auch das hatte mir Sabah erzählt. Das und von dem Brauch, als Beweis der Jungfräulichkeit das Bettlaken mit dem Blut der Entjungferung vorzulegen.

»Familienräte sind deswegen so toll, weil man eine Idee weiter ausbauen kann. Meine Mutter meinte dann, dass es wohl zu spät sei, wenn ich erst verheiratet wäre und in der Hochzeitsnacht erst überprüfen könnte, ob Sabah noch Jungfrau sei.

Darauf meinte mein Vater, dass wir das Recht hätten, Sabahs Jungfräulichkeit von einem unabhängigen Facharzt feststellen zu lassen. Der Plan für einen Ausstieg ohne Ehrverlust für meine Familie war geboren.«

Er macht einen Moment Pause.

»Mein Vater nahm Kontakt zu Sabahs Familie auf. Er teilte ihren Eltern mit, dass ich auf einen Jungfräulichkeitstest bestehe. Das ist zwar antiquiert, aber das sind nach Ansicht meiner Mutter arrangierte Ehen auch.«

Deine Mutter ist nicht alleine mit dieser Ansicht, denke ich mir und nehme einen Schluck Wasser.

»Sabahs Eltern waren verärgert, dass wir überhaupt einen Zweifel an der Unbeflecktheit ihrer Tochter hatten, willigten aber ein, den entsprechenden Beweis zu erbringen. Sie waren sich sicher, dass ihre Tochter derartig behütet aufgewachsen ist, dass kein Mann sie je berührt hat. Es dauerte über vier Wochen, bevor meine und Sabahs Eltern einen gemeinsamen Termin mit Sabah in einem Krankenhaus in Houston finden konnten. Sabah wurde dort von einer Fachärztin untersucht. Das Ergebnis war für Sabahs Eltern niederschmetternd. Sabah war keine Jungfrau mehr. Überdies konnte die Frauenärztin erkennen, dass Sabah regelmäßigen Geschlechtsverkehr hatte und die Pille nahm. Das alles passte nicht mehr zu den sogenannten vertraglich zugesicherten Eigenschaften.

So abwertend das auch klingt. Für mich war es der beste Weg zu dir. Eine Ersatzbraut konnte ich ohne Probleme ablehnen. Sabahs Familie hatte ihrerseits einen Ehrverlust erlitten, den sie sich durch Sabahs Handeln selber eingebrockt haben. Jedenfalls ist es für mich und für meine Eltern besser so, denn ich wäre so oder so keine Ehe mit Sabah eingegangen.«

Bei seinen Worten habe ich unwillkürlich die Hände vor mein Gesicht geschlagen. Das Shamar Sabah zu einem Jungfräulichkeitstest gezwungen hat, war ein genialer Schachzug. Ich schicke ein kurzes Dankesgebet nach oben. Das ist die dritte Alternative, die mir im Gespräch mit Susanne damals gefehlt hat.

»Das Ganze ist jetzt eine Woche her. Ich habe alle Termine verlegt und Raoul das doppelte Arbeitspensum aufgebrummt, um hier sein zu können. Ich bin gestern Mittag hier angekommen. Dann sah ich dich«, er schaut auf seine Armbanduhr, »gestern Abend in den Wagen deines Chefs einsteigen. Ich setzte mich in meinen Leihwagen und wartete, bis dass das Auto wieder vor deiner Haustüre hielt.

Nach meinen Informationen warst du jede Nacht in deiner Wohnung, daher konnte ich davon ausgehen, dass du dorthin zurückkommst. Ich wartete ab, schließlich wusste ich nicht, inwieweit du ein Interesse an einen anderen Mann entwickelt hast. Schließlich sind mehrere Wochen vergangen. Doch als ich dich schreien hörte, wusste ich, dass meine Sorgen unbegründet waren. Den Rest der Geschichte kennst du.«

Mir laufen still die Tränen über meine Wangen. Shamar streckt reflexartig seine Hand aus und wischt mir die Tränen ab.

Meine Stimme ist fast heiser während ich versuche, meine Fragen zu formulieren.

»Warum hast du mir nie davon erzählt Shamar? Hast du überhaupt eine Vorstellung davon, wie ich mich gefühlt habe, als du ohne viel Worte mit einem Gesicht als ginge es um Leben oder Tod, von jetzt auf gleich verschwunden bist?«

Ich hole tief Luft und versuche meine Fassung wiederzugewinnen.

»Chérie, ich hatte Angst davor, dass du das nicht verstehen würdest. Wir waren doch erst so kurz zusammen. Wie hättest du wohl reagiert, wenn ich dir von dem Umstand einer arrangierten Ehe erzählt hätte? So wie ich dich kenne, hättest du ohne ein weiteres Wort zu verlieren deine Sachen gepackt und wärst abgereist.« Seine Finger streicheln über meine Handflächen, die in seinen Händen liegen.

»Ja, damit hast du wahrscheinlich absolut Recht. Ich mag ja nicht die Erfahrenste unter Gottes weiter Sonne sein, aber so viel steht doch wohl fest, dass man sich auf eine Beziehung nur dann einlässt, wenn niemand anderes beteiligt ist – egal in welcher Form. So viel Offenheit hätte ich von dir erwartet. Hättest du mir nicht irgendeine Information geben können? Ich komme mir einfach nur benutzt vor. Wie ein Spielzeug, was man sich leistet. Wie konnte ich nur so dämlich sein!« Aufgebracht schiebe ich mein Wasserglas mit einem Stoß weiter auf den Tisch. Etwas Wasser schwappt über und bildet eine kleine Pfütze auf der gläsernen Tischplatte.

»Luna, ich wusste doch gar nicht, ob meine Gefühle für dich, die sich wie ein verheerender Flächenbrand in mir ausgebreitet haben, überhaupt auf Gegenliebe stoßen. Ich war unendlich glücklich, das Geschenk deiner Liebe zu erhalten, dass ich es auf gar keinen Fall verlieren oder riskieren wollte. Du hättest von der ganzen Sache nichts mitbekommen Chérie. Du wärst aus Deutschland zurückgekommen und das Thema Sabah wäre so oder so erledigt gewesen.«

»Du hättest dich in jedem Fall für mich entschieden?«

Seine Augen schimmern dunkel. »Ja.«

»Auch gegen deine Familie?«

Er nickt langsam. »Ja. So wie für dich habe ich bisher noch nie für jemanden empfunden. Ich hätte auf alles verzichtet nur nicht auf dich!«

Was für eine Liebeserklärung.

»Hast du eigentlich irgendeine Vorstellung was ich in den letzten Wochen durchgemacht habe?«

Die letzten sechs Wochen waren gelinde gesagt die Hölle für mich. Langsam erhebe ich mich von der Couch um mir eine Rolle Küchenpapier zu holen. Die stelle ich auf den Tisch, wische die Pfütze weg und schnäuze mir geräuschvoll meine Nase.

»Chérie, ich habe dich angerufen, dir etliche SMS gesendet und Emails geschrieben. Nichts wurde beantwortet, du bliebst komplett stumm. Ich habe dir immer wieder geschrieben, dass der Schein trügt, dass ich zu dir stehe, dass ich nur dich will und dass du bitte ein wenig Geduld und Vertrauen haben solltest.«

Wieder fahren seine Hände durch seine kurz geschnittenen herrlich verstrubbelten Haare.

»Shamar, ich will mich doch nicht selber noch mehr quälen, in dem ich irgendwie warm gehalten und vertröstet werde. Da mache ich lieber einen Schnitt und setze dem

Ganzen ein Ende.«

Das umschreibt nicht im Mindesten, was ich mitgemacht habe.

»Bitte Luna, bitte verzeih mir. Ich habe einen Fehler gemacht, den ich nicht mehr ändern kann. Auch für mich ist die Zeit unserer Trennung, gerade weil ich dich so sehr liebe, nicht einfach gewesen.«

»Und du glaubst, dass du nach der ganzen Zeit hier auftauchst und wir wieder dort weitermachen, wo wir aufgehört haben?«

»Ich kann und will dich zu nichts zwingen Luna, ich kann nur hoffen, dass du mich noch willst. Ich gebe alles was ich habe mit Freude, wenn ich nur deine Liebe erneut gewinnen kann.«

»Ich will dein dämliches Geld nicht Shamar. Ich wollte es nie. Mein Leben hier ist nicht luxuriös, aber es ist ehrlich und real.«

Wütend halte ich seinem Blick stand, er soll bloß nicht glauben, dass ich wegen seines Geldes in irgendeiner Weise klein beigebe.

»Chérie, das mein Geld für dich eher ein Hindernis als eine Bereicherung ist, ist mir vollkommen klar. Ich kann nun mal nicht ändern was und wer ich bin. Doch eines ist ganz sicher: Ich liebe dich Luna! Ich liebe dich so sehr. Bitte verzeih mir meinen Fehler.«

Ich bin ja kein Unmensch. Natürlich verzeihe ich ihm. Wir machen alle Fehler. Aber kann ich tat-sächlich dort weitermachen, wo wir aufgehört haben? Mir schwirren viel zu viele Fragen im Kopf herum. Sabahs Aussagen die ihre Glaubwürdigkeit sehr wirkungsvoll damals untermauert haben, fallen mir wieder ein.

»Bist du aus Glaubensgründen beschnitten?«

Er prustet in das Glas, aus dem er gerade trinken wollte.

»Nein! Hat Sabah das gesagt?«

Ich nicke und warte auf seine Antwort.

»Nein, ich bin nicht aus Glaubensgründen beschnitten

worden. Wie du weißt, bekenne ich mich nicht zum Islam. Übrigens auch nicht zu irgendeiner anderen Glaubensrichtung. Ich hatte als Kind eine Phimose, die chirurgisch behandelt werden musste. Die übliche Behandlung besteht in der Entfernung der Vorhaut, was letztendlich einer Beschneidung gleich kommt.«

»Dann ist der Verzicht auf Schweinefleisch auch nicht aus Glaubensgründen?«

»Du liebe Güte, was hat dir Sabah eigentlich alles erzählt? Nein, ich mag schlichtweg kein Schweinefleisch. Mein Vater ist kein Schweinefleisch aus seinem Glauben heraus, deshalb gab es bei uns auch nie Schweinefleisch. Ich habe es irgendwann probiert und mochte es schlichtweg nicht. Das ist alles.«

Immer größere Felsbrocken lösen sich von meiner Seele und poltern ins Nirwana. Ich habe das Gefühl, endlich wieder durchatmen zu können.

»Willst du konvertieren, in die Arabischen Emirate auswandern und dir vier Ehefrauen nehmen?« Nachdem er mir die Fragen zuvor alle beantwortet hat, komme ich mir fast lächerlich vor, ihm diese Frage auch noch zu stellen.

Shamar ergreift meine beiden Hände und schaut mich offen an.

»Luna, ich werde nicht in die Emirate gehen, wie sollte ich auch, meine Firma ist in Houston. Ich werde keine vier Frauen haben und ich werde nicht konvertieren. Wie ich schon sagte, ich bin ein Kind zweier Welten. Ich kenne alle Bräuche und Sitten. Die ich, wenn ich in Arabien bin weitestgehend befolge. Ich bin viel zu sehr durch die westliche Lebensart meiner Eltern und ganz speziell durch meine Mutter geprägt worden.

Mein Lebensstil ist definitiv westlich und frei von irgendwelchen Zwängen. Die arrangierte Ehe mit Sabah war ein Zugeständnis an meine Eltern, aus Respekt vor ihnen nicht aus einem Glauben heraus. Bis das ich dein Bild gesehen habe, hielt ich das für eine richtige Entscheidung. Ich würde mich immer für dich entscheiden. Glaubst du mir?«

Ich lese in seinem Gesicht, schaue in seine Augen, fühle die Wärme seiner Hände. Ich glaube ihm.

»Ja, Shamar, das tue ich!«

Jetzt scheinen bei ihm die Felsbrocken von der Seele zu purzeln. Er will mich in seine Arme schließen, doch ich weiche zurück. Dass ich ihm verzeihe und glaube, heißt nicht, dass wir die vergangenen Wochen übergangslos überspringen werden. Ich bin zwar hundemüde, doch gibt es weitere Fragen, die ich unbedingt geklärt haben möchte.

Angesichts meiner Reaktion weiten sich seine Augen kurz und er lässt seine Hände in seinen Schoß sinken. Einen Moment später ist sein Gesicht wieder unbewegt und lässt auf nichts schließen. Doch die Wärme die aus seinen Perlmuttaugen strahlt, verrät ihn. Er ist ganz und gar nicht die Ruhe selbst.

»Was bedeutet Sabah dir, wird sie uns in Ruhe lassen?«

»Sabah ist ein großes Mädchen. Sie hat einen Freund, denn nicht umsonst nimmt sie die Pille. Natürlich hat sie jetzt Ärger mit ihrer Familie, aber ich bin der festen Überzeugung, dass sie das mit einem blauen Auge übersteht. Sie braucht ein bisschen Zeit, um wieder klar zu schauen, doch das kriegt sie hin. Sabah ist eine Freundin aus Kindertagen. Sie bedeutet mir als Frau nichts und ich bin ihr auch nicht böse, dass sie einen Freund hat.

Wir haben miteinander telefoniert. Worüber ich allerdings ernsthaft sauer bin, ist ihre Aktion, in dem sie dich bei mir zu Hause besucht und dich mit ihren Ausführungen aus meinem Haus getrieben hat. Ihr haben wir beide wohl die schlimmsten Wochen unseres Lebens zu verdanken. Ihre Definition als Sühne für ihr Eingreifen ist das Aufdecken ihres Lebensstils und die Konsequenzen die daraus entstanden sind. Nein, ich bin mir sicher, sie wird weder dich noch mich in irgendeiner Weise belästigen.«

Die Antwort stellt mich zufrieden. In mir kommt etwas zur Ruhe, was mich seit Wochen umgetrieben hat.

»Du hast mich beobachten lassen.«

Halte ich ihm als nächstes vor.

Schuldbewusst nickt er.

»Ich wollte sicher gehen, dass dir, während wir voneinander getrennt sind, nichts passiert. So lange du bei mir in Houston warst, konnte ich für deine Sicherheit sorgen. Hier in Deutschland musste ich die Hilfe eines Unternehmens in Anspruch nehmen.«

»Hast du meine Beobachter abgezogen, nachdem ich in Köln deinem Aufpasser in die Arme gelaufen bin?«

Wie kann man schuldbewusst gucken und trotzdem entwaffnend lächeln.

»Du meinst, nachdem er dich vor einem Überfall bewahrt hat? Nein meine Süße, du weckst zu viel Interesse in deiner Umgebung, wie du heute wieder sehen konntest. Es war immer jemand in deiner Nähe. Allerdings wechselten sich die Personen stets ab, so dass du niemanden wiedererkennen konntest.«

»Auch heute?«

»Auch heute. Unter den Bedienungen deiner Abendveranstaltung war einer meiner Leute. Er folgte euch auch im Auto und fuhr erst dann weiter, als dein Chef«, er spricht das Wort Chef mit Verachtung aus, »in deine Straße abbog, wo ich auf dich gewartet habe.«

Das hatte ich irgendwie geahnt. Doch bei aller Mühe, jemanden zu entdecken, der mich beobachtet, habe ich niemanden gesehen. Wie viel Leute hat er bloß auf mich angesetzt? Was das alles gekostet haben muss.

»Das waren sicherlich Profis, denn ich habe nach dem besagten Abend in Köln, beim besten Willen niemanden mehr entdecken können.«

»Luna, du warst nie allein. Ich wusste immer wo du warst.« Das findet er offensichtlich lustig, denn seine Augen funkeln und er grinst von einem Ohr zum Anderen.

»Und was hast du jetzt vor?«

»Ich werde um deine Liebe kämpfen, denn ich will dich unbedingt zurück. Dann nehme ich dich mit nach Hause und ich werde dich auf gar keinen Fall mehr loslassen. Du bist das Wichtigste in meinem Leben Chérie.«

Junge, das könnte auch aus einem Liebesroman stammen, geht mir durch den Kopf.

»Unter einer Bedingung.«

»Welche Luna?«

»Wir führen eine exklusive Zweierbeziehung nur du und ich. Ich werde dich niemals mit einer anderen teilen. Kannst du damit leben?« Mein Herz schlägt mir bis zum Hals. In mir wächst die Erkenntnis, dass ich nicht ein bisschen von meiner Liebe zu ihm verloren habe. Den Schmerz habe ich mehr oder weniger erfolgreich betäubt, aber die Ursache dafür habe ich nie beseitigt. Mein Herz zieht sich sehnsuchtsvoll zusammen.

Seine Augen glänzen verdächtig.

»Ja, nichts anderes will ich auch.«

Seine Antwort ist Balsam für meine gequälte Seele. Vor Erleichterung, ihn doch nicht verloren zu haben wird mir ganz schwindelig. Es dämmert mittlerweile draußen. Wir haben die ganze Nacht geredet. Ich will ihn. Ich will ihn so sehr. Jetzt bin ich diejenige, die den Abstand auf der Couch verkürzt und rücke zu ihm rüber. Zart und fast schüchtern küsse ich ihn auf seine Lippen.

»Was ist, wenn es doch nicht mit uns klappt und wir uns aus welchen Gründen auch immer, trennen? Welche Sicherheiten habe ich? Schließlich gebe ich mein gesamtes bisheriges Leben auf.« Unsicher rücke ich wieder ein Stück zurück und schaue ich ihn an.

»Das wird nicht geschehen Luna, das verspreche ich dir.«

»Ich will es trotzdem wissen Shamar.«

»Okay, okay, sollte es zwischen uns nicht funktionieren und wir trennen uns, dann verspreche ich dir, dass ich dir dort wo du hinziehen möchtest, dein eigenes Heim kaufe, es auf meine Kosten durch dich einrichten lasse und dir bis zum Erreichen deiner Selbständigkeit jeden Monat Unterhalt bezahle, so lange du das wünschst.«

»Shamar, ich will kein Geld von dir, sondern mir reicht dein Wort, dass du mich jederzeit gehen lässt, ohne mir einen Schaden zuzufügen.«

Er reißt entsetzt die Augen auf. »Luna ich könnte dir niemals etwas antun oder dir schaden. Nie-mals!« Er holt tief Luft und fährt fort.

»Luna, du bist die einzige die ich möchte. Nichts und niemand kann mich davon abbringen. Wenn du mich wirklich verlassen möchtest«, seine Stimme bricht fast, als er den Gedanken in Worte fasst, »werde ich dir nicht im Wege stehen. Du bist frei, jedwede Entscheidung die du willst, zu treffen. Doch ich verspreche dir, ich werde mich deiner Liebe würdig erweisen. Ich will dich, nur dich. Ohne dich ist mein Leben dunkel und leer. Du bist alles für mich! Bitte Luna, komm zu mir zurück. Ich verspreche dir, du wirst es nicht bereuen. Ich liebe dich!«

Sein Blick hält mich gefangen. Er weicht nicht einen Augenblick aus und lässt mich tief auf den Grund seiner Seele schauen. Ja, ich glaube ihm. Es ist ihm ernst. Dieser höllisch attraktive Mann liebt mich. Und ich liebe ihn ich habe nie aufgehört ihn zu lieben. Mir wird ganz warm ums Herz. Ich will ihn. Würde ich mit ihm zurück nach Texas gehen? Mein Unterbewusstsein antwortet ohne Zeitverzögerung mit einem fast hörbaren Ja! Die Pause zwischen uns dehnt sich, während ich nachdenke und er auf Antwort wartet.

»Dann sollten wir es miteinander versuchen.«

Dass ist der Moment auf den er gewartet hat und ich finde mich in einer heftigen und stürmischen Umarmung wieder. Er hält mich fest, streichelt meinen Rücken, versenkt sein Gesicht in meine Haare. Dann finden sich unsere Lippen zu einem zärtlichen langsamen Kuss.

Ich inhaliere seinen Duft. Die vergangenen Wochen bröckeln Stück für Stück. Der Schmerz, der mich fast zerschnitten hat, verschwindet. Seine Arme umschließen mich, hüllen mich ein mit seiner Wärme. In mir wächst das Gefühl warmer Geborgenheit. Mit einem Seufzer lehne ich meinen Kopf an seine Schulter und genieße mit geschlossenen Augen seine Nähe. All die Aufregung der letzten Wochen, der Übergriff meines Chefs, der Kummer, alles verschwindet, wird kleiner in mir. Endlich kann ich loslassen und finde die Ruhe, die ich so sehr vermisst habe.

Er hält mich eine ganze Weile und ich schwebe langsam in den Schlaf, während mich seine Wärme umgibt.

»Du bist müde mein Engel. Komm, lass uns ein wenig schlafen und dann sehen wir weiter.«

Schlaftrunken nicke ich, stehe von der Couch auf, ziehe überall die Verdunkelung vor die Fenster und husche ins Bad. Ich bin so müde, dass ich fast beim Zähneputzen einschlafe. Mit geschlossenen Augen stehe ich am Waschbecken und bürste mir die Zähne. Es ist vollkommen unwirklich. Shamar ist da, er ist wieder bei mir und dieses Mal ist es kein Traum, der mich weinend aufwachen lässt. Ich beeile mich, um für Shamar Platz zu machen. Während er im Bad ist, kuschle ich mich in mein Bett und rolle mich vor Kälte zitternd zusammen.

Dann ist er da, er steht in Boxershorts vor meinem Bett. Der Anblick ist phänomenal. Seine fein definierten Muskeln zeigen sich bei jeder seiner Bewegungen und seine bronzefarbene Haut schimmert in einem satten Farbton im matten Schein meiner Nachttischlampe. Ich genieße den Anblick, den ich so sehr vermisst habe.

Mein Bett ist mit 1,30 Metern relativ schmal. Alleine brauche ich ja auch nicht mehr, um gemütlich schlafen zu können. Für uns beide ist es dagegen relativ eng, was aber den Vorteil hat, dass ich mehr von seiner Wärme abbekomme.

Er zieht seine Boxershorts aus und schlüpft unter meine Decke, die wir uns jetzt teilen. Dann kuschelt sich hinter mich an. Ich liege auf seinem Arm, während sein anderer Arm locker auf meiner Taille liegt. Langsam und zärtlich tastet er mit der Hand meinen Körper entlang.

»Du hast abgenommen.« Keine Frage sondern Feststellung.

»Hmmh.« Er ist so schön warm, ich schlafe schon fast.

»Das werden wir ändern. Schlaf Chérie, alles ist gut.«

Zum ersten Mal seit vielen Wochen schlafe ich rasend schnell ein.

7

Ich werde von dem Geräusch eines vorbeifahrenden LKWs wach, welches laut in mein Schlafzimmer dröhnt. Neben mir liegt Shamar. Ich betrachte ihn während er schläft. Sein dunkler Wimpernkranz liegt auf seinen Wangen. Die feingemeißelten Augenbrauen ziehen sich mit einer kleinen Unmutsfalte zusammen. Seine sinnlichen Lippen sind geschlossen. Er hat sich im Schlaf abgedeckt und meine Bettdecke verhüllt seinen Körper ab den Hüften abwärts. Die unbehaarte Brust hebt und senkt sich regelmäßig und die von mir heißgeliebte schmale Spur seines Glückspfades zieht sich vom Bauchnabel aus abwärts. Oh mein Gott, wie sehr ich ihn liebe. Ich frage mich, wie ich es ohne ihn überhaupt ausgehalten habe.

Vorsichtig, um ihn nicht zu wecken, schleiche ich mich aus dem Bett. Er scheint im Schlaf meine Nähe zu vermissen, denn er wandert sofort mit seiner Hand zu dem Fleck an dem ich gerade noch gelegen habe. Mit einem nicht definierbaren Laut dreht er sich um und mein Bett wird sofort von ihm komplett in Beschlag genommen. Er wendet mir seine Kehrseite zu. Sein Rücken ist genauso muskulös wie sein Bauch. Ein Teil seines Pos liegt frei. Himmel, ich kann mich nicht satt an ihm sehen. Ganz egal ob er schläft oder wach ist. Selbst nach sechs Wochen ohne ihn, geht es mir wie an unserem ersten Tag. Wie kann einen die Liebe so sehr erwischen?

Kopfschüttelnd verlasse ich das Zimmer und schließe so leise wie möglich die Tür. Mein Weg führt mich als erstes ins Bad, danach in die Küche wo ich uns erst einmal einen Kaffee koche. Leise blubbernd erwacht die Maschine nach dem nächtlichen Marathon erneut zum Leben. Während ich unsere Tassen von heute Nacht unter dem Wasserhahn in der Spüle heiß abwasche, höre ich, wie die Schlafzimmertüre geöffnet wird. Schlagartig wird der Kaffee zur Nebensache.

Strubbelig, mit einem dunklen Bartschimmer auf den Wangen steht er vor mir. Nackt bis auf seine Boxershorts in denen unübersehbar eine Morgenerektion zu erkennen ist. Wow, was für ein Anblick und dass in meiner kleinen Küche. Ich muss erst mal den Kloß in meinem Hals herunter schlucken.

»Guten Morgen Chérie.« Verschlafen lächelnd steht er angelehnt an dem Türrahmen meiner Küchentür. Wie soll man bei dem Anblick eigentlich noch Contenance bewahren? Ich bemühe mich dennoch.

»Guten Morgen Shamar. Hast du gut geschlafen?« Ich hantiere weiter an der Kaffeemaschine um mich irgendwie abzulenken.

»Du hast mir gefehlt mein Engel. Habe ich dich etwa aus dem Bett vertrieben«?

Er kommt auf mich zu und umarmt mich von hinten. Obwohl er nahezu unbekleidet ist, wärmt mich sein Körper wie ein lebendiger Umschlag. Mit einem Seufzer lehne ich mich gegen ihn und genieße einfach seine Nähe.

»Nein, ich bin von einem LKW wach geworden, der auf der Straße vorbei gefahren ist. Du hast mich überhaupt nicht gestört.«

Es ist einfach herrlich, so von ihm umschlossen zu werden. Er versenkt sein Gesicht in meinen Haaren und atmet tief deren Duft ein.

»Luna.«

Mehr sagt er nicht. Allein die Art wie er meinen Namen ausspricht, lässt in mir etwas platzen.

Ich drehe mich in seinen Armen um und küsse ihn ohne jede Zurückhaltung, stürmisch und leidenschaftlich. Stöhnend reagiert er auf mich. Dieses Stöhnen vibriert in meinem Inneren. Im Nu fühle ich mich wie auf Entzug. Meine Beine zittern, mein Atem wird unregelmäßig, meine inneren Muskeln erwachen nach der langen Zwangspause mit Gewalt und zucken in Dauervorfreude zusammen.

»Grün.«

Murmelt er. Meine Augen verraten mich. Meine Begierde lässt sich sogar in der Augenfarbe lesen. Ich bin hilflos, sogar mein eigener Körper verrät mich. Wie im Fieber küssen wir uns. Die Kaffeemaschine gibt ihr Bestes um auf sich aufmerksam zu machen, doch mit einem schnellen Griff auf den Ausschalter verstummt sie. Unsere Lippen treffen mit leidenschaftlicher Wucht aufeinander. Seine Hände umschließen beidseitig meinen Kopf, während er meinen Küsse mit noch größerer Leidenschaft entgegenkommt.

»Nimmst du die Pille noch«, fragt er zwischen den Küssen.

»Ja.«

Nuschle ich als Antwort. Die Pillenpackung von Mayenne war für drei Monate und ich wollte sie nicht einfach absetzen. Daher habe ich sie weiter eingenommen. Eine gute Entscheidung.

Shamar setzt sich in Bewegung und schiebt mich küssend vor sich her. Wir bewegen uns in Richtung Schlafzimmer und landen im Bett. Er stöhnt immer wieder. Während ich in stiller Leidenschaft seine Liebkosungen genieße. Seine Hände wandern zum Saum meines Nachthemdes und ziehen es über meinen Kopf nach oben. Nackt sitze ich vor ihm inmitten meiner Kissen und Decken. Fast andächtig berührt er mich, streichelt meinen Hals und berührt meinen Busen. Sein Mund folgt seinen Händen und hinterlässt eine Kribbelnde Spur auf meiner Haut. Ich will ihn näher an mir spüren und zerre an seinen Boxershorts.

Shamar steht kurz auf und streift sie sich in meiner Augenhöhe ab. Die Shorts landen in irgendeiner Zimmerecke, während sich seine Erektion in einem prachtvollen Ausmaß vor meinen Augen selbstbewusst vorstellt. Mein Hals ist plötzlich trocken und ich beiße mir auf die Zunge, um den Drang erneut zu schlucken zu unterbinden.

Wie von selbst streckt sich meine Hand aus und berührt seine Mitte. Ich schließe die Augen, während meine Hand seinen Penis umschließt und streichelt. Er ist prall und unglaublich hart. Seine Haut fühlt sich an wie Samt und Seide. Sein Schaft ist dick geädert und auf seiner Eichel bilden sich die ersten klaren Tropfen seiner Leidenschaft. Ich fahre mit meinem Zeigefinger sacht über seine Kuppe und verteile seinen Tropfen.

Shamar stöhnt und seine Muskeln vibrieren an meiner Hand. Ich will ihn und ich will nicht mehr warten. Unsere Gier nach dem anderen steht einander in nichts nach.

Er hebt ein Bein und steigt wieder zurück ins Bett wo er mich mit einer Inbrunst küsst, als gäbe es für uns kein Morgen mehr, währenddessen streichelt er mich am ganzen Körper. Ich bin atemlos von seinen Zärtlichkeiten. Meine inneren Muskeln, die seit dem Abschalten der Kaffeemaschine um Erlösung betteln, erfahren endlich Absolution. Ohne ihn überhaupt in mir zu spüren, nur von seinen Zärtlichkeiten werde ich von einem heftigen Orgasmus geschüttelt. Stöhnend liege ich in seinen Armen, während er mich hält. Erst als ich wieder zu Atem gekommen bin, setzt er seine Liebkosungen fort. Zärtlich knabbert er sich von meinem Ohr hinunter bis zu meinem Schritt.

Er versenkt seinen Kopf zwischen meinen Beinen und spielt mit seiner Zunge an meinem Kitzler. Seine Zunge findet mit traumwandlerischer Sicherheit sofort meine Perle und umhüllt sie heiß und nass.

Er stöhnt an meinem Kitzler. Was zusätzlich noch verheerende Vibrationen im Zentrum meiner Lust freisetzt.

»Chérie, du schmeckst so gut. Oh mein Gott wie sehr habe ich dich vermisst.«

Wieder verwöhnt er meinen Kitzler mit seiner Zunge, dringt mit ihr in meinen Eingang ein und stößt mich damit. Das haut mich komplett um. Ich habe keine Gewalt mehr über mich, hilflos werfe ich den Kopf hin und her, während ich an seinen Lippen den nächsten Höhepunkt erlebe. Mein Becken zuckt unkontrolliert und ich nehme nichts mehr um mich herum wahr.

»Luna, ich will in dir sein. Darf ich?«

Wie aus weiter Ferne dringt seine Stimme zu mir.

»Was?«

Ich kann mich gar nicht auf ihn konzentrieren, während meine Welt gerade in Tausend Farben schillert.

»Ich will dich nehmen, Luna. Ich möchte dass du das auch willst. Darf ich?«

Oh mein Gott. Ich falle hier fast in Ohnmacht von der Gewalt meiner Höhepunkte und Shamar fragt mich höflich ob er mit mir schlafen darf. Mühsam fokussiere ich meinen Blick auf ihn. Seine Augen beobachten mich in atemloser Spannung, sie sind schwarz wie polierter Obsidian. Sein Atem ist schnell und flach. Wie kommt er nur auf den Gedanken, mich um Erlaubnis fragen zu müssen?

Meine Antwort ist grenzenlos unromantisch.

»Schlaf mit mir! Sofort!«

Das ist es, was mir in großen Lettern von innen ans Gehirn genagelt ist und ich will nicht länger darauf verzichten. Meine Beine sind weit gespreizt um ihm den Weg frei zu machen. Seine Eichel, die vorher wie ein heißer Ball vor meinem Eingang gelegen hat, dringt mit Macht in mich.

Meine Muskeln ächzen unter der inzwischen ungewohnten Größe in meinem Inneren. Er schiebt sich vorsichtig, fast zögernd bis zum Ende meines Tunnels vor. Ich vergehe vor Lust. Heiß glüht er in mir. Mit bis dahin unbekannter Wildheit feure ich ihn an.

»Worauf wartest du? Beweg dich! Oh Gott bitte beweg dich!«

Bettelnd liege ich unter ihm, festgenagelt auf der Matratze.

Mehr braucht er offensichtlich nicht, um sich zu entfesseln. Mit ungebremster Leidenschaft pumpt er mit schnellen harten Bewegungen in mich. Seine Kraft lässt mich im Bett Stück für Stück höher rutschen. Ja, das ist es! Genau das brauche ich jetzt. Jede Form zärtlicher Langsamkeit kann sich gerne hinten anstellen. Ich brauche es schnell.

Wie Benzin auf eine offene Flamme reagiert, so explodiere ich um ihn herum. Meine Fingernägel krallen sich tief in seinen Po, während ich ihn auf mir fixiere. Er erhöht das Tempo noch, bevor er schließlich am ganzen Körper erbebt und sich laut meinen Namen stöhnend in langen Wellen in mich ergießt. Ich kann seine heißen Spritzer in mir fühlen. Als hätte Shamar alle seine Kräfte verloren, lässt er sich auf mich sinken. Er bleibt groß und hat in mir, so als wäre er noch nicht gekommen, während wir ineinander verschränkt und atemlos in meinem kleinen Bett liegen. Ich genieße seine Nähe, seine Wärme und seine Härte in mir, die sich nach seinem Orgasmus nicht verändert hat. Meine Hände ruhen auf seinen Rücken und streicheln ihn.

Es dauert nicht lange, bis das er mit kleinen Bewegungen seiner Hüfte, eine zweite Runde einläutet.

»Sag bloß, du kannst direkt ein zweites Mal?«

Mit einer hochgezogenen Augenbraue mustere ich ihn, während er mich anlächelt und seine Hüften weiterhin in eindeutiger Absicht bewegt.

»Chérie, es ist eine gefühlte Ewigkeit her, seit wir das

letzte Mal zusammen waren. So etwas verleiht Ausdauer für zwei Runden, vorausgesetzt, dass ist dir nicht zu viel.« Er hat diesen sexy Schlafzimmerblick drauf, der eine zweite Runde mit ausgiebigen Sex verspricht. Mir ist es nur recht, viel zu lange habe ich auf das angenehme Wund sein zwischen meinen Beinen verzichten müssen.

»Du hast nicht, ich meine du bist nicht ...«

Ich weiß nicht so recht wie es formulieren soll. Aber sechs Wochen sind für einen sexuell so aktiven Mann wie Shamar eine lange Zeit.

»Nein Chérie, selbstverständlich habe ich nicht mit einer anderen geschlafen. Ich liebe dich. Das ist völlig undenkbar!«

Mit zusammengezogenen Augenbrauen schaut er mich an.

»Auch nicht mit dir selbst?«

Ungläubig schaue ich ihn an.

Lächelnd schüttelt er den Kopf.

»Du meinst, ob ich mich selber befriedigt habe? Nein, Luna habe ich nicht. Mir war ehrlich gesagt nicht danach.«

»Willkommen im Club.« Grinse ich an seinen Lippen. Seine Augen changieren in dem geschmolzenen Perlmutt Ton, den ich so sehr liebe. Seine Lippen finden meine und während sich unser Kuss intensiviert, zieht er mich langsam auf seine Hüften.

Sein Schwanz ist tief in mir vergraben. Ich bewege mich vor und zurück. Dabei reibt mein Kitzler unendlich elektrisierend an seinem kurzgeschnittenen Genitalhaaren. Seine Hände liegen an meinen Hüften und unterstützen meinen Rhythmus. Unsere Blicke treffen sich, halten einander fest, während ich ihn in einem langsamen Tempo reite.

Jetzt lassen wir uns alle Zeit der Welt. Ich streichle seine warme Haut auf der Brust und seinen Bauch. Shamar schließt genussvoll seine Augen und stöhnt. Dann setzt er sich auf, dabei liegen seine Hände seitlich auf meine Hüften. Tief in mir spüre ich seinen Schaft, der sich heiß und dick in mir bewegt. Mit seinen Händen bewegt er meine Hüften, steuert meine Bewegungen, verändert den Winkel seines Eindringens. Langsam und genussvoll schrauben wir uns gegenseitig einem neuen Orgasmus entgegen, während unsere Blicke einander festhalten.

Meine Muskeln krampfen sich um ihn und entlocken ihm ein langgezogenes Stöhnen. Ich kann meinen Höhepunkt, der sich wie ein Tsunami auf mich zubewegt nicht aufhalten, sondern lasse ihn mit zurück gelegtem Kopf über mich hinwegrollen. Shamar beobachtet mich atemlos während er sich weiter in mir bewegt. Erst als ich von meinem Höhenflug zurückkehre, erhöht er das Tempo und kommt unmittelbar nach mir selbst zum Orgasmus.

Wie sehr habe ich das vermisst. Es dauert lange, bis dass wir uns voneinander trennen und schließlich aufstehen. Während Shamar im Bad ist, sause ich eben runter zum Bäcker und besorge frische Brötchen und Croissants zum Frühstück. Zwar ist eine Frühstückszeit um zwei Uhr mittags nicht unbedingt üblich, doch der Bäcker produziert während seiner Öffnungszeiten ständig frische Ware, so dass sowohl Brötchen als auch Croissants warm und knusprig auf den Tisch kommen.

Wieder in meiner Wohnung angekommen, koche ich frischen Kaffee, während ich das Wasser in meiner Dusche rauschen höre. Wenn ich daran denke, dass vor nicht einmal 24 Stunden jedes Musikstück und jede Alltagstätigkeit noch einen schmerzvollen Stich in meiner Brust bedeuteten. Alles war furchtbar grau und trist für mich.

Und jetzt? Ich könnte trällern und die Welt umarmen, weil Shamar wieder da ist. Nie hätte ich diese Wendung für möglich gehalten. Genauso wenig wie den Übergriff gestern durch meinen Chef. Die Erinnerung daran lässt mich trotz meines Stimmungshochs erschaudern. Wie schnell sich alles ändern kann. Nichts bleibt wie es ist.

Shamar kommt aus dem Bad und hat sich sein Badetuch tief um die Hüfte geschlungen. Was für ein Anblick in meiner bescheidenen Hütte. Ich habe mir sicherlich vieles vorstellen können, allerdings niemals, dass Shamar in meiner kleinen Wohnung, nur mit einem Badetuch bekleidet in der Küche stehend, von den Croissants nascht. Das macht mich ganz nervös. Es fällt mir schwer, mich auf die einfachen Tätigkeiten zu konzentrieren, wenn Shamar in meiner Nähe ist. Grinsend beobachtet er mich, wie ich an Stelle von Zucker, die Dose mit dem Salz greife.

»Soll ich dir helfen Chérie?«

Immer noch mega sexy lächelnd nimmt er das Salz und stellt es zurück.

»Ich kann mich nicht konzentrieren, wenn du mir so nahe bist Shamar.«

Ich bemühe mich streng auszusehen, was mir allerdings kläglich misslingt. Nach einem Kuss in meinen Nacken verschwindet er in meinem Schlafzimmer, sucht sich seine Sachen zusammen und zieht sich wieder an.

Wir essen im Wohnzimmer, weil der kleine Tisch in meiner Küche nicht genügend Platz für uns beide bietet.

Jetzt wo ich zugesagt habe, mit ihm zurück nach Texas zu kommen, muss unendlich viel erledigt werden. Gedankenversunken zupfe ich kleine Stückchen von meinem Croissant ab und stecke sie mir in den Mund. Ich habe keine Ahnung wie lange es dauern wird, bis ich alle meine Angelegenheiten geregelt habe. Was mich angstvoll daran denken lässt, dass Shamar ohne mich zurückkehren wird. Wieder von ihm getrennt zu sein, auch wenn es unter anderen Umständen ist, ängstigt mich.

»Wie lange kannst du in Deutschland bleiben?« Möchte ich von ihm wissen. Ich erinnere mich an das Gespräch welches wir vor einigen Wochen in Houston hatten, damals war es für ihn schwierig gewesen, mehr als ein langes Wochenende herauszuholen.

»Spätestens nächste Woche Sonntag muss ich wieder

zurück. Ich habe am Montag Meetings, die ich nicht verschieben kann.«

Das heißt volle acht Tage und der Rest von heute. Reicht die Zeit für alles? Ich möchte definitiv nicht mehr von ihm getrennt sein. In meinem Kopf versuche ich eine Aktionsliste zusammen zu basteln, wie ich meinen Hausstand innerhalb einer Woche aufgeben kann. Ich muss meine Wohnung und meinen Job kündigen, dazu alle Versicherungen und sonstige Verpflichtungen hier. Auch das Einwohnermeldeamt muss informiert werden. Das wird mit Sicherheit hektisch werden.

»Ich werde meinen Job kündigen«, denke ich laut, »ich hoffe, die lassen mich so schnell aus dem Vertrag.«

»Kündige mit sofortiger Wirkung Luna. Gebe die Kündigung so schnell wie möglich, am besten direkt am Montag ab und berufe dich auf den Vorfall zwischen dir und deinem Chef. Der kann froh sein, wenn er keine Anzeige von dir bekommt und seinen Job behält. Ich bin mir sicher, dass deine Firma dich ohne Fristen aussteigen lässt.«

Ich hoffe, er hat Recht. »Ich muss mein Bankkonto auflösen, zum Einwohnermeldeamt, meine Wohnung kündigen und noch so viel mehr, ich weiß nicht, wo ich zuerst anfangen soll.«

»Lass uns das gemeinsam machen. Ich habe die ganze Woche Zeit, um mit dir die einzelnen Wege zu erledigen.« Er greift meine Hand, die locker in meinem Schoß liegt.

»Vielleicht fangen wir mit deiner Wohnung an. Wohnt dein Vermieter hier in der Nähe?«

Ich nicke. »Ja, Frau Fenners wohnt gleich ein paar Häuser weiter.«

»Gut, hast du einen Rechner und einen Drucker hier? Dann schreib eine formlose Kündigung zum nächstmöglichen Termin, während ich den Tisch abräume.«

Shamar will sich in meiner Küche betätigen? Ich hätte nicht geglaubt, dass er überhaupt Hand an irgendwelche hauswirtschaftlichen Tätigkeiten legt. Egal, ich stehe auf, greife mein Notebook und fahre es hoch. In wenigen Minuten habe ich eine Kündigung geschrieben. Die drucke ich aus und unterschreibe sie. Währenddessen höre ich Shamar in der Küche hantieren.

»Luna?« Höre ich ihn fragen. »Möchtest du die Woche hier in deiner Wohnung mit mir verbringen oder lieber in meinem Hotel?«

»Wieso? Was ist denn im Hotel anders?« Mit dem Laptop auf meinen Knien bleibe ich sitzen und warte seine Antwort ab.

»Chérie, im Hotel haben wir beide wesentlich mehr Platz und trotzdem jeden Komfort deiner Wohnung. Wir brauchen uns nicht ums Essen zu kümmern und alles was wir brauchen ist maximal einen Anruf entfernt.«

Er steckt seinen Kopf durch den Türrahmen im Wohnzimmer. Ich überlege, wenn wir in seinem Hotelzimmer so viel mehr Platz haben als hier, dann macht es sicherlich Sinn. Noch eine Radikalveränderung ... Gestern war hier noch mein Zufluchtsort und Morgen wird meine Wohnung nur noch ein Möbelabstellplatz sein. Anscheinend verläuft mein Leben gerade im Turbogang.

»Wenn du mich so fragst, dann nehme ich meine Sachen mit und verbringe die Zeit bei dir im Hotel.« Ich fahre meinen Rechner herunter und schalte ihn wieder aus.

»Ok, dann packe alles was du brauchst ein, ich helfe dir dabei. Danach fahren wir ins los.«

Der gemütliche Samstagmorgen entwickelt sich ungewohnt hektisch. Ich packe alle Klamotten die ich für eine Woche brauche in meinen Koffer. In meiner Reisetasche landen das Notebook und alle Unterlagen die ich benötige um alles zu kündigen. Shamar trägt die Tasche und meinen Koffer runter zu seinem Auto. Ich schließe meine Wohnungstüre ab und folge ihm langsam. Draußen steht natürlich ein Porsche Cayenne – in schwarz, so wie bei ihm daheim. Während er mit der Funkfern-bedienung die Türen entriegelt, kann ich mir ein Lachen nicht verkneifen.

»Wenn du unterwegs bist, leihst du dir dann immer einen Cayenne?«

Er grinst zurück. »Der Mensch ist ein Gewohnheitstier. Ich mag das Auto nun mal. Wenn ich unterwegs bin und einen Leihwagen benötige, dann buche ich grundsätzlich einen Cayenne. Bisher war das auch nie ein Problem, egal wo ich war.«

Das hätte ich auch nicht anders erwartet, bei seinem Geld nehmen die Leute die Beine in die Hand und legen einen Zahn zu. Natürlich bekommt er was er will.

Die Heckklappe des Autos öffnet sich vollautomatisch und Shamar stellt die Sachen in den Kofferraum. Anschließend verschließt er den Wagen wieder. Als nächstes laufen wir zu meiner Vermieterin rüber. Ich habe Glück und sie ist zu Hause. Begeistert ist sie nicht, eine langjährige Mieterin zu verlieren, aber sie akzeptiert die Kündigung ohne Probleme. Dann gehen wir wieder zurück zum Auto. Shamar drückt mir die Zündschlüssel in die Hand. »Wie wäre es, wenn du fährst?«

Etwas verlegen greife ich den Schlüssel.

»Wo fahren wir denn hin?«

»Zum Kempinski Vier Jahreszeiten.« Es hört sich seltsam an, wie er den Namen ausspricht. Ich kenne das Hotel. Es liegt in der Maximilianstraße und dürfte so ziemlich die beste Adresse in München sein. Ich setze mich auf den Fahrersitz und stelle mir den Sitz und die Spiegel ein, dann geht es los. Der Porsche ist riesig, ich habe das Gefühl in einem Panzer zu sitzen. Überraschenderweise gewöhne ich mich schnell an die Größe des Autos. Flüssig und schnell geht es in Richtung Zentrum. Vor dem Hotel suche ich nach einem Parkplatz, doch Shamar winkt ab.

»Nein, nein, das brauchst du nicht. Fahr einfach vor die Tür, der Wagen wird geparkt.«

Wenn mal immer alles im Leben so einfach wäre. Also fahre ich zum Eingang vor, lasse den Schlüssel stecken und wir steigen aus. Sofort steht ein Hoteldiener neben mir und löst mich vom Lenkrad ab.

»Bitte bringen Sie das Gepäck aus dem Kofferraum in die Royal Ludwig Suite.«

Shamar drückt ihm ein Trinkgeld in die Hand und führt mich in die Empfangshalle. Von dort steuert er direkt auf die Aufzüge zu. Über dicke Teppiche gelangen wir völlig geräuschlos zu seiner Suite. Mit einem leisen Klicken öffnet sich die Tür und ich betrete die wohl teuerste Suite in München.

Ehrfürchtig schaue ich mich um. Die Fußböden sind zum Teil aus Kalbsleder, die hohen Decken weisen Malereien auf. Das Holz ist dunkel und glänzt frisch poliert. Die Ausstattung ist eine Mischung aus alten und modernen Möbeln, die sich vollendet ergänzen. Es gibt ein Wohnzimmer mit Flachbildfernseher, ein Esszimmer, Arbeitsbereich und ein riesiges Schlafzimmer.

Ich bin schwer beeindruckt. Kaum habe ich meinen Rundgang beendet, als es an der Türe klopft und der Hoteldiener den Koffer und meine Tasche bringt. Er stellt beides ins Schlafzimmer, wo ich sofort beginne, alles auszupacken.

Wir verbringen den Samstag mit der Planung meiner Abreise. Ich rufe mehrere Umzugsunternehmen an. Doch meine Pläne sind zu kurzfristig und keines der kontaktierten Unternehmen sieht sich in der Lage, in der kommenden Woche meinen Umzug durchzuführen. Frustriert raufe ich mir immer wieder die Haare. Zwischendurch unterbrechen wir meine Bemühungen und gehen raus, um uns die eine oder andere Sehenswürdigkeit in München anzuschauen.

So schlendern wir beispielsweise durch den Englischen Garten. Trotz des kühlen Wetters sind viele Leute unterwegs. Shamar hat seinen Arm um mich gelegt und wir spazieren wie viele andere verliebte Paare die Wege im Park entlang. Ich zeige ihm die Stelle, an der Susanne und ich nach der Veranstaltung in der Universität auf der Decke saßen und das Einladungsschreiben seines Unternehmens nach Dubai gelesen haben. Er hört mir aufmerksam zu, als ich im ihm von Susanne und den vielen Dingen, die wir gemeinsam erlebt haben erzähle. Es ist herrlich, ungezwungen mit ihm herumzualbern und einfach den Tag zu genießen. Abends gehen wir in einem der zahlreichen Restaurants, die sich in der Nähe des Hotels befinden, essen. Wir essen Rehrücken und Knödel. Beides schmeckt ausgezeichnet und wird vom äußerst aufmerksamen Personal serviert.

»Woran denkst du Chérie?« Shamar beobachtet mich, während ich in Gedanken versunken in mein Weinglas starre.

»Ich denke gerade daran, was oder vielmehr wen ich alles hier zurücklasse. So sehr ich mich auch auf meine Zukunft freue, so schmerzlich ist es für mich, meine Leute und damit meine ich speziell Susanne, zurückzulassen.«

»Luna, ich bin mir sicher, dass sich alles irgendwie finden wird. Wir haben ein großes Haus, Susanne kann uns jederzeit besuchen wenn sie möchte. Wir können alle paar Wochen nach München fliegen. Susanne wird dir nicht abhandenkommen.« Er streichelt zärtlich meine Hand, die auf dem Tisch liegt.

Ich nicke. »Sicher Shamar, ich weiß, dass du dich darum bemühst, dass ich auf möglichst wenig verzichten soll. Es wird trotzdem nicht dasselbe sein und das ist es, woran ich gerade gedacht habe. Aber, wer A sagt muss auch B sagen. Schließlich sind Susanne und ich erwachsen und sollten damit umgehen können. Es darf nur niemand behaupten, es wäre einfach.«

»Ich habe höchsten Respekt vor dir Luna. Ganz ehrlich. Du verlässt deine Heimat, alle Leute die du kennst und die dir etwas bedeuten, du gibst alles auf, was du dir aufgebaut hast, nur um mit mir zusammen zu sein. Das ist ein gewaltiger Vertrauensvorschuss, den du mir gewährst. Nicht jeder würde so etwas auf sich nehmen.«

Er streichelt mir mit einer Hand meine Wange.

»Sollen wir gehen?«

Ich nicke zustimmend und Shamar winkt den Kellner zu sich, um die Rechnung zu bezahlen. Der Weg zurück ins Hotel ist kurz. Wir gehen durch die kalte Abendluft und unser Atem bildet kleine Nebelwölkchen die nebeneinander in die Luft abgegeben werden. Wir machen es uns in unserer Suite bequem. Während Shamar einige Anrufe erledigt, sitze ich vor meinem Laptop und sinniere darüber, wie ich die fristlose Kündigung meiner Arbeitsstelle argumentieren will. Ich sitze an dem gefühlten 30. Entwurf, als Shamar von hinten an mich herantritt und mich auf meinen Nacken küsst.

»Mach Schluss für heute Liebes.« Ich recke und strecke mich um meine verspannten Muskeln zu lösen. Seit zwei Stunden sitze ich auf der Couch in seiner Suite mit meinem Laptop auf dem Schoß.

»Ich habe keine Ahnung wie ich meine Kündigung formulieren soll.« Stöhne ich.

Shamar überfliegt meinen letzten Entwurf, als ob er das was dort in Deutsch steht versteht.

»Hättest du etwas dagegen, wenn du das meinen Anwälten überlässt? Die haben jeden Tag mit solchen Dingen zu tun. Wenn die sich darum kümmern, hast du deine Ruhe und außerdem können sie für dich mehr aus der ganzen Sache herausholen.«

Die Aussicht ist verführerisch. Warum sollte ich nicht endlich einmal die Annehmlichkeiten nutzen, die er mir anbietet. Dann würde es fachlich und sachlich richtig laufen, ohne dass irgendwas vergessen wird.

»Das würdest du tun? Können die das denn von Texas aus?«

Shamar lächelt. »Mein süßer Engel, meine Anwälte arbeiten international. Sie werden alles vorbereiten und an eine deutsche Vertragskanzlei geben. Die werden alles in deinem Sinne regeln.«

»Das geht so einfach?« Frage ich ungläubig.

»Du wirst dich wundern wie einfach. Wir könnten auch alles andere darüber regeln lassen. Aber du hast mir ja damals schon deutlich zu verstehen gegeben, dass du dich selber um alles kümmern wolltest, darum habe ich dir das bisher nicht angeboten.«

»Die klären alles für mich?« Ich kann es kaum glauben.

Shamar nickt nachsichtig. »Ja Luna, die klären alles wenn du willst.«

Was für eine angenehme Vorstellung, dass jemand anderes sich um meine Belange kümmert.

»Das Angebot mit meinem Arbeitgeber nehme ich gerne an. Ich möchte mich mit Markus nicht mehr auseinandersetzen und unter allgemeiner Anteilnahme der Kollegen darlegen, was passiert ist und was nicht. Ansonsten möchte ich in dieser Woche so viel wie möglich selber erledigen. Was dann noch übrig bleibt, würde ich dann gerne deinen Anwälten überlassen. Wäre das in Ordnung für dich?«

»Aber klar doch.« Während unseres Gespräches streichelt er meinen Rücken. Ich klappe meinen Laptop zu und lege ihn zur Seite. Er steht dicht hinter mir und ich lasse mich zurück sinken, so dass ich mit meinem Kopf und Nacken an der Vorderseite seiner Oberschenkel bin. Fast automatisch wandern seine Hände über meine Schultern nach vorne und liegen auf meinen Brüsten. Ich hebe meine Arme an und lasse sie locker von unten um seinen Nacken fallen. Er nähert sich mir und unsere Lippen finden sich zu einem Kuss.

Nach einer Weile lösen wir uns voneinander.

»Komm ins Bett Chérie, du bist müde. Außerdem würde ich mich sehr gerne in dir zu vergraben.«

»Na wenn das kein Angebot ist ...« Breit grinsend stehe ich auf und umrunde die Couch. Lust auf ihn durchflutet mich. Jetzt stehen wir einander gegenüber und küssen uns erneut. Einladend hebe ich ein Bein an, um es um seine Hüfte zu schlingen. Sofort unterstützt er mich und zieht mich hoch, sodass ich sitzend, von ihm, vor seiner Taille gehalten werde. Mit zielsicheren Schritten trägt er mich zum Schlafzimmer und legt mich auf das riesige Bett.

Rückwärts auf meine Unterarme abgestützt genieße ich den Anblick, der sich mir gerade bietet. Shamar zieht sich langsam Stück für Stück aus. Erst den Rolli, dann das Shirt darunter. Der Anblick seines nackten muskulösen Oberkörpers lässt mich feucht werden. Er hält meinen Blick fest, während er seine Gürtelschnalle löst und seine Hose öffnet.

Ich kann seinen Glückspfad weit nach unten verfolgen, was mir angenehmes Herzklopfen beschert. In einer Bewegung entledigt er sich der restlichen Kleidung, in dem er Hose, Boxer und Socken einfach herunterzieht. Ich kann mich einfach nicht satt sehen an so viel männlicher Pracht. Oh mein Gott.

Sein Blick hält mich mit unglaublicher Intensität fest, während er sich auf allen Vieren zu mir auf das Bett bewegt. Jetzt entkleidet er mich. Knopf für Knopf öffnet er meine Bluse und zieht sie mir über die Schultern. Seinen Fingern folgen seine Lippen und ich spüre, wie die Feuchtigkeit in meinem Schritt und weiter in mein Höschen tröpfelt. Ich hebe mein Becken um ihm das Ausziehen meiner Jeans zu erleichtern. Auch meine Hose wird komplett mit Slip von ihm herunter gezogen. Nass und vor Lust flach atmend liege ich vor ihm.

Wir küssen und streicheln uns gegenseitig. Er bedeckt meinen Körper mit unzähligen kleinen Küssen und setzt seine Liebkosungen an meiner intimsten Stelle fort. Seine Lippen umfassen meinen Kitzler. Er saugt daran und leckt mit seiner Zunge über ihn. Meine Beine fallen auseinander und entblößen alles von mir. Er weitet sein Zungenspiel aus und dringt mit seiner Zunge in mein Innerstes ein. Warm nass und ein wenig rau spüre ich ihn in mir.

»Hmmh, du schmeckst unglaublich gut.« Stöhnend leckt er sich über seine Lippen, als dürfte er keinen einzigen Tropfen meiner Feuchtigkeit verpassen. Während er meinen Bauch liebkost und sein Bart die sensible Haut unter meinem Bauchnabel kitzelt, lässt er erst einen und dann zwei Finger in mich hineingleiten. Seine Hand bewegt sich schnell vor und zurück, währen dein Handballen an meinem Kitzler reibt. Ich komme mit lautem Stöhnen unglaublich schnell und heftig.

Heftig atmend und ein wenig erstaunt über meine schnelle Reaktion auf ihn, liege ich in den vielen Kissen unseres Bettes. Kleine Nachbeben meines Orgasmus lassen meine inneren Muskeln immer wieder köstlich zusammenziehen. Ich schaue Shamar an, der zwischen meinen Beinen kniet. Sein Schwanz steht aufrecht und steil vor ihm. Er drückt die Spitze seines Schaftes vor meinen Eingang.

»Oh ja, bitte, ich will dich in mir spüren ...« Stöhne ich mit leiser Stimme.

»Dein Wunsch sei mir Befehl Madame.« Stößt Shamar hervor und teilt meine Scham mit seiner Eichel. Langsam und mit einem unnachgiebigen Druck dringt er in mich ein. Ich spüre seine Schwanzspitze, die sich den Weg durch mein Innerstes bahnt. Aufreizend bewegt er sich in mir. Ich stöhne, währenddessen meine Muskeln zielstrebig ihrem nächsten Einsatz entgegenschauen.

Es zuckt und kribbelt in mir, dass ich es fast nicht mehr aushalte. Dann legt er meine Unterschenkel rechts und links neben seinem Hals und lehnt sich vor, meine Beine öffnen sich weiter und meine Vagina streckt sich ihm entgegen. Dadurch rutscht er noch ein wenig tiefer in mich hinein. Es ziept ein wenig, weil er mich so dehnt.

»Los, fick mich.«

Rutscht es mir die heraus. Noch nie zuvor habe ich mich getraut, unser intimes Beisammensein mit derben Worten zu untermalen. Ich öffne die Augen zu einem schmalen Schlitz um zu schauen, wie Shamar auf meine Worte reagiert.

Seine Augen sind fast schwarz. Er ist erstaunt und hält kurz inne. Seine Stimme klingt heiser, als er meine Aufforderung beantwortet.

»Wie du willst Chérie, ich werde dich jetzt durchficken, bis dir hören und sehen vergeht.« Sieh mal an, die Wortwahl scheint zu Gefallen. Ja bitte, denke ich, leg los und zeig es mir. Den Gedanken kann ich kaum zu Ende denken, als Shamar seine Worte in die Tat umsetzt. Er beugt sich weiter vor, so dass sein Oberkörper nur getrennt durch meine Oberschenkel fast auf meinem liegt.

Er stößt immer wieder in einem rasend schnellen Tempo in mich. Ich spüre ihn am Ende meines Tunnels, welches er bei jeder seiner Vorwärtsbewegungen erreicht. Er versenkt sich immer wieder in mich, während bei jedem Stoß seine Hoden gegen meinen Damm prallen. Ich weiß gar nicht wie mir geschieht. Der Druck seiner Hoden auf meinen Damm verstärkt wie ein Echo die Lust, die sich in mir ausbreitet.

Ich kopple mich von der Welt ab und erlebe einen Orgasmus, der durch alle meine inneren Organe rast, während Shamar sich laut stöhnend in mir ergießt. Unsere Arme und Beine verlieren fast augenblicklich die Spannung und wir purzeln kreuz und quer übereinander zusammen. Nach einigen Atemzügen küsst mich Shamar auf die Wange.

»Du böses Mädchen.«, stöhnt er gespielt tadelnd.

»Stört es dich? Ist mir vorhin einfach so herausgerutscht...«

»Nein Chérie, überhaupt nicht. Es ist sehr anregend, wenn man die Dinge beim Namen nennt und verrucht spricht.«

Ich kuschle mich in seine Halsbeuge und lächle. Gibt es was Schöneres als sich selbst und gegenseitig zu entdecken?

8

Der Sonntag beginnt mit einem üppigen Frühstück auf dem Zimmer. Danach mache ich es mir auf der Couch bequem und rufe Susanne an. Sie meldet sich nach dem zweiten Klingeln.

»Susanne, Shamar ist wieder da.« Platze ich gleich nach der Begrüßung heraus.

Sie ist einen Augenblick vor Überraschung stumm, doch dann ist sie nicht mehr zu bremsen.

»Erzähl mir alles, habt ihr euch ausgesprochen? Seid ihr wieder zusammen? Wie geht es dir?«

Die Fragen nehmen kein Ende. Ich lache laut los und stoppe sie. Dann fange ich der Reihe nach an zu erzählen. Dabei versuche ich das nächtliche Gespräch so kurz wie möglich wieder zu geben.

»Und wo bist du jetzt?« Ich höre Susanne an, wie platt sie von meinen Neuigkeiten ist.

»Ich sitze im Bett der Royal Ludwig Suite im Kempinski.« Ich kichere ins Telefon und Susanne kichert mit.

»Wirst du jetzt mit ihm gehen und Deutschland verlassen?«

Ich höre den Kloß, der in ihrem Hals sitzt. Es tut mir

unendlich leid, doch wie soll ich gleichzeitig in Ihrer Nähe und bei Shamar bleiben? Traurig antworte ich ihr.

»Ja, ich werde mit ihm gehen. Spätestens am Sonntag geht es los. Ich würde dich sehr gerne vorher noch sehen. Hast du am Freitag Zeit?«

»Luna, für dich nehme ich mir immer Zeit. Außerdem bin ich eine unterbezahlte Hilfskraft in der Klinik meiner Eltern. Die freuen sich nämlich riesig, für wenig Geld eine ausgebildete Chirurgin und Traumatologin zu beschäftigen. Selbstverständlich werde ich am Freitag Zeit für dich haben. Wann soll ich wo sein?«

»Wie wäre es um 19 Uhr in der Spelunke? Ich bringe Shamar mit. Wir feiern zusammen Abschied. Na, was hältst du davon?«

»Das ist eine prima Idee. Mensch, ich bin schon mega gespannt auf deinen Schatz.«

Wir verabschieden uns und etwas wehmütig lege ich den Hörer auf. Susanne werde ich definitiv sehr schmerzlich vermissen. Ich kenne zwar noch eine Reihe anderer Leute in München, doch der Kontakt ist sehr locker und man sieht sich oft über einen längeren Zeitraum nicht. Ich habe eigentlich nicht das Bedürfnis, mich von einem von ihnen zu verabschieden, das sprengt definitiv meinen Finanz- und Zeitrahmen. Wenn ich in Houston bin, schreibe ich alle per Facebook an.

Ich überlege, vielleicht am Samstag noch zu Susannes Eltern zu fahren, denen möchte ich auf jeden Fall persönlich ‚Auf Wiedersehen' sagen.

»Alles in Ordnung?«

Stirnrunzelnd steht Shamar vor mir.

Ich nicke und atme tief durch.

»Ich werde Susanne furchtbar vermissen!«

»Du wirst sie so oft besuchen können wie du möchtest Luna. Außerdem kann sie jederzeit zu uns kommen. Wir haben doch gestern noch darüber gesprochen.« Der Gedanke, dass ich Susanne besuchen kann und sie mich, ist zwar tröstlich, hilft mir aber im Moment nicht viel.

»Wir treffen uns mit ihr am Freitagabend. Du wirst sie kennenlernen.«

»Sehr gerne Luna. Ich bin schon sehr gespannt auf deine Freundin. Nachdem du mir so viel über sie erzählt hast, wird das bestimmt ein schöner Abend werden.« Er grinst.

Ich bin gespannt, wie sich die beiden verstehen. Das könnte in der Tat ein interessanter Abend werden.

»Brauchst du das Telefon noch?«

Fragend schaut mich Shamar an, denn ich hatte das Mobilteil unseres Telefons in der Suite für mein Gespräch mit Susanne benutzt.

»Nein, das kannst du gerne haben.« Ich reiche ihm das Telefon an und setze mich auf die Couch um ihn zu beobachten.

Shamar wählt eine lange Nummernfolge und telefoniert mit jemand den ich nicht kenne. Er spricht über mein Arbeitsverhältnis, dem Übergriff meines Chefs den er beobachtet und unterbunden hat. Er schließt damit, dass ich mein Arbeitsverhältnis mit sofortiger Wirkung kündigen möchte. Er nickt immer wieder und tauscht diverse Informationen mit seinem Gesprächspartner aus. Zum Schluss beendet er das Gespräch und grinst mich an.

»So, das wäre erledigt. Würdest du bitte deinen Arbeitsvertrag einscannen und zusammen mit diesen Daten« er reicht mir einen Notizzettel herüber »an diese Emailadresse senden? Harry wird heute noch seinen deutschen Kollegen kontaktieren und alles in die Wege zu leiten. Du brauchst Morgen nicht einmal mehr in deiner Firma anrufen.«

»Wow, ich bin baff. Das ist mir mehr als Recht. Vielen lieben Dank Shamar.« Ich umarme ihn und drücke ihm einen Kuss auf die Wange. Im Arbeitszimmer der Suite ist alles was ich brauche, um die Informationen auf den Weg zu bringen.

Schnell suche ich mir meinen Arbeitsvertrag aus den mitgebrachten Unterlagen heraus und scanne ihn ein.

Dann versende ich den Scan zusammen mit den Angaben, die ich noch machen muss an die Adresse, die mir Shamar gegeben hat.

Da am Sonntag das Wetter zwar kalt aber dafür sonnig ist, fahren wir mit dem Cayenne raus zum Starnberger See. Dort laufen wir am Seeufer entlang und mischen uns unter die vielen Spaziergänger, die wie wir, dort unterwegs sind. In einem winzigen, etwas zurück liegenden Lokal essen wir etwas, bevor wir uns auf den Weg zurück ins Hotel machen.

Wie bereits gestern, fahre ich heute wieder den Cayenne. Er fährt sich einfacher als ich dachte, das Auto ist regelrecht handlich. Ich kann gut verstehen, warum Shamar diesen Wagen so gerne fährt.

Am Montagmorgen organisiert Shamar mit Hilfe des Concierge ein Umzugs und Entrümpelungsunter-nehmen, welches sich Dienstagmorgen um zehn Uhr in meiner Wohnung einfinden soll. Ich hatte ihn gebeten mir zu helfen, nachdem ich nach etlichen Anrufen kein Stückchen weiter gekommen bin. Danach verbringen wir mehrere Stunden im Einwohnermeldeamt, die für meine Ausreise und Abmeldung aus Deutschland jede Menge Formblätter ausgefüllt haben wollen.

Mit jedem Formular müssen irgendwelche Unterschriften innerhalb des Amtes eingeholt werden, bevor ich dann alle Blätter zusammen, meinem Sachbearbeiter im Amt wieder vorlege. Am frühen Montagnachmittag ist meine Ausreise amtlich geregelt.

Nach einem kurzen Mittagessen, fahren wir zu meiner Bank. Dort wird die Auflösung aller Konten per Ende Januar veranlasst. Die Endabrechnung wird dann mit einem, noch von mir zu benennendem Konto in Houston erfolgen. Nach dem Termin bei der Bank bin ich völlig erschlagen. Auswandern stresst!

Pünktlich um 10 Uhr steht das Umzugs- und Entrümpelungsunternehmen am Dienstagmorgen vor meiner Wohnung. Zwei große LKWs parken zwischen den Bäumen vor dem Haus und sieben bullige Männer stehen um mich herum und warten auf mein Kommando. Mit dem ganzen Tross Männer hinter mir, laufe ich die Treppen zu meiner Wohnung hoch. Von einer Minute zur Anderen fühle ich mich mitten in einen Bienenhaufen versetzt.

Überall schwirren die Menschen um mich herum. Hand anlegen brauche ich nicht, ich muss nur Entscheidungen treffen, was mitgenommen werden soll und was entsorgt werden muss. Shamar ist im Hotel geblieben und arbeitet von dort aus. In diesem Tohuwabohu hätte er sowieso nichts ausrichten können. Dafür war ich heute mit dem Cayenne alleine unterwegs – für mich ungewöhnlich, da ich sonst ausschließlich mit den öffentlichen Verkehrsmitteln fahre. Bis zum Abend sind alle meine Sachen verpackt, auseinander gebaut oder entsorgt.

Meine Wohnung, die am Morgen noch heimelig und gemütlich war, ist komplett leer. Selbst die Teppiche sind entfernt. Als Letztes kommt der Putztrupp. Dort bin ich allerdings nicht mehr dabei, sondern auf dem Weg zurück ins Hotel. Auf dem Rückweg rufe ich meine Vermieterin an und vereinbare einen Übergabetermin mit ihr. Staubig und müde betrete ich unsere Suite.

Shamar beendet gerade ein Telefonat, während ich mich vorsichtig in einen Sessel sinken lasse. Ich möchte nur noch duschen, etwas essen und dann ins Bett.

»Geschafft?« Er sieht mich fragend an.

Müde nicke ich und stütze meinen Kopf auf den Knien ab.

»Ich wusste gar nicht, wie viel Arbeit das ist. Ich bin vollkommen erledigt.«

Er geht ins Bad und kurze Zeit später höre ich Wasser laufen.

»Komm Chérie, ein Bad wird dir helfen. Er zieht mich von der Couch hoch und nimmt mich mit einer Leichtigkeit auf seine Arme als würde ich nichts wiegen.

Dann geht er mit mir in das große Badezimmer. Wasser läuft in die, im Boden eingelassene, große, ovale Badewanne.

Oben auf dem Wasser breitet sich ein feiner, cremiger, wohlriechender Schaum aus. Shamar hilft mir aus meinen Klamotten und legt sie über den Toilettensitz hinter ihm. Dann zieht er mich hoch und hilft mir in die Wanne. Wohlig stöhnend strecke ich mich darin aus. Aus den Augenwinkeln sehe ich, dass Shamar sich ebenfalls auszieht.

So müde wie ich bin, kann ich trotzdem nicht umhin, seinen Körper zu bewundern. Dann steigt er zu mir in die Badewanne und setzt sich hinter mich. Mit einem weichen Schwamm schäumt er mich ein, während mein Kopf entspannt nach hinten auf seine Schulter sinkt. Ist das göttlich.

»Ich habe soeben mein Zuhause aufgegeben. Es ist nichts mehr da.« Murmle ich leise.

Shamar hält kurz inne und bewegt dann seinen Schwamm weiter.

»Cherie, du hast ein neues Zuhause gefunden. Bei mir. Und ich schwöre dir, dass du es nie bereuen wirst.«

Ich schließe meine Augen und genieße seine Nähe. »Das ist einer der Gründe warum ich dich so sehr liebe Shamar.«

Als Antwort küsst er sanft mein Haar.

Wir verlassen die Badewanne, als das Wasser abgekühlt ist. Nachdem wir uns abgetrocknet haben, ziehen wir unsere Hotel-Bademäntel über. Während ich mir die Haare trockne, bestellt Shamar Essen aufs Zimmer. Wenig später stehen ein frisch gegrilltes Steak, eine Ofenkartoffel und ein Salat für jeden von uns auf dem Tisch. Dabei trinken wir einen spanischen Rotwein. Einen Tempranillo.

»Mein Bruder hat vorhin angerufen.«

Er trinkt einen Schluck von dem Wein.

Ich kenne seinen Bruder noch nicht und weiß auch nicht viel von ihm. Daher bin ich gespannt, was Shamar mir sagen möchte.

»Er ist im Moment in Österreich, dort ist eine größere Hotelanlage geplant und er stellt dort den Entwurf, den er angefertigt hat vor. Er kommt am Freitag nach München.«

Ich freue mich, endlich jemanden aus Shamars Familie kennenzulernen. In mir wächst eine Idee.

»Was hältst du davon, wenn dein Bruder am Freitag mitkommt und wir uns zu viert treffen?« Frage ich ihn.

Shamar lässt sein Besteck sinken.

»Das ist dein Abschiedsabend Luna, meinen Bruder sehen wir noch oft genug. Du musst ihn nicht dazu einladen.«

»Quatschkram, ich freue mich auf deinen Bruder und ich hätte ihn gerne mit dabei.«

»Okay, dann sage ich ihm Bescheid. Er wird sich riesig freuen, denn er ist mindestens genauso neugierig auf dich, wie du auf ihn.«

Inzwischen bin ich mit dem Essen fertig und könnte mit dem Kopf auf der Tischplatte ein-schlafen. Ich gähne herzhaft meine Augen werden immer kleiner.

»Sieht so aus, als hättest du die Bettschwere erreicht Chérie.«

Shamar grinst von einem Ohr zum anderen. Wir lassen alles stehen und gehen direkt ins Bett. Shamar ist so herrlich warm und ich kuschle mich mit meinem ganzen Körper an ihn. Ich bin eingeschlafen, bevor ich das zweite Bein im Bett habe.

Die restlichen Tage bis Freitag vergehen wie im Flug. Alles ist gekündigt, weitergeleitet oder storniert. Mein bisheriges Leben befindet sich in Kartons und ich stehe unmittelbar davor, in mein neues Leben zu starten.

Gegen 18 Uhr trifft Shamars Bruder ein. Er klopft an unsere Tür und Shamar öffnet ihm. Die beiden umarmen sich herzlich.

»Luna, das ist mein kleiner Bruder Nadim, eigentlich Nadim Lucas.«

Er wendet sich um zu seinem Bruder und stellt mich ihm vor. »Nad, das ist Luna der größte Schatz in meinem Leben.«

Ich grinse Shamar an und strecke Nadim meine Hand entgegen.

»Hallo Luna, du bist also diejenige die es geschafft hat meinem Bruder derartig den Kopf zu verdrehen, dass mit ihm ohne dich nichts mehr anzufangen ist.«

Er lacht und entblößt dabei eine schöne weiße Zahnreihe.

Nadim sieht aus wie sein älterer Bruder. Auch er ist schwarzhaarig, doch seine Haare sind etwas länger und liegen im Nacken auf. Er ist ebenso athletisch gebaut, jedoch ein wenig kleiner als Shamar und hat strahlend blaue Augen. Die beiden sind unverkennbar Brüder. Auch Nadim ist ein Mann, bei dem ein Frauenherz ins Schmelzen gerät.

Ich begrüße ihn. »Hallo Nadim, schön, dich endlich kennenzulernen. Man sieht sofort, dass ihr beiden Brüder seid. Die Ähnlichkeit ist unverkennbar.«

Nadim grinst von oben auf mich herab.

»Luna, es ist mir eine ausgesprochene Freude, dich in unserer Familie zu begrüßen. Sag doch einfach Nad zu mir, dass machen die anderen auch.«

Wir setzen uns in die Sitzgruppe. Shamar fragt Nad nach seinem neuen Projekt und Nad antwortet bereitwillig. Er skizziert und beschreibt den Entwurf, den er vorgestellt hat. In der Tat wäre das ein sehr schönes Hotel, wenn sich die Investoren für seinen Entwurf entscheiden.

Ich höre ihm gerne zu und kann mir das Hotel gut vorstellen. Schließlich brechen wir alle auf, um pünktlich um 19 Uhr in der Spelunke zu sein.

Wir parken den Cayenne in der Nähe und gehen zu Fuß rüber zum Restaurant. Die Türe ist geschlossen und alles ist dunkel. Oh je, denke ich, möglicherweise haben die heute zu und wir müssen nochmal umdisponieren. Ich greife den Türgriff und ziehe daran. Die Türe schwingt auf und zeitgleich geht das Licht an. Geblendet von dem plötzlichen Licht erkenne ich erst Augenblicke später, dass Susanne offensichtlich alle Leute eingeladen hat, die ich oder die mich kennen.

Der Laden ist voll. Alle stürmen auf mich ein begrüßen und umarmen mich. Jemand drückt mir ein Glas Prosecco in die Hand und ich proste damit allen zu. Mittendrin entdecke ich Susanne. Sie strahlt übers ganze Gesicht.

»Überraschung«! Ruft sie über alle hinweg.

»Hast du das gewusst«? Frage ich Shamar.

Er grinst und nickt.

»Ja, das haben Susanne und ich auf die Beine gestellt. Das ist dein Abend mein Engel!«

Ich bin unendlich gerührt über seine und Susannes Aktion. Meine Augen sind verdächtig feucht, während ich von einem zum anderen gehe und jeden begrüße. Manche habe ich schon längere Zeit nicht mehr gesehen. Shamar hat für mich das gesamte Lokal gemietet. Wir sitzen an großen Tischen und genießen unsere Getränke und das gute Essen. Nad isst allerdings nichts. Was mich wundert, denn das angebotene Essen ist hervorragend und für jeden Geschmack geeignet.

»Ist alles in Ordnung Nad, ist nichts für dich dabei«? Möglicherweise hat er ja einen ganz anderen Geschmack und es müsste in der Küche etwas extra für ihn zubereitet werden. Und das sollte nun wirklich kein Problem darstellen.

Er macht eine beschwichtigende Geste mit der Hand.

»Doch, doch, mach dir keine Sorgen Luna. Ich habe nur irgendetwas Falsches gegessen und mein Bauch piesackt mich. Alles ganz easy, Morgen ist alles wieder gut.«

Nad trinkt an seinem Wasser und prostet mir zu. Dann gleitet sein Blick weiter zu Susanne. Ich folge seinem Blick und stelle fest, dass Susanne Nad geradezu hypnotisch anschaut. Überhaupt, den ganzen Abend hat Nad nur Augen für Susanne. Er bleibt die ganze Zeit neben ihr sitzen. Ich stoße Shamar an und deute mit meinem Kinn auf die Beiden.

»Schau dir die beiden an. Sieht so aus als hätte Nad einen Narren an Susanne gefressen.«

Er grinst mich an und gibt mir einen dicken Schmatzer.

»Sieht so aus als hätte Nad ein neues Hobby entdeckt.«

Wir lachen und scherzen den ganzen Abend, bis sich Stück für Stück alle Leute von mir verabschieden und nur noch Susanne, Nad, Shamar ich übrigbleiben. Nad sieht ziemlich mitgenommen aus, in der Beleuchtung Lokals wirkt er blasser, als er zu Beginn des Abends aussah. Offensichtlich hat die Magenverstimmung sich verschlimmert.

Es ist Zeit, unsere kleine Runde aufzulösen und Nad ins wohlverdiente Bett zu schicken.

Shamar geht zur Bar und zückt seine schwarze Amex Karte, während Susanne und ich aufstehen. Nad bleibt noch einen Moment sitzen und erhebt sich als Shamar zurückkommt. Gerade will ich mich bei Shamar für sein großzügiges und tolles Geschenk bedanken, als Nad stöhnend auf seinen Stuhl zurücksinkt. Alle Blicke liegen auf ihn.

»Was ist los Nad«? Shamar fasst seinen Bruder an der Schulter und beugt sich zu ihm herab. Er stöhnt und schüttelt den Kopf.

»Luna, weißt du was er hat«? Susanne klingt besorgt.

»Nad hat wohl etwas Falsches gegessen, das sagte er heute Abend zu mir. Es ist sein Bauch.«

Ich hatte die Situation nur aus dem Augenwinkel mitbekommen, da ich Shamar entgegen gegangen bin, um mich bei ihm zu bedanken. Shamar und ich stehen unschlüssig neben Nad, während Susanne blitzschnell in den Arztmodus wechselt. Den kenne ich noch von früher und weiß, dass Nad jetzt erst aus ihrer Aufmerksamkeit entlassen wird, wenn geklärt ist, was er hat.

Sie fühlt seine Stirn.

»Nad, du hast Fieber. Wenn du dir den Magen

verdorben hast, dürftest du kein Fieber haben. Das ist was Anderes.«

»Seit wann geht es dir schon so«? Unauffällig tastet sie seinen Puls.

»Ich bin heute Morgen davon wachgeworden. Jetzt macht doch wegen eines verstimmten Magens hier kein Drama. Ich brauche nur ein bisschen Schlaf und dann ist alles wieder gut.« Er presst seine Antwort zwischen den Zähnen hindurch.

Susanne stemmt ihre Arme in die Seite und betrachtet von oben bis unten. »Hör mal zu Nad, das ist jetzt nicht der richtige Zeitpunkt, den harten Mann zu spielen. Das ist keine Magenverstimmung, soviel steht fest. Du musst untersucht werden, damit man dir helfen kann.«

Sie runzelt die Stirn und schaut Nad prüfend an.

»Susanne, was sollen wir machen? Dazu müssten wir Nad in ein Krankenhaus bringen.«

Ich sehe mich schon im Geiste in irgendeinem Krankenhaus sitzen, während ein überarbeiteter müder und schlecht gelaunter Arzt sich mit Shamars Bruder beschäftigt.

»Nein, wir machen es anders. Setzt Nad in euer Auto und fahrt ihn in die Klinik meiner Eltern. Ich fahre schon mal voraus und kümmere mich dann um ihn.«

Shamar und ich nicken unisono.

»Ich hole den Wagen.« Mit diesen Worten eilt Shamar aus dem Lokal. Mit ihm eilt Susanne zur Tür hinaus. Ich bleibe mit Nad alleine zurück.

Er schaut mich kummervoll an.

»Hey, ich wollte dir nicht den Abend verderben. Ich dachte, das geht wieder weg. Du weißt doch, Männer und Schmerzen.« Ihm geht es deutlich sichtbar ziemlich dreckig und er macht noch Scherze.

»Hey, du hast mir gar nichts verdorben Nad. Sei froh, dass du hier bist, denn du hast die weltbeste Ärztin, die sich um dich kümmern wird.«

Etwas ratlos sitze ich neben ihm. »Kann ich dir

irgendwie helfen Nad«?

Er stöhnt und beißt die Zähne aufeinander. »Nein, ich denke nicht. Scheint wohl wirklich etwas Ernsthaftes zu sein.«

Die Tür geht auf und Shamar stürzt herein. Der Cayenne steht mit Warnblinklicht in zweiter Reihe. Während der Kellner die Tür des Lokals aufhält, stützen Shamar und ich Nad auf dem Weg nach draußen. Vorsichtig verfrachten wir ihn auf den Beifahrersitz. Ich schnappe mir die Schlüssel und Shamar steigt hinten ein. Gottseidank bin ich das Auto schon ein paar Mal gefahren. Denn jetzt lege ich einen Zahn zu, um möglichst schnell zu Susanne in die Klinik zu kommen. Nad ist ziemlich still geworden und sitzt zusammen gekrümmt neben mir. Der Weg zur Klinik kommt mir plötzlich sehr lang vor. Endlich sind wir da. Susannes Auto steht neben der Notaufnahme, die Tür ist geöffnet und ein Pfleger mit einem Rollstuhl wartet auf uns. So sanft es geht, bugsieren wir Nad aus dem Auto heraus und in den Rollstuhl hinein.

Wir betreten den Wartebereich der Notaufnahme, wo uns Susanne schon umgezogen entgegenkommt. Sie hält dem Pfleger, der Nad im Rollstuhl vor sich her schiebt, die Tür auf. Aufmunternd nickt sie Shamar und mir zu. Die Tür schließt sich, nach dem der Pfleger Nad in den Behandlungsraum geschoben hat. Es dauert nicht lange als ein Bett an uns vorbei geschoben wird. Die Tür des Behandlungsraumes öffnet sich, um das Bett passieren zu lassen. Susanne schlüpft durch die geöffnete Türe nach draußen und kommt zu uns. Sofort stehen Shamar und ich auf.

»Nad hat eine akute Blinddarmentzündung. Ich werde ihn gleich operieren. Dann hat er es über-standen.«

Mir fällt ein Stein vom Herzen. Es geht nichts über Susanne.

»Danke Susanne!« Presse ich heraus, während Shamar ihr stumm die Hand drückt.

Die Tür geht wieder auf und das Bett wird wieder

herausgeschoben. Nad liegt jetzt drin. Shamar und Nad schauen sich an und nicken einander zu.

»Halt die Ohren steif Bruderherz.« Shamar streckt seine Hand zu Nad aus, der sie ergreift. Daumen an Daumen und Unterarm an Unterarm.

»Ich bin gleich wieder da, lauft nicht weg.«, scherzt Nad, bevor das Bett weiter in Richtung Aufzug und OP Trakt geschoben wird. Susanne begleitet Nad und den Pfleger. Die Aufzugstüren schließen sich und wir bleiben alleine im Wartebereich zurück.

Die Minuten verstreichen, während Shamar und ich uns die Hand halten. Einen Blinddarm zu entfernen ist nicht weiter kompliziert, dass weiß ich, aber Nad ging es schon so schlecht. Ich schicke ein Stoßgebet zum Himmel und bete, dass alles gut wird. Aus dem Getränkeautomaten zieht Shamar uns eine Cola, die wir uns teilen. Es dauert fast eineinhalb Stunden, bevor Susanne wieder kommt. Sie lächelt uns beruhigend entgegen.

»Nad geht es gut. Er schläft jetzt. Wenn ihr wollt, könnt ihr kurz zu ihm.« Das Stethoskop um den Hals geschlungen, sieht sie unglaublich professionell in ihrer OP Kleidung aus.

»Ist alles gut gegangen?« Shamar schaut Susanne an.

»Ja, Gottseidank. Es hätte nicht mehr viel gefehlt und der Blinddarm wäre durchgebrochen. Er war gerade rechtzeitig auf meinem Tisch. Mach dir keine Sorgen Shamar, Nad ist bald wieder auf dem Damm.«

Ich nicke Susanne zu. Mein Vertrauen in sie ist grenzenlos.

»Dann kommt, ich bringe euch zu ihm.« Sie geht voraus. Wir müssen zwei Etagen hochlaufen, bevor wir zu Nads Zimmer gelangen.

Susanne hat ihn in einem Einzelzimmer untergebracht. Er ist noch ein wenig blass und schläft, aber er sieht nicht mehr so verspannt aus wie vorhin. An seinem Arm hängt eine Infusion und ein Plastikfläschchen in das etwas Blut läuft, hängt unten an seinem Bett. Nad hat uns wohl eintreten hören, denn er öffnet ganz langsam die Augen.

»Hallo ihr zwei«, sagt er mit verschwommener undeutlicher Stimme, »ich wollte immer schon mal von einem Engel operiert werden.« Nad muss noch ziemlich benebelt von der Narkose sein, denn er kann die Augen nicht aufhalten. Sofort ist er wieder eingeschlafen. Shamar nimmt mich in seine Arme und drückt mich. Wir wollen Nad nicht über die Gebühr stressen, schließlich ist er gerade eben erst operiert worden. Darum drehen wir uns um und wollen das Zimmer verlassen.

Susanne steht hinter uns und ist puterrot angelaufen. Für Farbtöne in dieser Rot Sättigung bin normalerweise ich zuständig und ich frage mich, warum ihr der Satz von Nad so peinlich ist.

Sie verlässt Nads Zimmer zusammen mit uns.

»Ich bleibe heute Nacht in der Klinik und schaue ab und zu nach ihm. Macht euch keine Sorgen, ich passe schon auf ihn auf.«

Sie lächelt uns aufmunternd zu.

Wir verabschieden uns von ihr. Morgen kommen wir wieder zurück und besuchen Nad. Shamar stellt das Navi im Cayenne ein und fährt uns langsam ins Hotel zurück. »Deine Freundin hat's echt drauf Chérie.«

»Ja«, antworte ich ihm, »Susanne war schon immer so. Deshalb habe ich auch keinen Hausarzt, wenn ich was habe, gehe ich immer zu Susanne. Sie hat mich schon als Kind verarztet.«

»Wirklich?« Er lächelt amüsiert in die Dunkelheit.

»Ich habe mich mal an einer Scherbe geschnitten. Noch bevor jemand anderes was gemacht hat, kam Susanne mit Desinfektionsmittel und einem Klammerpflaster an. Da kannten wir uns gerade ein halbes Jahr.« Ich zeige ihm die kaum sichtbare Narbe an meinem Unterarm.

Inzwischen sind wir am Kempinski angekommen und Shamar gibt den Autoschlüssel an einen Bediensteten weiter. Dass der so fröhlich begonnene Abend so dramatisch enden würde, damit hätten wir beide nicht gerechnet. Während ich erst ins Bad und anschließend ins Bett gehe, ruft Shamar seine Eltern an. Er redet lange mit ihnen. Wahrscheinlich machen sie sich Sorgen wegen Nad. Aber bei Susanne ist Nad in den besten Händen. Ich liege im Bett und warte auf Shamar.

Mein Handy habe ich auf dem Nachtschrank liegen, für den Fall, dass Susanne anrufen sollte. Dabei denke ich über Susanne und Nad nach. Die beiden waren heute Abend nicht auseinander zu bekommen. Es war, als hätte ein unsichtbares Band die beiden aneinander geschweißt. Eine derartige Reaktion auf einen Mann habe ich bei Susanne bisher noch nicht erlebt. Ich kenne Nad nicht und weiß daher nicht, auf was sich Susanne im Falle eines Falles einlassen würde. Bei seinem Aussehen würde ich eher darauf schätzen, dass er nichts anbrennen lässt. Aber Susanne ist alt genug, um sich mit einer solchen Situation auseinanderzusetzen.

Endlich kommt Shamar zu mir. Sein Körper ist wie ein Ofen, der mich wunderbar von oben bis unten wärmt.

»Und, wie nehmen es deine Eltern auf«?

»Mutter war am Anfang geschockt. Ich habe ihr von Susanne erzählt und dass sie heute Nacht in der Klinik auf Nad aufpasst. Das hat sie schließlich beruhigt. Es setzt ihr zu, dass eines ihrer Kinder krank ist und sogar operiert werden musste, ohne dass sie da sein kann. Wir müssen schauen, dass wir Nad mit nach Hause nehmen, wenn wir am Sonntag fliegen. Im Gegensatz zu Mutter sieht mein Vater das alles recht gelassen. Es ist ja alles gut gegangen.«

»Lass uns morgen früh zu Nad fahren und schauen wie es ihm geht. Vielleicht kann er dann schon deine Mutter anrufen und sie beruhigen. Dann muss sie sich nicht so lange Sorgen machen.«

Shamar versenkt sein Gesicht hinten in meine Haare. »Chérie, du hast wirklich die besten Ideen.«

Er kuschelt sich wieder von hinten an mich heran und ich spüre, wie sich sein bester Freund in freudiger Erwartung reckt. Ich rutsche ein wenig mit meinem Po hin und her, um nicht nur den kleinen Freund sondern auch meinen großen hinter mir auf einen größeren Erregungsstand zu bringen.

Es dauert keine 15 Sekunden, dann sind beide auf meine Einladung angesprungen. Shamars Hände schieben mein T-Shirt hoch, welches ich mir für die Nacht angezogen habe. Langsam und genüsslich streichelt er die weiche Fülle meiner Brüste. Er verweilt immer wieder bei meinen Brustwarzen, die er knetet und zwischen seinen Fingern rollt. Ich bewege mich fordernder an seinem Schaft und reibe mich an ihm. Mit seiner Hand streichelt er meine Kontur entlang und hebt eine Pobacke hoch.

Dann lässt er seinen harten Penis in seiner gesamten Pracht zwischen meinen Pobacken hoch und runter gleiten. Das hat er bislang noch nie getan. Es erregt mich unglaublich, wie er mit seinem heißen Schwanz in seiner gesamten Pracht und Länge an meiner hinteren Spalte entlang streicht und dabei köstliche Signale über meinen Anus zu meiner Mitte sendet.

Dieses Reiben und Kneten macht mich ganz kribbelig. Unruhig fordere ich ihn mit meinen Bewegungen auf, endlich ernst zu machen. Dabei wäre es mir, so geil wie ich im Moment bin, völlig egal, wie er mich nimmt. Sogar der Gedanke, es mit meinem Hintereingang zu versuchen geht mir durch den Kopf. Erstaunlicherweise sind die negativen Erinnerungen an dieses Erlebnis von damals wie weggeblasen. Ich bin nur noch heiß und sehne mich nach Erlösung. Schließlich hebt er mein oberes Bein an und legt sein Bein darunter. Jetzt hat er ungehinderten Zugang zu mir.

Ich spüre seine feuchte Schwanzspitze nach vorne gleiten. Wie von selbst sucht und findet er meinen Eingang. Er dringt mit einem heftigen Ruck in mich ein und dehnt mich sofort aufs Äußerste. Das ist genau das, was ich jetzt brauche. Schnellen harten Sex. Der leichte Dehnungsschmerz verschwindet schnell, hat aber um ein vielfaches meine Lust beschleunigt. Wir liegen in

Löffelchenstellung, seine Hand hält mich fest vor seinem Bauch und er bewegt sich in mir.

Das Gleiten seines harten geäderten Schaftes bringt mich ohne große Ankündigung fast explosionsartig zum Höhepunkt. Ich spüre, wie ich ihn eng umschließe. Jetzt wo ich gekommen bin, erhöht er das Tempo und holt sich, was er braucht. Kurz nach meinem Orgasmus erreicht auch er seinen Höhepunkt. Es dauert eine Weile, bis sein schneller Atem an meinem Ohr ruhiger wird. Ich spüre seine zarten Küsse auf meiner Schulter. Wir beide sind einfach nur noch müde vom Abend und von unserem Sex.

Ohne die Position zu verändern, schlafen wir beide ein, während er noch in mir ist.

Der Samstagmorgen ist grau, regnerisch und kalt. Ein Tag um im Bett zu bleiben. Uns zieht es jedoch direkt nach dem Frühstück ins Krankenhaus zu Nad.

Wir treffen ihn in seinem Bett sitzend an. Er hat ein Frühstücktablett vor sich stehen. Ein halb gegessenes Brötchen mit Käse und eine große Tasse Kaffee stehen vor ihm. Was mich eigentlich eher verwundert ist Susanne, die sich auf dem Bettrand niedergelassen hat. Nach Visite sieht das für mich nicht gerade aus ...

Die beiden grinsen, Nad versucht sich beim Lachen zurückzuhalten, doch ab und zu gelingt ihm das nicht und er drückt mit der Hand und einem leicht schmerzverzerrten Gesicht auf seinen Bauch.

Die beiden schauen sich um, als wir eintreten.

»Kumpel, du siehst aber wieder richtig gut aus. Man sieht dir gar nicht an, dass du gestern notoperiert wurdest.« Shamar begrüßt seinen Bruder per Handschlag.

Ich gebe ihm ebenfalls die Hand.

»Hey, das liegt ausschließlich daran, dass du die weltbeste Ärztin erwischt hast.«, kommentiere ich Shamars Worte.

Dann begrüße ich Susanne in dem ich sie umarme und zwinkere ihr zu. Ich halte sie einen Moment länger als notwendig gedrückt, solange sie noch da ist, nutze ich ihre Nähe aus. Sie zwinkert zurück.

»Wartet mal ab, wie lange Nad noch grinst, wenn der Redon gezogen wird.« Sie deutet auf die kleine Flasche, in die ein kleines bisschen Blut geflossen ist.

Nad lässt sich nicht einschüchtern und meint mutig:

»Das kann ja nicht schlimmer sein als gestern. Also alles ganz entspannt.«

Susanne zuckt mit ihren Schultern.

»Bist du fertig mit frühstücken Nad?«

Er nickt Susanne zu. Darauf nimmt sie das Tablett herunter und drückt es mir in die Hand. Dann klappt sie das Tischchen ein und stellt den Schrank zur Seite.

»Okay Nad, ich hole jetzt den Verbandswagen und dann ziehe ich dir den Redon. Mal schauen, ob du mich danach immer noch magst.«

Sie grinst ihn an, als wäre sie ihrer Sache sehr sicher. Im Herausgehen nimmt sie mir das Tablett wieder ab und nimmt es mit.

»Mutter ist halb verrückt vor Sorge um dich. Sie möchte, dass du sie sofort anrufst, sobald ich hier bin.« Shamar reicht ihm sein Handy an.

»Bist du verrückt? Zuhause ist es mitten in der Nacht. Ich werde Mutter doch nicht wecken«!

»Ruf gefälligst an du Dickschädel, meinst du Mutter würde auch nur ein Auge zumachen ohne zu wissen wie es dir geht«?

Vorwurfsvoll schaut Shamar seinen Bruder an. Der streckt zögernd seine Hand aus und ergreift das Handy. Er gibt die Nummer ein und startet den Anruf. Offenbar hat Shamars Mutter neben dem Telefon gesessen. Das Telefon kann am anderen Ende kaum geklingelt haben. Ich höre eine Frauenstimme die sich mit Nad unterhält.

Das Gespräch dauert nicht lang und Nad erklärt seiner Mutter, dass es ihm gut geht. Sie scheint ihn zu drängen, am Sonntag mit uns nach Hause zu fliegen, denn er gibt an, einen Rückflug nicht ohne ärztliche Erlaubnis zu machen. Die beiden unterhalten sich noch ein bisschen, dann verabschieden sie sich und beenden das Gespräch.

»Kommst du morgen mit nach Hause? Wir nehmen dich gerne mit.«

Shamar schaut seinen Bruder fragend an.

»Das weiß ich noch nicht Bruderherz. Ich muss dazu erst meine Ärztin konsultieren.« Nad grinst von einem Ohr zum anderen.

Ich kenne Nad kaum, aber ich bin mir absolut sicher, dass da irgendetwas läuft, was wir noch nicht mitbekommen haben. Ich muss mich dringend mit Susanne unterhalten. Die kommt in diesem Moment wie gerufen, mit einem großen Verbandswagen zur Tür hinein.

»So, und ihr zwei Turteltäubchen wartet jetzt draußen.« Sie hält uns die Türe auf und komplimentiert uns nach draußen.

»Und dir«, sie schaut Nad streng an, »wird das Lachen gleich vergehen.«

Ihr Blick spiegelt oberlehrerhafte Strenge wieder. Diesen Blick kenne ich. Ich schließe schnell die Zimmertüre hinter uns bevor ich laut los lache.

»Sag mal, was hat Susanne vor?« Shamar runzelt die Stirn und schaut mich an.

»Merkst du nicht, was zwischen den beiden gerade abgeht? Die Spannung ist doch schon fast greifbar.«

Ich schüttle meinen Kopf, während ich immer noch lache.

»Du meinst ...?«

»Ja, da ist irgendwas im Busch. Und wenn Susanne sich so dominant gibt, steht dem armen Nad jetzt was bevor.«

»Was?«

»So ein Redon muss eine ziemlich schmerzhafte Sache sein. Das wird Nad nicht gefallen.«

»Der soll sich mal nicht so anstellen. Schließlich ist es ihm gestern Abend viel schlechter gegangen als jetzt. Hast du sein Frühstück gesehen?«

Shamars Augen blitzen vor hintergründigem Humor.

»Warte es einfach ab, er wird's dir sicherlich gleich erzählen.«

Wir müssen uns noch ein fast eine halbe Stunde gedulden, bevor wir wieder ins Zimmer dürfen.

Shamar hält Susanne die Türe auf, damit sie mit ihrem Verbandswagen aus dem Zimmer kann. Nad sieht ziemlich blass aus. Das Lachen scheint ihm vergangen zu sein.

»Hey Kumpel, alles klar?« Shamar bleibt ein wenig unsicher am Bett seines Bruders stehen, die Hände in seinen Taschen.

»Shit, die hat mir gerade so einen Schlauch aus dem Bauch gezogen.« Er hält die Hände auseinander und bildet damit einen Abstand von fast einem halben Meter. Das ist natürlich hemmungslos übertrieben. Aber Männer wollen halt bemitleidet werden.

»Da bist du aber sehr tapfer gewesen, das Ding muss ja kreuz und quer in deinem Bauch gefaltet gewesen sein und wir haben nicht einen Muckser von dir gehört.« Sage ich übertrieben staunend.

»Du veräppelst mich gerade.«

Er schaut gespielt grimmig.

»Du hast aber angefangen!« Jetzt grinsen wir beide.

Shamar steht daneben und schaut von einem zum Anderen.

»Aber sonst geht es euch gut – oder?«

Unisono antworten Nad und ich mit »Ja.«

Susanne kommt wieder zurück. Sie steckt die Hände in ihre Kitteltasche und fragt: »Und, habt ihr schon geredet?«

»Worüber sollen wir geredet haben?«, frage ich zurück und wende mich ihr zu. Dann schaue ich Shamar an, der mir mit einem Schulterzucken antwortet.

»Naja«, fängt Nad an, »Mutter wollte doch, dass ich Sonntag mit euch nach Hause komme.«

Shamar nickt. Ich hatte das ja auch mitbekommen.

»Ich fliege mit euch nach Hause. Auf den Rat meiner Ärztin allerdings, darf ich nicht ohne medizinisches Fachpersonal fliegen. Susanne kommt mit.«

9

Mit einem Jauchzer umarme ich Susanne. Ich kann es gar nicht fassen, dass sich unsere Wege nicht trennen und sie mit mir nach Houston kommt, wenn auch erst mal auf absehbare Zeit. Ist mir auch völlig egal, denn das Susanne mitkommt ist wie ein verfrühtes Weihnachtsgeschenk für mich. Ich freue mich wahnsinnig. Während Susanne und ich uns in den Armen liegen, ergreift Shamar die Hand seines Bruders.

»Kleiner Bruder, die Idee ist hervorragend, die hätte glatt von mir kommen können. Ihr wohnt natürlich bei uns. Keine Widerrede.«

Na klar, denke ich, Shamar hat genügend Platz in seinem Haus. Die beiden fallen darin gar nicht auf. Hoffentlich hält Nad die Reise auch durch. So ein langer Flug ist schließlich nicht ohne. Aber dafür hat er ja Susanne.

»Kannst du denn so ohne weiteres deine Tätigkeit hier an den Nagel hängen?«, frage ich vorsichtig nach.

Sie nickt so stark, dass ihre Mahagonilocken fliegen. »Ja, darum hat es gerade etwas länger gedauert. Ich musste erst mit meinen Eltern reden und das Dienstliche mit ihnen klären. Es hat zwar einen Moment gedauert, aber da ich noch keinen neuen Job habe und hier quasi nur die Aushilfe bin, habe ich keinen festen Dienstplan.«

»Und wie geht es jetzt weiter?« Ich schaue Shamar fragend an.

»Ich werde gleich ein paar Anrufe machen und lasse den großen Jet nach München kommen. Dort hat Nad genügend Platz um sich hinlegen zu können. Sobald er da ist, muss ein Flugplan erstellt werden. Abreise Morgen 14 Uhr?«

Er schaut in die Runde. Alle nicken.

»Gut, dann werde ich mich um dein Gepäck kümmern Nad, Susanne, du packst am besten auch alles zusammen was gebraucht wird. Luna, dann können deine Sachen die du mit nach Houston nimmst, mit in die Maschine und müssen nicht separat transportiert werden. Nad, kannst du im Auto sitzen oder müssen wir einen Liegend-Transport organisieren?«

Anstelle von Nad antwortet Susanne.

»Nad kann ganz normal im Auto fahren. Er darf nichts tragen und wird Probleme beim Ein- und Aussteigen haben. Ansonsten passt es.«

Nad zieht die Augenbrauen hoch, schaut Shamar an und deutet ein Kopfnicken in Richtung Susanne an.

»Dafür habe ich meine persönliche Ärztin dabei.«

»Ok, dann holen wir euch beide Morgen um 13.00 Uhr hier in der Klinik ab.« Shamar hat alles im Griff. Er legt den Arm um mich und drückt mir einen Kuss auf meine Haare.

Wir verabschieden uns und lassen die beiden alleine. Draußen auf dem Flur halte ich inne. »Shamar, ich möchte mich noch von Susannes Eltern verabschieden. Ich kenne die beiden schon so lange und gestern sind sie nicht dabei gewesen.«

»Ok, mein Engel. Weißt du wo du sie findest?« Ich nicke und dirigiere ihn in die richtige Richtung. Wir landen vor einem Büro, an dem ein Schild mit der Aufschrift: ‚Klinikleitung Dres. Schweitzer' angebracht ist. Ich klopfe an der Tür. Von drinnen höre ich Susannes Mutter »ja bitte« rufen. Shamar und ich betreten den Raum. Sabine und Achim sind an ihren Schreibtischen und arbeiten den lästigen Schriftkram ab. Als sie uns sehen, stehen beide auf und kommen auf uns zu.

Achim und Sabine begrüßen uns herzlich und ich nutze die Gelegenheit ihnen Shamar vor-zustellen und mich anschließend von den beiden zu verabschieden. Während Shamar Sabine und Achim die Hände schüttelt, umarme ich einen nach dem anderen. Sabine streichelt mir über den Rücken und versichert mir, dass ich immer eine Anlaufstelle bei ihnen hätte, sollte vielleicht einmal etwas sein. Sie hat ja Recht. Ich habe alle Zelte abgebrochen und starte mit Volldampf in eine Zukunft, die zugegebenermaßen zu einem gewissen Teil einen Unsicherheitsfaktor hat. Schließlich haben wir alle keine Glaskugel auf dem Tisch stehen um, in die Zukunft sehen zu können.

Ich liebe die beiden. Mit Ermahnungen, gut auf mich und Susanne aufzupassen. Ziehen wir beide schließlich von dannen. Mit dem Cayenne fahre ich uns beide wieder zurück zum Kempinski. Ausnahmsweise bin ich dieses Mal diejenige, die am wenigsten von allen zu tun hat. Ich muss nur die paar Sachen zusammen suchen, die ich mir für die Woche im Hotel herausgelegt habe. Die habe ich schnell zusammengepackt und kann damit auch bis Morgen nach dem Frühstück warten.

Da Shamar mit den Angelegenheiten seines Bruders beschäftigt ist, gönne ich mir eine kleine Auszeit im Wellnessbereich des Hotels. Ich erhalte eine Vorzugsbehandlung, die sicherlich mit dem Preis der von uns bewohnten Suite in Verbindung steht. Ohne Wartezeit erhalte ich die von mir gewählten Behandlungen. Erst am späten Nachmittag komme ich wieder in unsere Suite zurück. Völlig entspannt, gewachst, manikürt, pedikürt, geknetet und mit einer Gesichtsbehandlung versehen, bestelle ich mir eine Thermoskanne mit heißem, schwarzen Tee. Von dem ich mir, sobald er eintrifft, schon mal ein Tässchen gönne und mache es mir in meinem Bademantel auf der Couch bequem.

Shamar ist noch nicht da und trifft erst etwas später ein. Jetzt ist er derjenige, der vom Tag und wahrscheinlich auch vom Jetlag geschlaucht ist. So wie er vor ein paar Tagen für mich, lasse ich jetzt meinerseits für ihn, Wasser in unsere große Badewanne ein. Ich gebe etwas von dem Schaumbad dazu und lasse die Wanne halbvoll laufen.

In der Zwischenzeit hat sich Shamar einen Cognac eingeschenkt und meinen Platz auf der Couch eingenommen. Ich gehe von hinten an ihn heran und flüstere ihm in sein Ohr: »Dein Bad ist fertig. Komm und lass dich von mir verwöhnen.« Die Worte wecken seine Lebensgeister wesentlich besser, als es ein Cognac je könnte. Er lässt sich von mir von der Couch hochziehen und folgt mir ins Bad.

Dort übernehme ich die Initiative. Ich ziehe ihn Stück für Stück aus, während er mich amüsiert dabei beobachtet. Dann bugsiere ich ihn zur Badewanne, in die er sich mit einem wohligen Seufzer hereinlegt. Er lehnt sich zurück und schließt für einen kurzen Augenblick die Augen.

»Was hast du vor mein Engel«?

Fragt er inzwischen sichtlich entspannter.

»Lass dich doch überraschen mein Schatz«, antworte ich ihm, »sei brav und tu einfach was ich dir sage.«

Ich grinse ihn an und küsse seine Lippen. Ganz ihm zu Diensten, nehme ich einen dicken Schwamm, gebe sein Duschgel darauf und schäume ihn von Kopf bis Fuß damit ein. Anschließend knete ich seinen Nacken und seine Schultern. Er lässt mich völlig relaxt gewähren. Mir gefällt es zu sehen, wie er sich unter meinen Händen immer mehr entspannt und wallte einfach meines selbsternannten Amtes. Zum Schluss bereite ich alles vor, um ihn zu rasieren und ihm seinen Bart zu stutzen.

»Ich hoffe, du weißt was du tust Chérie.« Er schaut mich misstrauisch an.

»Keine Sorge, schließlich muss ich mit dem Ergebnis genauso leben wie du. Also, wenn ich bitten darf ...«

Gehorsam legt er seinen Kopf nach hinten auf das Handtuch, welches ich ihm für diesen Zweck auf den Wannenrand gelegt habe. Seine Sorge ist völlig unbegründet, ohne ihn zu schneiden gleitet die Klinge des Nassrasierers über seine Haut. Nachdem ich die Seifenreste mit einem warmen Handtuch abgenommen habe, schaue ich ihn kritisch an und stelle fest, dass sich das Ergebnis meiner Bemühungen wirklich sehen lassen kann. Prüfend streicht er mit seiner Hand über die frisch rasierte Haut seines Gesichtes und nickt anerkennend.

Schließlich bitte ich ihn aus der Wanne auszusteigen, um ihn dann mit einem großen, weichen und vorgewärmten Handtuch abzutrocknen. Dabei öffnet sich mein Bademantel vorne ein wenig. Ich ziehe ihn aber nicht wieder eng um meine Figur, sondern lasse ihn halb geöffnet, während ich ihm die Haare trocken föhne.

Gehorsam lässt er sich hierfür auf einen Badhocker nieder und lungert mit seinen Augen in meinen weit geöffneten Bademantelausschnitt. Das was er sieht scheint ihm zu gefallen, denn sein Schwanz schwillt an und steht halbsteif vor ihm, je länger ich ihn jedoch seine Haare Föhne umso eindeutiger scheinen die Pläne seines besten Freundes zu werden. Kaum bin ich fertig, nimmt er mich auf seine Arme und trägt mich auf das Bett.

»Ich bin doch noch gar nicht fertig mit dir. Lass mich sofort wieder herunter Shamar!«, fordere ich ihn mit gespielter Empörung auf.

Als Antwort küsst er mich mit aufreizender Langsamkeit, während ich nach wie vor von seinen Armen gehalten werde.

»Jetzt bin ich dran!«, sagt er und trägt mich zum Bett. Er setzt mich auf den Kissen ab und legt sich nackt wie er ist dazu.

»Denkste«, antworte ich und drücke ihn nieder. Er macht Anstalten, die Situation wieder an sich zu reißen und sich erneut aufzurichten um mich zu küssen.

»Muss ich dich erst wieder anbinden, damit du mir einmal gehorchst?«

Ich schwinge mich rittlings auf seinen Bauch und versuche ihn durch mein Gewicht unten zu halten. Bei meinen Worten hebt er die Augenbrauen an.

»Ich erinnere mich nur an ein einziges Mal, unserem ersten Mal, Chérie. Aber ich bin gerne bereit, dir diesen Wunsch zu erfüllen, wenn du es möchtest.«

»Fürs Erste würde es mir vollkommen reichen, wenn du liegenbleibst. Aber die Vorstellung dich einmal zu fesseln und dich dann zu verwöhnen gefällt mir sehr.«

Verwegen schaue ich ihn an. Seine Augen verdunkeln sich noch mehr und geben mir ein stummes Versprechen, auf das ich mich schon sehr freue, es irgendwann einzulösen.

Er legt den Kopf wieder zurück auf die Kissen und lässt mich gewähren.

Eine Hand lasse ich locker auf seiner Brust liegen, auf Grund deren Präsenz, Shamar auf dem Rücken liegen bleibt und zulässt, dass was ich möchte, mit ihm anzustellen. Ich streichle ihn am ganzen Körper, lasse meine Finger über seine samtene Haut und über seine kräftigen Muskeln entlang fahren. Shamar genießt meine Zuwendung sichtlich, wie seine geschlossenen Augen und die entspannte Lage zeigen. Sein Penis liegt immer noch in beachtlicher Größe auf seinen Bauch, ist aber nicht mehr hoch aufgerichtet. Darum konzentriere ich mich mit meinen Zärtlichkeiten auf seinen besten Freund.

Ich beuge mich über ihn und nehme seinen Schwanz in meinen Mund. Meine offenen Haare fließen über seinen Schoß und sind ein dichter Vorhang, so dass er mein Gesicht nicht sehen kann.

Ich reize ihn gezielt, indem ich ihn über jede seiner dicken Adern um jeden Zentimeter bis zu seiner Eichel hochlecke. Er stöhnt vor Erregung. Ich mache weiter, und fahre mit meiner Zunge über seine Eichel, in seinen kleinen Spalt, sauge an der Spitze und bewege meine Hand langsam und fest seinen Schwanz auf und ab. Inzwischen fällt es ihm deutlich schwerer ruhig zu bleiben. Gut so, denke ich mir, dann weiß er mal, wie es mir mit ihm immer ergeht.

Als er kurz davor steht zu kommen, höre ich auf. »Hey Engel, was machst du? Ich explodiere gleich. Komm her ...« Er streckt den Arm nach mir aus.

»Eben drum Shamar. Es wäre ja sonst viel zu schnell vorbei. Bleib bitte so liegen, ich bin gleich wieder da.« Ich habe eine Idee und brenne darauf, sie in die Tat umzusetzen. In meiner Thermoskanne ist noch heißer Tee. Den schütte ich mir in die Tasse und nehme sie mit ins Schlafzimmer.

Shamar hat sich keinen Zentimeter wegbewegt. Wunderbar, dann kann es ja losgehen. Wieder fange ich an, ihn zu verwöhnen. Dieses Mal küsse und liebkose ich auch seine Hoden. Shamar stöhnt – lauter dieses Mal. Mehrere Lusttropfen perlen von seiner Eichel und laufen an seinem steil aufgerichteten Schwanz entlang. Schnell lecke ich sie auf. Sein Schwanz ist riesig geworden. Wieder lasse ich ihn in Ruhe und streichle ihn an weniger gefährlichen Körperstellen. Er atmet flach und hat die Zähne zusammen gebissen.

Jetzt ist der richtige Zeitpunkt für meine Idee. Ich greife zu meinem heißen Tee und trinke schnell einig Schlucke. Den letzten großen Schluck behalte ich in meinem Mund. Mit einer Hand fange ich wieder an, ihn zu verwöhnen. Freudig zuckt sein Schwanz wieder hoch. Ich schlucke meinen Tee herunter und nehme seinen Schwanz sofort in den Mund und tief in meinen Rachen auf. Die Reaktion ist überwältigend: Shamar schreit laut auf und hebt seine Hüften an.

Innerhalb von wenigen Sekunden wächst sein Schwanz explosionsartig in meinem Mund zu gigantischer Größe an, während er zeitgleich mit einem weiteren lauten Schrei kommt. Heiß schießt sein Samen in heftigen Strömen meinen Mund. Ich schlucke alles herunter und verharre über ihn. Seine Brust hebt und senkt sich wie nach einem Marathon Lauf, seine Augen sind geschlossen und seine Hände haben sich im Kopfkissen verkrampft. Ich lächle zufrieden, ungefähr so hatte ich mir das vorgestellt.

Es dauert ein wenig, bis dass er seine Augen wieder öffnet und mich anschaut.

»Dafür mein Engel, darfst du mich so oft wie du möchtest fesseln. So etwas habe ich noch nie erlebt. Das war absolut einmalig und unglaublich. Ich bin förmlich explodiert. Wow. Luna, du bist mein persönliches Wunder.«

Er schüttelt den Kopf, so als könnte er kaum glauben, was er soeben erlebt hat.

Ich freue mich darüber, dass ich ihn derartig überraschen und verwöhnen kann. Langsam rutsche ich auf die Bettkannte und küsse ihn zärtlich. Shamar ist mein Traummann, ich kann mir keinen anderen als ihn vorstellen. So altbacken sich das anhört, aber ich möchte unbedingt, dass es ihm gut geht. Wenn ich ihn derartig verwöhnen kann, dann mache ich das sehr gerne. Ich trinke von meinem Tee, während ich ihn mit der anderen Hand über seine Brust streichle.

»Hast du Hunger?«

Er nickt, sagt aber nichts.

»Ich bestelle uns was. Bleib liegen und ruhe dich aus.«

Ich rufe den Concierge an und bitte ihn, uns Lammkoteletts, Reis, Fladenbrot und türkischen Salat zu besorgen. Denn die Speisekarte enthält weder Lammkoteletts noch türkischen Salat.

Etwa 30 Minuten später erhalten wir auf einem Servierwagen die perfekt ausgeführte Bestellung. Ich schiebe den Wagen gleich weiter ins Schlafzimmer und wir holen uns die Teller direkt ins Bett. Die Kissen in den Rücken gestopft, machen wir uns über das Essen her.

Am Sonntag lassen wir es in Ruhe angehen. Der Hoteldiener holt unser gesamtes Gepäck, welches durch

Nads Koffer und Kartons noch vergrößert wird, ab und packt alles in den Kofferraum unseres Cayennes. Dann machen wir uns auf den Weg in die Klinik.

Nad erwartet uns komplett angezogen, in den Klamotten, die er am Freitag getragen hat. Wir haben ihm Sachen zum Wechseln eingepackt, die liegen jedoch im Kofferraum unseres Wagens. Nad wird sich erst an Bord des Flugzeuges umziehen können.

Susanne ist bei ihm. Auch sie ist abreisebereit und hat zwei Koffer dabei – einer mit ihrer Kleidung und einen kleineren, ihren Arztkoffer. In einem Rollstuhl schiebt Susanne Nad in den Fahrstuhl. Zuletzt betritt Shamar den Aufzug, er trägt Susannes Koffer. Susanne ist total aufgeregt. Ich seltsamerweise nicht. In weniger als einer Stunde werde ich Deutschland den Rücken kehren und ein neues Leben in Texas anfangen. Es ist ein seltsames Gefühl, alles was ich bisher kannte zurückzulassen und ein fast unbekanntes Terrain zu betreten. Ich bin froh, dass ich nicht nur Shamar sondern auch Susanne an meiner Seite habe.

Mit einem leisen Gong öffnet der Aufzug seine Türen im Erdgeschoss. In der gleichen Reihenfolge machen wir uns auf den Weg nach draußen. Wir warten einen Augenblick, bis Shamar den Cayenne direkt vor den Klinikeingang gestellt hat. Dann hilft Susanne Nad auf den Beifahrersitz und steigt anschließend mit mir zusammen hinten ein. Shamar verstaut Susannes Koffer im Kofferraum und steigt schließlich auch ein.

Ohne Hektik fahren wir zum Franz Josef Strauß Flughafen. Noch bevor wir zu dem langgestreckten Terminalgebäude kommen, biegt er vorher ab. Wir fahren auf ein Tor zu, an dem Shamar anhält. Hier findet, wie ich aus den vorangegangenen Flügen mit ihm weiß, die Zollkontrolle statt. Schließlich übernimmt ein Flughafenangestellter das Lenkrad und Shamar steigt für die kurze Wegstrecke zu uns hinten auf die Rückbank ein.

Die Maschine wartet bereits auf uns. Eine Gangway ist an den Eingang gefahren worden und oben steht eine Flugbegleiterin, die sich in einen wärmenden Mantel gehüllt hat. Zwei Mitarbeiter verladen im unteren Bereich des Flughafens diverse Kisten und Kartons, in denen sich meine Sachen befinden, die ich mit nach Houston nehme.

Die beiden leeren auch unseren Kofferraum und verstauen das Gepäck in den Stauraum des Flugzeuges. Ich trage die Tasche mit Nads Wechselkleidung und steige langsam die Gangway hinauf. Nad geht voran und hat deutlich sichtbar Schmerzen beim Hochsteigen der Stufen. Susanne ist mit ihrem Arztkoffer direkt hinter ihm. Nacheinander begrüßt uns die Flugbegleiterin. Kaum ist der letzte an Bord, werden die Türen geschlossen. Wir nehmen Platz in dem Aufenthaltsbereich, den ich von unserem Flug von Dubai aus kenne. Susanne ist schwer beeindruckt und schaut sich mit großen Augen um.

»Gehört das Flugzeug etwa dir?«, fragt sie Shamar.

»Ja, das und mehrere andere. Dieses ist allerdings das größte. Es schien mir besser so zu sein, da Nad nicht so lange in einem Sessel sitzen kann.«

Shamar spricht über dieses Luxusflugzeug, als wäre es das selbstverständlichste auf der Welt, gleich mehrere Flugzeuge zu besitzen.

Die Stewardess kommt zu uns und fragt nach, ob wir vor dem Start schon etwas zu trinken wünschen. Wir wollen alle nichts, außer Susanne, die ein halbes Glas Wasser erfragt. Sie zählt aus einem kleinen braunen Fläschchen Tropfen ab, die sie ins Glas fallen lässt und reicht es dann weiter an Nad. Der wiederum trinkt seine Medizin und verzieht das Gesicht. Scheint wohl nicht so toll zu schmecken. Kurz darauf rollt die Maschine los und unsere Reise beginnt. Vom Vorfeld geht es über die Rollwege zur Startbahn.

Wir bleiben einen kurzen Augenblick davor stehen, bevor wir rechts darauf einbiegen. Dann lässt der Pilot die Triebwerke hochlaufen und gibt der Maschine Schub. Das

Flugzeug schießt förmlich nach vorne und gewinnt rasend schnell an Fahrt, weit vor dem Ende der Startbahn heben wir ab. München wird klein unter mir. Das Flugzeug fliegt eine spitze Linkskurve und ich erhalte einen letzten Blick auf die Stadt, bevor die tiefhängenden Wolken uns verschlucken. Shamar hält meine Hand und drückt sie.

»Du wirst es nicht bereuen, das verspreche ich dir«!

Ich schaue ihn an und habe einen Kloß im Hals. Keine Frage, ich vertraue ihm voll und ganz. Trotzdem ist es ein seltsames Gefühl alles zurückzulassen. Mein Blick wandert weiter nach Susanne. Sie und Nad halten einander ebenfalls an der Hand und Nads Daumen streichelt ihren Handrücken.

Kaum haben wir unseren Steigflug beendet, kommt unsere Flugbegleiterin und fragt nach unseren Wünschen. Wenig später erhalten wir unsere Getränke. Es riecht lecker aus der Bord Küche. Da ich seit unserem Frühstück heute Morgen nichts mehr gegessen habe, knurrt mein Magen in erwartungsvoller Vorfreude. Lange muss ich nicht warten, denn das Essen bestehend aus einem überbackenen Nudelgericht mit frischem Salat wird jedem an seinem Platz serviert. Nad isst nur wenig und ist ziemlich still.

»Kann ich deine Schlafkabinen benutzen Shamar«? Nad quält sich aus seinem Sitz hoch.

»Aber sicher Bruderherz, mach es dir bequem.« Shamar zwinkert ihm zu.

»Ich danke dir. Mensch bin ich froh, wenn ich liegen kann. Bis später.« Er lächelt ein wenig angespannt in die Runde, bevor er sich die Hand auf dem Bauch haltend und ziemlich krumm nach hinten in die Kabine begibt. Susanne greift ihren Arztkoffer und folgt ihm. Vom üppigen Mittagessen bin auch ich ein bisschen müde geworden, so dass Shamar und ich beschließen, uns ebenfalls für ein Mittagsschläfchen hinzulegen.

Die Sitze lassen sich in eine Liegeposition verstellen. Mit einem Handgriff, hat jeder von uns ein gemütliches

Bett. Für uns beide reicht es jedoch vollkommen aus. Die Flugbegleiterin gibt uns jede Menge Kissen und Decken. Während sie die Fenster verdunkelt, um es uns möglichst angenehm zu machen, streckt Shamar seine Hand nach mir aus. Es ist schön, ihn beim Einschlafen zu spüren. Wie bei meinem letzten Flug, schlafe ich wie schnell ein..

10

Als ich zwei Stunden später wach werde, hat Shamar seinen Sessel wieder in Sitzposition gebracht und bearbeitet über seinem Laptop gebeugt seine Mails. Seitlich von mir sitzt Susanne und liest in einem Buch. Ich strecke mich ein letztes Mal, bevor ich aufstehe und mich frisch mache. Kaum bin ich zurück, stelle ich fest, dass die Flugbegleiterin ein weiteres Mal Heinzelmännchen gespielt hat. Alles ist weggeräumt, mein Sitz befindet sich wieder in normaler Position und die Verdunklung vor den Fenstern wurde entfernt. Ich setze mich zu Susanne.

Die Stewardess kommt und ich bestelle zwei Prosecco für uns. Shamar möchte nichts.

»Wie geht es Nad?«, frage ich sie.

»Ich habe ihm was gegeben, jetzt schläft er völlig schmerzbefreit. Das wird ihm guttun.« Sie lächelt mich an.

»Und wie geht es dir?« Will ich von ihr wissen.

»Besser denn je Luna. Ganz ehrlich. Wann bekomme ich sonst wohl mal eine Gelegenheit mit einem Luxusflieger um die halbe Welt zu jetten«?

Ich bin mir sicher, dass das nicht der Grund ist, warum es ihr so gut geht. Aber da wir beide nicht alleine sind, frage ich nicht weiter nach. Wir werden bestimmt noch in meinem neuen Zuhause die Gelegenheit haben, uns ungestört zu unterhalten.

»Ja, da kann ich dir nur zustimmen. Ich bin von Dubai aus mit Shamar nach Houston mit diesem Flugzeug unterwegs gewesen. Die meiste Zeit habe ich wegen der Zeitverschiebung zwar verschlafen, aber das ist wirklich ein Erlebnis.«

»Ich habe vorher schon mal darüber gelesen, welchen Luxus sich die Ölmultis leisten. Aber dann selber mittendrin zu sein ... Da ist ein richtiges Schlafzimmer hinten, mit einem riesigen Bett. Hast du das schon gesehen?«

»Suse, das habe ich in der Tat gesehen. Dort habe ich meine Aufnahme in den Miles High Club gefeiert.« Ich grinse sie vielsagend an und ziehe meine Augenbrauen hoch.

»Oh, und ist es etwas anderes, über den Wolken?« Susanne hat noch nie ein Blatt vor dem Mund genommen. Shamar wird bestimmt mit gespitzten Ohren unserem Gespräch lauschen, da bin ich mir sicher. Allerdings spricht er kein Deutsch, somit dürfte zumindest ein Teil des Gespräches mit Susanne privat sein.

»Oh ja, das ist es. Du solltest dir so etwas nicht entgehen lassen.« Bei den Worten komme ich mir auf einmal weltmännisch und erfahren vor. Shamar schaut mich über den Rand seines Laptops an und grinst. Habe ich doch richtig vermutet ... Der Begriff Miles High Club ist Information genug, um zu wissen, über welches Thema wir gerade reden.

»Jederzeit zu Ihren Diensten Madame.« Shamar zwinkert mir zu. Seine Augen sind dunkler geworden und ich weiß genau woran er jetzt denkt. Ich weiß nicht, ob andere Paare auch so intensiv den Sex genießen wie wir. Für mich hat sich seit der Begegnung mit Shamar das Tor zu einer anderen Welt geöffnet und ich kann einfach nicht genug von ihm bekommen.

Ich grinse ihn zurück an und weiß, dass meine Augen

einen dunklen Grünton angenommen haben.

Susanne räuspert sich und unsere Magie wird unterbrochen.

»Wer weiß, vielleicht habe ich vielleicht auch noch die Gelegenheit dazu.«, antwortet sie mir.

»Sag niemals nie!« Wir heben unsere Gläser mit dem perlenden Prosecco und prosten einander zu.

Die Stunden verrinnen, während Suse und ich quatschen. Eigentlich ist Nads akuter Blinddarm ein Glücksfall für mich gewesen. So zieht sich der Abschied von Susanne noch ein wenig hin. Und Susanne bekommt den Urlaub, den sie sich schon vor fast zwei Monaten gewünscht hat. Zwischendurch steht Susanne auf und schaut nach Nad. Doch der schlummert friedlich. Wenn wir in Houston ankommen, wird er wohl der einzige sein, der kein Schlafdefizit hat.

Knapp drei Stunden bevor wir in Houston landen, schaut Susanne wieder nach Nad und kommt ein paar Minuten später mit ihm aus dem Schlafbereich wieder zurück. Er sieht besser aus, als vorhin und trägt die frische Kleidung, die wir ihm mitgenommen haben.

Der Schlaf hat ihm anscheinend gut getan. Vorsichtig setzt er sich zu uns und lässt sich von der Stewardess etwas Wasser bringen. Shamar und Nad sitzen direkt nebeneinander und ich kann die beiden 1:1 vergleichen. Nad ist nicht ganz so groß wie Shamar und abgesehen von seinen blauen Augen unterscheidet sich auch seine Nase, die ein wenig schmaler ist. Ansonsten ist die Ähnlichkeit zwischen den beiden sehr groß.

Nach insgesamt 13 Stunden Flugzeit kommen wir am George Bush Airport in Houston an. Es ist kurz vor acht Uhr abends und draußen ist schon alles dunkel. Houston ist aus der Luft betrachtet, ein einziges Lichtermeer. Wie eine Schüssel leuchtender und blinkender Edelsteine liegt es im Anflug vor uns. Susanne und ich schauen begeistert aus dem Fenster. Die Maschine sinkt rasch tiefer und landet schließlich sanft auf der Startbahn. Nach dem Ausrollen geht es über die Rollwege weiter zu einem Außenstellplatz. Nachdem die Gangway an das Flugzeug geschoben wurde, steigen wir alle aus. Als erstes verlasse ich den Flieger, dann Nad, Susanne und zum Schluss Shamar. Wie beim letzten Mal, wartet der schwarze Mercedes neben dem Flugzeug. Kieran steht daneben und hält uns die Türe auf.

»Hallo Kieran«, begrüße ich ihn, »wie geht es Ihnen?«

Kieran fasst grüßend an seine Mütze und verbeugt sich leicht. »Danke Miss Luna, alles bestens. Schön, dass Sie wieder bei uns sind.«

Ich nicke ihm zu und steige in den Mercedes. Drinnen setze ich mich auf einen der beiden Mittleren Sitze, die in Richtung Rückbank gedreht sind. Dann folgt Susanne, die sich auf die Rückbank mir gegenüber setzt. Zum Schluss folgen Shamar und Nad. In der Zwischenzeit werden unsere Koffer und Taschen in den Kofferraum verladen. Während ich das Prozedere der Einreiseformalitäten kenne, staunt Susanne über den Service, der für uns erbracht wird. Still sitzt sie mir gegenüber und schaut sich um. Wahrscheinlich habe ich damals genauso dort gesessen. Stumm von den vielen Eindrücken. Ich kann lebhaft nachempfinden, wie es ihr gerade geht.

Unsere Reise geht weiter in die Woodlands. Die Straßen sind leer und eine halbe Stunde später fahren wir die Auffahrt zu Shamars Haus hoch. Das Haus ist hell erleuchtet. Kaum fahren wir in das Rondell vor dem Eingangsbereich ein, wird die Haustüre geöffnet und Matthew und Annie kommen heraus. Sobald ich aus dem Auto gestiegen bin, werde ich von Annie in die Arme genommen und sie drückt mich fest.

»Wie schön, dass Sie wieder da sind Miss Luna.«, sagt sie. Auch Matthew drückt mir fest die Hand. Nad und Susanne folgen uns weiter ins Haus, während Matthew Kieran beim Entladen und Hochbringen des Gepäcks hilft. Nad hat mein vollstes Mitleid, krumm wie ein

Fragezeichen schleppt er sich langsam ins Haus. Er steuert direkt auf die erste Sitzgelegenheit, einer der Stühle am Esstisch, zu. Susanne folgt ihm und schaut sich mit großen Augen um.

»Mein Gott Luna. Das ist ja ein Palast! Hier wirst du leben?« Susanne hält sich staunend die Hand vor dem Mund.

»Ja, hier werde ich leben. Und du die nächste Zeit ja wohl auch ... Wenn du möchtest, dann zeige ich dir Morgen im hellen alles.«

Susanne nickt begeistert.

»Mister Shalazar,« richtet Matthew das Wort an Shamar, »wir haben ein kleines Abendessen für Sie alle vorbereitet. Wenn Sie möchten, dann nehmen Sie doch Platz, damit ich es Ihnen umgehend servieren kann. Außerdem«, er macht eine kurze Pause, »werden Morgen Vormittag Ihre Eltern eintreffen. Sie haben sich zum Lunch avisiert.«

Shamar bedankt sich bei Matthew und grinst seinen Bruder über unsere Köpfe hinweg an.

»Na, was habe ich dir gesagt. Mutter ruht nicht eher, bis dass sie sich davon überzeugt hat, dass es dir gut geht.«

»Nad verdreht die Augen und stöhnt übertrieben »Dass sie sich immer solche Sorgen um ihre Kinder macht.« Wir legen unsere Taschen und Jacken bei Seite und setzen uns zu Nad an den Tisch.

Während Matthew uns mit Annies Kreationen beglückt, entsteht ein reges Gespräch zwischen uns. Susanne hat einen Aufenthalt von zwei Wochen eingeplant. Eine Woche wird sie bei uns in Houston bleiben und den Rest der Zeit bei Nad in Dallas. Ich hätte sie natürlich am liebsten die vollen zwei Wochen hier, aber ich kann auch Nad verstehen, bei dem, während seines Ausfalls, viel Arbeit liegen geblieben ist.

Auf Grund der Zeitverschiebung sind wir nach dem Essen ziemlich schnell müde. Ist ja auch kein Wunder, denn in Deutschland haben wir inzwischen fast fünf Uhr morgens.

Gemächlich steigen wir alle in den ersten Stock zu unseren Schlafzimmern. Susanne bricht in kleine Entzückensrufe aus, als Sie ihr Schlafzimmer betritt. Die beiden Jungs schauen ihr mit einem amüsierten Lächeln zu, wie sie das Zimmer untersucht. Schließlich dreht sie sich um, verabschiedet sich mit einem intensiven Blick von Nad und lässt ihn wissen, dass sie gleich noch mal nach ihm sehen wird.

Ich kann nicht anders und zwinkere Shamar zu. Der mich breit zurück angrinst. Dann verschwinden wir in unserem Schlafzimmer und im Haus wird es ganz schnell ruhig. Ich höre eine Zimmertür die sich öffnet und wieder schließt und weniger Sekunden später noch einmal. Das ist Susanne, die nach Nad schaut. Glücklich kuschle ich mich an Shamar und falle augenblicklich in einen tiefen traumlosen Schlaf.

Wegen der Zeitumstellung bin ich schon viel früher wach als Shamar. Ich beschließe, die Gunst der Stunde zu nutzen und mir Wasser für ein ausgiebiges frühes Bad einzulassen. Wenig später liege ich in dem duftenden Schaum und genieße den Augenblick. Trotz aller Vorsicht, war ich wohl nicht leise genug, denn just als ich die Wanne verlassen habe, steht Shamar in der Tür.

Nackt, nass und unverpackt erwecke ich in Nullkommanichts seinen Hunger. Er beobachtet mich mit vor Lust verdunkelten Augen. Ich kann mich nicht aus seinem Blick lösen und lasse mein Handtuch mit dem ich mich gerade trockenrubbeln wollte sinken. Mit schnellen Schritten ist Shamar bei mir und nimmt mich samt Handtuch auf den Arm.

»Hey lass mich runter, ich bin doch noch ganz nass!«, rufe ich aus, während er mich ohne eine Reaktion darauf zu unserem Bett trägt.

»Du bist genau richtig und du bis genau da wo ich dich haben will. Bei mir. In meinem Bett.«

Lässig schiebt er seine Shorts herunter. Die vorher

deutlich zu sehende Wölbung wird befreit und sein herrlicher Schwanz reckt sich mir entgegen. Ich liege nackt und immer noch halb nass von meinem Bad auf unserem Bett. Vor mir steht Shamar, wie Gott ihn schuf und verboten attraktiv.

Ein lustvolles Kribbeln fährt mir durch den Unterleib und voller Vorfreude auf ihn, öffne ich meine Schenkel. Ich präsentiere mich ihm ohne die geringste Scham. Sein Blick wird dunkler, sein Atem schneller. Ich spüre wie ich vor lauter Vorfreude feucht werde. Shamar steht in seiner ganzen Pracht vor mir und streichelt sich mit seiner rechten Hand seinen Schwanz.

Ich habe zwar schon gesehen, wie er im Liebesspiel ganz zum Schluss masturbiert hat um auf meinem Bauch zu kommen. Dies ist jedoch etwas anderes. Er spielt mit sich und schaut mich dabei an. Ich bin das Objekt seiner Begierde. Ohne Scham berührt er sich, fährt mit seinen Fingern seinen Schwanz entlang. Aus meiner Position kann ich die dunkle Linie auf der Unterseite seines Schwanzes sehen. Seine Hoden sind prall und liegen eng an seinem Schwanz. Oh, es macht mich unglaublich an, ihn so zu sehen.

»Berühr dich!«, fordert er mich heiser auf.

Ich schaue ihm unverwandt in seine Augen, während ich meine Brüste umfasse, sie streichle und meine Brustwarzen knete. Dann nehme ich meine Brustwarzen jeweils zwischen zwei Fingern und ziehe daran sanft meine Brüste hoch und bewege dann meine Hände. Es entsteht ein Zug in meinen Brüsten. Zusammen mit dem Druck meiner Finger wird der innere Draht zu meinem Unterleib schlagartig stimuliert.

Shamars Blick streichelt heiß meine Haut. Während ich mit einer Hand bei meinen Brüsten bleibe, lasse ich die andere Hand sinken. Langsam gleite ich über meinen Kitzler, der sich angeschwollen meinen Fingern entgegenstreckt. Ich führe den Mittelfinger in meine Scheide ein und fühle nass mein eigenes Verlangen. Mit der Nässe meines Fingers streichle ich feucht und warm mit der Fingerspitze meinen Kitzler. Meine Beine sind weit geöffnet und hemmungslos verwöhne ich mich vor seinen Augen.

Ich schließe meine Augen und genieße meine Lust. Ich streichle mich an allen Stellen, die mir Lust bereiten. Immer wieder lasse ich meinen Finger in mich gleiten, bis ich schließlich getrieben von meiner Lust zielstrebig meinen Kitzler zum Orgasmus massiere. Er bearbeitet seinen Schwanz jetzt härter, treibt sich selber bis zur Grenze. Dicke Tropfen seiner Lust perlen an seinem Schaft herunter. Während meine inneren Muskeln sich unter meinem Orgasmus zusammenkrampfen, werden Shamars Bewegungen langsamer. Er schaut mir zu, wie ich komme. Mein Höhepunkt ist kurz und intensiv, was daran liegt, dass er nicht in mir ist. Mit ihm in mir, habe ich deutlich mehr davon.

Kaum sind die Wellen meines Höhepunktes verebbt, als das Bett unter seinem Gewicht nachgibt und er sich vor mich kniet. Dann rückt er mich zurecht und stößt mit einem langen Stoß in mich hinein. Er weitet mein hochsensibles Fleisch. Seine Hände nageln mein Becken vor ihm fest, während er mich regelrecht durchfickt. Ein neuer Orgasmus kündigt sich an. Meine Muskeln umschließen ihn heftig. Als Reaktion darauf stößt er noch härter zu. Vor meinen Augen explodiert ein buntes Feuerwerk. Das ist etwas ganz anderes, als wenn ich es mir selbst besorge. Mein Orgasmus reißt mich aus dieser Welt und lässt mich erst eine ganze Weile später wieder zurück.

In einander und übereinander bleiben wir noch für eine Weile liegen. Irgendwann hebt Shamar seinen Oberkörper an und betrachtet mich lächelnd.

»Fröhlichen guten Morgen Chérie!«

Ich strecke mich ein wenig und küsse ihn seitlich auf den Hals.

»Einen wunderschönen guten Morgen Shamar. Was für ein toller Morgengruß.«

»Liebes, ich habe mir dich so sehr zurück gewünscht. Jetzt bist du hier. Ich kann mein Glück gar nicht fassen. Ich liebe dich mein Engel.«

Er nimmt mich noch einmal in die Arme und küsst mich, bevor er sich auf die Bettkannte setzt.

Ich richte mich im Bett auf und lehne mich an seinen Rücken, den ich mit kleinen leichten Küssen bedecke.

»Ich liebe dich auch Shamar! Können wir nicht noch ein bisschen hier liegen bleiben und kuscheln?«

»Chérie, ich muss heute Morgen unbedingt ins Büro. Aber ich bin wieder zurück, wenn meine Eltern eintreffen.« Bedauernd schaut er mich an.

Stimmt, erinnere ich mich, er hatte mir davon erzählt, dass er heute Morgen einen Termin hat, wegen dem er unbedingt wieder daheim und im Büro sein muss. Zustimmend nicke ich.

»Das du heute einen wichtigen Termin hast, sagtest du bereits. Kein Problem. Ich bin ja nicht alleine hier falls deine Eltern kommen und du noch nicht da bist.«

Er gibt mir einen Klaps auf die Kehrseite.

»Chérie, ich werde da sein.«

Dann küsst er mich und steht auf.

Während er sich duscht, gehe ich ins Ankleidezimmer, um mir etwas überzuziehen. Ich bleibe auf der Stelle stehen, als ich das Licht darin an mache. Das Zimmer ist voll. Sorgfältig hängen an den Stangen teure Designerkleider. Ich entdecke zarte Dessous, schicke Hosenanzüge, Blusen, Röcke, Schuhe in allen Farben und alle möglichen Accessoires.

Wie betäubt laufe ich umher und sehe mir hier und da die Klamotten an. Das muss das Werk von Madame Jenkins sein. Auch wenn ich mich zaghaft an Shamars Reichtum gewöhnt habe, haut mich das jetzt um. Das sind keine Kleider aus dem Kaufhaus von der Stange, sondern Designerware, die zum Teil nach meinen Maßen speziell für mich angefertigt wurde. Die gesamte Stilpalette von auffällig bis dezent ist komplett vertreten. Diese

Ausstattung muss ein Vermögen gekostet haben. Zögernd suche ich mir eine dunkle Hose und ein passendes Oberteil heraus und ziehe ich mich an. Als Shamar aus dem Bad kommt, umarme ich ihn.

»Danke!«

Irritiert schaut er mich an. »Weswegen denn?«

»Für die vielen Klamotten. Die werde ich wohl kaum in einem Leben tragen können.«

Shamar grinst und küsst mich.

»Jetzt verstehe ich. Die Sachen sind ein paar Tage nach deiner Abreise angekommen. Ich habe mich schon so an den Anblick gewöhnt, dass sie nicht mehr ungewöhnlich für mich sind. Ich hoffe, sie gefallen dir?«

»Ja und wie! So viele und so schöne Sachen habe ich noch nie besessen! Ich weiß gar nicht was ich dazu sagen soll.«

Er zieht mich an sich.

»Dann hoffe ich, dass du sie trägst. Wie ich sehe hast du damit schon angefangen.« Er geht einen Schritt zurück und lässt mich einmal um mich selber drehen.

»Mir gefällt was ich sehe, Chérie. Wie ich schon sagte, du bist wunderschön!«

Er legt das Handtuch, welches er um seine Hüften geschwungen hat ab und verschwindet in unserem riesigen Ankleidezimmer. Kurze Zeit später kommt er bekleidet mit einer dunklen Anzughose, noch offenem Hemd, mit dem Sakko und Krawatte über dem einen, mit den Schuhen und Socken in der Hand am anderen Arm zurück. Er küsst mich noch einmal und zieht sich zügig an.

Während ich auf ihn warte, fällt mir ein, dass ich vor meiner Abreise damals auf dem Sideboard meinen Arbeitsvertrag hingelegt hatte. Jetzt wäre ein guter Zeitpunkt, ihn endlich zu unterschreiben, denke ich. Tatsächlich liegt er unter dem Ultrabook, welches ich ebenfalls hier zurückgelassen hatte, auf dem Sideboard. In meiner Handtasche habe ich einen Kugelschreiber, den ich hervorkrame um dann schwungvoll meine Unterschrift unter den Arbeitsvertrag zu setzen. Sobald Shamar fertig ist, gehen wir zusammen runter. Ich nehme den Vertrag mit und wir frühstücken gemeinsam.

»Kannst du den für mich mitnehmen?«, frage ich ihn, während er komplett angezogen in sein Sakko schlüpft.

»Was ist das?« Er hält das Dokument hoch und wirft einen Blick darauf. Sofort grinst er.

»Aber selbstverständlich! Schön, dass du dich entschlossen hast, unser Team zu verstärken. Ich werde Raoul die Unterlagen geben. Er meldet sich dann bestimmt bei dir.«

»Vielleicht könnten Raoul und Mayenne kommenden Samstag zum Barbecue vorbeikommen. Wäre doch eine nette Runde zusammen mit Nad und Susanne.«, schlage ich vor.

Er küsst mich zum Abschied. »Ich frag ihn ob er und Mayenne Zeit haben.«

Da oben immer noch alles ruhig ist, gehe ich zu Annie in die Küche. Sie lächelt mich an. »Möchten Sie vielleicht noch einen heißen Kakao Luna?«

»Ein heißer Kakao wäre jetzt genau das richtige für mich.«, antworte ich ihr lächelnd und setze mich an die Theke, die in den Raum hinein ragt. Sofort setzt Annie sich in Bewegung und zaubert mir schnell, einen wunderbar heißen Kakao. Während ich ihn Schluck für Schluck genieße, schaue ich Annie dabei zu, wie sie den Lunch vorbereitet.

»Annie, kennen Sie Shamars Eltern?«

»Ja Miss Luna, Matthew hat früher bei ihnen gearbeitet, bevor er zu Mister Shalazar ging.«

»Was erwartet mich denn heute Mittag, doch hoffentlich nicht so ein Überfall wie der von Sabah.«

Annie schüttelt lächelnd den Kopf.

»Nein Miss Luna, ganz bestimmt nicht. Ms. Zoè ist Französin. Sie ist etwas kleiner wie Sie, Miss Luna. Sie ist sehr nett und hängt sehr an ihren Kindern und ihrem Mann.«

»Und Shamars Vater?«

»Mister Shalazar ist sehr verliebt in seine Frau. Immer noch, nach fast dreißig Jahren. Er ist oft sehr streng und ernst, aber wenn Ms. Zoé etwas möchte, dann ist er Wachs in ihren Händen.«

Ich muss hinter der Kakaotasse grinsen. Shamars Mutter hat ihre Männer offensichtlich alle hervorragend im Griff.

»Ich bin froh, dass Sie wieder hier sind.«, sagt Annie unvermittelt. »Als Miss Sabah kam und wir Mister Shalazar nicht erreichen konnten, haben wir das Schlimmste befürchtet.«

»Ich bin auch froh, wieder hier zu sein Annie.« Antworte ich ihr und meine Worte stimmen wirklich.

»Sie sind noch schmaler geworden als sie vorher schon waren.« Ihre Augen sind leicht zusammen gekniffen.

»Ich habe mich in München in meine Arbeit vergraben und wenig Hunger gehabt. Das bleibt nicht ohne Folgen.«

Annie nickt zustimmend.

»Jaja, Liebeskummer kann einem ganz schön zusetzen.« Sie lächelt mich wissend an und ich frage mich, welche Erfahrung hinter ihrem Lächeln steckt.

»Ach Annie, ich liebe ihn so sehr. Mich zu trennen und gleichzeitig zu wissen, dass diese Sabah mich einfach so zur Seite schiebt, war wirklich schlimm für mich.«

Annie nickt mir verständnisvoll zu.

»Mister Shalazar war in der ganzen Zeit, in der Sie nicht da waren, völlig ungenießbar. Er hat kaum gesprochen und noch weniger gegessen.«

Der Backofen fängt an zu piepen und Annie dreht sich um, um sich um den Inhalt zu kümmern. Da meine Tasse inzwischen leer ist, verabschiede ich mich und gehe in der Absicht, Susanne zu wecken, die Treppe hinauf. Leise klopfe ich an ihrer Türe an. Sie antwortet nicht. Auch nicht als ich etwas lauter klopfe.

Ich öffne ihre Tür und finde das Zimmer leer vor. Susanne ist nicht da, das Bett ist unbenutzt. Ich kann mir an zwei Fingern abzählen, wo sie ist. Ich schließe ihre Türe wieder und gehe den Flur weiter entlang. Dann klopfe ich leise an Nads Türe an. Er antwortet mir sofort. Also öffne ich die Türe und trete ein. Nad sitzt mit nacktem Oberkörper im Bett und spielt auf seinem I-Pad. Konzentriert schwingt er das Pad hin und her.

»Guten Morgen Nad.«, begrüße ich ihn. »Wie geht es dir heute Morgen?«

Nad ist hochgradig auf sein Spiel konzentriert. »Hi Luna, alles prima. Warte mal ...« Er schaut kurz auf und wieder auf sein I-Pad. Der Augenblick war wohl zu lange, denn mit einem Geräusch, was sich so anhört als würde man ein Stück Papier zerknüllen, scheint das Spiel zu enden. Er legt das I-Pad zur Seite.

»Bin grade gegen die Wand geflogen.« Erklärt er.

»Aha.« Aber ich verstehe nichts.

»Komm her, ich zeig es dir.« Er startet ein neues Spiel. Es heißt Air Wings. Darin kämpfen irgendwelche Papierschwalben oder Bastelflugzeuge miteinander. Man muss die Fluggeräte über einen Parcours lenken und dabei Gummistöpsel und Büroklammern als Waffen laden. Das Selbe macht der Gegenspieler auch. Beide versuchen einander mit den geladenen Waffen den jeweiligen gegnerischen Flieger abzuschießen. Es ist gar nicht so einfach wie es aussieht.

Er reicht mir das Pad rüber und ich versuche einen Testflug. Den überstehe ich keine zwei Sekunden. Enttäuscht gebe ich ihm das Gerät wieder zurück. Gerade als ich ansetze um nach Susanne zu fragen, geht die Badezimmertüre auf. Susanne ist nur mit einem Handtuch umschlungen und bleibt vor Überraschung in der Türe stehen.

»Was machst du denn hier?« Fragt sie mich erstaunt während sie ihr Handtuch festzurrt. Das Teil ist ultrakurz und verdeckt knapp ihren Schritt.

»Das Gleiche könnte ich dich fragen, Suse.« Ich grinse sie wissend an.

»Hast du ein Problem damit?« Sie klingt bestürzt. Anscheinend hat sie sich Sorgen darüber gemacht, was ich von ihr denke, wenn Sie und Nad etwas miteinander anfangen.

»Hey Suse, ich hätte ein Problem damit, wenn nicht Nad sondern Shamar in diesem Bett sitzen würde. Ihr seid doch beide erwachsen und Herr eurer freien Entscheidung. Ich bin die letzte die ein Problem damit hat.«

»Puh. Jetzt fällt mir ein Riesenstein vom Herzen Luna.« Sie kommt in den Raum hinein und setzt sich auf Nads Bettrand. Das Spiel ist angesichts von Susannes Nacktheit für Nad völlig zur Nebensache geworden. Er fixiert meine Freundin mit seinen Blicken. Ich weiß genau was dieser Blick bei Shamar bedeutet, bei Nad wird das nichts anderes sein. Sieht so aus, als ließen die Männer der Familie Shalazar nichts anbrennen. Apropos brennen.

Ich verziehe mich hier wohl besser, bevor die beiden vergessen, dass ich anwesend bin. Ich räuspere mich. Die beiden nehmen mich plötzlich wieder wahr.

»Ich wollte eigentlich nur fragen, ob ihr Frühstück wollt. Aber ich glaube, ihr habt andere Pläne ...« Meine Annahme wird durch die Blicke, die die beiden tauschen untermauert. »Dann gehe ich mal in den Fitnessraum. Soll ich euch in einer halben Stunde das Frühstück hochbringen lassen?« Ich wende mich zur Tür.

Nach einem Blick wortloser Verständigung antwortet Susanne: »Besser in 45 Minuten. Und, wie heißt er noch ... ähm Matthew soll unbedingt vorher anklopfen.«

Ich wünsche den beiden viel Spaß und schließe im raus gehen die Türe fest hinter mich. Draußen vor der Türe höre ich die beiden kichern. Herr im Himmel denke ich, Susanne und Nad. Da brauche ich Susanne nicht mehr auf den Zahn fühlen ob etwas zwischen ihr und Nad läuft.

Die Antwort habe ich soeben erhalten. Ich freue mich für die beiden. Ich spiele mit der fiktiven Idee, Susanne könnte nach Dallas ziehen. Dann wäre sie wesentlich näher bei mir und viel schneller erreichbar. Das sind alles nur Luftschlösser, hole ich mich in die Realität zurück. Ich sollte froh sein, über das was real ist, nämlich das Susanne die nächste Woche über noch hier ist.

Ich schnappe mir in unserem Schlafzimmer meine Sportklamotten und mache mich auf den Weg nach unten. Im Wohnzimmer sehe ich Annie, die gerade unser benutztes Geschirr abräumt.

»Annie, könnten Sie Matthew wohl bitten in einer guten dreiviertel Stunde ein Frühstück für zwei Personen in das Schlafzimmer von Nad Shalazar bringen?«

Annie hält inne und schaut mich an. »Für zwei Personen?«

»Ja Annie, er frühstückt mit seiner Ärztin.« Annie muss einen Augenblick nachdenken und nickt dann langsam verstehend.

»Wird gemacht Miss Luna.« Es dauert einen kleinen Augenblick, aber dann sehe ich ihr an, dass bei ihr der Groschen gefallen ist.

»Ach ja, und Matthew müsste bitte vorher anklopfen.«

Wieder huscht das wissende Lächeln über ihr Gesicht.

Ich bedanke mich bei ihr und laufe weiter in Richtung Fitnessraum. Alles ist noch so wie ich es in Erinnerung habe. Im Gegensatz zu meinem letzten Training hier, ist meine Welt wieder rund. Gut gelaunt steige ich auf das Laufband. Ich stelle mir ein leichteres Programm ein und beginne mit dem Laufen. Eine dreiviertel Stunde später bin ich verschwitzt und ausgepowert. Ich nehme mir eine von den Wasserflaschen die dort bereit stehen und ein Handtuch. Dann mache ich noch ein paar Übungen an den Geräten, bevor ich mich zum Duschen wieder nach oben in unser Zimmer begebe.

Ich dusche mich in Ruhe und wasche mir die Haare. Nachdem ich mich getrocknet und eingecremt habe, ziehe ich mir den Bademantel über und gehe zu dem begehbaren Kleiderschrank. Die Wirkung auf mich ist exakt die gleiche wie heute Morgen. Die Auswahl ist einfach überwältigend.

Was zieht man wohl am besten an, wenn man die Eltern seines Freundes das erste Mal sieht? Ich entscheide mich schließlich wieder für meine dunkle Hose, die ich heute Morgen schon anhatte und einen enganliegenden Seidenpulli. Meine Haare binde ich zu einem langen Pferdeschwanz und zupfe mir ein paar Strähnen heraus, damit es nicht zu streng aussieht. Noch ein bisschen Wimperntusche, Lidstrich und Gloss – fertig. Die Klamotten passen perfekt, Madame Jenkins hat tolle Arbeit geleistet. Ich sollte ihr bei Gelegenheit dafür danken.

Draußen auf dem Flur höre ich Susanne und Nad reden, die beiden unterhalten sich und Susanne kichert amüsiert. Da die beiden nun halböffentliches Territorium betreten haben, gehe ich davon aus, durch meine Anwesenheit keinen der beiden zu stören. Darum entschließe ich mich, ebenfalls runterzugehen. Am Ende der Treppen steht Susanne, die sich ein wenig ratlos umschaut.

»Hi Suse, wo ist denn Nad? Ich dachte ich hätte euch beide soeben gehört.« Frage ich sie. Denn dass ich Nads Stimme gehört habe, bin ich mir sicher.

»Hi Luna«, sie lacht mich verlegen an, »Nad ist noch oben und duscht sich.«

»Ohne deine Hilfe?« Das war ganz unschuldig gefragt, denn Nad ist trotz allem, immer noch ein bisschen eingeschränkt in seinen Bewegungen. Suse versteht mich allerdings falsch und läuft rot an. Ausgerechnet Susanne. Ich bin erstaunt.

»Tut mir leid, Suse, das ist ein Missverständnis. Das meine ich ehrlich, denn Nad ist ja noch nicht fit.«

Susanne nickt bestätigend. »Ja, das ist er wirklich noch nicht, auch wenn er manchmal meint, dass er fit wie ein Turnschuh ist.« Warum kann ich mir eigentlich so deutlich vorstellen, wann Nad sich so fit fühlt? Ich rolle mich innerlich vor Lachen ab, ohne es nach außen zu zeigen.

»Was ist Suse, soll ich dir das Haus zeigen?«, frage ich

sie, um das Thema zu wechseln.

Susanne ist erleichtert. »Ja gerne, ich würde es wirklich sehr gerne sehen.«

»Musst du nochmal hoch?« Suse nickt. »Wie viel Zeit hast du denn?«

»Nad hat 15 Minuten. Dann gehe ich wieder hoch und verbinde die Naht neu.«

Wir gehen aus dem Wohnzimmer raus, in den hinteren Bereich, wo der Fitness Raum ist.

»Nad kann froh sein, dass du ihm so schnell helfen konntest.«

»Naja, eine Appendektomie ist für mich ungefähr das, was für dich die Unterscheidung zwischen zwei Gesteinsproben ist.«

»Trotzdem Suse, stell dir mal vor, Nad hätte in Österreich in irgendeinem Hotelzimmer gesessen und sich weiterhin beharrlich eingeredet, nur was Falsches gegessen zu haben. Ich glaube, unter solchen Umständen wäre das alles nicht so glimpflich abgegangen.«

Ich gehe voran und öffne die Tür des Fitnessraumes. Wir beide treten ein und Susanne schaut sich beeindruckt um. Sie geht weiter in den Raum hinein. »Wow, Luna, das ist ja perfekt ausgestattet. Du brauchst ja gar nicht mehr raus in ein Studio fahren.«

»Stimmt, aber wenn ich mein Training hier drin alleine mache, ist es megalangweilig. Ich werde mir so oder so noch etwas in der Stadt suchen. Ich dachte evtl. an Selbstverteidigung oder so. Shamar hat einen Privattrainer, den er mir quasi ausleihen will.« Wir bleiben an den Fensterscheiben stehen, die bodentief zur Terrasse heraus führen.

»Eine gute Sache mit der Selbstverteidigung Luna. Das ist eine super Idee. Dann kannst du dir wenigstens selber helfen, vielleicht nicht allumfassend aber zumindest so weit, dass du wertvolle Zeit gewinnen kannst. Wann willst du damit anfangen?«

Wir gehen aus dem Raum raus und in die Dampfsauna

herein. »Ich hatte mit Shamar vor meiner Abreise damals darüber geredet. Wenn alles gut geht, vielleicht noch diese Woche.«

Susanne ist entzückt über die Dampfsauna. Sie streicht mit einer Hand über die flauschigen Handtücher die ausliegen und schaut sich bewundernd in dem komplett mit Marmor ausgekleideten Raum um.

»Wow, hast du den Raum schon mal benutzt?« Fragt sie mich.

»Nein, bisher noch nicht. Als ich das letzte Mal hier war, war es noch schön warm und ich hatte die Gelegenheit nicht dafür.«

Sie schaut mich verschmitzt an. »Kann man sich den Raum auch mal ausleihen?«

»Ausleihen?« Ich verstehe nicht ganz. »Natürlich kannst du den Raum benutzen, was sollte Shamar dagegen haben?«

Sie errötet. Das tut Susanne in den letzten Tagen verhältnismäßig oft und es ist gänzlich ungewöhnlich bei ihr.

»Am Freitag ziehe ich Nads Fäden. Dann könnten wir uns hier mal zurückziehen – es sei denn, ihr wollt das Dampfbad nutzen.«

Jetzt fällt bei mir der Groschen. Susanne plant eine nette Zweisamkeit mit Nad. Das wird ihm bestimmt gefallen. Shamar würde das mit Sicherheit auch gefallen. Ich schreibe es mir auf meinen unsichtbaren Merkzettel in meinem Kopf.

»Nein Suse, du kannst den Raum gerne mit Nad benutzen. Kein Problem. Wie läuft es denn mit dir und ihm?« Endlich sind wir ungestört und ich kann sie nach ihrer Beziehung zu Nad fragen.

»Ach Luna, was soll ich dir sagen? Ich habe Nad am Freitagabend gesehen und habe mich sofort auf den ersten Blick in ihn verguckt.«

Das kenne ich irgendwoher, denke ich, mir ist es mit Shamar auch nicht anders ergangen. »Er war so süß und witzig. Ich habe zwar gemerkt, dass irgendwas nicht stimmt, aber er hat das glänzend überspielt. Erst als wir aufbrechen wollten, konnte er es nicht mehr verheimlichen.«

Das hatte ich ja selber mitbekommen.

»Der Ärmste muss richtig arge Schmerzen gehabt haben, die er aber prima überspielt hat.«

»Stimmt, selbst als ich ihn untersucht habe, hatte er noch ein paar Sprüche drauf. Bevor er die Narkose bekam, bat er mich, nicht zu viel wegzuschneiden. Kannst du dir das vorstellen?«

Ich muss herzhaft lachen, bei der Vorstellung was Susanne für ein Gesicht gezogen haben muss.

»Als er dann in Narkose auf dem Tisch lag und das OP Feld abgedeckt wurde, habe ich gesehen, dass er sich um ein ‚Zuviel' ganz bestimmt keine Sorgen machen müsste. Die OP selber war ein Klacks. Als Nad wieder wach war und seine Augen kaum aufhalten konnte, sagte er mir, er hätte von mir geträumt und es wäre sehr schön gewesen. Am nächsten Morgen dann, hat er mich gefragt, ob ich mir vorstellen könnte, mich auf ihn einzulassen. Tja, und ich habe zugestimmt. Jetzt schauen wir, wie es läuft und wie es weitergeht.« Sie seufzt.

Ich kann mir gut vorstellen, was in ihrem Kopf vorgeht, denn schließlich habe ich vor nicht allzu langer Zeit in einer ähnlichen Situation gesteckt. Inzwischen bin ich schon ein Schritt weiter. Meine Entscheidung, mein Leben mit Shamar weiterzuführen steht. Dafür habe ich meine Heimat und alle die ich kenne, zurückgelassen. Sollte sich das mit Susanne und Nad weiterentwickeln, wird sie vor einer ähnlichen Entscheidung stehen.

»Ach Susanne, jetzt mache dich nicht verrückt. Es wird sich alles finden. Nad macht auf mich einen sehr netten Eindruck. Weißt du noch, was du mir damals gesagt hast, als ich in Dubai war und wir miteinander telefoniert haben?«

Sie nickt ihre grünen Augen glänzen.

»Ich habe dir gesagt du sollt ihn genießen.«

»Genau Suse, und das solltest du jetzt auch tun!« Sie lacht ein bisschen wehmütig und wir nehmen einander in die Arme. Dieses Mal bin ich diejenige mit den guten Ratschlägen.

Langsam schlendern wir durch den restlichen Bereich im Erdgeschoss. Ich zeige ihr den Zugang der beiden Appartements, Shamars Arbeitszimmer, die Bibliothek und dann die Küche, in der Annie immer noch herumwerkelt. Da Annie einen sehr beschäftigten Eindruck auf uns macht, ziehen wir uns schnell wieder zurück. Gerade als wir die Treppen wieder hochgehen wollen, höre ich ein Auto draußen. Shamar ist wieder zurück. Verschwörerisch grinsend trennen wir uns. Susanne kümmert sich um Nad und ich begrüße Shamar.

Er kommt zur Tür herein und sieht zum Anbeißen aus. Ich liebe es, wenn seine Anzughose so schön knapp über den Hüften sitzt. Das betont seine athletische Figur. Ich nehme ihn in die Arme und küsse seine Lippen.

»Alles erledigt?«, fragend schaue ich zu ihm auf.

»Noch nicht alles, Chérie.«, spricht er und küsst mich mit einer atemlosen Leidenschaft. Mir werden die Knie weich.

»Das ist gut.«, murmle ich leise an seinen Lippen.

»Du siehst fantastisch aus Luna.«

Anerkennend wandert sein Blick über mich.

»Danke, aber das Kompliment muss ich zurückgeben!«

Ich kann meinen Blick und meine Hände nicht von ihm lassen.

»Wo ist denn Nad?« Suchend schaut sich Shamar um.

»Der bekommt gerade ein neues Pflaster von Susanne verpasst. Übrigens, die beiden hat es ganz schön erwischt. Ich glaube, wir können Susannes Sachen in Nads Zimmer bringen lassen.«

»Und das weißt du woher mein Engel?«

»Erstens war Susanne heute Nacht nicht in ihrem

Zimmer, denn das Bett war nicht benutzt. Zweitens kam sie mir nur mit einem Handtuch bekleidet aus Nads Badezimmer entgegen und drittens, hat sie es mir erzählt.«

»Na da wird Mutter aber staunen, wenn ihre beiden Jungs eine Freundin haben, die miteinander befreundet sind und aus Deutschland kommen.«

Er lächelt, offenbar belustigt über diesen Gedanken.

»Wann erwartest du deine Eltern?« Ich möchte wissen, wie viel Zeit mir mit Shamar noch bleibt.

»Kieran ist sofort zum Flughafen gefahren, nachdem er mich abgesetzt hat. Sie kommen auf dem kleinen Privatflughafen an, auf dem ich meinen Heli stehen habe. Also dürfte das nicht mehr allzu lange dauern.«

Oben höre ich Nad und Susanne miteinander reden und lachen. Die beiden kommen Händchenhaltend die Treppen herunter. Na endlich, denke ich, Versteck spielen brauchen die beiden vor uns schließlich nicht. Wir setzen uns in die großzügige Couchlandschaft im Wohnzimmer und die Jungs unterhalten sich über Nads neuestes Projekt, welches er in Österreich vorgestellt hat. Susanne und ich sitzen entspannt und hören den beiden einfach zu.

11

Draußen fährt wieder der Mercedes vor. Jetzt wird's ernst. Shamars und Nads Eltern sind da. Matthew steht schon an der Haustür, um sie genau im richtigen Moment zu öffnen. Wir bleiben im Wohnzimmer stehen und warten auf die beiden. Susanne grinst mich schief an. So schnell den Eltern des Freundes gegenübertreten ist nicht gerade üblich. Auch wenn Susanne aus einer gutsituierten Familie kommt, sind Nad und seine Eltern ein ganz anderes Kaliber. Ich bin mindestens so aufgeregt wie sie, da Shamars Eltern schließlich wissen, wie ernst es ihm mit mir ist.

Als Erstes betritt Zoé das Haus. Sie begrüßt Matthew herzlich und geht dann weiter ins Haus hinein. Man sieht, dass sie sich auskennt, denn ihre Schritte sind sicher und sie weiß, wo wir sind. Shamar begrüßt sie als Erstes. Sie nimmt ihren Sohn in die Arme und Shamar beugt sich brav herunter, um sich von seiner Mutter auf die Wange küssen zu lassen. Dann kommt sie auf mich zu und Shamar stellt uns einander vor.

»Mutter, darf ich dir Luna-Marie vorstellen?«

»Luna, das ist meine Mutter.«

Zoé ist kleiner als ich und hat mittelblonde, halblange

Haare. Nad hat ihre Augen geerbt. Mit denen strahlt sie mich voller Wärme und Zuneigung an. Sie ist schlank und sieht sportlich aus.

»Wie schön, dass ich dich endlich kennenlernen darf, Luna. Shamar hat uns schon so viel von dir erzählt.«

»Misses Shalazar. Es ist schön, dass wir uns endlich begegnen.«, erwidere ich.

»Um Gottes Willen, Luna, sag doch bitte einfach Zoé zu mir. Nachdem, was Shamar alles auf den Kopf gestellt hat für dich, wollen wir uns doch wohl nicht mit irgendeinem Geplänkel aufhalten.« Sie streicht mir mütterlich mit den Händen über meine Oberarme.

Als nächstes fällt ihr Blick auf Nad. »Nadim Lucas Shalazar, was machst du für Sachen. Komm her mein Sohn und lass dich anschauen. Auch Nad lässt sich von seiner Mutter umarmen und auf die Wange küssen. Sie schiebt ihn ein wenig von sich und betrachtet ihn kritisch.

»Und jetzt will ich sehen, wo du aufgeschnitten wurdest.«

Nad verdreht die Augen.

»Mutter, da gibt es nichts zu sehen.«

»Nadim?«

Ernst schaut sie ihn an. Das ist eine Frau, die ihre Männer offensichtlich im Griff hat. Sie duldet keine Widerrede. Nadim zuckt die Schultern und zieht sein Shirt hoch und die Hose ein Stück nach unten. Er entblößt einen muskulösen braun gebrannten Bauch, wie ich ihn auch von Shamar kenne.

Ein weißes Pflaster in der Größe von vielleicht einer Handbreite klebt in seiner Leiste. Kaum dass Zoé einen Blick darauf geworfen hat, zieht er seine Kleidung wieder darüber.

Zoé schüttelt den Kopf. »Mein Junge, das sieht schlimm aus. Tut es dir noch sehr weh?«

Nadim schüttelt den Kopf.

»Inzwischen nicht mehr so sehr, Mutter. Das es mir wieder gutgeht, habe ich nur Susanne zu verdanken.« Er deutet mit dem Kopf auf Susanne, die sich ein wenig im Hintergrund gehalten hat. Jetzt geht Zoé auf Susanne zu. Sie schüttelt ihre Hände.

»Sie sind die junge Ärztin, die sich um meinen Sohn gekümmert hat. Ich danke Ihnen sehr für Ihr Eingreifen und wie ich sehe, ist Nadim bei Ihnen in sehr guten Händen.«

Erstaunt beobachtet sie, wie Nad an Susanne herantritt und seine Hand auf ihren Rücken legt. Sie schaut von Nad zu Susanne, die sich gegenseitig anlächeln. Dann versteht sie und lächelt breit in die Runde.

»Darf ich Susanne sagen?« Wendet sie sich an Suse.

Susanne nickt schüchtern.

»Dann sag du auch bitte Zoé zu mir.« Sie grinst breit über ihr ganzes Gesicht. Ich bin mir sicher, dass sie sich ihren Teil der Geschichte denkt und bin froh, dass sie so locker damit umgeht.

»Zoé, das ist ein wundervoller Name. Schön, dass Sie vorbeigekommen sind und wir uns kennenlernen.« Susanne greift Zoés Hand und schüttelt sie.

Shamars Mutter betrachtet voller Stolz ihre beiden Söhne und uns Frauen.

»Wo bleibt denn Osman?«

Sie schaut zurück in Richtung Tür. Dort stehen Matthew und Shamars Vater und unterhalten sich. »Osman?« Fragt sie.

Osman Shalazar schaut auf und lächelt seine Frau an.

»Ich komme schon, Zoé.«

Dann betritt Shamars Vater das Zimmer. Er ist die ältere Ausgabe von Shamar. Fast die gleiche Größe, das gleiche dunkle Haar, in denen sich inzwischen graue Strähnen befinden und die gleichen perlmuttfarbenen Augen. Auch er begrüßt zuerst seinen ältesten Sohn.

Wiederum stellt Shamar uns einander vor. Auch Osman bietet mir sofort das Du an. Er mustert mich und versucht, es möglichst unauffällig zu tun. Dann begrüßt er Nad. Dieses Mal muss Nad seinen Bauch nicht entblößen.

Die beiden umarmen sich und Osman klopft Nad auf den Rücken. Nad stellt Susanne seinem Vater vor. Die beiden begrüßen sich. Ich sehe wie Osman in dem Moment die Augenbrauen hochzieht, als er erkennt, dass zwischen Nad und Susanne mehr ist, als eine reine Arzt Patienten Beziehung.

Er schaut seine Frau fragend an, die ihm wiederum zunickt. Wir setzen uns alle an den großen Esstisch. Matthew trägt die Speisen auf, die Annie heute Morgen vorbereitet hat. Am Anfang bestreiten nur Shamar und Nad die Kommunikation, doch es dauert nicht lange, bis sich das Gespräch kreuz und quer über den Tisch hinweg entwickelt.

Nicht nur, dass Zoé uns mit nett verpackten Fragen löchert, sie erzählt auch viel von sich und Osman. Ich kann mir lebhaft vorstellen, wie Osman damals auf sie gewirkt haben muss, als sie sich kennenlernten. Er ist auch heute noch ein beeindruckender Mann und die beiden sind unglaublich lieb zueinander. Vielleicht erreicht man diese langjährige Liebe und Zugehörigkeit erst, wenn man um seine Liebe kämpfen musste. Denn das musste Osman, als er in Shamars Alter war.

Zoés französischer Akzent kommt immer wieder zum Vorschein, was zur Folge hat, dass wir uns in zwei Sprachen unterhalten. Eigentlich sogar in drei, wenn Susanne und ich miteinander reden. Es wird ein wundervoller Nachmittag. Zoé sieht glücklich aus und lässt ihre Blicke immer wieder auf jeden von uns ruhen. Sie sitzt neben Osman und hält immer wieder verstohlen seine Hand. Der wiederum schaut sie jedes Mal voller Zuneigung an, wenn sie einander berühren. Es ist wunderschön, den beiden zuzusehen. Erst abends verabschieden die beiden sich von uns. Im Hinausgehen nimmt Osman Shamar zur Seite, da ich in der Nähe stehe, kann ich nicht verhindern, zu hören, was er Shamar sagt.

»Junge, du hast eine vortreffliche Wahl getroffen. Behandle sie gut und ehre sie. Sie ist ein Schatz, wie es nur wenige gibt.« Wow, das hätte ich nicht gedacht. Osman hat sich zwar rege an den Gesprächen heute Nachmittag beteiligt, jedoch hat er sich immer wieder zurückgelehnt und seine Söhne nebst den Frauen beobachtet. Wir verabschieden einander sehr herzlich und ich werde von Zoé wie von Osman umarmt. Zoé raunt mir zu:

»Willkommen in unserer Familie, Luna, ich würde mich freuen, dich bald wiederzusehen.«

»Gerne«, antworte ich.

Auch der Abschied von Nad und Susanne ist sehr herzlich. Schließlich steigen sie in den Mercedes und Kieran fährt sie zum Flughafen.

»Puh.«

Shamar lässt sich in die Couchgruppe fallen. Wir folgen ihm und lümmeln uns auf der großzügigen Wohnlandschaft. In Shamars Armen beobachte ich Nad, der seinen Arm um Susanne gelegt hat. Wir alle genehmigen uns noch einen Absacker, den wir uns von Matthew bringen lassen, bevor wir uns zurückziehen. Die Jungs trinken Scotch aus großen schweren Gläsern, während Susanne und ich Cinzano auf Eis zu uns nehmen.

Ich grinse in mein Glas hinein, während ich darüber nachdenke, wie in kurzer Zeit aus dem 1 + 1 von Susanne und mir ein 2 + 2 geworden ist. Der Gedanke gefällt mir ausgesprochen gut. Es dauert nicht lange, als Susanne und ich verhalten anfangen, zu gähnen. Uns setzt die Zeitumstellung immer noch zu. Über meinem Kopf hinweg tauschen Shamar und Nad Blicke aus. Ich sehe zwar nicht Shamar, dafür aber Nads Reaktion. Er zieht seine Augenbrauen scherzhaft hoch und wackelt damit. Das ist wahrscheinlich die nonverbale Verständigung der beiden, sich mit ihren Frauen in die Horizontale zurückzuziehen.

Oben in unserem Schlafzimmer angekommen, möchte Shamar wissen, ob ich irgendwelche Pläne für den nächsten Tag habe.

»Nein,« beantworte ich seine Frage herzhaft gähnend,

»ich habe nichts geplant. Höchstens, mich um Nad und Susanne zu kümmern.«

»Nad und Susanne kommen prima alleine klar. Nad kennt sich hier aus, wahrscheinlich wird er Susanne ein bisschen die Gegend zeigen wollen.«

»Okay, und was hast du dann vor mit mir?« Ich setze mich aufs Bett und schaue ihm beim Ausziehen zu.

»Ich würde dich gerne Rick Myers vorstellen. Er ist mein Personal Trainer.«

Ich erinnere mich an unser Gespräch, als wir den Ausflug zu Pferd gemacht haben.

»Jetzt, wo du hier bist, wäre es mir lieb, wenn du ihn nicht nur wegen deiner Fitness kontaktierst sondern ganz speziell für ein Selbstverteidigungstraining. Ich möchte, dass du dich wehren kannst, wenn es darauf ankommt.«

Jetzt wo ich hier bin ... Richtig. Wahrscheinlich wird sich schnell herumsprechen, dass ich die neue Frau in Shamars Leben bin. Damit wächst das mediale Interesse. Erste Erfahrungen durfte ich ja schon anlässlich der Wohltätigkeitsveranstaltung sammeln. Ich bin sofort Feuer und Flamme für die Idee, mit einem Personal Trainer meine Fitness und Selbstverteidigung zu trainieren.

»Ja, das ist eine gute Idee von dir. Und schön, dass du unser Gespräch nicht vergessen hast. Wahrscheinlich wäre ich irgendwann nächste oder übernächste Woche auf dich zugekommen. Ich danke dir!« Ich stehe auf und umarme ihn.

»Gern geschehen, Chérie.« Er stupst zärtlich mit seinem Zeigefinger meine Nase.

»Wann geht es denn los?«

»Gleich morgen früh, mein Engel. Wir fahren zusammen in die Stadt. Kieran setzt mich im Büro ab und bringt dich dann zu Rick.«

Ich freue mich auf meine erste Lektion in Sachen Selbstverteidigung.

Auf dem Bett sitzend genieße ich den Anblick, der sich mir bietet, während Shamar seine Kleidung Stück für Stück ablegt.

»Was ist denn?« Irritiert schaut Shamar auf, als er bemerkt, dass ich ihn beobachte.

»Ich werde dich niemals mit einer anderen teilen Shamar, dafür liebe ich dich zu sehr und dafür bin ich viel zu selbstsüchtig. Ich würde den Gedanken nicht ertragen, dass du dich von mir abwendest.« Nachdenklich ruht mein Blick auf ihm.

»Luna, was ist denn los? Ich liebe dich doch, warum sollte ich eine Andere als dich begehren? Du weißt, dass ich nur dich will. Wie kommst du denn jetzt darauf?«

Er kraust nachdenklich seine Stirn, während er seine Klamotten nachlässig auf einen Stuhl wirft.

»Mein lieber Schatz, du bist so wundervoll anzusehen, wenn du dich entblätterst, dass ich gerade daran denken musste, dass ich diesen Anblick Niemandem sonst gönnen würde. Der gehört ganz alleine mir.«

Er kommt zu mir und ich lasse mich rückwärts mit dem Oberkörper auf das Bett sinken. Shamar folgt mir und stellt seine Arme rechts und links neben meinem Kopf auf. Sein Blick ist intensiv, dunkel und leidenschaftlich, während sein Gesicht über meinem liegt.

»Chérie, nicht nur der Anblick ist dein, ich bin es auch, ganz und gar. Ich liebe dich mehr als mein Leben.«

Er senkt sich weiter herab, sodass seine Lippen schließlich meine Lippen berühren, dann küsst er mich langsam und aufreizend.

Das ist ein Ausklang des Abends, wie ich ihn mir besser nicht hätte vorstellen können; ich lasse mich von Shamars Leidenschaft umhüllen, wie von einem warmen Kokon.

Der Morgen ist grau und trüb, während Shamar und ich im Auto unterwegs nach Houston sind. Ich habe meine Sporttasche gepackt und bin gespannt auf mein anstehendes Training. Kieran hält vor Shamars Firmengebäude.

»Viel Spaß mit Rick, Luna. Lass ihn in einem Stück, damit ich heute auch noch was von ihm habe.«

»Als ob ich diesem Rick überhaupt gefährlich werden könnte.«, scherze ich.

»Das könntest du, gegen deine Waffen ist kein Mann immun.« Ich sein Blick ist ernst und flackert ein wenig. Ist das etwa Eifersucht? Warum lässt er mich dann mit Rick trainieren, wenn er befürchtet, dass ich einen anderen Mann als ihn attraktiver finden könnte?

»Hey, ich habe kein Interesse an einen anderen Mann. Das solltest du aber wissen. Wenn du mir nicht traust, warum hast du dann einen Mann als Trainer für mich engagiert?«

»Gerade weil ich dir traue, habe ich einen Mann engagiert. Das ist das beste Training, was du bekommen kannst. Außerdem wirst du in absehbarer Zeit sowieso überwiegend mit Männern arbeiten. Ich werde meine Eifersucht ordentlich zügeln müssen, Chérie. Aber ich werde dir niemals vorschreiben, mit wem du umgehen sollst oder nicht.«

»Ich liebe dich, Shamar!« Ich liebe ihn so sehr und ich kann mir ein Leben ohne ihn nicht mehr vorstellen. Meine Empfindungen für ihn sind so intensiv, dass ich das Gefühl habe, bis zum Bersten damit gefüllt zu sein. In diesen vier Worten liegt meine ganze Welt und meine ganze Hingabe an ihn. Wir schauen einander in die Augen und die Welt bleibt stehen. Der Augenblick dehnt sich aus und ich habe das Gefühl, wir sind allein. Keine Geräusche, kein Bild dringt zu uns vor.

Wir lesen einander und versichern uns stumm unserer Liebe. Mein Herz schlägt wie wild und ich muss einen dicken Kloß in meinem Hals herunterschlucken. Shamar streichelt meine Wange und küsst mich zärtlich.

»Ich werde dich immer lieben Luna. Du bist meine einzige große Liebe.« Er streichelt mir nochmal über meine Wange, bevor er und dann auch ich wieder in der Wirklichkeit ankommen. Er greift seine Tasche und schickt sich an, aus dem Wagen auszusteigen.

»Kieran, passen Sie gut auf Luna auf!«

Er nickt Kieran zu, der ihm sofort antwortet.

»Selbstverständlich, Mister Shalazar!«

Dann verabschiedet er sich von mir. Die Türe schließt sich hinter ihm und ich sitze alleine mit Kieran im Auto. Während ich Shamar hinterherschaue und ihm nochmals zuwinke, setzt Kieran den Wagen wieder in Bewegung. Ich lasse meine Hand sinken, denn mir fällt ein, dass Shamar mich wegen der schwarzen Fensterscheiben gar nicht sehen kann.

Wir fahren nicht weit, wenige Blocks später biegt Kieran in eine Tiefgarage ab. Es geht zwei Untergeschosse hinab, bevor wir auf einem Parkplatz halten; einer von vieren, die für Rick Myers reserviert sind. Kieran steigt aus und nimmt meine Tasche. Er hält mir die Türe auf und lässt mich aussteigen. Das ist auch etwas, woran ich mich erst gewöhnen muss. Erst auszusteigen, wenn Kieran die Tür öffnet. Wie mir Shamar erzählte, ist Kieran nicht nur Chauffeur, sondern auch in Sicherheitsangelegenheiten ausgebildet.

Er verfügt über vielfältige Erfahrung als Personenschützer. Wenn er aus unserem Fahrzeug aussteigt, sichert er zunächst die Umgebung. Erst wenn er die Türe öffnet ist es sicher genug zum Aussteigen. Also warte ich seitdem immer brav, bis Kieran die Türe öffnet, bevor ich einen Fuß nach draußen setze.

Direkt neben unserem Parkplatz befindet sich ein Aufzug, den Kieran mit einem Knopfdruck zu uns in die Tiefgarage holt. Wir brauchen nicht lange warten, bis sich die Türen öffnen und der Aufzug uns verschluckt. Die Beleuchtung ist hell, wird aber von dem großen braun getönten Spiegel verschluckt. Im siebten Stock steigen wir aus. Wir betreten den Empfangsbereich eines exklusiven Fitness-Clubs. Die Dame lächelt uns mit einem Lächeln an, mit dem sie auch Karriere als Zahnputzcreme Model hätte machen können.

»Guten Tag, willkommen bei MTF. Was kann ich für Sie tun?«

Ich hole tief Luft, um mein Anliegen zu erklären, doch Kieran ist schneller.

»Miss Buchholz für Mister Myers.« Das ist alles.

Die Dame reißt erstaunt die Augen auf.

»Oh, äh, Entschuldigung, ja, wir erwarten Sie schon.«

Sie springt von ihrem Stuhl auf, »Bitte folgen Sie mir,« und geht uns voran. Anstelle des öffentlichen Bereiches, führt sie uns in den privaten Trainingsbereich. Sie deutet auf eine Umkleidekabine und bittet mich, diese zu benutzen. Anschließend soll ich rechts durch die Schwingtüre in den Übungsraum gehen.

Kieran verabschiedet sich von mir.

»Miss Buchholz, ich werde am Empfang auf Sie warten, bis Ihre Trainingseinheit beendet ist. Laufen Sie nach dem Training einfach den Weg zurück.«

»Vielen Dank Kieran. Ach übrigens, wenn Sie schon Kindermädchen für mich spielen, dann sagen Sie doch einfach Luna zu mir.«

Er sieht irgendwie unglücklich aus. »Ich weiß nicht, ob Mister Shalazar das Recht wäre ...« Er beendet den Satz nicht.

»Kieran, ich darf sicherlich selber entscheiden, wie ich von wem angesprochen werden möchte. Außerdem machen Annie und Matthew das auch.«

Er nickt vorsichtig. »In Ordnung, Miss Bu ähm Luna.« Er nickt mir zu und macht ein Gesicht, als würde er die neue Anrede während meiner Trainingsstunde üben gehen.

Ich betrete meinen eigenen Umkleideraum, der mit Dusche, Fön und allem was mein Herz eventuell begehren könnte, ausgestattet ist. Nachdem ich die Tür hinter mir geschlossen habe, schließe ich sie ab und ziehe mich um. Ich trage eine engliegende Sporthose, Schuhe und ein T-Shirt. Die Haare binde ich mir zu einem Zopf zusammen, damit ich freie Sicht für das habe, was gleich kommt.

Die Umkleidekabine schließe ich nach dem Verlassen

wieder ab. An dem Schlüssel ist ein Band, damit ich ihn mir umhängen kann. Dann betrete ich den Trainingsraum. Ein Mann trainiert dort auf einer großen Bodenmatte. Sobald er mich sieht, stoppt er seine Übungen und kommt auf mich zu. Er ist von gemischter Abstammung, mit einem deutlich zusehenden asiatischen Anteil.

Eine interessante und attraktive Mischung. Er trägt einen weißen Judo-Anzug mit einem roten Gürtel, der ihm um die Taille geschlungen ist. Die Figur ist hochgewachsen und athletisch, eine Körpergröße verleitet mich zu der Annahme, dass die Zahl seiner amerikanischen Gene die asiatischen überwiegt. Er hat nicht ganz so stark ausgeprägte mandelförmige Augen und auch seine Nase ist nicht typisch asiatisch. Doch die hohen Wangenknochen, die sein Gesicht männlich markant wirken lassen, sind deutlich asiatisch – wenn ich das richtig sehe, japanisch. Er kommt lächelnd auf mich zu, faltet die Hände vor der Brust und verbeugt sich kurz. Dann streckt er mir seine rechte Hand entgegen.

»Hallo, Luna, ich bin Rick. Schön dich kennenzulernen.«

Ich begrüße ihn, indem ich seine Hand ergreife.

»Hallo, Rick, vielen Dank, dass du Zeit für mich hast.« Ich lächle ihn an. Offensichtlich ist man sofort beim Du, wenn man sich auf der Matte wälzt. Damit habe ich kein Problem.

»Okay, Luna, hast du schon einmal in deinem Leben Kampftraining gemacht?«

»Nein«, antworte ich wahrheitsgemäß. »Hin und wieder laufe ich ein bisschen, oder mache ein wenig Gerätetraining. Aber nicht regelmäßig, eher dann, wenn es gerade passt.«

»Gut, dann werde ich dir einen Trainingsplan erstellen, den du hier oder in dem Studio bei Shamar absolvieren kannst. Wichtig ist, dass du es regelmäßig machst.«

»Okay.« Kein Thema, das kriege ich hin. Dann habe ich wenigstens ein Ziel, wenn ich im Fitness Raum bin.

»Gibt es etwas, wovor du Angst hast, oder was dich beim Sport einschränken könnte?«

Ich denke nach, mir fällt nichts ein, ich habe keine Angst vor Höhe oder vor Fallübungen, auch nicht vor Aggressivität. Also schüttle ich meinen Kopf.

»Nein Rick, keine Probleme, keine schlechten Erfahrungen die mich aus der Vergangenheit begleiten.«

Er nickt zufrieden. »Gut, Luna, wir werden uns zwei bis drei Mal pro Woche sehen. Jede Trainingseinheit dauert zwei Stunden. Sie beinhaltet das Warmmachen und alle Übungen für Konzentration, Beweglichkeit, und Meditation. Das Verteidigungstraining basiert auf Judo, kombiniert mit anderen Elementen des Kampfsports. Judo bedeutet, dass mit minimalem Aufwand die größtmögliche Wirkung erzielt wird. Gerade für Frauen, die ja bedeutend schwächer als Männer sind, ist es wichtig, kraftsparend, also mit minimalen Aufwand, einen Gegner auszuschalten oder aufzuhalten, um sich selber aus einer möglichen Gefahrensituation zu bringen.«

Das leuchtet mir ein. Ich hätte kräftemäßig keine Chance, gegen einen Mann zu bestehen. Dafür müsste ich schon Tricks kennen, die ich anwenden kann, um meine Position deutlich zu verbessern.

»Wir arbeiten also an deiner Kraft und Ausdauer, dann an deiner Technik und an deiner Persönlichkeit, denn in vielen Situationen, in die wir geraten setzt uns unsere eigene Psyche in eine schlechtere Position. Denn: Eine gefährliche Situation ist real; ob du jedoch Angst hast und dich von ihr leiten lässt, ist deine Entscheidung.

Du wirst lernen, auf dich selbst zu vertrauen, deinen Instinkten zu vertrauen, um in Zwiesprache mit dir den besten Weg finden.«

Das hört sich alles sehr sinnvoll an, allerdings hoffe ich, dass ich jetzt nicht mit tollen Sprüchen zugetextet werde, die in jedem drittklassigen Kung-Fu-Film zu hören sind, sondern endlich etwas machen kann. Anscheinend kann man mir mal wieder deutlich ansehen, was ich denke. Rick klatscht zwei Mal in die Hände und durch die Schwingtür kommt ein Mann. Ich vermute, dass es ein Mann ist, denn genau kann ich es nicht erkennen.

Er ist in Gummipolster gehüllt und trägt einen gepolsterten Helm. Er verbeugt sich vor uns, geht auf die Matte und erwartet uns dort. Wir folgen ihm dahin.

»Luna, zieh bitte deine Schuhe aus, die Strümpfe bitte auch, sonst hast du keinen Halt auf dem Boden.«

Schnell löse ich die Schnürriemen und entledige mich meiner Schuhe und Strümpfe. Beides stelle ich an der Wand, außerhalb des Trainingsbereiches ab. Dann gehe ich wieder auf die Matte.

»So, Luna, das ist Tom; Tom wird jetzt der böse Mann sein, der dich angreift. Du wirst dich wehren. Trete ihn, schlag ihn, wehre dich nach Kräften, solange du kannst. Ich will sehen, wie gut deine Kondition ist und beobachten, ob du stärker mit den Beinen oder mit den Armen arbeitest. Danach werde ich entsprechende Übungen für dich festlegen. Bist du bereit?«

»Ja!«

Endlich geht es los. Hoffentlich tue ich meinem Übungspartner nicht weh. Das würde ich nicht wollen.

»Ach ja, Luna, Tom ist gut geschützt. Du kannst also so kräftig zuschlagen wie du kannst.«

Ich nicke Rick zu und drehe mich in Toms Richtung. Er sucht meinen Blickkontakt. »Okay!« Sage ich und gebe ihm damit das Signal zum Angriff. Bevor ich mich versehen kann, stürzt er mit lautem Brüllen auf mich zu. Sofort schnellt mein Puls in die Höhe und mein Adrenalinspiegel macht einen Satz nach oben.

Das Schreien verunsichert mich und ich weiche ein paar Schritte zurück. Er nimmt einen neuen Anlauf und schreit mich wieder laut an. Dieses Mal lasse ich mich nicht davon einschüchtern. Ich warte, bis er nahe genug dran ist, dann drehe ich mich seitlich und hebe ein Bein. Mein Fuß landet in Bauchhöhe. Das hatte ich mal gesehen, schön dass es auch wirklich funktioniert. In schneller

Folge greift Tom immer wieder an.

Ich trete so gut, ich kann, zurück. Leider werde ich schneller müde, als ich dachte und Tom kommt mir näher. Er umklammert mich von vorn. Mit aller Kraft ziehe ich mein Knie hoch und trete ihm in den Schritt. Offenbar ist der Schutz doch nicht so gut, denn er krümmt sich sofort zusammen.

»Oh, Mist, ich wollte dir nicht wehtun.« Rufe ich aus und laufe auf ihn zu. Tom schnellt hoch und packt mich von hinten. Ich kann mich nicht bewegen, mühsam versuche ich, mit meinen Füßen nach hinten zu treten, doch ich schaffe es nicht. Auf Ricks Zeichen lässt Tom mich los. Er setzt den Helm ab und hält mir die Hand hin.

»Gut gehalten fürs Erste Mal.« Er zwinkert mir zu und verabschiedet sich von uns.

Völlig außer Atem und mit Beinen aus Gummi, die ich sonst nur vom erdbebenähnlichen Sex mit Shamar kenne, stehe ich auf der Matte. Die ganze Aktion hat nur wenige Minuten gedauert, aber ich bin fix und fertig. Rick reicht mir ein Sportgetränk an und erklärt mir, was er an mir beobachtet hat und wo er ansetzen möchte.

Sobald ich zu Atem gekommen bin, machen wir gemeinsam einige Beweglichkeitsübungen und fangen dann mit einfachen Abrollübungen an. Ich habe das Gefühl, überhaupt gar keine Kondition oder Kraft zu haben. Meine Bewegungen sind steif und unbeholfen. Es fällt mir schwer, mich einfach fallen zu lassen. Doch irgendwann stelle ich fest, dass ich mich traue, mich zu allen Seiten abzurollen. Nicht so flüssig wie Rick das kann, aber ich plumpse nicht mehr zu einer Seite, sondern man kann so etwas wie eine Rolle erahnen.

Am Ende des heutigen Trainings sitzen Rick und ich auf der Matte einander gegenüber und er erklärt mir, dass am Ende jeder körperlichen Trainingseinheit, auch ein mentales Training folgt. Heute muss ich mich dazu flach auf den Rücken legen. Er reicht mir eine Nackenrolle und eine leichte Fleece-Decke. Nach seinem Kommando schließe ich die Augen und ziehe mich in mich zurück spanne und entspanne jeden einzelnen Körperteil. Ich konzentriere mich auf seine Stimme. Die Situation ist ungewohnt für mich und ich kann mich nicht in dem Umfang entspannen, wie er es vielleicht wünscht. Schließlich endet unser erstes Training.

»So Luna, Schluss für heute. Mach dir keine Gedanken über das, was heute gut oder weniger gut gelaufen ist. Das ist alles relativ. Ich werde dir einen Übungsplan schreiben. Den gebe ich Shamar heute Nachmittag mit. Solltest du Fragen haben, kannst du mich jederzeit anrufen. Unsere nächste Trainingseinheit ist in dieser Woche am Freitag und dann regelmäßig Montag, Mittwoch und Freitag.«

Ich reiche ihm zum Abschied die Hand und bedanke mich bei ihm. Mit weichen Knien, Armen wie aus Gummi und schlapp wie ein Baby, schleiche ich förmlich zu meiner Umkleidekabine. Mühsam schäle ich mich aus meinen Sportsachen und stelle mich unter die heiße Dusche. Jetzt weiß ich es noch mehr zu schätzen, dass alles bereits griffbereit ausliegt. Mehrere Minuten stehe ich unter dem heißen Massagestrahl und lasse meine Schultern mit dem Wasser massieren. Erfrischt, aber immer noch müde, mache ich mich auf den Weg zu Kieran.

Mir wird immer klarer, dass die körperliche Fitness nur ein Teil dessen ist, was Selbstverteidigung ausmacht. Ich denke an Shamars Worte, dass ich mich, sollte ich noch Interesse an irgendwelchen Fitnesskursen über dieses Selbstverteidigungstraining hinaus haben, für weitere Sachen anmelden könnte. Nach der heutigen Trainingseinheit bin ich mir sicher, dass das garantiert nicht so schnell der Fall sein wird.

Kieran wartet am Empfangsbereich auf mich. Er telefoniert gerade. Er beendet sein Gespräch und sagt:

»Miss Luna kommt gerade zurück, Mister Shalazar.« Er nickt. »Ja, Sir. Das mache ich.«

Ich schaue ihn fragend an.

»Miss Luna, Mister Shalazar bittet Sie, zum Lunch in sein Büro zu kommen.« Er greift nach meiner Tasche und geleitet mich an der Empfangsdame vorbei zum Aufzug. Ich laufe neben ihm, froh, dass ich meine Tasche nicht tragen muss.

»Wie war Ihr Training, Miss Luna?«

Er lächelt mich höflich an.

»Ach, Kieran, ich wusste gar nicht wie unsportlich ich bin. Ich bin völlig fertig.«

Ein Stöhnen begleitet meine Worte während, ich mich wieder in Bewegung setze, um aus dem Aufzug zum Wagen zu laufen. Meine Muskeln protestieren jetzt schon. Das gibt bestimmt einen gewaltigen Muskelkater.

Kieran hält mir die Tür auf und ich steige hinten in den Mercedes ein. Dann fahren wir los. So schnell, wie wir morgens zu Rick hingefahren sind, geht es jetzt zu Shamar zurück.

»Huch, Kieran, ich habe meine Zutrittskarten nicht dabei!« Fällt mir ein. Daran habe ich heute Morgen nicht gedacht.

Kieran greift in ein Fach vor dem Automatikwahlhebel und hebt eine Plastikkarte hoch. »Kein Problem, Miss Luna. Ist alles hier!«

Wir halten vor dem Gebäude und ich warte, bis Kieran mir die Türe öffnet. Während ich aussteige, reicht er mir die Zutrittskarte an.

»Vielen Dank, Kieran.«

»Gern geschehen Miss Luna. Falls sie mich brauchen, drücken Sie einfach die neun auf Ihrem Handy. Dort ist die Kurzwahlnummer für mich hinterlegt.« Er nickt mir zu und schließt die Autotür. Ich verabschiede mich von ihm und betrete das Gebäude. Ich steuere direkt auf die Aufzüge zu und drücke den obersten Knopf. Die Türen schließen sich, aber der Aufzug setzt sich nicht in Bewegung. Ich versuche es ein zweites Mal. Wieder nichts. Irgendwas mache ich verkehrt. Schließlich fällt mir auf, dass es ein Sensorfeld gibt. Dann fällt der Groschen und ich halte meine Zutrittskarte vor das Sensorfeld und drücke den Knopf für die oberste Etage.

Es funktioniert und der Aufzug setzt sich in Bewegung. Oben angekommen, macht es leise Pling und die Aufzugtüren gleiten mit einem Zischen auseinander. Wie damals, sitzen die beiden Damen hinter einem wuchtigen, geschwungenen Schreibtisch. Ich versuche mich an die Namen zu erinnern, Nancy und verflixt, wie hieß die andere noch? Ich trete auf die Beiden zu. Die, die ich für Nancy halte begrüßt mich freundlich.

»Guten Tag, ich bin Luna Buchholz und ich möchte gerne zu Mister Shalazar.«, erkläre ich ihr.

»Miss Buchholz, Sie wurden angekündigt. Corinne«, sie schaut ihre Kollegin an, »würdest du bitte Miss Buchholz zu Mister Shalazar bringen?«

Genau, Corinne war der Name. Corinne steht auf und bittet mich, ihr zu folgen. Wenige Meter später stehen wir vor Shamars Büro. Sie klopft an und Shamar antwortet. Dann öffnet sie die Tür und lässt mich eintreten. Sie drückt auf den Schalter neben der Tür um die Glaswand zu verdunkeln.

Dann zieht sie sich zurück. Shamar steht hinter seinem Schreibtisch auf. Er sieht wie immer umwerfend aus. Jedes Mal, wenn ich ihn sehe, werde ich atemlos und meine Knie werden weich. Obwohl wir uns erst vor wenigen Stunden gesehen haben, begrüßt er mich leidenschaftlich. Er nimmt mich hoch und geht mit mir rüber zu der Sitzgruppe. Mit mir auf den Armen setzt er sich auf einen Sessel, so dass ich auf seinem Schoß zu sitzen komme.

»Wie war dein erstes Training mit Rick?«

»Das war verdammt anstrengend. Das hast du gewusst, oder?«

Er nickt ein wenig schuldbewusst. »Du hast damals den Eindruck auf mich gemacht, als wüsstest du nicht wohin mit deiner Energie. Das Training ist sehr anstrengend mein Engel, aber es wird mit der Zeit leichter. Hat es dir denn Spaß gemacht?« Ich grinse und küsse ihn auf die Wange.

»Shamar, es war großartig. Rick ist ein toller Lehrer. Er wird dir heute Nachmittag übrigens einen Trainingsplan für mich mitgeben. Quält er dich eigentlich auch so?«

»Ja, Chérie, bis ich fix und fertig bin. Es ist mir bisher nur selten gelungen, Rick auf die Matte zu zwingen. Er ist einfach zu gut. Aber gerade weil er so gut ist, hat Kieran regelmäßig Nahkampftrainings bei ihm.«

Es klopft an der Tür und ich springe von seinem Schoß herunter. Auf seine Aufforderung betritt Corinne das Büro und verteilt Besteck, Geschirr und Getränke auf dem Besprechungstisch. Dann geht sie wieder raus und kommt mit mehreren Thermokartons wieder, die sie auf dem Tisch abstellt. Sie wünscht uns noch einen guten Appetit und verlässt das Büro.

Bei dem leckeren Geruch, der aus der Essensverpackung strömt, knurrt mein Magen augenblicklich. Wir setzen uns an den Tisch und bedienen uns. Shamar hat dieses Mal chinesisches Essen für uns bestellt. Wir teilen uns eine Ente mit Reis, Gemüse und zum Nachtisch gibt es gebackene Bananen in Honig. Kaum sind wir mit dem Essen fertig, schiebt Shamar alles zur Seite.

»Luna, ich habe mir erlaubt, einen Termin für dich bei meiner Hausbank zu machen. Du musst ja noch ein Konto eröffnen und Mister Strider erwartet dich dafür. Außerdem habe ich hier deinen Arbeitsvertrag«, er reicht mir das Dokument, welches ich ihm gestern unterschrieben mitgegeben habe.

Jetzt ist es offiziell.

»Wann kann ich denn loslegen?« Möchte ich wissen.

»Sobald deine Green Card bewilligt ist mein Engel. Ich schätze ab übernächste Woche. Wir haben einen Eilantrag gestellt, damit dürfte die Bearbeitungszeit nicht allzu lange dauern.«

Ich nehme meinen Arbeitsvertrag entgegen. Jetzt trägt er die Unterschrift der Personalchefin und die Paraphen von Shamar auf der letzten Seite.

»Da ist noch etwas für dich.« Er steht auf und geht zu seinem Schreibtisch.

12

Er reicht mir einen dicken großen braunen Umschlag. Er ist aus Deutschland per Express gekommen und trägt den Absender der Anwaltskanzlei, die von Shamar beauftragt wurde. Ich habe keine Ahnung, was in dem Umschlag sein könnte und reiße den ihn mit meinen Fingern auf.

Darin finde ich ein Anschreiben der Anwälte, die mitteilen, dass sie Ihre Tätigkeit als beendet betrachten, insofern ich keine Einwände gegen das Ergebnis ihrer Tätigkeit hätte. Dann teilen sie mit, dass die Kostenrechnung ihrer Bemühungen seitens meines alten Arbeitgebers beglichen wurde.

Ich blättere weiter und finde eine Gehaltsabrechnung die noch verschlossen ist, ein Zeugnis meines Arbeitgebers und ein weiteres Schreiben.

Als erstes lese ich mir mein Zeugnis durch. Ich verstehe nicht viel von Arbeitszeugnissen, aber das, was da drin steht, liest sich sehr gut. Wenn mir jemand dieses Zeugnis vorlegen würde, dann würde ich denjenigen bestimmt einstellen. Darin werde ich als vorbildlich und über das normale Maß einsatzbereit beschrieben. Stimmt ja auch. Wann immer die angerufen haben, war ich zur Stelle.

Sogar einen ganzen Monat in Köln.

Dann lese ich mir das beigefügte Schreiben durch. Darin heißt es, dass man selbstverständlich die fristlose Kündigung meines Arbeitsverhältnisses gestattet und man sich für das kolossale Fehlverhalten meines Vorgesetzten entschuldigt. Sie bedanken sich dafür, mir im Rahmen einer außergerichtlichen Einigung, ein Schmerzensgeld für die erlittene Demütigung und durch den Übergriff erlittenen Schaden in Höhe von 30.000 Euro zu bezahlen.

Ferner wird mir eine Überbrückungshilfe gewährt, da ich keine andere Wahl hatte, als eine fristlose Kündigung auszusprechen und somit ohne Einkünfte dastehe. Diese Überbrückungshilfe umfasst drei Monatsgehälter – so lange wie meine reguläre Kündigungsfrist gewesen wäre. Zum Schluss öffne ich die Gehaltsabrechnung und muss erstmal schlucken. Neben meinem Novembergehalt wird mir der noch zustehende Urlaub sowie die angefallenen Überstunden und Reisekosten von meinem Einsatz in Köln ausgezahlt.

Am Ende der Abrechnung steht eine Summe von 10.246 Euro. Wenn ich nicht schon gesessen hätte, müsste ich das jetzt tun. Alles in allem werden mir knapp 43.000 Euro überwiesen. Steuerfrei, da ich meinen Wohnsitz nicht mehr in Deutschland habe. Ich überschlage die Summe und rechne sie in Dollar um. Ich bin reich! Nach meiner groben Rechnung sind das rund 55.000 Dollar. Das hätte ich ohne Shamars Hilfe mit Sicherheit in diesem Umfang nicht erreicht. Shamar schaut mich erwartungsvoll an. Ich reiche ihm die Unterlagen rüber. Er wirft einen Blick darauf und reicht sie mir wieder zurück.

»Tut mir leid, Luna. Ich verstehe kein Deutsch, du musst es mir übersetzen.«

Das ist kein Problem für mich und Shamar hört mir aufmerksam zu. Als ich erwähne, dass ich umgerechnet rund 55.000 Dollar erhalte, lächelt er mich an.

»Luna, ich freue mich, dass alles ein so gutes Ende gefunden hat.«

Ich rücke rittlings auf seinen Schoß und nehme sein Gesicht in meine Hände.

»Ohne dich hätte ich das nicht geschafft. Wahrscheinlich wäre ich froh gewesen, mit meinem anteiligen Gehalt ohne Einhaltung von Fristen aus meinem Arbeitsvertrag herauszukommen. Dass deine Anwälte meinem alten Arbeitgeber derartig die Hölle heißmachen, hätte ich nicht gedacht. Das habe ich alleine dir zu verdanken.«

Ich küsse seine Lippen, die er unter mir bereitwillig öffnet. Schon wandern seine Hände unter meinem Pulli hoch und finden meine Brüste. Es klopft wieder an der Türe. Vor Schreck zucke ich heftig zusammen. Shamar stöhnt entnervt auf.

»Ich muss dringend mit Corinne über ihr Timing reden.« Er verdreht die Augen. Wie ein ertappter Teenager löse ich mich hastig von ihm und ziehe meinen Pulli glatt. Im Gegensatz zu mir ist Shamar nicht anzumerken, wo uns Corinne unterbrochen hat.

»Alles in Ordnung, Chérie?«

Mit einem grimmigen Lächeln beobachtet Shamar meine Bemühungen, mich wieder in Ordnung zu bringen.

»Ja, ich denke schon.«, antworte ich, während ich mir meine Haare aus dem Gesicht streiche.

Shamar schaut mich liebevoll an, während er laut Corinne bittet, einzutreten.

»Verzeihen Sie meine Störung, Mister Shalazar, aber ihr nächster Termin ist da und wartet bereits seit zehn Minuten auf Sie.« Corinne streckt nur den Kopf durch die geöffnete Tür, ihr scheint es unangenehm zu sein, uns zu stören.

Shamar fährt sich mit einer Hand durch die Haare.

»In Ordnung Corinne. Bitte räumen Sie hier ab und führen sie ihn danach herein.« Er wendet sich mir zu, während Corinne abräumt. Wahrscheinlich müsste ich mir für ein mittägliches Tête-à-Tête einen Termin geben lassen. Bei dem Gedanken seufze ich innerlich.

»Fahr bitte gleich mit Kieran zur Bank Luna. Ich werde mich beeilen; wir sehen uns dann später zuhause.«

Ich nicke und warte, bis Corinne das Büro verlassen hat.

»Vielleicht sollten wir dafür einen Termin einplanen, mein Schatz.« Fasse ich meinen Gedanken in Worte.

»Eine ausgezeichnete Idee, Chérie – wie immer! Ich werde Corinne bitten, eine GV Terminserie einzuplanen.«

»GV?« Was heißt das?

»Geschlechtsverkehr.«, antwortet er grinsend, mit Schalk in seinen Augen. Ich küsse ihn schnell, bevor sein nächster Termin von Corinne hereingeführt wird.

»Mach das, Shamar, ich bin sicher, dass ich hier und da noch einen Termin mit dir einschieben kann.«

Die Doppeldeutigkeit meiner Worte lässt mich an seinen Lippen grinsen. Er gibt mir einen Klapps auf den Po.

»Frechdachs.«

»Ich liebe dich auch, Shamar!« Mit einem Luftkuss schließe ich seine Bürotür hinter mir.

Draußen auf dem Flur drücke ich die neun auf meinem Handy. Kieran meldet sich sofort.

»Kieran«, sage ich, während ich zum Aufzug gehe und Corinne mit zwei Herren augenzwinkernd an mir vorbei marschiert, »Shamar erwähnte ein Besuch bei der Bank. Sind Sie darüber informiert?«

»Ja Miss Luna. Ich weiß Bescheid. Wünschen Sie, dass ich vorfahre?«

»Das wäre sehr nett, Kieran. Ich bin gerade am Aufzug und fahre runter ins Erdgeschoss.«

»In Ordnung, Miss Luna, ich bin gleich da. Bitte bleiben Sie solange im Gebäude, bis ich ausgestiegen bin.«

»Okay, bis gleich.«, verabschiede ich mich. Die liebe Sicherheit, daran hätte ich jetzt nicht gedacht. Wer sollte sich schon vor dem Firmengebäude von Shamar verstecken, um ausgerechnet mir etwas anzutun. Aber meine Sicherheit gehört nun einmal zu Kierans Aufgaben und ich werde ihm den Job nicht schwieriger machen. Im Erdgeschoss angekommen, warte ich im Bereich der Sitzecke, die sich seitlich von den Empfangsdamen befindet, auf Kieran.

Höchstens eine Minute später fährt er vor. Ich beobachte ihn, wie er aussteigt. Nahezu unmerklich scannt er die Umgebung. Dann geht er um das Auto herum und wartet auf mich. Sobald ich durch die Glastür laufe, hält Kieran die Wagentüre hinten für mich auf. Ich bedanke mich und setze mich auf die schwarzen Lederpolster.

Kieran fährt mich zu einem großen, komplett in Spiegelglas verkleideten Gebäude. Der Name der Bank ist in großen Buchstaben über dem Eingang angebracht. Kieran öffnet mir die Fahrzeugtür und geht voran. Er scheint sich hier auszukennen, denn er steuert nicht den Bankschalter, der geradeaus vor uns liegt an, sondern geht seitlich auf einen Schreibtisch zu, über den ein Privatkundenschild hängt. Er nickt mir kurz zu und läuft wieder zurück, um im Auto auf mich zu warten. Er macht mit seiner Hand ein Anrufzeichen, indem er Daumen und kleinen Finger bei sonst geballter Faust streckt und damit einen Telefonhörer symbolisiert, den er sich ans Ohr hält.

Ich nicke ihm verstehend zu und wende mich an den Mitarbeiter.

»Guten Tag, mein Name ist Luna Buchholz, ich habe einen Termin mit Mister Strider.«

Die Dame, die mir gegenüber sitzt, greift zum Telefonhörer und ruft diesen Strider an. Sie fragt nach, ob er einen Termin mit mir hat, wartet seine Antwort ab und nickt dann dienstbeflissen. Sie wird plötzlich nervös, steht auf, streicht ihr Kostüm glatt, mustert mich und bittet mich, ihr zu folgen.

Wieder verschwinde ich in einem Aufzug und werde etliche Etagen höher mit ihr ausgespuckt. Ein Mann in einem grauen Anzug mit passender grauer Krawatte und grauen Haaren kommt auf uns zu.

»Miss Buchholz, es ist mir ein Vergnügen und eine

große Ehre, Sie kennenzulernen.«

Er streckt mir seine Hand entgegen, die ich zurückhaltend ergreife. Mir ist dieser Strider ein wenig zu speichelleckend. Aber das gehört wohl zum Grundkurs für bankadäquates Benehmen. Die Dame aus dem Foyer verabschiedet sich und verschwindet wieder im Aufzug, während Mister Strider mich in sein großzügiges Büro geleitet.

Wieder ist es das Geld von Shamar, welches mir hier diese Vorzugsbehandlung bietet. Als Normalsterblicher wäre ich unten in der Schalterhalle abgefertigt worden. Jetzt sitze ich in dem dicken luxuriösen Sessel, in dem nicht minder luxuriösen Büro von Mister Strider, trinke italienisches Tafelwasser und rede mit ihm über meine Kontoeröffnung.

Er lässt sich von mir alle notwendigen Unterlagen geben und reicht sie an seine Sekretärin weiter. Während wir auf die Ausstellung aller Unterlagen warten, betreibt er talentiert Plauderei. Schließlich kommt seine Sekretärin mit einem Stapel Papiere zurück. Die meisten muss ich unterschreiben und bekomme davon eine Kopie für meine Unterlagen. Dann sind da noch eine Reihe Merkblätter und Richtlinien die ich ebenfalls einstecken darf. Zum Schluss überreicht er mir in einem edlen Pappumschlag eine schwarze Amex-Karte, die auf meinem Namen ausgestellt ist. Ich schaue ihn fragend an. So schnell kann das mit meinem Konto nun doch nicht gehen.

»Das ist eine Partnerkarte von Mister Shalazars Kreditkarte, Miss Buchholz. Die schwarze Karte bedeutet, dass sie damit einen unbegrenzten Verfügungsrahmen haben. Sie steht Ihnen ab sofort zur Verfügung.«

Wieder etwas hinzu gelernt denke ich. Das Shamars Kreditkarte schwarz ist, hatte ich gesehen, dachte aber, das wäre schlicht ein Design seines Wunsches gewesen. Dass das aber mit dem Verfügungsrahmen zusammenhängt, wusste ich jedoch nicht. Mister Strider gibt mir noch einen verschlossenen Umschlag.

»Das ist ihre PIN, mit der sie über Bargeld verfügen können, wenn wie wollen.«

Du liebe Güte, Shamar hat wirklich an alles gedacht und nichts dem Zufall überlassen. Nicht nur, dass mein Konto und damit auch mein Geld jetzt bei der Bank seines Vertrauens ist, nein, ich werde auch noch mit dem Vorzug einer solchen Kreditkarte ausgestattet. Ich habe gar keine Ahnung, was ich damit soll; bisher musste ich hier noch nichts selber bezahlen. Mister Strider hält mir einen Stift hin, mit dem unterschreibe ich auf der Rückseite der Kreditkarte.

Die stecke ich in mein Portemonnaie und lasse die Blätter in eine Klarsichthülle gleiten, die mir seine Sekretärin freundlicherweise herausgelegt hat. Meinen Umschlag mit der PIN Nummer packe ich mir so in die Tasche. Ich bedanke mich bei ihm und lasse mich zum Aufzug begleiten. Mister Strider drückt die Taste, mit der ich im Foyer der Bank ankomme und verabschiedet sich von mir. Nachdem sich die Türen unten im Foyer öffnen, greife ich nach meinem Mobiltelefon und rufe Kieran an. Er parkt irgendwo in der Nähe und ich sehe ihn kurze Zeit später durch die Glasfront, wie er mit dem Mercedes zum Eingang vorfährt.

Wie vorhin, warte ich, bis er ausgestiegen und hinten an der Wagentür angekommen ist, bevor ich das Gebäude verlasse.

»Könnten Sie mich bitte nach Hause fahren Kieran?«, bitte ich ihn. Er nickt und fädelt sich zügig in den Verkehr ein. Dann nutze ich mein Handy erneut und rufe den Festnetzanschluss von Shamars Haus an. Matthew meldet sich und ich bitte ihn, die Dampfsauna für mich vorzuheizen. Meine Muskeln schmerzen von der ungewohnten Beanspruchung und die Wärme sorgt hoffentlich für Entspannung.

Ich freue mich auf mein Zuhause. Mir fällt auf, dass ich das erste Mal Shamars Haus in meinen Gedanken, auch als mein zu Hause bezeichnet habe. Ja, das ist es wirklich. Ich fühle mich bei ihm angekommen und in seinem Haus habe ich auch mein zuhause gefunden. Kurze Zeit später setzt mich Kieran vor der Haustür ab und Matthew öffnet mir die Tür.

»Hallo Matthew, wie geht es Ihnen?« Begrüße ich ihn.

Er lächelt freundlich. »Danke, Miss Luna, mir geht es sehr gut. Ich hoffe, Ihnen auch? Die Sauna ist vorgeheizt, Sie können sie in ungefähr fünfzehn Minuten benutzen. Miss Schweitzer und Mister Nadim Shalazar befinden sich im Wohnzimmer.«

Ich danke Matthew und mache mich auf den Weg ins Wohnzimmer. Tatsächlich sitzen die beiden vor dem Fernseher uns spielen mit der Playstation. Susanne quietscht vergnügt und ich höre Nad lachen.

»Hey ihr zwei, wie war euer Tag? Alles Okay bei euch?«

Die beiden drehen sich um und begrüßen mich. »Nad war heute mit mir im Space Center. Wow, das war absolut gigantisch. Das musst du dir unbedingt einmal anschauen.« Sie umfasst Nads Oberschenkel mit einer Hand und tätschelt ihn.

»Wie war denn dein Tag?«

»Ich hatte heute meine erste Lektion in Sachen Selbstverteidigung und war danach völlig erledigt. Dann mit Shamar Mittagessen und zum Schluss habe ich gerade noch ein Konto für mich bei Shamars Hausbank eröffnet. Jetzt bin ich total erschlagen und freue mich auf die feuchte Wärme der Dampfsauna.«

Sofort wandert Susannes Blick von mir zu Nad, der mit seinen Augenbrauen aufmunternd wackelt.

»Hey, ihr wollt doch wohl nicht mit – oder?« Ich habe kein Problem in die Sauna zu gehen, doch mich nackt Nad zu präsentieren, geht mir dann doch zu weit. Bisher kannte ich Niemanden, wenn ich mit Susanne in Deutschland in die Sauna gegangen bin.

»Nee, Luna, ich überlege, ob ich dir einfach ein bisschen Gesellschaft leiste. Für Nad ist das noch ein bisschen früh, er muss noch warten, bis die Fäden draußen sind.« Sie zwinkert mir amüsiert zu.

»Na dann, nichts wie rein ins Vergnügen. Ich gehe eben nach oben und ziehe mich um.« Suse kommt mit hoch und verschwindet in Nads Zimmer. Wahrscheinlich sind ihre Klamotten inzwischen umgeräumt worden. Kurze Zeit später klopft sie an meine Tür. Sie ist mit einem Bademantel und ihrem Bikini bewaffnet. Schnell stecke ich mir meinen Bikini in die Tasche meines Morgenmantels. Dann machen wir uns auf den Weg ins Erdgeschoss.

Nad steht am Fuße der Treppe. Er küsst Susanne auf ihre Lippen, zwinkert mir zu und wünscht uns viel Vergnügen. Lachend verschwinden Susanne und ich in der Dampfsauna. Der Raum ist herrlich warm. Wir lassen unsere Bademäntel und Bikinis im Vorraum und nehmen nur dünne Handtücher mit hinein, auf die wir uns auf dem heißen Podest legen.

Es ist herrlich. Die warme feuchte Luft und die heiße Marmorplatte unter uns, wärmen uns komplett durch. Wir entspannen uns und quatschen dabei. Nad hat es ihr richtig angetan. »Das dein Schatz so einen sexy Bruder hat, ist ein richtiger Glücksfall. Nad ist ...« Sie macht eine Pause und schaut mit einem ungläubigen Kopfschütteln gedankenverloren in irgendeine Ecke. »... Ich frage mich nur, wie das weitergehen soll ...« Ihr Blick wandert wieder zurück zu mir.

»Du hast Angst, dass sich eure Wege trennen, bevor du dazu bereit bist?« Meine Augen sind geschlossen, die angenehme Wärme der Marmorplatte rieselt durch meinen Körper und macht mich ein wenig schläfrig. Susanne hat sich aufgesetzt und betrachtet mich. »So ungefähr Luna. Mich hat es total erwischt und wenn ich mir vorstelle, dass ich in knapp zwei Wochen im kalten Deutschland in der Klinik meiner Eltern sitze und darauf warte, dass meine Bewerbungen eine Reaktion auslösen, dann graut es mir.

Ganz ehrlich, Luna, ich will mich nicht von ihm trennen.« Ich setze mich auch auf und betrachte Susanne. Sie war immer diejenige mit den besten Ideen, die mir jederzeit Ratschläge gegeben hat und nun mir gegenübersitzt und mit Tränen in den Augen, nach einer Lösung sucht.

»Susanne, wenn Nad auch nur ein kleines bisschen ist, wie sein Bruder, und davon gehe ich ganz stark aus, dann brauchst du dir darüber ganz bestimmt keine Sorgen machen. Nad hat mindestens genauso viel für dich übrig, wie du für ihn. Er wäre schön blöd, wenn er dich so ohne Weiteres ziehen lassen würde. Habe noch ein bisschen Geduld, Suse, das wird schon. Komm, entspann dich und genieße den Abend. Nad wird sich darum kümmern. Da bin ich mir absolut sicher.«

Susanne wischt sich ihre Tränen von den Wangen. »Hältst du mich für überängstlich?«

Ich schüttle lächelnd den Kopf und nehme sie in meine Arme.

»Nein Suse, das tue ich nicht. Ich kann deine Gedanken mehr als gut nachvollziehen, denn mir ist es vor nicht allzu langer Zeit genauso ergangen.«

Susanne lässt ihren Kopf an meine Schulter sinken. »Luna, ich hoffe so sehr das du Recht hast.«

»Hab ich Susanne, ganz sicher. Warte es einfach ab.«

Ich bin mir wirklich absolut sicher, dass Shamar und Nad sich nicht nur äußerlich gleichen sondern beide zusammen das behüten und umsorgen, was sie lieben. Susanne und Nad werden ihren eigenen Weg finden.

Seufzend lassen wir beide uns zurücksinken und genießen die Wärme des Marmors. Solche Gespräche haben wir früher in der Sauna nie geführt, was wohl daran liegt, dass wir hier unseren Frauenabend nicht öffentlich, sondern bei mir zu Hause haben.

Nach unserem ersten Gang duschen wir uns kurz ab, ziehen unsere Bikinis an und gehen durch den Fitness Raum nach draußen auf die Terrasse. Dort ist der Pool, in den wir zur Abkühlung hineinhüpfen. Als ich hochschaue, sehe ich, dass wir Zuschauer haben. Nad und Shamar stehen hinter den Fensterscheiben und schauen uns grinsend zu. Lachend heben wir die Hand und winken unseren Herzbuben zu, die ihrerseits die Hand heben und zurückwinken.

»Schau dir die beiden an. Sind das nicht wirklich zwei männliche Prachtexemplare?« Susanne hat ihren Humor wiedergefunden.

»Oh ja, Suse, und ich möchte auf mein Exemplar nicht mehr verzichten.« Antworte ich ihr grinsend, während wir die beiden hinter der Glasscheibe betrachten.

Susanne spritzt mir etwas Wasser rüber. »Und ich auch nicht auf meins!«

Lachend albern wir noch ein bisschen im Pool herum, bis es uns zu kühl wird. Wir trocknen uns ab und während Susanne sich auf einen der Liegestühle im Ruhebereich legt, laufe ich schnell mit einem Bademantel bekleidet ins Wohnzimmer um Shamar zu begrüßen.

Er hat Susannes Platz an der Playstation eingenommen. Jetzt liefert er sich ein Duell mit Nad. Als er mich sieht, lässt er seine Bedienkonsole sinken und nimmt mich in seine Arme. Während Nad in gespielter Entrüstung über das von Shamar aufgegebene Spiel flucht, beobachtet er uns lächelnd, wie mir mein Liebster einen dicken Kuss auf meine Lippen gibt. Kichernd ziehe ich mich anschließend wieder zurück und überlasse die beiden Jungs wieder der Spielkonsole.

Barfuß laufe ich wieder zurück in die Dampfsauna und leiste Susanne für eine weitere Runde Gesellschaft. Als wir die Sauna verlassen, sitzen die beiden Jungs immer noch vor der Playstation. Susanne und ich gehen nach oben, um uns zu duschen und uns wieder anzuziehen. Oben auf dem Treppenabsatz sehe ich, wie Shamar nach uns in die Dampfsauna geht. Hätte ich das geahnt, dann wäre ich länger geblieben.

Wir sollten uns wirklich besser abstimmen. Heute Mittag mussten wir im Büro aufhören, bevor es richtig heiß wurde und jetzt ist er ohne mich in der Sauna. Bedauernd schüttle ich den Kopf, das hätte noch was werden können. Seufzend betrete ich unser Schlafzimmer und mache mich wieder frisch.

Ich lümmle mich immer noch auf dem Bett, als Shamar ins Zimmer kommt. Endlich bin ich mit ihm alleine. Keine Sekretärin, kein Matthew und auch kein Besuch. Kaum dass er die Türe hinter sich geschlossen hat, bin ich wie ein persönliches Überfallkommando bei ihm. Ich ziehe den Gürtel seines Bademantels auf und Shamar steht in voller Pracht vor mir. Meine Küsse landen auf seiner Brust und seinem Gesicht. Ich will ihn. Das hat mir schon den ganzen Tag gefehlt. Auf ein Vorspiel kann ich verzichten, denn ich habe mich den ganzen Tag schon auf ihn gefreut.

Zielstrebig attackiere ich ihn. In Shamar finde ich ein williges Opfer. Allzeit bereit könnte Shamars Lebensmotto sein. Das ist er in jeder Lebenslage. Sofort reagiert er auf mich und sein Schaft schwillt vor meinen Augen an. Wow, alleine das zu beobachten, ist Erotik pur. Nach wenigen Augenblicken reckt sich mir sein Glied prall und dick entgegen. Ich reibe mich mit meinem ganzen Körper an ihn, wie eine rollige Katze. Ich könnte geradezu vor Vergnügen schnurren. Heiß und hart drückt sich seine Erektion in meinen Bauch.

»Wie ich sehe, scheinst du mich vermisst zu haben Chérie.« Er lächelt auf mich herab.

»Hallo Schnellmerker. Nach was sieht es denn sonst aus?« Ich stoße meine Worte zwischen meinen Küssen und Berührungen aus.

»Chérie, ich stehe dir stets gerne zu Diensten.«

Und das im wahrsten Sinne des Wortes. Sein Schwanz ragt steil vor ihm in die Höhe und wartet auf seinen Einsatz. Meine inneren Muskeln ziehen sich vor lauter Vorfreude zusammen und ich spüre, wie sich die Nässe in mir ausbreitet.

»Ich will dich, schnell und hart.«, stöhne ich. Ich bin so heiß, dass ich spontan kommen könnte.

»Dann sollst du bekommen, was du willst Süße!«

Er hebt mich an, sodass meine Beine seine Hüften

umschließen. Heiß drängt sich seine Erektion an meine intimste Stelle und seine Spitze berührt meinen Eingang. Die samtige, harte Berührung verschärft mein Verlangen nach ihm nur.

»Ich will dich in mir spüren.« Ich bewege mich unruhig und versuche durch meine Hüftbewegungen seinen Schwanz in mich gleiten zu lassen. Ich bin mehr als feucht für ihn und sein Penis gleitet darauf elektrisierend an meinem Kitzler und meinen Eingang. Lange halte ich das nicht mehr aus.

»Wenn du nicht willst, dass ich fertig bin, bevor du drin bist, solltest du einen Zahn zulegen.«, zische ich ihm ungeduldig ins Ohr.

Er geht mit mir zum Türrahmen des Ankleidezimmers. Dort lehnt er mich mit dem Rücken an den inneren Rahmen und dringt sofort in mich ein. Er weitet mich schnell und unnachgiebig. Das ist es, was ich jetzt brauche und stöhne vor Verlangen. Wir lehnen einander gegenüber mit den Rücken an dem kühlen Türrahmen. Schwer atmend schaue ich ihn an. Seine Augen sind tiefschwarz. Aha, denke ich, nicht nur ich bin geil, Shamar geht es genauso.

Ich bin auf seinem Schwanz festgenagelt. Seine Hände und sein Köper halten mich in dieser Position. Ich greife mit meinen Händen um den oberen Türrahmen und halte mich fest. Dann rammt er sich mit wahnsinniger Geschwindigkeit in mich. Er fickt mich richtig durch. Ich schließe meine Augen, um ihn voll und ganz auszukosten. Er ist wild, wie losgelassen von einer unsichtbaren Leine. Ohhh, ich liebe es, wenn er sich hemmungslos in mir bewegt.

Ohne Pause und mit wahnsinniger Kraft stößt er zu. Alles was sich in mir angestaut hat, zentriert sich in meiner Mitte, und entlädt sich mit ungeheurer Macht. Ich schreie, während ein intensiver Orgasmus über mich hinwegfliegt. Völlig außer Atem hält er mich auf seinem Schwanz. Auch Shamar atmet heftig. Ein Schweißfilm hat sich auf seiner

Stirn gebildet. Ich ziehe ihn an mich, küsse ihn, teile seine Lippen und tauche tief in ihn ein. So zügellos, wie er mich gerade genommen hat, küsse ich ihn.

»Du hast noch nicht genug.« Seine Stimme ist heiser vor Erregung; es ist keine Frage, sondern eine Feststellung. Meine inneren Muskeln sind in so etwas wie einem Dauerkrampf gefallen. Alles in mir pulsiert und zuckt. Er gönnt mir nur eine kurze Verschnaufpause, bevor er eine neue Runde startet. Jetzt ist mein Fleisch hochsensibel. Aus dem Pulsieren in mir entwickelt sich orkanartig ein neuer Orgasmus. Wieder gönnt er mir nur eine kleine Atempause, bevor er sich wieder bewegt. Woher nimmt er bloß diese Kraft und Ausdauer. Ich bin fix und fertig, obwohl ich nicht mal ein Bein auf dem Boden habe.

Langsam bin ich soweit, mal wieder die weiße Fahne hochzuheben. Doch Shamar treibt mich weiter. Er bewegt sich jetzt langsamer. Genussvoll gleitet er immer wieder langsam in mich und aus mir heraus. Es ist wie ein Schaukeln, das mir einen langsamen und langen Orgasmus beschert. In dem Moment, in dem ich komme, kommt auch Shamar zum Höhepunkt und ich spüre, wie sich meine Muskeln um ihn schließen, während er seinen heißen Samen in mich hinein pumpt.

Langsam zieht er sich aus mir zurück. Obwohl er gerade erst gekommen ist, bleibt sein Schwanz auf beachtlicher Größe angeschwollen. Er gibt mir Halt, während ich mich wieder auf meine Beine stelle, die das zweite Mal an diesem Tag in Gummi verwandelt wurden. Heiß läuft sein Samen aus mir heraus und rinnt an den Innenseiten meiner Schenkel herunter.

»Hoppla«, sagt er, als er das sieht. Er grinst spitzbübisch, so als ob es ihm gefällt, seinen eigenen Samen an mir zu sehen, dann nimmt er mich auf seine Arme und trägt mich zur Dusche. Dort lässt er mich wieder herunter, er nimmt einen Waschlappen und wäscht mich vorsichtig wieder sauber. Seine Bewegungen sind sanft und zärtlich. Ich schließe die Augen und genieße es, von ihm verwöhnt zu werden.

Die Tage in dieser Woche verfliegen mit unglaublicher Geschwindigkeit. Susanne und Nad verbringen jeden Tag miteinander und sind unzertrennlich geworden. Am Mittwoch begleitete ich die beiden zu einer Ausflugstour mit dem Boot im Hafen von Houston. Danach habe ich anhand des Trainingsplans, den Rick mir zusammengestellt hat, in unserem Fitnessraum trainiert.

Am Donnerstag war Thanksgiving. Annie und Matthew haben einen riesigen Truthahn für uns gemacht. Es gab jede Menge Beilagen, von Äpfeln über Karotten und Kürbis war alles dabei. Zusammen mit Susanne und Nad hatten wir einen ausgelassenen Nachmittag, der darin mündete, dass Susanne angezogen im Pool auf der Terrasse landete. Matthew und Annie waren nicht da, darum haben wir uns das vorbereitete Essen aufgewärmt und unter Beteiligung unserer Stereoanlage eine ziemlich unkonventionelle Auslegung des Thanksgivings gefeiert. Shamars Eltern sind in Dubai und residieren in seiner Suite im Burj al Arab. Somit waren wir nur zu viert.

Am Freitag findet mein zweites Training mit Rick statt. Wieder ist ein Trainingspartner anwesend, einen Schutz trägt er dieses Mal nicht. Mit ihm übe ich Handgriffe und mache Abwehrübungen. Alles ganz langsam, wie in Zeitlupe. Zum Schluss wird wieder meditiert.

Kieran fährt, wie am Dienstag auch, erst Shamar zum Büro, dann mich zum Training und anschließend mich wieder zurück zu Shamar ins Büro. Das Mittagessen findet wieder in seinem Büro statt, dieses Mal ist Raoul mit dabei. Der Termin für Samstag steht und ich freue mich auf einen gemütlichen Nachmittag mit allen.

Zuhause angekommen, laufe ich Nad und Susanne in die Arme, die, in Bademäntel gehüllt, auf dem Weg zur Dampfsauna sind. Ich wünsche den beiden viel Spaß, den sie mit Sicherheit auch haben werden.

Der Samstagmorgen beginnt ruhig und mit

strahlendem Sonnenschein. Das Wetter spielt für unseren Barbecue-Nachmittag also mit. Annie wurschtelt in der Küche und Matthew ist unterwegs einkaufen. Nad und Susanne sind noch mit sich selbst beschäftigt. Die beiden haben offensichtlich erst später mit dem angefangen, was Shamar und ich heute Morgen schon erst im Bett und dann unter der Dusche in Vollendung getrieben haben. Sieht ganz so aus, als hätten Nad und Shamar noch mehr Gemeinsamkeiten. So genießen wir ein ruhiges Frühstück in trauter Zweisamkeit. Gesättigt lehne ich mich zurück und trinke von meinem Milchkaffee.

»Sollen wir rüber nach Kingwood zum Stall?« Er schaut mich interessiert von der Seite an. Ich würde liebend gerne rüber und eine Runde ausreiten. Der Ausflug, den wir damals gemacht haben, hatte mir richtig gut gefallen.

»Das würde ich sehr gerne. Werden wir denn rechtzeitig wieder zurück sein?« Wäre ja blöd, wenn wir in Kingwood sind und unsere Gäste dann ohne uns hier sind.

»Das kriegen wir hin Süße. Dann komm!«

Wir ziehen uns um und laufen ums Haus zum Cayenne. Gerade als ich mich auf die Beifahrerseite setzen will, wirft mir Shamar die Schlüssel rüber.

»Hey Chérie, du kennst das Auto ja inzwischen. Wird allerhöchste Zeit, dass du hier mal ans Fahren kommst.«

Wie bitte? Ich soll den einzigartigen superteuren Porsche fahren, Shamars kleines und teures Spielzeug? Mich überfällt die Panik, ich könnte eventuell einen Kratzer in den Wagen hinein fahren.

»Bist du sicher, dass ich deinen geliebten Cayenne fahren soll?« Ich bewege mich nicht vom Fleck und warte.

Shamar dreht sich zu mir um. »Du bist ihn doch schon in München gefahren. Da war doch wesentlich mehr los, als hier. Wovor hast du Angst?« Er grinst mich an, wohlwissend, was mich gerade bewegt.

»Ich habe keine Angst.« Definitiv nicht. Shamar hat genügend Geld, um sich binnen kürzester Zeit einen neuen Cayenne zu kaufen, ohne dass es seine Portokasse signifikant beeinträchtigt. »Ich möchte nur keinen Kratzer in dein Spielzeug machen. Das ist alles.« Zögernd setze ich mich in Richtung Fahrertür in Bewegung.

»Mein Engel.« Er macht eine kunstvolle Pause. »Du kannst dir sicher sein, dass ich dir jeden Kratzer und jede Beule bis zu deinem Lebensende vorhalten werde.« Er grinst süffisant und ich bin mir nicht sicher, wie er das Wort ‚Vorhalten' genau definiert.

»In München bist du mit dem Cayenne durch die Gegend gefahren, als hättest du einen Mini Cooper. Ich habe nicht den geringsten Zweifel, dass das hier nicht anders sein wird.«

Okay, denke ich, du willst es, du kriegst es. Ist im Zweifelsfall eh nur Geld, davon hat er ja mehr als genug. So viel, dass er es sich leisten kann, mich ans Steuer zu lassen. Ich drücke auf die Funkfernbedienung und der Wagen entriegelt sich mit einem leisen Klacken. Dann setze ich mich auf den Fahrersitz und stelle den Sitz und die Spiegel auf meine Größe ein. Neben mir richtet sich Shamar auf dem Beifahrersitz ein.

»Anschnallen nicht vergessen!« Oberlehrerhaft erinnere ich ihn daran.

Er verdreht scherzhaft seine Augen, schnallt sich aber sofort an. Ich starte den Motor und stelle fest, dass Shamar mich angeflunkert hat. Der Cayenne in München war sicherlich kraftvoll, aber das, was ich soeben gestartet habe, ist kein Auto, sondern eine Bestie, die bereit ist, losgelassen zu werden. Ich habe höllischen Respekt vor dem Gefährt. Die Automatik auf D gestellt, rolle ich langsam um das Haus herum in unsere Auffahrt hinein. Das Tor öffnet sich automatisch und schon bin ich auf der Straße.

Hier ist alles still, kein Auto fährt. Rechts und links stehen große schattenspendende Palmen und die Häuser sind in diesem Teil der Straße höchstens am Dach, welches durch das Grün hindurchschimmert, zu erkennen. Genauso vorsichtig wie ich die Auffahrt herunter gefahren bin, folge ich der Straße in Richtung I45. Ziemlich schnell habe ich mein altes Fahrgefühl aus München wiedergefunden und lenke den Wagen couragiert durch die Straßen. Bei der Auffahrt zur I45 spiele ich ein wenig mit dem Gaspedal.

Sofort brüllt der Motor aggressiv auf und der Wagen schießt raketenartig nach vorne. Im Augenwinkel sehe ich, wie Shamar zu dem Handgriff am Dach über der Beifahrertür greift und seine andere Hand zum Sitz wandert. Er kann nicht sehen, wie ich meinen Mund zu einem amüsierten Lächeln verziehe.

Einer meiner Vorteile ist, dass es in Deutschland keine generelle Geschwindigkeitsbegrenzung gibt. Dort, wo kein Geschwindigkeitslimit vorgegeben ist, kann entweder Richtgeschwindigkeit, oder aber mit höherer Geschwindigkeit gefahren werden, in diesem Fall muss man seine Fahrweise den Gegebenheiten anpassen, damit man jederzeit die Kontrolle über eine Situation hat.

Souverän schere ich auf die Autobahn ein und fahre dann mit gedrosselter Geschwindigkeit weiter. Analog zum gedrosselten Tempo entspannt sich Shamar wieder. An der 242 biege ich rechts ab. Soviel hatte ich noch behalten. Aber den Rest des Weges muss mir Shamar ansagen, wann ich wohin abbiegen soll. Völlig relaxt fahre ich auf den Parkplatz an den Ställen.

Shamar ist während der Fahrt recht still gewesen. Doch kaum dass ich den Wagen angehalten habe, sagt er:

»Ich glaube, ich brauche mir um dich keinerlei Gedanken machen. Du kannst hervorragend mit großen Autos umgehen und die Motorleistung dürfte dann nur noch ein Problem für die Polizei sein, denn bei deinem Tempo dürftest du für reichlich Beschäftigung sorgen.«

Nachdem ich den Zündschlüssel abgezogen habe, reiche ich ihn an Shamar weiter.

»Dann brauchst du dir ja keine Sorgen um mich zu machen.«, antworte ich frech und schaue ihn herausfordernd an. Ich bin mir sicher, dass ihn die Fahrt so manches graue Haar gekostet hat. Aber er hat sich tapfer gehalten. Kein Hereinreden in meine Fahrweise, kein instinktives Treten der Füße, wenn er lieber schon gebremst hätte, wo ich noch auf dem Gaspedal war. Er hat natürlich Recht, ich war sehr zügig unterwegs. In der Beziehung muss ich mich wirklich bremsen.

»Was passiert, wenn ich hier beim zu schnellen Fahren erwischt werde?«

»Schlimmstenfalls droht dir neben der Strafe eine Nacht hinter Gittern.« In seinen Augen schimmert der nackte Schalk. Das glaube ich ihm nicht. Einen Autofahrer für eine Nacht hinter schwedische Gardinen zu stecken, nur weil er ein bisschen zu schnell gefahren ist? Das kann nur ein Scherz sein.

Wir steigen aus und gehen in den Stall hinein. Einer der Pferdepfleger kommt auf uns zu. Shamar spricht mit ihm und der Mann zieht los, um uns zwei Pferde zu satteln. Währenddessen gehen wir auf eine Box zu, die ruhig in der hinteren Ecke gelegen ist. Shamar bedeutet mir, einen Blick hineinzuwerfen.

Was ich sehe, lässt mich sofort in kleine Begeisterungsrufe ausbrechen. In der Box steht eine traumhaft schöne weiß graue Schimmelstute mit grau rosafarbenen Nüstern. Ihr Leib wirkt ein wenig angeschwollen. Neben ihr stakst ein langbeiniges dünnes Fohlen, das erst wenige Tage alt sein kann. Die Stute bleibt weiter hinten in der Box stehen und hält sich uns gegenüber auf Abstand. Das dunkelgraue Fohlen drängelt sich eng an sie.

»Oh mein Gott.«, flüstere ich. »Ist das niedlich!« Ich kann mich gar nicht satt sehen an den beiden. Shamar greift in einen großen Korb und gibt mir ein paar Möhren an. Ich nehme eine in die Hand und versuche, die Stute anzulocken. Tatsächlich gewinnt die Neugier und die Stute, samt Fohlen nähern sich uns langsam. Sie nimmt vorsichtig die von mir angebotene Mohrrübe und verspeist sie mit sichtbarem Genuss. Die nächsten Rüben werden mit wesentlich weniger Scheu entgegengenommen. Dabei habe ich einen guten Blick auf das Fohlen.

»Es ist ihr erstes Fohlen.«, erklärt mir Shamar. »Es kam gestern Nachmittag zur Welt.«

»Mein Gott, es ist so süß.« Das Muttertier lässt zu, dass ich ihr den Kopf und den Hals streichle. Gerne hätte ich das Fohlen auch gestreichelt, aber da muss ich wohl noch ein bisschen warten.

»Hast du schon einen Namen für den Kleinen? Oder ist es eine sie?«

Shamar umfasst mich von hinten und lehnt seinen Kopf seitlich an meinen. »Ich dachte, du hilfst mir dabei ... und es ist eine sie.«, flüstert er mir ins Ohr.

»Wie wäre es mit Miracle?« Das kleine Wesen erscheint mir wie ein Wunder und es ist der erste Name, der mir dazu spontan einfällt.

»Okay, abgemacht, mein Schatz. Sie soll Miracle heißen.« Er nimmt mich in den Arm, während wir langsam aus dem Stall heraus schlendern. An der gleichen Stelle, wie beim letzten Mal, werden gerade zwei Pferde gesattelt. Geduldig stehen sie abwartend im Schatten. Die letzten Handgriffe werden gerade gemacht und schon können wir uns auf den Rücken der beiden Pferde schwingen. Wir machen einen großen Ausritt und sind über zwei Stunden unterwegs, bevor wir wieder im Stall eintreffen. Das Wetter hat sich gehalten und die Sonne scheint ungewöhnlich warm auf unsere Köpfe nieder.

Wir übergeben die Tiere wieder dem Stallburschen und fahren gemütlich nach Hause. Allerdings fährt Shamar jetzt. Er grinst, als ich die Augenbrauen hochziehe und die Lippen spitze.

»Ich fahre selber viel zu gern mit dem Cayenne, jetzt bin ich wieder dran.« Er schließt den Wagen wieder auf und klemmt sich hinter das Lenkrad. Mit wenigen Handgriffen hat er alles wieder auf ihn eingestellt. Er fährt deutlich sportlicher zurück, als er sonst mit dem Wagen fährt. Es scheint ihn ein wenig zu wurmen, dass ich mit seinem Spielzeug einen heißen Reifen gefahren bin als er und er unbeteiligt daneben sitzen musste. Schwungvoll parkt er hinterm Haus in der Garage ein. Während wir aus der Garage treten, hören wir Nad und Susanne am Pool herumalbern.

Schnell gehen wir ins Haus und weiter ins Schlafzimmer. Wir duschen uns und gesellen uns umgezogen zu den beiden. Matthew hat einen Profigrill auf den überdachten Teil der Terrasse gerollt und die verschiedensten Getränke kühl gestellt, bevor er und Annie sich zurückgezogen haben. Die Glasfront vom Wohnzimmer nach draußen ist weit geöffnet und von drinnen tönt die leisere Variante unseres Thanksgiving Nachmittags. So wie es aussieht, sind wir Party bereit, es fehlen nur noch die Gäste.

13

Raoul und Mayenne treffen mit ihrem Töchterchen etwas später ein. Die beiden sehen so aus, als würden sie gerade in die Ferien fahren. Zum ersten Mal sehe ich auch ihr Töchterchen Chantal. Eine blonde kleine Maus, die wie ein Wirbelwind überall hin läuft und alles anschauen will. Es dauert nicht lange, bis die Jungs bei einer Flasche Bier, den Grill anzünden. Wie in Deutschland, scheint das auch hier nicht immer so zu klappen, wie die Herren der Schöpfung sich das vorstellen. Schließlich funktioniert es doch und während der Grill die nötige Glut aufbaut, geht die Fachsimpelei über Autos und Baseball los. Es muss ein Gen geben, das Menschen gleichen Geschlechts weltweit gemeinsam haben.

Chantal ist damit beschäftigt, Susannes mahagonifarbiges Haar nach ihren Vorstellungen von Susannes Schoß aus zu bändigen, während wir drei uns unterhalten. Mayenne schaut ihrer Tochter lächelnd dabei zu. Wahrscheinlich ist sie froh, mal ein wenig Ruhe vor ihrem kleinen Wirbelwind zu haben. Sie erkundigt sich, wie es mir ergangen ist. Von Raoul hatte sie erfahren, dass Shamar in der Zeit, in der wir getrennt waren, ziemlich unausstehlich gewesen war. Nie hatte sich Raoul über so viel Arbeit so sehr gefreut, als Shamar sich bei mir in Deutschland aufhielt, um mich zurückzuholen.

»Ich bin so froh, dass du wieder hier bist. Raoul hat mir jeden Tag in den Ohren damit gelegen, wie missgelaunt Shamar war. So wie es aussieht, hat Shamar seine Sache richtig gemacht, denn du bist wieder hier und ihr beide seht mehr als glücklich aus.« Sie lehnt sich von ihrem Relax-Sessel zu mir rüber und beobachtet aus den Augenwinkeln ihr Töchterchen.

»Ja, Mayenne, ich bin wirklich glücklich. Alles hat sich zum Guten gewendet. Wir haben sehr lange miteinander geredet. Das war die längste Nacht meines Lebens Mayenne.« Ich trinke einen Schluck von meinem Getränk.

»Dann hat Shamar seine Chance genutzt, die du ihm gegeben hast.« Mayenne lächelt mich an.

»Das kann man wohl sagen. Wir haben eine ganze Nacht lang geredet, eigentlich sogar noch länger und ich bin froh, dass wir das gemacht haben. Die Zeit ohne ihn war einfach schrecklich. Permanent musste ich an ihn denken und an Sabah. Die Vorstellung, dass die beiden heiraten, hat mich fast in den Wahnsinn getrieben.« Ich seufze tief, während ich mich an die Zeit in Köln erinnere, in der ich eigentlich nur noch hätte heulen können.

»Weißt du«, fährt Mayenne fort, »wenn er Sabah tatsächlich geheiratet hätte, dann wären wir heute nicht hier. Ich habe Sabah einmal vor ein paar Monaten kennengelernt und die Chemie zwischen uns funktionierte gar nicht. Wenn sie jetzt hier wäre, dann würde ich mich hier garantiert nicht mehr sehen lassen.«

»Danke für die Blumen Mayenne. Lass uns erst einmal die Zeit abwarten. Nach dem heutigen Stand ist alles wunderschön, aber wir können nicht in die Zukunft schauen.«

Mayenne drückt mir die Hand.

»Er liebt dich wirklich, Luna. Er war wie verrückt, als du abgereist bist und weder auf seine Anrufe, noch auf seine E-Mails reagiert hast.«

Ich bin erstaunt, denn ich bin mir sicher, dass ich keinerlei E-Mails von Shamar erhalten habe. Muss ich mir unbedingt merken und später nachschauen, was ich übersehen habe. Chantal wandert von Susanne zu mir. Sie sitzt auf meinem Schoß und erzählt mir in Babysprache etwas, was ich nicht verstehe. Fragend schaue ich Mayenne an. Sie lacht und übersetzt es für mich:

»Sie sagt, dass sie heute im Stall, als sie ihren Esel besuchte, das Fohlen gesehen hat.« Ich erinnere mich an das Grautier in Shamars Stallung, welches Chantal sich selbst als Los gezogen hat.

»Ja, mein Schatz, ich habe das Fohlen auch gesehen. Es ist wunderschön, nicht wahr?« Chantal nickt und strahlt über ihr ganzes kleines Gesichtchen.

»Wir haben es heute auch besucht und ihm einen Namen gegeben. Möchtest du ihn wissen?« Chantal nickt und schaut mich erwartungsvoll aus ihren großen Kinderaugen, die von langen Wimpern umrahmt sind, an.

»Wir haben es Miracle genannt.«

Sie lacht und klatscht in die Hände. »Mikel« verstehe ich. Danach nimmt mich Chantal an die Hand und führt mich in den Garten. In Kindersprache erklärt sie mir »Blume« und zeigt mit dem Finger auf ein Blumenarrangement, das in prächtigen roten und gelben Blüten strahlt. Dann darf ich noch einen Busch, einen Baum und das Gras bewundern. Nachdem unser Lehrpfad beendet ist, zieht es Chantal zu ihrer Mutter zurück. Susanne und Mayenne haben sich während meiner von Chantal geführten Exkursion, angeregt unterhalten. Chantal stört sich nicht daran, dass ihre Mutter noch in einem Gespräch vertieft ist, sie setzt sich auf den Schoß ihrer Mutter und ist bald darauf eingeschlafen. Mit ihrem schlafenden Wirbelwind auf den Oberschenkeln, schaut sie sich Hilfe suchend um.

»Kann ich Chantal irgendwo zum Schlafen hinlegen Luna?« Stirnrunzelnd sucht sie die Terrasse nach einer

Möglichkeit ab.

»Na klar Mayenne, warte einen Augenblick, ich werde Chantal ein gemütliches Lager in unserem Fitnessraum herrichten. Dort können wir sie sehen aber wir stören sie nicht.«

Susanne und ich legen Handtücher und Kissen zusammen und schaffen Chantal ein gemütliches Plätzchen für ihren Schlaf, während Mayenne mit ihrem Wirbelwind auf dem Arm daneben steht. Vorsichtig legt sie ihr Töchterchen auf dem frisch geschaffenen Lager ab und deckt sie mit einem doppelt gelegtem Badetuch zu.

Nachdem wir von Chantals Lager zurückkommen, stellen wir fest, dass unsere Jungs nicht untätig gewesen sind. Die ersten Stücke Fleisch brutzeln auf dem Grill und ein leckerer Geruch, der mir das Wasser im Mund zusammenlaufen lässt, breitet sich aus.

Bevor Chantal auf Mayennes Schoß geklettert ist, waren sie und Susanne im Gespräch vertieft, welches Mayenne jetzt wieder aufnimmt.

»Susanne, je mehr ich darüber nachdenke, umso besser erscheint mir die Idee.«

Was für eine Idee denn? »Darf ich erfahren, über was ihr redet?«

Susanne schaut lächelnd auf und antwortet mir.

»Ich würde gerne eine Weile hier bleiben, um zu schauen, wie es mit Nad und mir weitergeht. Du weißt schon, die Dinge selber ein wenig in die Hand nehmen….« Sie schneidet eine kleine Grimasse und als Insider weiß ich genau, was sie meint. »Ich möchte aber nicht untätig herumsitzen, sondern einer Tätigkeit nachgehen. Mayenne hatte die Idee, an ihrem Krankenhaus nachzufragen, ob ich dort mit einsteigen könnte.«, fährt sie fort.

Ich freue mich riesig. Nicht nur, weil es für Nad und Susanne wohl etwas Ernsteres ist, sondern auch, weil Susanne durch diesen Wunsch länger in meiner Nähe bleiben wird. »Mensch Suse, das wäre doch klasse! Das ist eine super Idee von Mayenne. Fragen kostet doch nichts.

Wer weiß, vielleicht klappt es ja.«

Sie nickt und lächelt schief. »Ja, das ist eine gute Idee. Aber das Problem ist, dass Nad in Dallas arbeitet und wohnt. Was soll ich dann hier in Houston? Wir wären zwar ein Stückchen näher zusammen, als München und Dallas, aber es ist trotzdem nicht das, was ich mir wünsche.«

Die Jungs kommen rüber und bringen uns jeweils einen Teller mit frisch gegrilltem Steak und Beilagen. Nad hört den letzten Teil von Susannes Worten. »Was ist nicht trotzdem das, was du möchtest?«

Susanne errötet und schlägt die Augen nieder. »Mayenne hatte angeboten, in dem Krankenhaus, in dem sie arbeitet, einmal nachzufragen, ob dort auch ein Plätzchen für mich ist.«

Nad lässt sich auf dem Stuhl neben ihr nieder. »Susanne, das ist eine hervorragende Idee. Ich hatte mir auch schon Gedanken dazu gemacht, aber das ist perfekt. Dann wärst du näher bei mir.«

»Aber nicht nahe genug, Nad. Ich wäre dann jeden Tag hier in Houston und könnte dich bestenfalls an einem dienstfreien Wochenende sehen, wenn ich nach Dallas kommen kann.« Sie schneidet sich ein Stück von ihrem Fleisch ab und steckt es sich in den Mund.

»Süße, wo ist denn das Problem? Dann ziehen wir nach Houston. Ich kann besser, wenn es notwendig sein sollte, mit dem Helikopter nach Dallas fliegen, als dass du dich in deiner Freizeit hinters Lenkrad setzen musst.«

Susanne vergisst zu kauen. »Du würdest für mich nach Houston ziehen?«

»Baby, für dich würde ich noch ganz andere Sachen machen.« Sagt er lässig. »Also ergreife deine Chance und bewerbe dich. Alles andere ist kein Problem.«

Er steht wieder auf und geht zum Grill zurück. Susanne ist sprachlos. Mayenne und ich schauen uns in stillem Verständnis an.

»Okay, dann abgemacht. Ich rede am Montag mit der

Klinikleitung und horche mal nach.«

Susanne nickt und ihre Augen schimmern verdächtig feucht. Ich drücke ihr die Daumen, dass Mayenne einen guten Draht zum Klinikchef hat. Inzwischen ist die Sonne fast untergegangen und es wird merklich kühler. Mehr als einmal fröstle ich. Susanne und Mayenne geht es ähnlich. Wir entschließen uns, ins Haus zu gehen. Auf dem Weg nach drinnen, schaut Mayenne noch schnell nach ihrem Töchterchen. Chantal hat ausgeschlafen, ist aber trotzdem ziemlich unleidlich und quengelig. Mayenne hat jetzt alle Hände voll mit ihr zu tun. Die Jungs bleiben noch ein Weilchen draußen und gesellen sich schließlich zu uns.

Raoul erzählt von Shamars ersten Stunden bei Rick und dass er sich im Training tatsächlich mal ein blaues Auge geholt hat. Das war Shamar so unangenehm, dass er eine Woche von zu Hause aus gearbeitet hat. Ich kann mir lebhaft vorstellen, wie sehr es ihn gewurmt haben muss, mal nicht die Oberhand zu haben, sondern einstecken zu müssen. Inzwischen sieht das wohl deutlich anders aus. Gott sei Dank ist mir das bisher nicht passiert. Währenddessen bemüht sich Mayenne nach Kräften ihr Töchterchen zu beschäftigen. Trotz aller Bemühungen weint die Kleine oft und versteckt sich an Mayennes Oberkörper.

»Wahrscheinlich brütet sie irgendeine Erkältung aus, sonst ist sie nicht so.«, erklärt sie entschuldigend. Mich stört das nicht, ich finde Chantal einfach entzückend. So eine süße Tochter hätte ich auch später gerne mal. Da nutze ich natürlich die Gunst der Stunde, um ein wenig zu üben. Es ist spät, als sich Raoul und Mayenne verabschieden. Die beiden legen ihr mittlerweile wieder eingeschlafenes Töchterchen in einen Kindersitz auf dem Rücksitz ihres Wagens. Wir umarmen uns gegenseitig und dann fahren sie auch schon die Auffahrt hinunter. Susanne und ich räumen das benutzte Geschirr zusammen und stellen es in die Spülmaschine.

»Das scheint ja mit großen Schritten bei euch voran zu

gehen.« Werfe ich in den Raum.

Sie kommt aus der gebückten Position hoch und schaut mich an. »Luna, mich hat es völlig überrollt. Ich habe das Gefühl, vorher noch nie im Leben verliebt gewesen zu sein. Alles andere ist ohne Bedeutung. Ich habe mich mit komplett und unwiderruflich in Nad verliebt. Mich quält der Gedanke, dass ich wieder zurück muss und wir uns deswegen trennen müssen.«

Oh Mann, wie gut ich das nachvollziehen kann und zwar jedes einzelne Wort. Meine Liebe zu Shamar hat mich wie ein Güterzug überrollt. Ich habe zwar keine Vergleichsmöglichkeiten, aber die sind im Hinblick auf die Intensität meiner Gefühle auch völlig unerheblich.

Mich hatte alleine schon die Vorstellung, mich von ihm für die Auflösung meines Hausstandes und der Kündigung meines Jobs für ein paar Wochen trennen zu müssen, ebenfalls unendlich traurig gemacht. Ganz zu schweigen davon, wie es mir erging, als ich glaubte, Shamar für immer verloren zu haben. Ich umrunde die geöffnete Klappe der Spülmaschine und nehme Susanne in meine Arme.

»Ach, Susanne, ich verstehe dich so gut. Aber wenn ich eines gelernt habe, dann ist es, dass du die Männer der Shalazar Familie nicht unterschätzen solltest. Nad liebt dich. Das sieht ein Blinder mit dem Krückstock. Ich bin mir sicher, dass er dich nicht alleine lässt. Wenn das damals nicht mit Sabah gewesen wäre, bin ich mir ziemlich sicher, dass Shamar mich in der Woche, die ich eigentlich noch hier gewesen wäre, entsprechend bearbeitet hätte, alles einem Rechtsanwalt zu übergeben. Und ich schätze Nad genauso ein. Er wird dich nicht alleine lassen. Überleg doch mal, er hört von einer Alternative, dass du dich hier bewirbst und er signalisiert dir sofort seine Bereitschaft umzuziehen.«

Susanne atmet tief durch und sieht so aus, als würde sie gegen Tränen ankämpfen. »Meine ganze Welt hat sich verändert und steht jetzt Kopf.«

Ich streichle ihr beruhigend über den Rücken und sage

leise: »Willkommen in meinem Club, Susanne.« Sie wischt sich verstohlen eine Träne aus dem Gesicht. Nachdem wir die Spülmaschine eingeräumt und angestellt haben, gesellen wir uns wieder zu den Jungs. Es ist herrlich, an Shamar gekuschelt zu sein. Susanne scheint das mit Nad ebenso zu empfinden. Ein wunderschöner Tag neigt sich dem Ende zu und ich hoffe, dass ich davon noch viele haben werde.

Am Nachmittag des nächsten Tages verabschieden sich Susanne und Nad von uns. Die beiden fahren nach Dallas in das Haus in dem Nad lebt. Er hat jetzt eine Woche lang ausgesetzt und wirklich nur das Notwendigste gemacht. Jetzt wartet ein ganzer Schreibtisch voll Arbeit auf ihn.

Ich drücke Susanne nochmal fest, bevor sie winkend neben Nad sitzend die Auffahrt herunter fährt. Das Wochenende ist viel zu schnell um, bevor der Montag beginnt. Am Montag übe ich wieder mit Rick. Ich bin froh, dass er so geduldig mit mir ist, denn manchmal kapiere ich einfach die Griffe nicht. Immer wieder wuchte ich meinen Trainingspartner auf die Matte. Wir flechten in die Meditationsrunde am Ende der Trainingseinheit eine weitere Komponente ein. Selbstreflexion.

Ich soll mit der Zeit lernen, Situationen kritisch zu hinterfragen, lernen, sie besser einzuschätzen und Chancen abzuwägen. Dadurch, so Rick, würde ich in Gefahrensituationen ruhiger bleiben und besonnener reagieren können. Ich hoffe, dass ich nie in die Lage komme, das Wissen, was er mir vermittelt, einmal anwenden zu müssen.

Grundsätzlich ist es sicherlich sinnvoll, diese Technik auf andere Bereiche des Lebens an-zuwenden. Wenn man in der Lage ist, sich selber wie einen anderen Menschen zu betrachten und Situationen zu analysieren, dann hätte ich vermutlich schon damals, als Sabah bei mir war, besonnener reagiert. Ich hatte am Sonntag meinen Rechner hochgefahren und meinen Account, den mir Shamar eingerichtet hat, abgefragt.

Tatsächlich, es waren mehrere Mails von Shamar eingegangen, in denen er mich bat, zurückzukommen, Geduld zu haben und ihm zu vertrauen. Er hat in jeder seiner E-Mails geschrieben, dass er mich liebt und ich mir keine Sorgen machen soll. Nachträglich gelesen, ist das Echo meiner Emotionen, die ich damals während unserer Trennung hatte, jetzt ein erträglicher Abklatsch, schließlich gehört das der Vergangenheit an.

Gott bin ich froh, dass sich alles zum Guten gewendet hat. Shamar und ich sind zum Mittagessen verabredet. Inzwischen kenne ich die Mädels am Empfang etwas besser und winke ihnen im Vorbeigehen zu. Oben angekommen sitzt nur Corinne an dem großen Schreibtisch.

Ihre Kollegin hat Urlaub und weilt irgendwo in Colorado zum Skifahren. Shamar ist noch in einer Besprechung. Durch die Glasscheiben sehe ich mehrere Männer an dem Besprechungstisch sitzen. Raoul ist auch dabei. Bevor ich mich ungesehen zurückziehen kann, schaut Shamar auf. Er muss gespürt haben, dass ich in seiner Nähe bin. Er grinst mich kurz an und ist sofort wieder mit ernstem Gesicht in der Runde seiner Manager aktiv. Ich gehe zurück zu Corinne.

»Wissen Sie wie lange es noch dauert?« Frage ich sie.

Corinne zuckt die Schultern. »Miss Buchholz, ich weiß es nicht genau. Laut Termin müssten die Herren in fünf Minuten fertig sein.«

»Dann warte ich solange hier, Corinne.«

Sie lächelt mir freundlich zu und reicht mir ein Glas Wasser an, während ich mich in die Besucherecke setze und in einer Zeitschrift blättere.

Corinne hat Recht behalten. Es dauert wirklich nicht lange, bis das Meeting beendet ist. Ein Manager nach dem anderen verlässt das Büro. Raoul folgt als letztes. Er umarmt mich freundschaftlich und sagt mir, dass Shamar Neuigkeiten für mich hat. Da bin ich aber gespannt.

Langsam laufe ich den Gang entlang zu seinem Büro.

Er sitzt jetzt an seinem Schreibtisch und schaut auf den Bildschirm. Nachdem ich die Tür hinter mir geschlossen und die Fensterscheiben abgedunkelt habe, komme ich zu ihm hin und setze mich rittlings auf seinen Schoß.

»Ich. Habe. Dich. Vermisst.« Bei jedem meiner Worte küsse ich ihn. Seine Augen werden dunkler, der Appetit ist erwacht. »Upps, hast du denn so viel Zeit?«, frage ich ihn unschuldig.

»Ich bin der Chef, mein Engel, schon vergessen?«, murmelt er an meinen Lippen. Er greift zum Telefonhörer. »Corinne, bitte keine Störung.«

Ich höre sie sprechen.

»Nein, verschieben sie um 30 Minuten ... Nein, auch keine Anrufe.« Dann legt er auf. Seine Hand gleitet unter die Tischplatte und drückt auf einen Schalter. Die Bürotür verriegelt sich. Ich ziehe die Augenbrauen hoch.

»Oha, auf wessen Besuch bist du denn eingerichtet?«

»Reine Sicherheitsmaßnahme.« Lächelt er gewinnend. Er greift zu einer Fernbedienung und startet damit die Stereoanlage, die hinter dem Konferenztisch an der Wand hängt. Sofort erklingt Classical Translations von Lowland. Ich schließe die Augen, denn das erste Stück, welches gespielt wird, ist Seven Cities. Definitiv eines meiner Lieblingsstücke.

Dann fängt er mit Akribie an, mir meinen Blazer über die Schultern zu streifen und meine Bluse Knopf um Knopf zu öffnen. Seinen Fingern folgen seine Lippen, die eine kribbelnde Spur auf meiner Haut hinterlassen.

»Weißt du, Chérie, ich wollte dich immer schon auf meinem Schreibtisch vögeln.« Seine Stimme ist rau und seine Augen sind um einiges dunkler geworden. Oh ja, dann würde er jedes Mal, wenn er seinen Schreibtisch sieht, daran denken, was wir hier gemacht haben. Der Gedanke gefällt mir und er beflügelt meine Lust. Meine Bluse landet auf dem Boden beim Blazer. Der Rock folgt. Jetzt sitze ich in Spitzenunterwäsche mit halterlosen Strümpfen auf seinem Schoß. Dieser Anblick scheint ihm sehr gut zu gefallen, denn seine Erektion beult seine Hose deutlich sichtbar aus.

»Süßer«, murmle ich ihm ins Ohr, »wie kommt es, dass du immer mehr an hast, als ich? Das muss geändert werden.« Er legt seinen Kopf zurück und ich küsse mich von seinem Ohr über seine Kehle zu seiner Brust herunter. Er stöhnt. Mit einem Ruck steht er auf und nimmt mich mit hoch. Mit gespreizten Beinen sitze ich auf seiner Hüfte und seinem steifen Schwanz, den seine Hose noch gefangen hält. Mit einer Hand hält er mich fest, mit der anderen schiebt er das, was uns im Weg steht, einfach ein Stück nach hinten. Dann setzt er mich auf die Tischplatte. Sie ist kühl unter meinem leichtbekleideten Hintern. Durch den Kälteschauer ziehen sich meine Brustwarzen noch enger zusammen. Shamar steht vor mir und zieht sich in quälender Langsamkeit aus.

Das Auge isst nicht nur in der Küche mit. Anstatt im Mund läuft mir mein Wasser in der Körper-mitte zusammen. Er knöpft sich das Hemd auf und zieht es sich von den Schultern, dabei entblößt er seinen muskulösen Körper mit der samtweichen Haut, für die so manch eine Frau gemordet hätte. Ich bin noch im Anblick seines Sixpacks versunken, während er lasziv zum Gürtel greift und mit einem Ruck seine Hose und die Shorts auszieht. Dann steht er nackt vor mir.

»Wer hat jetzt zu viel an?«, fragt er mich und schaut mich herausfordernd an. Oh Mann, ich könnte die Adern, die auf seinen Muskeln am Bauch liegen ablecken und mit meinen Lippen seiner dünnen schwarzen Haarlinie, die vom Bauchnabel aus abwärts geht, nach unten folgen. Sein Schwanz ist prall und zeigt unmissverständlich auf mich. Schnell entledige ich mich meines BHs und Strings, nur die halterlosen Strümpfe lasse ich an. Sofort ist Shamar wieder bei mir. Sein Schwanz liegt köstlich schwer auf meinem Bauch. Er saugt und knabbert an meinen Brustwarzen. Das macht mich ganz wahnsinnig und ich rutsche ungeduldig auf der Tischplatte hin und her.

Dann drückt er seinen Schwanz runter, sodass seine Eichel vor meinem Eingang liegt. Er lässt sie zwischen meine Schamlippen gleiten und benetzt sie mit meinem Saft. Mittlerweile würde ich ihn am liebsten aufs Kreuz legen, um ihn endlich in mir spüren zu können. Doch er spielt weiter mit mir. Sein Schwanz gleitet heiß und geädert an meinem Spalt entlang. Die Bewegungen reizen meine Klitoris und schicken kleine Orgasmus Vorboten durch meinen Körper. Er zieht mich bis zum Rand seines Schreibtisches vor und dringt gemächlich in mir ein. Sanft drückt er mein Fleisch auseinander. Die kleinen Zuckungen in meinem Unterleib werden heftiger.

Doch so sehr ich mich nach einer härteren Gangart sehne, Shamar gewährt sie mir nicht. Er reizt meine Brüste, dann finden seine Fingerspitzen zwischen uns meinen Kitzler. Der funktioniert auf einmal wie ein Zündknopf im Auto. Kaum berührt er mich dort, komme ich heftig. Gerade die langsamen Bewegungen von ihm, verlängern meinen Höhepunkt. Atemlos liegt mein Kopf an seiner Brust.

»Geht es wieder?« Seine Stimme ist belegt und ich sehe ihm an, dass es ihn sehr viel Beherrschung kostet, sich nicht zu bewegen.

Ich nicke und küsse seine warme Haut, die so wunderbar nach ihm duftet. Sanft legt er mich auf die Tischplatte und legt sich meine Beine auf seine Schultern. Durch diese Position rutscht er noch ein Stück weiter in mich hinein. Seine Hände halten meine Hüften fest und fixieren mich auf seinem Schwanz. Jetzt, jetzt endlich legt er los.

Ohne Vorwarnung hämmert er in mich hinein. Meinen Höhepunkt, den ich als abgeschlossen eingestuft habe, dreht noch mal eine Ehrenrunde und ich presse mich mit aller Gewalt um ihn. Shamar stöhnt laut, als meine Muskeln ihn so fest umspannen. Dann kommt er selbst und verströmt sich in mir.

Nachdem ich heute Morgen schon mit Rick bis zum

Erreichen der völligen Beinelastizität trainiert habe und Shamar jetzt sein Bestes gegeben hat, um mich um meinen Verstand zu vögeln, zahle ich den Tribut an meinen Körper. Ich habe keine Kraft mehr in den Beinen. Ich brauche dringend mehr Ausdauer!

»War das so in etwa, wie du es dir vorgestellt hast?« Strotzend vor Selbstbewusstsein zieht mich Shamar ohne Probleme aus meiner Position hoch auf seine Hüfte.

»So in etwa.«, antworte ich ihm müde grinsend. Ich bin schwach wie ein Baby. Mit einem Griff hebt er mich hoch auf seine Hüften und trägt mich mit seinem Schwanz in mir, ins Badezimmer. Auf dem Weg dorthin lege ich ihm meine Arme um den Hals, während ich auf Augenhöhe in seinem postkoitalem Blick versinke.

Woher nimmt er nur die Kraft? Keine Spur von Müdigkeit, sein Schwanz ist wie fest getackert in mir und er läuft mit mir auf den Hüften so locker ins Bad, als wollte er mal eben die Hände waschen. In der Dusche lässt er mich wieder herunter, wobei sich sein Schaft von mir löst. Schwer und dick lauert er in Hab Acht Stellung für eine mögliche zweite Runde. Dieser Mann ist mir immer wieder ein Rätsel.

Kaum hat er sich aus mir zurückgezogen, laufen die Hinterlassenschaften unserer Leidenschaft an meinen Oberschenkeln nach unten. Shamar folgt meinem Blick, während die cremeweißen Tropfen ihren Weg nach unten suchen.

»Chérie, hast du eigentlich eine Ahnung, wie geil das für mich aussieht? Ich mag es, wenn ich meinen Samen an dir sehe.« Er streckt seine Hand aus und malt mit seinen Fingern ein Muster in dem abwärtsstrebenden Rinnsal.

Ich weiß nicht, welcher Teufel mich reitet, doch ich bin neugierig. Zögernd strecke ich meine Hand aus, und ergreife seine Hand, die soeben noch auf meinem Oberschenkel gezeichnet hat. Erstaunt schaut mich Shamar an. Langsam nehme ich seine Hand hoch und stecke mir den Finger mit der Essenz von uns in den

Mund. Meine Lippen schließen sich um seinen Finger und ich lutsche mit meiner Zunge die Nässe von seiner Kuppe. Gleichzeitig sauge ich ein wenig an dem Finger. Shamars Pupillen weiten sich schlagartig und sein Atem wird flach.

»Was tust du?«

»Ich will wissen, wie wir schmecken, du und ich, derartig vermischt.«

Ich schließe die Augen und teste unseren Geschmack. Unsere beiden Noten sind mit einander verbunden und dennoch unverkennbar.

»Und?« Shamar fragt mich atemlos.

»Probiere es doch selber.« Fordere ich ihn auf.

Dieses Mal fahre ich mit meinen Fingern über die Innenseite meiner Oberschenkel und benetze die Fingerkuppen mit meiner Nässe. So, wie ich vorhin, nimmt er nun meine Hand und schleckt die gemeinsame Essenz davon ab.

Das geschmolzene Perlmutt seiner Augen wird von der Schwärze seiner Pupillen nahezu verdeckt.

»Du bist unglaublich Luna!«

Sein Schwanz unterstreicht seine Worte, indem er an Größe und Haltung deutlich zugenommen hat. Skeptisch begutachte ich sein bestes Stück.

»Möchtest du mehr?« Ich fahre mit meiner Zunge über meine Lippen und lege den Kopf in den Nacken um ihm in die Augen zu schauen.

Er atmet tief durch und schüttelt dann den Kopf.

»Cherie, glaube mir, ich würde es drauf ankommen lassen, auch wenn ich so gut wie keine Pause dazwischen hatte, aber ich muss wieder zurück an meinen Schreibtisch, denn die zweite Runde würde eindeutig länger dauern, als die erste.«

»Ein anderes Mal, mein Schatz! Versprochen!« Verheißungsvoll lächle ich in an, während ich das warme Wasser aufdrehe. Das herrlich warme Wasser löst meine Muskeln Stück für Stück. Gesäubert reiche ich ihm den Duschkopf weiter. Ich mache ihm Platz und er tritt weiter in die Dusche herein. Mit einem schiefen Grinsen stellt er die Wassertemperatur auf kalt und zuckt heftig zusammen, als das Wasser mit der gewünschten Temperatur seine Hüften erreicht. Mitleidig betrachte ich ihn. Mit heftigen Atemzügen erträgt er das kalte Wasser, doch er erreicht das gewünschte Ergebnis. Sein Schwanz schwillt in Sekunden auf normale Größe ab.

»Ich werde mir beim nächsten Mal mehr Zeit für dich nehmen, Chérie, dann muss ich mir das nicht mehr antun.«, stößt er zwischen zusammen gebissenen Zähnen vor.

»Ich bitte drum, Shamar. Also lass dir nächstes Mal von deiner Assistentin einen größeren Slot für uns beide einrichten.« Süffisant lächelnd lasse ich mich auf dem Bett nieder, von wo aus ich ihn betrachten kann.

Leise vor sich hin fluchend trocknet Shamar sich ab. Dann suchen wir uns unsere Sachen zusammen und richten uns wieder her. Allerdings habe ich jetzt keine Strümpfe mehr an, sie hängen in der Dusche zum Trocknen.

Ohne dass er seine Hände von meinem Hintern nimmt, gehen wir zurück zu seinem Schreibtisch.

»Ahhh, stimmt, ich hatte ja einen Grund dafür, dich zu sehen.«, grinst er, während er sich in seinen Sessel fallen lässt.

»Wie, du wolltest gar keinen Sex? Habe ich dich etwa überfallen?« Ich ziehe in gespieltem Erstaunen eine Augenbraue hoch.

»Baby, wenn ich dich sehe, will ich immer Sex mit dir haben. Aber ich habe hier was, das dir gehört.« Mit einer lässigen Bewegung zieht er einen Briefumschlag hervor.

Eigentlich sind es zwei, aber einer ist geöffnet. Ich nehme den bereits geöffneten Umschlag und hole den Inhalt heraus. Er ist an Shamars Firma adressiert und beinhaltet meine Greencard. Somit kann ich morgen anfangen, zu arbeiten. Klasse!

»Hey, das ist meine Greencard. Super, dann habe ich

morgen meinen ersten Arbeitstag in deinem Unternehmen. Endlich! Soll ich mich dann morgen bei Raoul melden?«

Shamar nickt und hält den zweiten Umschlag hoch. »Gerne, vorausgesetzt du hast kein zweites Angebot, welches du annehmen möchtest.«

Erstaunt frage ich nach. »Wieso ein zweites Angebot?« Dann fällt mir mein Vorstellungsgespräch in Düsseldorf ein. Ein Blick auf den Umschlag sagt mir, dass mein Gedanke richtig ist. Von Aufklebern und Nachsendeverweisen fast verdeckt, wurde über den deutschen Anwalt, das Anschreiben des norwegischen Unternehmens, an Shamar weitergeleitet. Toll, ich bin doch die Empfängerin, wieso landet meine Post auf seinem Schreibtisch?

»Mal schauen, was sie mir schreiben. Du weißt ja, Konkurrenz belebt das Geschäft.« Herausfordernd schaue ich ihn an. Er sitzt in seinem Chefsessel und hat die Arme vor der Brust verschränkt. »Ach und übrigens«, setze ich meinen Satz fort, »wieso kommt meine Post eigentlich bei dir an? Bin ich entmündigt?«

Shamar schüttelt den Kopf, »Nein, Luna, das ist ein Fehler der Anwaltskanzlei in Deutschland. Ich habe sie beauftragt und zahle deren Rechnung. Darum haben sie mir den Brief zugeschickt. Das ist zu deiner Beruhigung aber bereits alles geregelt. Corinne hat den Auftrag, das klarzustellen. Dementsprechend dürfte die Post dann zukünftig an dich zugestellt werden.«

Damit kann ich leben. Während seiner Worte habe ich den Brief aus dem Umschlag geholt und lese ihn nun langsam.

»Und?« Shamar schaut mich interessiert an.

»Tja, es gibt tatsächlich ein Gegenangebot.« Informiere ich ihn lächelnd. Es tut gut zu wissen, dass ich es auch alleine ohne Shamar geschafft hätte. Okay, angeblich hat die Entscheidung, mich in seinem Unternehmen einzustellen, laut Raoul nichts mit Shamar zu tun, sondern beruht auf meinen Kenntnissen und Fertigkeiten. Ich lasse

Shamar noch einen kleinen Augenblick zappeln, dann fasse ich den Inhalt des Briefes kurz zusammen.

»Man bietet mir eine Stelle in Kirkenes an. Ich kann per 01. Januar anfangen, wenn ich möchte.« Ich reiche ihm das Schreiben rüber und er liest es sofort durch.

»Pah«, schnaubt er, »die wollen dich unter Wert einkaufen. Wenn du für den Betrag arbeiten gehst – und das dann noch am Ende der Welt- dann wärst du ganz schön blöd.«

Ich nehme meine Position auf seinen Oberschenkeln wieder ein. »Ich wäre ganz schön blöd, wenn ich dich wegen so einer Stelle zurücklassen würde, mein Liebster!«

Er senkt seinen Kopf und seine Augen sind dunkel, als er mich wieder anschaut. »Chérie, du hast so Recht und du beschämst mich immer wieder.«

»Ach, so ein Quatsch, Shamar, ich beschäme niemanden. Ich habe einen Job, der übrigens sehr gut bezahlt ist, und ich habe dich. Hier habe ich beides und damit alles, was ich möchte. Was hätte ich woanders? Nichts.«

Vermutlich wäre ich mit wehenden Fahnen in den entlegensten und kältesten Winkel der Welt gefahren, nur um nicht mehr an ihn denken zu müssen, wären wir jetzt noch getrennt. Inzwischen ist das zum Glück Schnee von gestern.

Ich nehme die beiden Umschläge an mich und verstaue sie in meiner Handtasche.

»Ob Corinne oder Nancy wohl Ersatzstrümpfe in ihren Schreibtischen haben?« Fragend schaue ich auf meine nackten Beine.

»Welche Farbe war das?«

»Puder, von Chanel.«

Er hebt das Telefon und wählt eine Nummer.

»Corinne? Miss Buchholz ist ein Missgeschick passiert. Sie benötigt halterlose Strümpfe, die der Farbe Puder von Chanel ähnlich sind.« Ich höre sie am anderen Ende reden. Dann fragt mich Shamar:

»Welche Größe brauchst du, Luna?«

»S wäre wunderbar, ich nehme aber auch größere.«

Er wendet sich wieder dem Telefon zu. »Haben Sie es gehört? … Ja ... Wunderbar, bringen Sie sie bitte herein.« Er legt auf.

Keine zehn Sekunden später kommt Corinne mit einer Packung Strümpfe herein und reicht sie mir an.

Ich bedanke mich und mache die Verpackung auf. Das sind Seidenstrümpfe von Yves Saint Laurent und treffen ziemlich genau den Farbton, den ich vor dem Sex mit Shamar an meinen Beinen hatte.

Ich wundere mich langsam über garnichts mehr.

»Wie kommen die denn so schnell hierher?«, frage ich ihn, während ich die Strümpfe sehr zu seinem Gefallen an meinen Beinen hochziehe und oben befestige.

»Du hast Glück, Nancy hat immer eine Auswahl an Strümpfen und Hygieneartikeln vorrätig.«

Ich grinse ihm zu, während der zweite Strumpf an seinen Bestimmungsort landet.

Dann ziehe ich meinen Rock glatt und nehme meine Handtasche.

»Ich werde dich jetzt wieder deinem Tagesgeschäft überlassen mein Schatz. Ich liebe dich!« Mit einem Kuss verabschiede ich mich von ihm und verlasse das Büro.

Aus den Augenwinkeln sehe ich, wie mir Shamar kopfschüttelnd nachschaut und dabei grinst. Sein Grinsen findet die Fortsetzung auf meinem Gesicht und mit ebendiesem Lächeln schließe ich die Türe hinter mir.

Mit einem letzten Gruß in Richtung Corinne verschwinde ich im Fahrstuhl, wo ich meinen Blackberry zücke, um Kieran zu verständigen.

14

Mein erster Arbeitstag bei Shalazar Petroleum versetzt mich in totale Aufregung. Ich bin gespannt, was mich erwartet und wie die Kollegen auf die „Neue“ reagieren. Shamar kann sich angesichts meiner Aufregung ein Lächeln nicht verkneifen. Im Gegensatz zu mir, hat er nicht den geringsten Zweifel, dass alles passt.

Kieran fährt uns beide morgens ins Büro und wartet, bis wir vor dem Eingang ausgestiegen sind und das Gebäude betreten haben. Dann geht es hoch in die oberste Etage, wo er mich mit einem Kuss in Raouls Büro absetzt. Raoul sitzt an seinem Schreibtisch und grinst von einem Ohr zum anderen, während er uns beobachtet.

»Möchtest du noch einen Kaffee, bevor es losgeht?« Raoul kommt um seinen Schreibtisch herum, kaum dass Shamar die Tür zu Raouls Büro hinter sich geschlossen hat.

»Nein danke, Raoul, ich habe gerade eben zu Hause gefrühstückt und dort schon kaum etwas herunterbekommen. Ich will es hinter mich bringen.«, antworte ich ihm, während ich seine Hand zum Gruß entgegen nehme.

»Na dann machen wir uns auf den Weg. Komm mit,

ich bringe dich zu Brenda und sie wird sich um alles kümmern.« Er lässt das, was er soeben noch bearbeitet hat, liegen und geht mir voraus zu den Aufzügen. Wenige Sekunden später stehen wir in meiner neuen Abteilung. Ich schaue mich um, denn alle Schreibtische sind verwaist. Es ist niemand zu sehen. Wir drehen noch mal um und laufen auf die andere Seite der Aufzüge. Dort ist ein Besprechungsraum. Hinter dem bodentiefen Glas sitzen rund zwanzig Personen, die den Ausführungen einer jungen Afroamerikanerin lauschen.

Ohne zu zögern, öffnet Raoul die Tür und wir platzen mitten in das Teammeeting der Abteilung, doch das bekümmert Raoul reichlich wenig.

»Meine Damen und Herren, es trifft sich prima, dass Sie alle hier sind, ich möchte Ihnen Luna-Marie Buchholz vorstellen, die ab heute das Team verstärkt. Luna,« er wendet sich an mich, »das ist Brenda Danson. Sie leitet die Abteilung. Na denn, gutes Gelingen, Luna.« Er kneift mir schnell ein Auge und verschwindet.

Brenda ist die Afroamerikanerin, die vorne vor der Gruppe steht. Sie hat eine Figur, die an eine zierliche Gazelle erinnert. Dazu kurze schwarze Haare, die glatt und verwuschelt ihr Gesicht umranden. Freundliche schwarzbraune Augen schauen mich an.

»Hallo Luna, schön, dass Sie da sind. Wir sind gerade in unserer wöchentlichen Besprechung. Suchen Sie sich doch einfach einen freien Platz und wir zwei unterhalten uns dann später. In Ordnung?«

»Ja sehr gerne.« Ich drehe mich um und blicke auf das vollständige Team. »Hallo zusammen.«, begrüße ich die Runde, während ich auf einen freien Platz zusteuere. Darauf niedergelassen, versuche ich, während des restlichen Meetings unauffällig zu bleiben. Bevor das Meeting allerdings beendet wird, bittet Brenda die anwesenden Teammitglieder sich in einer kurzen Vorstellungsrunde vorzustellen. So erfahre ich von jedem den Namen, das Alter und was er oder sie in der Abteilung für Aufgaben hat. Einen alten Bekannten treffe ich wieder. Lutz Steinbichl ist schon vor mir angekommen und grinst mich breit strahlend an.

Brenda bittet in weiser Voraussicht Lutz, mir meinen neuen Arbeitsplatz zu zeigen und mich mit der Umgebung vertraut zu machen. Danach soll ich zu ihr ins Büro kommen.

Lutz freut sich ehrlich, mich wiederzusehen.

»Wo bist du denn in Dubai abgeblieben? Wir haben die einzige Frau in unserer Runde schmerzlich vermisst!« Wir gehen auf meinen neuen Schreibtisch zu. Er ist in der Ecke zwischen zwei Fenstern gelegen und bietet einen schönen Blick in den Raum hinein und auf die umliegenden Häuser. Die anderen Schreibtische stehen aufgelockert in dem riesigen Raum. Säulen, die die Decke stützen, bilden zusammen mit Raumteilern und Grünpflanzen eine sehr angenehme Arbeitsumgebung.

»Erinnerst du dich noch an unseren Besuch auf dem Basar?« Lutz nickt. »Na klar, du hattest Verfolgungswahn.«

Ich erkläre ihm nicht, dass das kein Wahn war, sondern Shamar dahinter steckte, der wissen wollte, wer ihm den Korb, den ich ihm gab, eingebrockt hatte.

»Ich habe auf dem Basar etwas von dem einheimischen Essen gegessen. Das ist mir leider nicht bekommen. Ich habe einen furchtbaren Brechdurchfall gehabt und jegliches Zeitgefühl verloren. Sha ... ähm Mister Shalazar hat mich gefunden, weil er sauer war, dass ich zu dem Interviewtermin nicht erschienen bin und auch nicht abgesagt hatte. Er stand irgendwann abends vor meiner Tür und hat so lange daran gehämmert, bis ich ihm die Tür aufgemacht habe. Eine Abreibung für mein Fernbleiben habe ich dann nicht bekommen, im Gegenteil er hat dafür gesorgt, dass ich medizinische Hilfe bekam.«

Lutz nickt verständnisvoll und setzt sich auf die Tischkante, während ich meinen neuen Schreibtischstuhl ausprobiere.

»Ich habe Mister Décoste nach deinem Verbleib

gefragt, aber der hat sich recht kurz gefasst und mir gesagt, dass für dich gesorgt würde. Mensch, bin ich froh, dass es dir gut geht!« Wie schon damals in Dubai, muss ich auch jetzt über seinen lustigen Schweizer Akzent grinsen. Es tut gut, mal wieder ein paar Worte in Deutsch zu reden. Das kann ich sonst nur, wenn ich mit Susanne alleine bin und wir damit niemanden von unserem Gespräch ausschließen.

Lutz ist, nach wie vor, der Kumpel Typ, den ich aus Dubai in Erinnerung habe. Mit einem Blick, der über meinen Schreibtisch geht, wechselt er zur Tagesordnung über. Als Erstes erklärt er mir, wie das Telefon auf meinem Schreibtisch mit seinen ganzen Zusatzfunktionen funktioniert. Dann nimmt er mich mit auf einen Rundgang durch die Abteilung. Wir gehen zu einem Raum, in dem alle Drucker stehen. Dort zeigt er mir, wie ich den großen Multifunktionsdrucker bedienen muss.

Ich muss erst meine Kennnummer auf einem Sensorfeld eingeben, dann mein Passwort und zum Schluss die Projektnummer erst dann kann ich mit dem Gerät arbeiten. Wir gehen an den Schreibtischen der verschiedenen Teammitglieder vorbei, die mich nochmal freundlich begrüßen. Bis wir zu meinem Schreibtisch zurückkommen, kenne ich die Kaffeeküche mit dem Getränkespender, die Lage von Brendas Büro und die der Toiletten. Zum Schluss verrät er mir, dass ich ein Laptop erhalte, welches ich mir gleich bei Brenda abholen sollte. Ich bedanke mich bei ihm, als wir wieder an meinem Schreibtisch ankommen und Lutz zieht sich wieder an seinen Schreibtisch zurück. Ich fahre mit meiner Hand nochmal über die Platte meines Tisches und genieße kurz die Aussicht nach draußen, bevor ich mich auf den Weg zu Brendas Büro mache.

»Hallo, Luna«, begrüßt sie mich freundlich und bedeutet mir, mich zu setzen. »Schön, dass Sie endlich dabei sind. Wir hatten schon gehofft, Sie eher begrüßen zu können.«

»Ja«, sage ich, »es gab Probleme mit meinem alten Job,

ich konnte nicht so schnell aussteigen und die Greencard ist gestern erst angekommen.«

Sie nickt. »Ja, das habe ich schon gehört. Mister Décoste berichtete von Problemen. Ich hoffe, dass das der Vergangenheit angehört und Sie jetzt mit der Arbeit beginnen können.«

Ich nicke zustimmend mit meinem Kopf. Bevor ich allerdings etwas dazu sagen kann, spricht sie weiter. »Mister Décoste berichtete weiterhin, dass Sie in, sagen wir besonderer Beziehung zu Mister Shalazar stehen.« Wie eine Hitzewelle schießt mir die Röte heiß ins Gesicht. Ich öffne erneut den Mund, doch sie hebt abwehrend die Hände. »Was ich damit sagen will, Luna, ist, dass es mir egal ist, ob Sie mit ihm verwandt, oder befreundet sind.

Ich werde für Sie keine Extrabehandlung aufziehen. Sie sind Teil unseres Teams und helfen mit, dass unsere Arbeit hier so erfolgreich, wie möglich, wird. Ich weiß, dass Ihre Anwesenheit im Büro nicht in der Form vorhanden sein wird, wie bei dem Rest des Teams. Ihre Aufgaben werden angemessen sein. Über Ihren Status und Ihr Verhältnis zu Mister Shalazar werde ich nichts verlauten lassen. Sollte also irgendjemand im Team Fragen stellen, oder, was auch passieren kann, die Gerüchteküche brodeln, kommt das mit Sicherheit nicht von mir.« Sie schaut mich ernst, aber nicht unfreundlich an. Endlich darf ich reden. »Brenda, nichts anderes möchte ich. Mir wäre es sehr unangenehm, wenn jemand meinen tieferen Kontakt zu Mister Shalazar zu schnell herausbekommt. Auf keinen Fall möchte ich als etwas abgestempelt werden, was ich nicht bin. Und ich bin Ihnen dankbar, dass Sie das Thema unter Verschluss halten.«

Während meiner Worte wird ihr Gesicht weicher und sie lächelt mich offen an. »Ich bin sehr froh, dass Sie das so sehen!« Sie streckt mir ihre Hand über den Schreibtisch entgegen. »Herzlich willkommen im Team, Luna. Auf eine gute Zusammenarbeit!« Sie hält einen Augenblick inne und sammelt sich kurz. Dann steht sie auf und geht zu einem

Schrank, der an der Wand ihres Büros neben der Türe steht.

Sie schließt ihn auf und holt einen Laptop heraus. »Das hier ist Ihr Rechner. Er ist bereits konfiguriert. Alle Berechtigungen sind eingerichtet und Sie haben vollen Zugang zu unserem Teamlaufwerk mit all unseren Daten. Hier ist die Tasche mit weiterem Zubehör dazu.«

Sie reicht mir eine schwarze Nylontasche an, in die das Laptop gehört.

»Dies sind Ihre Zugangsdaten.«

Sie reicht mir einen kleinen roten verschlossenen Umschlag. Den lasse ich in die Nylontasche gleiten. »Zur Zeit betreuen wir insgesamt drei Projekte. Sie werden zusammen mit Lutz an dem Projekt in Alaska arbeiten. Hier ist eine kurze Zusammenfassung. Sie finden diese und alles andere, was wir dazu haben, in unserem Projektordner. Das Projekt hat den Codenamen „Blue". Wenn Sie davon reden, bitte keine Namen und keine Details nennen.«

Das verstehe ich. »Okay.«

»Gut, dann möchte ich, dass Sie sich von Lutz weiter einweisen lassen. Er ist auch erst frisch dabei; es hilft, wenn man sich gemeinsam alles erarbeitet. Dann, viel Spaß und gutes Gelingen.«

Mit meinem neuen Rechner und den Unterlagen marschiere ich in Richtung meines neuen Schreibtisches. Auf der Tischplatte steht ein wunderschöner Strauß Blumen in frühlingshaften Farben. Darin ist ein winziger Umschlag gesteckt. Ich ziehe ihn heraus und öffne ihn. Darin ist eine kleine Karte, auf der Shamars Handschrift zu sehen ist.

Einen schönen ersten Arbeitstag, mein Engel.
In Liebe,
S.

Die Blumen sind wunderschön und ich muss einfach meine Nase in die Blüten stecken, um ihren Duft tief einzuatmen. Ich freue mich über Shamars Blumengruß. Lächelnd nehme ich zur Kenntnis, dass er ein unverfängliches Bouquet gewählt hat. Rote Rosen am ersten Tag hätten sofort Stoff für Spekulationen geliefert. Dieser Strauß ist jedoch unverfänglich und wunderschön. Ich zücke meinen Blackberry und sende ihm eine SMS in der ich mich für seine Blumen bedanke.

Ich rücke die Blumen ein wenig zur Seite, um Platz für meinen Laptop zu machen, den ich vorsichtig auf meine Docking Station setze und ihn hochfahre. Nach wenigen Sekunden ist er einsatzbereit und wartet auf meine Eingaben. Ich zücke den roten Umschlag und gebe nacheinander die vergebenen Passwörter ein.

Als Erstes fordert mich das System auf, neue Passworte zu vergeben. Dann schaue ich mir die verschiedenen Verzeichnisse an und öffne den Ordner Blue. Ich lese mir die verschiedenen Berichte und Forschungsergebnisse durch, scrolle über Bodenproben und Fotografien, und lese die verschiedenen Protokolle der Teammeetings. Die Zeit vergeht rasend schnell. Erst viel später rufe ich mein E-Mail-Programm auf. Es wartet schon eine Mail auf mich. Von Shamar.

Miss Buchholz,
ich hoffe Sie haben alles zu Ihrer Zufriedenheit vorgefunden. Bitte informieren Sie mich doch, wenn Ihnen der Sinn nach einem Lunch ist.
S.

Schnell tippe ich eine Antwort:

Mister Shalazar,
ich danke Ihnen für meinen hervorragend ausgestatteten Arbeitsplatz, der mich sicherlich zu Bestleistungen anspornen

wird. Darf ich Sie auch informieren, wenn mir der Sinn nach etwas anderem als Lunch steht?
Luna

Sofort erhalte ich die Antwort:

Miss Buchholz,
wie soll ich mich auf meine Arbeit konzentrieren; ich muss ohnehin ständig daran denken, was wir hier auf meinem Schreibtisch getrieben haben. Ich biete Ihnen ein unschuldiges Lunch und Sie wollen gleich den ganzen Mann.
S.

Ich schaue auf die Uhr, gleich 13 Uhr. Also genau richtig fürs Mittagessen. Nur, wie soll ich mich hier unbemerkt wegschleichen?

Mister Shalazar,
ich schrieb mit keiner Silbe, dass ich etwas von Ihnen möchte. Ihre Phantasie ist sehr lebhaft. Ich würde sehr gerne etwas essen, doch ich fürchte hier aufzufallen, wenn ich mich einfach so verabschiede und zu dir in die Chef-etage fahre.
Luna

Es kommt keine Antwort. Ob ich zu forsch gewesen bin? Keine Ahnung. Es ist tatsächlich ein Problem für mich, mit ihm in Verbindung gebracht zu werden. Grübelnd klicke ich wieder auf den Ordner Blue.

Ein Schatten steht vor meinem Schreibtisch. Im Aufschauen erkenne ich Corinne. Sie lächelt mich freundlich an und fragt mich ob ich Sie begleiten könne. Wir gehen an Brendas Büro vorbei und Brenda nickt uns nur zu. Ich vermute, sie weiß ohnehin Bescheid. Corinne und ich gehen zum Aufzug und fahren damit in die oberste Etage. Oben angekommen, lächelt sie mich kurz an und teilt mir mit, dass Shamar auf mich wartet.

Also gehe ich direkt in sein Büro, in dem das Essen auf dem Tisch steht und für zwei Personen eingedeckt ist. Hmmh. Es duftet lecker und prompt fängt mein Magen an zu knurren. Shamar und ich essen gemeinsam Pasta vom Italiener, während ich ihm von Brenda und unserem Gespräch erzähle.

»Wie komme ich eigentlich unentdeckt ins Haus, Shamar? Ich will ja schließlich nicht, dass so schnell publik wird, wie gut wir einander kennen. Zumindest möchte ich das nicht so schnell, wenigstens so lange, bis ich mir eine Position im Team erarbeitet hat. Ich kann doch jetzt nicht mehr mit dir hierhin und wieder zurück fahren, dass kriegt doch jeder mit.«

Stirnrunzelnd versuche ich die Möglichkeiten zu eruieren, die mir einen unauffälligen Zugang zum Büro ermöglichen.

»Wenn wir eintreffen, mein Engel, sind alle an ihrem Platz und arbeiten. Und wenn wir gehen, können wir gerne so spät fahren, dass keiner mehr da ist. Ich empfehle dir aber, keine Geheimniskrämerei zu machen. Die Dinge kommen immer ans Tageslicht. Je mehr man versucht, sie zu verheimlichen, desto eher kommen sie heraus. Selbst wenn alle wissen, dass wir zusammen sind, wird niemand wagen, dich das negativ spüren zu lassen. Da bin ich mir sehr sicher!«

Wahrscheinlich hat er Recht, aber trotzdem kann ein bisschen Vorsicht nicht schaden.

»Kann mich Kieran nicht in der Tiefgarage herauslassen? Ich könnte doch von dort aus mit den Aufzügen hochfahren?«

Shamar lässt seine Gabel sinken und schaut mich an.

»Chérie, selbstverständlich kannst du das. Nur irgendwann kommt es sowieso heraus. Du wirst es nicht verhindern können. Überleg es dir einfach.«

Wir haben dreißig Minuten für unser Essen, was gerade für die Nahrungsaufnahme ausreicht. Gerne hätte ich noch ein wenig mehr von Shamars Nähe gehabt, doch dieses Mal gehe ich ohne erotisches Zwischenspiel wieder zurück an meine Arbeit.

Wie von Shamar prognostiziert, fragt niemand und es stört sich auch keiner daran, wo ich gewesen bin. Einen Punkt für Shamar, denke ich.

Den Rest des Nachmittages arbeite ich mich zusammen mit Lutz durch das Projekt, sodass ich am Ende meines ersten Arbeitstages einen guten Einblick darin habe. Die meisten um mich herum sind inzwischen in den Feierabend verschwunden, als Shamar mir wieder eine E-Mail schickt.

Abfahrt 18 Uhr?
S.

Das ist in fünfzehn Minuten.

Okay, warte unten auf dich.
Luna

Auch Lutz ist mit seiner Arbeit durch und bewegt sich in Richtung Feierabend. Nachdem er sich von mir verabschiedet hat, fahre ich meinen Rechner herunter und verstaue ihn in meinem Schreibtisch. Den Schlüssel dazu klemme ich an meinen Schlüsselbund. Dann ziehe ich mir meine Jacke über und greife nach meiner Handtasche. Im Schnellschritt laufe ich zum Aufzug. Nicht, weil ich so spät dran wäre, sondern weil ich es nicht erwarten kann, Shamar wiederzusehen.

Der Aufzug hält mit einem leisen Pling auf meinem Stockwerk. Einen Augenblick später gleiten die Türen mit dem typischen leisen Zischen auseinander und geben die Sicht auf Shamar frei, der ebenfalls auf dem Weg nach unten ist.

Nach wie vor, setzt bei seinem Anblick mein Herz

einmal aus und meine Knie werden weich. Ich kann mich nicht an ihm satt sehen.

»Mister Shalazar, welch ein Zufall.« Mit einem strahlenden Lächeln betrete ich den Lift. Um möglichen Zuschauern keinen Anreiz zum Tuscheln zu geben, stelle ich mich brav neben ihn, doch als sich die Türen schließen, prallen unsere Lippen aufeinander und wir küssen uns leidenschaftlich. Es ist erst wenige Stunden her, dass ich ihn gesehen habe, doch es kommt mir fast so vor, als seien es Tage gewesen. Kurz bevor wir im Erdgeschoss ankommen, rücken wir auseinander und stehen in sittsamen Abstand im Fahrstuhl. Ich kann im Spiegel des Aufzuges erkennen, dass Shamar ein belustigtes Lächeln um die Lippen spielt.

»Das Spielchen macht dir Spaß.« Stelle ich fest.

Unsere Blicke treffen sich im Spiegel.

»Miss Buchholz, mit Ihnen gibt es nichts, was keinen Spaß macht.« Seine Augen blitzen vor Vergnügen.

Die Türen gleiten auseinander und für Außenstehende erwecken wir den Eindruck eines normalen Fahrstuhlgesprächs zum Feierabend hin. Wir gehen gemeinsam durch das Foyer und durch die große Glastür. Draußen steht Kieran, der uns die Tür des Mercedes aufhält. Wir steigen beide ein und setzen uns auf die Rückbank.

Im Prinzip ist die Situation total grotesk. Shamars Chauffeur kutschiert mich durch die Gegend und meistens begleitet mich Shamar. Jeder der eins und eins zusammenzählen kann, weiß, dass uns beide mehr verbindet als die gleiche Firma. Trotzdem scheint sich niemand daran zu stören. Die Frage ist, wann es jemandem auffällt und Fragen stellen wird. Dann werde ich wohl Farbe bekennen müssen.

Shamars Handy bimmelt.

Mit einem Wisch über das Display seines Telefons nimmt er den Anruf an.

»Hallo Raoul, was gibt es?«

Ich höre Raoul reden, kann aber nicht verstehen was er sagt.

Shamar nickt. »Ja. ... Ja ist richtig. ... Ich werde Luna fragen. ... Ok, ich melde mich gleich nochmal bei dir.«

»Was ist? Ist etwas passiert?« Im Geiste gehe ich gerade alle mir denkbaren mittleren Kata-strophen durch.

»Mayenne hat mit der Klinikleitung gesprochen. Eigentlich hat sie das gestern schon, aber sie hat erst heute eine Antwort bekommen.« Seine Stimme klingt nachdenklich.

»Was sagt sie denn?« Ich bin furchtbar neugierig und würde Shamar am liebsten schütteln, um die Neuigkeiten endlich zu erfahren. Warum muss ich ihm eigentlich immer alles so mühsam entlocken?

»Tja, es kommt darauf an, wie flexibel deine Freundin ist.« Immer noch klingt er nachdenklich.

»Shamar, verflixt noch mal. Was hat die Klinikleitung denn gesagt? Spann mich nicht länger auf die Folter!«

Als ob ihm plötzlich bewusst wird, dass ich vor Neugierde fast platze, grinst er ein bisschen schief und beeilt sich mich nun aufzuklären.

»Die Klinikleitung hat Mayenne gebeten, ein Vorstellungsgespräch noch in dieser Woche zu organisieren. Man sucht noch einen Unfallchirurgen, vorzugsweise mit Kenntnissen in der Traumatologie. Die Stelle ist vor zwei Wochen frei geworden, weil einer der Ärzte in dem Chirurgen Team nach Kalifornien umgezogen ist. Man will die Suche ab nächster Woche öffentlich machen, wäre aber bereit, auf Mayennes Empfehlung hin deiner Freundin die Vorabchance eines Bewerbungsgespräches zu geben. Jetzt müsstet ihr nur noch alles organisieren. Hast du Susannes Telefonnummer?«

Bei seinen Worten schlägt mein Herz schneller. Susanne hat eine reale Chance auf einen Job in der Klinik, in der auch Mayenne arbeitet. Ich bin ganz aufgeregt und kann kaum ruhig auf meinem Sitz sitzenbleiben.

»Ja schon, aber wahrscheinlich erreiche ich sie über ihr deutsches Handy in Texas nicht. Kannst du nicht Nad anrufen und dann die Informationen weiterleiten? Dann könnte Susanne über Nads Mobiltelefon Mayenne über Raouls Telefon anrufen und sich direkt mit ihr kurzschließen.«

»Hervorragende Idee, Chérie. Herrlich, wie du alles organisierst.« Er grinst frech und ich boxe ihm gespielt entrüstet auf den Arm.

Er ruft Nad an und lässt sich mit Susanne verbinden. Die beiden sitzen in einem Restaurant irgendwo in Dallas. Shamar erklärt Susanne, was Raoul ihm soeben berichtet hat. Ich höre Susanne losjubeln. Obwohl Shamar das Handy mit einem kleinen Abstand an seinem Ohr hält, verzieht er das Gesicht, weil er nicht rechtzeitig einen größeren Abstand zwischen seinem Ohr und Susanne gebracht hat. Er gibt Nad die Telefonnummer von Raoul und ich höre, wie Nad die Nummer unter dem Gelächter von Susanne auf einer Serviette notiert. Dann legt Shamar auf und das Warten beginnt.

15

Es ist Heiligabend. Nach einer sehr entspannend angespannten Guten Morgen-Dusche mit Shamar, genieße ich eine große Tasse Café au lait, während ich aus dem Fenster schaue und darauf warte, dass Shamar mit Kieran zurückkommt.

Shamar hat es sich in den Kopf gesetzt, uns einen richtigen Weihnachtsbaum mit allem Drum und Dran ins Wohnzimmer zu setzen und das bei für mich frühlingshaften 15 Grad Celsius draußen. Das ist das erste Weihnachten, bei dem es nicht knackig kalt und Winter draußen ist. Ich lasse die letzten Wochen Revue passieren.

Susanne hatte in der Woche, so, wie von der Klinikleitung gewünscht, ein Vorstellungsgespräch. Ausnahmsweise hat das an dem Samstag vor ihrer geplanten Abreise stattgefunden. Ich erinnere mich noch genau an ihr Gesicht, als sie Nad und mich in der Cafeteria des Krankenhauses gefunden hatte, wo wir auf sie gewartet haben. Shamar war an dem Tag nicht dabei, weil er einen Geschäftstermin in Dallas hatte, den er nicht absagen konnte.

Susanne strahlte, wie das besagte Honigkuchenpferd. Sie setzte sich zu uns und konnte vor Aufregung erst gar keinen zusammenhängenden Satz herausbekommen. Stück für Stück erzählte sie uns, dass das Gespräch auf der ganzen Linie positiv verlaufen war. Ihr Wissen entsprach exakt der Voraussetzung, die die Klinikleitung als Qualifikation für die Position festgelegt hatte. Überdies hatte Susanne sogar noch einen Kurs in der Klinikzeit bei ihren Eltern in Ästhetischer Chirurgie belegt.

Das brachte ihr wohl den entscheidenden Pluspunkt ein. Die Klinikleitung nebst dem an-wesenden Chefarzt haben ihr am Ende des Gespräches mitgeteilt, dass sie zum 15. Januar ihren Dienst im Krankenhaus beginnen könnte, wenn sie wollte. Und ob Susanne wollte. Sie unterschrieb ihren Arbeitsvertrag in der darauffolgenden Woche, den sie per E-Mail in Deutschland erhielt.

Nad und Susanne sind einen Tag nach dem Gespräch mit einem kleineren Privatjet von Shamar nach Deutschland geflogen. Ich grinse in meine Tasse, während ich daran denke, dass auch Suse jetzt auch dem Miles High Club angehört.

In der Zeit, die die beiden in München verbringen, erwartet Susanne das Gleiche, was ich einen Monat zuvor hatte. Sie muss ihren Hausstand aufzulösen. Allerdings ist das bei ihr nicht annähernd so kompliziert, wie bei mir. Ihre Eltern haben sie sofort von Ihrer Arbeit freigestellt und ihr kleines Appartement, welches sowieso ihren Eltern gehört, wird möbliert weitervermietet.

Die gleiche Anwaltskanzlei, die auch meine Angelegenheiten damals geregelt hat, wurde von Nad und ihr beauftragt. Inzwischen sind die beiden wieder hier und fleißig auf der Suche nach einer neuen Bleibe. Vorgestern hat Nad den Kaufvertrag zu einem schmucken Haus, ebenfalls in den Woodlands, unterschrieben. Susanne geriet ganz aus dem Häuschen, dass wir derartig weit von unserer Heimat Deutschland entfernt nicht nur unsere Liebe, sondern auch noch so nah zu einander, unser Zuhause gefunden haben.

Inzwischen hat Nad das Haus, welches er in Dallas hat,

einem Immobilienhändler für den Verkauf übergeben. Damit Nad in Houston adäquat arbeiten kann, hat Shamar ihm auf seiner Etage einen der Besprechungsräume zu einem Büro umbauen lassen, sodass er dort die vorhandenen Kapazitäten für seinen Beruf nutzen kann. Damals habe ich mich halb schlapp über die Vorstellung kaputt gelacht, dass wir bald einen Gruppentransfer zu Shamars Firmengebäude brauchen.

Shamar hat ebenfalls Recht damit behalten, dass sich unsere Beziehung nicht lange verheimlichen lassen würde. In der Tat lief ich schon in der zweiten Woche einer Kollegin meiner Abteilung in die Arme, die ihr Fahrzeug in unmittelbarer Nähe parkte, wo Kieran den Mercedes abgestellt und mich zum Fahrstuhl begleitet hatte. Wie ich dann feststellen musste, war meine Sorge, dass man mir wegen meines Verhältnisses zu Shamar Probleme in meiner Abteilung machen könnte, völlig unbegründet.

Mit Sicherheit hat der Umstand, dass ich mit Shamar zur Arbeit fahre, beziehungsweise von Kieran hierher gebracht werde, für ordentlichen Gesprächsstoff gesorgt. Doch niemand hat mich darauf angesprochen. Alle Kollegen, naja, alle bis auf einen, sind unverändert freundlich und gleichbleibend konstruktiv geblieben.

Mit Lutz verbindet mich eine richtig nette Freundschaft. Immer, wenn Shamars Terminplan zu eng für ein gemeinsames Mittagessen ist, gehen Lutz und ich raus und essen eine Kleinigkeit in einem der umliegenden Restaurants. Ich muss lächeln, als ich mich daran erinnere, dass die Kollegen erst recht verwirrt waren, dass ich mit Shamar zusammen bin, aber meine Mittagspausen oftmals mit Lutz verbringe. Auch Shamar hat diesen Umstand akzeptiert. Wobei ich mir sicher bin, dass er Lutz von vorne bis hinten hat durchleuchten lassen. Aber Lutz ist ein echt lieber Kerl, auf dessen Freundschaft ich einfach nicht verzichten möchte.

Lutz hatte mich irgendwann einmal gefragt, ob die damalige Rettungsaktion in Dubai Shamar und mich zusammen gebracht hätte. Ich bin damals tiefrot angelaufen. Lutz wusste sofort was Sache war und hat mich freundschaftlich lachend in die Arme genommen.

»Keine Sorge, Luna, hast du Angst ich verurteile dich dafür, dass du dich auf Mister Shalazar eingelassen hast? Nee, da brauchst du dir keine Gedanken machen. Ich bin doch kein Moralapostel und selbst wenn, was ist denn daran verwerflich? Ihr wart beide frei und ungebunden, da ist es doch normal, dass man jemanden findet, mit dem man zusammen sein möchte.« Bei einem dieser Mittagessen erzählt er mir von seiner Freundin.

Die ist noch in der Schweiz und hofft, dass sie ihn bald besuchen kann. Wenn ich mich richtig erinnere, wird das jetzt über Weihnachten und Neujahr sein. Vermutlich feiern die Beiden gerade ihr Wiedersehen. Ich freue mich für Lutz und hoffe für ihn, dass es für die Zwei ein schönes Wiedersehen gibt.

Brenda hatte mir vorgestern schon ein vorzeitiges kleines Weihnachtsgeschenk gemacht. Sie nahm mich beiseite und bat mich in ihr Büro. So, wie damals an meinem ersten Arbeitstag, saß ich ihr gegenüber vor ihrem Schreibtisch.

»Wissen Sie, Luna«, fing sie an und studierte dabei ihre Schreibtischunterlage, bevor sie mir direkt in meine Augen sah, »damals, als Sie in meiner Abteilung anfingen, dachte ich, dass Sie ein verwöhntes Mädchen sind, welches sich den Chef geangelt hat und jetzt so tun möchte, als würde sie sich ihr Geld selber verdienen. Ich habe Ihnen damals Unrecht getan. Sie haben mehr als einmal gezeigt, dass Sie Ihr Fach verstehen, dass Sie loyal und verlässlich sind, Sie integrieren sich in das Team und sind geradezu ängstlich darauf bedacht, keine Extrawurst gebraten zu bekommen. Sie arbeiten überdurchschnittlich hart und leisten mehr, als andere. Was ich damit sagen will, Luna, ist, Sie haben sich den Platz hier redlich verdient und ich wollte Sie das nur wissen lassen.«

Wie betäubt bin ich zu meinem Schreibtisch

zurückgegangen und musste das Lob erstmal sacken lassen. Es stimmte, das Team war überwiegend freundlich zu mir. Es gab einige, die sich nach wie vor zurückhielten, aber im Prinzip gab es nur einen Kollegen, der mich anscheinend wirklich nicht mochte. Douglas Channing war erst zurückhaltend und jetzt weiß ich manchmal nicht, warum er mir gegenüber immer wieder so aggressiv und ablehnend ist.

Da man sich seine Kollegen bekanntlich nicht aussuchen kann, und ich unter anderem dafür bezahlt werde, auch mit solchen Leuten zusammenzuarbeiten und bestmögliche Ergebnisse zu erzielen, kann ich damit ganz gut leben.

Meiner norwegischen Ölfirma hatte ich eine Absage geschrieben. Das fand ich tatsächlich prima, denn endlich durfte ich auch mal eine Absage schreiben. Ein wenig tat es mir schon leid, gerade weil das Unternehmen auf mich einen sehr sympathischen Eindruck gemacht hatte. Wenn Shamar und ich nicht mehr zueinander gefunden hätten, dann hätte ich dort definitiv freudestrahlend angefangen, auch wenn ich an einem der nördlichsten Orte in Norwegen hätte arbeiten müssen.

Auch mein Erfolg im Rahmen meines Selbstverteidigungstrainings kann sich inzwischen sehen lassen. Dank des vielen Sports haben meine Bauchmuskeln sich zu einem ansehnlichen Sixpack entwickelt. Mein ganzer Körper hat sich gestrafft. Zwar bin ich auch vorher nicht dick oder wabbelig gewesen, doch jetzt bin ich sehnig und trainiert.

Durch die drei Übungseinheiten pro Woche habe ich schon gute Fortschritte gemacht. Meine Griffe funktionieren schneller, meine Tritte sind treffsicherer und meine Standfestigkeit wesentlich stabiler geworden. Inzwischen braucht mein Trainingspartner nicht mehr abwartend daneben stehen, um sich von mir in mühevoller Zeitlupe auf den Mattenboden werfen zulassen. Das klappt inzwischen so gut, dass ich mich von ihm angreifen lasse und mich dann wehre.

Klar, meistens gewinne ich eine solche Situation nicht, aber wenn, dann freut mich das riesig. Da ich Angriffe, die darauf ausgelegt sind, dass ich sie gewinne, überhaupt nicht ausstehen kann, war die Diskussion über die Intensität der Scheinangriffe meines Trainingspartners schnell beendet. Rick hatte Verständnis für meinen Wunsch gezeigt und meinen Trainingspartner entsprechend angewiesen.

Gedankenverloren trinke ich den letzten Schluck aus meiner Tasse. Annie ruft nach mir. Sie ist in der Küche und wollte heute unbedingt noch Plätzchen backen. Ich lasse meine Tasse sinken und nehme sie mit in die Küche. Ich finde Annie mit Teig an allen Fingern vor.

» Miss Luna, tut mir leid, dass ich Sie störe, aber könnten sie mir ein wenig Mehl hierhin ausstreu-en?« Sie sieht lustig aus. Ein Mehlstreifen hat sich auf ihrer Wange und einer an ihrer Nasenspitze niedergelassen. Ihre Wangen sind gerötet und sie ist mit vollem Eifer dabei, den Teig für ein paar Sandplätzchen zu kneten.

Nachdem Shamar seinen Plan einen richtigen Weihnachtsbaum im Wohnzimmer aufzustellen mit Matthew besprochen hat, sind alle voller Eifer, das Weihnachtsfest rundherum nach deutscher Tradition zu feiern. Matthew ist in der Stadt und macht letzte Besorgungen. Was, wie ich schmunzelnd denke, auch eine deutsche Tradition ist.

Alle Welt ist auf Heiligabend noch auf den Beinen, um irgendetwas, was man wahrscheinlich gar nicht an Weihnachten braucht, von dem man aber denkt, dass man Weihnachten ohne es nicht überstehen kann, einzukaufen. Und so ziemlich jeder benutzt dazu sein Auto, was dann zu einem totalen Verkehrschaos führt. Die Leute sind aggressiv, schimpfen aufeinander und sind wenige Stunden später bei der Bescherung unterm Tannenbaum die reinsten Heiligen.

Der gute Matthew ist genau in dieser Mission

unterwegs. Ich frage mich wirklich, was noch großartig einzukaufen ist, wo Matthew, Annie und auch Kieran ab morgen bis einschließlich Neujahr frei haben und Matthew in den letzten Tagen permanent mit dem Audi unterwegs war, um Annies Liste an Einkäufen abzuarbeiten.

Morgen werden Shamar und ich mit seinem Helikopter zu seinen Eltern nach Dallas fliegen. Sie wollen Weihnachten mit ihren Kindern feiern, bevor sie wieder einmal in Richtung Dubai abreisen. Außerdem gibt es noch ein Wohltätigkeitsessen, welches traditionell immer bei Shamars Eltern zu Hause stattfindet.

Ich bin also doppelt gespannt auf das, was mich in Dallas erwartet. Aber heute, an Heiligabend, soll es ein schönes Abendessen für uns alle zusammen geben. Das war Shamars Idee, die sowohl von Kieran, als auch von Annie und Matthew begeistert angenommen wurden.

Während ich brav das Mehl nach Annies Anweisungen auf der Arbeitsplatte ausstreue und sie es in den Teig vermengt, höre ich ein Auto, welches gleich nach hinten zur Garage durchfährt. Das wird wohl Matthew sein.

Ich fette inzwischen das Backblech ein, auf dem Annie den Plätzchenteig über eine Spritztülle auf-legt. Sorgfältig macht sie Sterne, Wellen und auch stäbchenförmige Plätzchen. Ich öffne die Backofentür und Annie schiebt das Backblech in den vorgeheizten Backofen. Kaum verteilt sich der erste verlockende Plätzchengeruch, betritt Matthew mit zwei Einkaufstüten die Küche.

Er löst mich bei meinen Aufgaben ab, so kann ich mich wieder ans Fenster stellen und auf Shamar warten.

Dieses Mal muss ich gar nicht lange warten, denn die Beiden kommen die Einfahrt hochgefahren und halten direkt vor der Haustüre. Kieran und Shamar tragen den Baum aus dem Auto in unser Wohnzimmer und während Kieran das Auto wegstellt, richten Shamar und Matthew den Baum im Wohnzimmer neben dem Kamin auf. Es ist eine prächtige Nordmanntanne und ich frage mich, woher Shamar die so schnell herbekommen hat.

Nachdem der Baum sicher in seinem Halter steht, holt Matthew die beiden Tüten hervor. Dort, wo ich Lebensmittel drin vermutet hatte, kommen nun Christbaumkugeln, Lametta und eine richtige silberne Baumspitze mit einem Stern zum Vorschein. Ich bin wirklich beeindruckt.

Mit Feuereifer stürze ich mich darauf, den Baum zusammen mit Shamar zu schmücken. Das Ergebnis kann sich sehen lassen, stolz stehen wir Arm in Arm vor unserem Kunstwerk. Trotz der milden Temperaturen kommen bei mir Weihnachtsgefühle auf. Annie tritt mit einer Schüssel voller frisch gebackener Weihnachtsplätzchen zu uns. Anerkennend lobt sie unser Werk. Während wir uns über die leckeren Plätzchen hermachen, ist Annie wieder in ihrem Element, denn als Nächstes will sie unser gemeinsames Abendessen zubereiten.

Als es gegen fünf Uhr anfängt zu dunkeln, versammeln wir uns alle um den Weihnachtstisch. Kieran mit seiner Freundin Sallie, Matthew, Annie, Shamar und ich. Wir essen ein leckeres Menü aus Kürbiscremesuppe, Hirschbraten mit Klößen und Rotkohl und als Nachtisch Wackelpeter. Das ist Annies Auslegung eines deutschen Weihnachtsessens.

Ich sehe das alles gar nicht so eng, sondern genieße einfach das leckere Essen und das nette Beisammensein. Nach dem Essen, bevor wir alle auseinandergehen, kommt die Bescherung. Wir schenken sowohl Kieran und Sallie, als auch den O'Briens eine einwöchige Reise nach Hawaii.

Während die Herren sich per Handschlag bei Shamar bedanken, umarmen mich Sallie und Annie. Sallie ist mir vom ersten Augenblick an sympathisch. Sie ist brünett mit braunen Augen und reicht mit ihrer kleinen zierlichen Figur, Kieran gerade mal bis zur Schulter.

Es ist das erste Mal, dass ich die Beiden miteinander sehe. Sie sind sehr verliebt ineinander und ich bin der festen Überzeugung, dass Hawaii für die beiden ein unvergesslicher Urlaub werden wird. Aber auch Matthew und Annie dürften sich über den Urlaub freuen. Die beiden wandern gerne und auf Hawaii gibt es jede Menge Möglichkeiten, sich die Füße zu vertreten.

Nach über zwei Stunden verabschieden sich Sallie und Kieran und winken uns aus Sallies Nissan fröhlich zum Abschied zu. Kurz darauf verabschieden sich auch Matthew und Annie. Dann sind Shamar und ich allein. Unser erstes gemeinsames Weihnachtsfest zu zweit hat begonnen.

Shamar öffnet eine Flasche Moet&Chandon Rose und füllt zwei langstielige Gläser damit. Nachdem er mir eines davon angereicht hat, prosten wir einander zu. Der Champagner schmeckt herrlich fruchtig und prickelt auf meiner Zunge. Shamar stellt sein Glas ab und zaubert kleines, in glänzendem Papier eingepacktes Päckchen.

»Fröhliche Weihnachten, Chérie.« Zögernd nehme ich das Päckchen entgegen. Was er mir wohl gekauft hat? Ich habe doch alles, was ich brauche.

»Danke schön, Shamar, wie lieb von dir!«

Auch ich habe ein kleines Päckchen für ihn und hole es aus der Schublade im Schrank neben uns.

»Auch dir fröhliche Weihnachten Shamar.« Dabei umarme ich ihn und küsse zart seine Lippen.

»Du hast für mich etwas gekauft?« Er schaut mich überrascht an.

Stolz schaue ich auf mein Päckchen, welches nun in seinen Händen liegt. Ich habe sehr lange davor gestanden und mir schließlich den Audi von Annie und Matthew ausgeliehen, um es zu kaufen.

»Los, mach es auf!« Ungeduldig stehe ich vor ihm und kann es kaum abwarten, seine Reaktion darauf zu beobachten. Er reißt die Verpackung auf und klappt den Deckel des Kästchens hoch. Ich sehe es an seinen Augen. Die Pupillen weiten sich. Ich habe mich nach einigem Hin und Her für eine Omega Herrenuhr entschieden. Sehr groß, alleine die Lünette hat einen Durchmesser von gut viereinhalb Zentimetern. Das Stellrad ist umrahmt und dadurch nochmal extra geschützt.

Sie hat ein Metallarmband, welches mattsilbern und edel auf dem schwarzen Samt des Schmuckkästchens glänzt. Die Lünette ist auf Hochglanz poliert, genauso wie die kleinen Striche auf dem eleganten stahlblauen Zifferblatt. Immer wieder habe ich Shamar mit diversen Sportuhren gesehen; mein Wunsch war es, ihm eine Uhr zu schenken, die ihm gefällt und die er länger trägt.

»Luna, die ist wunderschön.« Vorsichtig hebt er die Uhr aus dem Kästchen. Er betrachtet sie fasziniert und wiegt ihr Gewicht in der Hand.

»Sie ist schwer.«

»Oh Gott, ist sie dir etwa zu schwer?« Atemlos frage ich ihn. Daran habe ich gar nicht gedacht.

»Aber nein, Chérie. Das ist mir sogar sehr angenehm. Ich brauche das Gewicht der Uhr am Arm.« Mein Puls, der soeben in die Höhe geschnellt ist, beruhigt sich langsam wieder. Shamar dreht die Uhr um, um den Verschluss zu öffnen. Dabei fällt sein Blick auf die Gravur auf dem Uhrendeckel unterhalb des Gehäuses.

Ich hatte den Juwelier gebeten in Arabisch

‚Für den Besitzer meines Herzens'

einzugravieren. Ich hatte Nad extra um Hilfe gebeten, damit am Ende nicht ein völlig sinnloser Spruch auf dem Deckel graviert ist. Er liest die Gravur und lässt die Uhr sinken.

Sein Blick, der eben noch in schimmerndem Perlmutt auf mir gelegen hat, verdunkelt sich schlagartig. Das Schauspiel fasziniert mich; es sieht so aus, als würde die Farbe seiner Augen verschwimmen und sich dabei abdunkeln. Seine Pupillen vergrößern sich und verdrängen fast die Iris. Diesen Blick hat er sonst nur drauf, wenn er mit mir schläft.

Wenn ich das so richtig deute, dann scheint ihm die Uhr wohl zu gefallen. Die Omega passt hervorragend an sein Handgelenk und kleidet ihn ausgesprochen elegant und gleichzeitig sportlich. Genauso hatte ich mir das vorgestellt. Leidenschaft glimmt weiterhin in seinen Augen. Er küsst mich so heiß, dass meine Knie weich werden. Wie macht er das bloß? Von einem Augenblick zum anderen mutiere ich zu einer willigen Gespielin; kaum ist er mir nahe, rast mein Herz und von seinem Kuss verwandeln sich meine Knie in Gummi.

Ich stelle mein Glas und das Päckchen zur Seite. Im nächsten Augenblick sitze ich auf seinen Hüften und genieße seine Hitze, die mich außen umgibt und mich innen mit seiner Leidenschaft zum Glühen bringt. Ich knabbere atemlos an seinen Lippen und genieße seine Nähe.

»Du hast dein Geschenk noch nicht aufgemacht, mein Engel.« Shamar verzieht an meinen Lippen sein Gesicht. Er lässt mich los und ich gleite vorsichtig wieder zurück auf den Boden. Mit zitternden Fingern öffne ich die Verpackung. Eine silberne Schleife umgibt das Papier.

Ich bemühe mich, sie nicht kaputt zu machen. Schließlich habe ich es geschafft und streife die Schleife ab. Auch ich entdecke unter dem Glanzpapier ein Schmuckkästchen. Erwartungsvoll schaue ich ihn an und sehe, wie er von oben auf mich herabgrinst.

Ich öffne das Kästchen und finde auf weißem Samt ... einen Autoschlüssel? Fragend schaue ich ihn wieder an. Ist das sein Schlüssel zum Cayenne? Darf ich den jetzt fahren? Dann stelle ich fest, dass ein BMW Zeichen auf dem Schlüssel ist. Der Groschen fällt bei mir ganz langsam.

»Nee, oder? Sag nicht, du hast mir ein Auto gekauft.« Eine richtige Annahme, wie sein Lachen, welches seine weißen Zähne zeigt, mir bestätigt. Ich bin platt. Sicher, wir sind in den vergangenen Wochen immer wieder mal bei verschiedenen Autohäusern vorbei gefahren und haben uns Autos angeschaut. Offenbar ist er aus meinen Reaktionen schlauer geworden, als ich selber.

»Komm mit!«

Er zieht mich an den Händen aus der Haustür raus und

eilt mit mir um das Haus herum. Hinten in der Garage steht ein weiteres Auto. Ein nagelneuer schwarzer BMW X6 mit Chrom, einem riesigen Panoramaschiebedach, und einem Zubehörpaket, dass ungefähr so teuer gewesen sein muss, wie das Fahrzeug selber.

»Wow ... «

Mehr fällt mir dazu nicht ein. Der X6 ist bei allen Besichtigungen stets mein Lieblingsauto gewesen. Da ich mir aber das Auto selber kaufen wollte, ist das leider nichts geworden, denn der Preis für das Auto übersteigt bei Weitem das, was ich auf meinem Konto habe. Jetzt steht der Wagen vor mir und zwar exakt, wie ich ihn haben wollte. Bis aufs kleinste Detail.

Ich drücke auf die Fernbedienung und die Wagentüren entriegeln sich. Vorsichtig steige ich ein und setze mich auf den Fahrersitz. Währenddessen steigt Shamar auf der anderen Seite ein. Der Wagen riecht innen ganz neu. Butterweiches schwarzes Leder ist auf den Sitzen.

Eine Bose Musikanlage mit Navigationssystem ist eingebaut. Im Einstieg befinden sich Chromleisten. Sanft scheint die Fahrzeuginnenbeleuchtung auf das Armaturenbrett. Stolz zählt mir Shamar auf, was er alles in das Auto hat einbauen lassen. Die Liste ist endlos lang. Der X6 hat einfach alles, kann wahrscheinlich auch alles; außer kochen. Ich hätte nie in meinem Leben damit gerechnet, ein derartig wertvolles Weihnachtsgeschenk von ihm zu erhalten.

Meine Stimme ist belegt.

»Shamar, wie soll ich dir jemals für dieses tolle Geschenk danken? Ich freue mich wahnsinnig darüber. Das ist der absolute Wahnsinn!«

Endlich kann ich mit meinem eigenen Auto die Dinge erledigen, die ich erledigen möchte und brauche weder Kieran um seine Dienste, noch Matthew oder Annie um den Audi zu bitten. Ich habe Tränen in den Augen vor lauter Freude.

»Hmh, wenn du es genau wissen willst Chérie, ich

wüsste da schon was.« Anzüglich grinst er mich an, während seine Augen schon wieder in dunklem Perlmutt schimmern. Den Farbton, der für seine Leidenschaft vorbehalten ist und hemmungslosen Sex bis zur völligen Erschöpfung verspricht.

Sein Blick geht mir durch und durch, direkt bis in meine weibliche Mitte, wo sich meine Muskeln vor lauter Vorfreude zusammenziehen und mir ihre Diensttauglichkeit ankündigen. Ich will ihn und zwar hier und jetzt.

»Fahr deinen Sitz zurück, mein Schatz!« Meine Stimme ist heiser und ich muss mich räuspern.

Sein Grinsen vertieft sich. »Zu Befehl Ma'am.« Seine Stimme klingt dabei so sinnlich, wie nur er das kann. Jeder Buchstabe ist ein Versprechen und ich weiß, er wird jedes einzelne halten.

Er fährt den Sitz zurück. Währenddessen entledige ich mich meiner Kleidung. Hoffentlich kommt jetzt niemand in die Garage, bete ich. Nackt setze ich mich auf Shamars Schoß. Dann greife ich rechts und links an sein Hemd und mache, was ich immer schon mal machen wollte. Mit einem Ruck reiße ich sein Hemd auseinander. Die Knöpfe fliegen in alle Richtungen und knallen mit einem scharfen ‚Peng' an die Fenster oder einem leisen Plopp auf die Polster. Als Nächstes folgt sein T-Shirt. Das ziehe ich ihm ungeduldig über den Kopf.

Sein Penis ist hart und drängt sich unter seiner Hose an meinen Schritt. Aufmerksam beobachtet er mich mit halb geöffneten Lippen aus seinen Perlmuttaugen. Ich küsse ihn leidenschaftlich, teile seine Lippen und spiele mit ihm. Meine Hände gleiten über seine nackte Brust und kneifen sanft in seine kleinen harten Brustwarzen. Er lässt sich das völlig entspannt gefallen, geradezu passiv sitzt er unter mir und stöhnt tief und kehlig.

Voller Genuss schließt er seine Augen und lässt den Kopf zurück sinken. Langsam arbeite ich mich mit meinem Mund über seine Kehle zu seiner Brust vor. Sein

Atem wird schneller und ich sehe, dass er versucht, seine Leidenschaft zu bremsen, damit wir länger etwas voneinander haben. Indem ich etwas zurück rutsche und damit den Zugang zu seiner Gürtelschließe habe, öffne ich seine Hose und mit dem Herunterziehen des Reißverschlusses springt sofort sein heißer schwerer Schaft heraus. Ungeduldig ziehe ich an seiner Hose.

Er hilft mir mit, in dem er sich vom Sitz abhebt und mit seinen Händen seine Hosen in einem Rutsch herunterschiebt, so dass sie in Rekordzeit an seinen Füßen landet. Kaum lehnt er sich auf dem Sitz wieder zurück, nehme ich seinen Schwanz und halte ihn vor meine Öffnung. Ganz langsam lasse ich ihn in meine feuchte Hitze gleiten.

Shamar zieht die Luft scharf ein und fixiert mich mit seinen Augen. Langsam fange ich an, mich zu bewegen. Mein Training macht sich soeben bezahlt, denn ich kann mich mit Ausdauer auf seinem Schaft auf und ab bewegen. Früher war nach wenigen Bewegungen Schluss, weil meine Beinmuskeln einfach die Kraft für solche Übungen nicht hatten. Jetzt geht es.

Genussvoll schiebe ich mich immer wieder über seine Länge und benetze ihn mit meiner Nässe. Währenddessen schauen wir uns die ganze Zeit an. Nichts lenkt unseren Blick ab. So wie er mit seinem Penis immer wieder in mich eintaucht, so tauchen auch unsere Blicke ineinander ein.

Jede Regung, jedes Empfinden, ja sogar die Vorboten seines Höhepunktes kann ich sehen. Das ist nicht nur Sex, das ist pure Seelenmagie. Seinen Augen entnehme ich den nahenden Orgasmus, der sich mächtig in ihm aufbaut. Ich weiß genau, wie er es gerne hat und bewege mich schneller. Erst als sich seine Pupillen schlagartig weiten, er laut stöhnt und sein Unterleib an meinem zuckt, verlangsame ich mein Tempo.

Ganz langsam lasse ich mich nun auf ihn hoch und herunter gleiten. Dann bleibe ich auf ihm sitzen. Er zuckt und ergießt sich immer wieder in mir. Ihm dabei in die

Augen zu schauen und seinen zuckenden Penis in mir zu spüren, gibt mir den Rest. Ohne, dass ich mich nur einen Millimeter bewegen muss, krampfen sich die Muskeln meiner Vagina heftig um ihn, während mich ein Orgasmus wie ein Tornado durchfährt. So wie ich seinen Höhepunkt in allen Facetten sehen durfte, so teile ich meinen mit ihm.

Es ist einfach unglaublich. Nie hätte ich es für möglich gehalten, so viel Nähe mit ihm zu teilen. Erst als wir ermattet zusammensinken, schließen sich meine Augen. Etwas später spüre ich, wie Shamar mit einem Arm nach seinem T-Shirt oder Hemd sucht.

»Was ist denn, mein Schatz?« Ich bin total schlapp und hebe mühselig den Kopf.

»Ich ziehe mich gleich unfreiwillig aus dir zurück und wenn das geschieht, möchte ich nicht, dass unsere Hinterlassenschaften auf den Sitz tropfen.«

Oha, daran hatte ich bei meiner Aktion überhaupt nicht gedacht. Schnell helfe ich ihm und erreiche sein T-Shirt. Das halte ich jetzt vor meinem Eingang und an seinem Penis. Während ich ein Stückchen hochrutsche zieht er sich aus mir zurück. Ich steige vorsichtig wieder auf meinen Sitz zurück, während ich mit einer Hand das T-Shirt vor meinem Schritt halte. Mit einem Griff zieht sich Shamar seine Hose samt Slip wieder hoch und schließt sie.

Stück für Stück ziehe ich mich ebenfalls an und passe auf, dass ich nicht unbeabsichtigt doch noch Spuren hinterlasse. Hand in Hand laufen wir durch die Dunkelheit wieder um das Haus zurück. Wie von Geisterhand ist der Tisch, an dem wir gegessen haben, abgeräumt und mit einer hübschen Weihnachtsdecke versehen. Wir steigen direkt die Treppen zu unserem Schlafzimmer hoch und beschließen dort unseren ersten Heiligen Abend unter der Dusche, allerdings nicht ohne eine nochmalige erotische Bescherung.

Der erste Weihnachtstag lockt mich mit einer späten Morgensonne aus dem Bett. Shamar liegt neben mir, halb auf dem Bauch seine linke Hand liegt über meinen Bauch.

Ich betrachte ihn liebevoll, während er schläft. Wir haben uns gestern Abend vor dem Schlafengehen noch einmal geliebt. Danach waren wir so erschöpft, dass es mich nicht gewundert hätte, wenn unser Schlaf nicht ein Erschöpfungskoma gewesen wäre.

Vorsichtig hebe ich schließlich seinen Arm an und schlüpfe aus dem Bett. Barfuß gehe ich rüber in unser Ankleidezimmer. Wir fliegen heute zu Shamars Eltern, dort bleiben wir ein paar Tage, da seine Mutter jedes Jahr den Tag nach Weihnachten zu einer Wohltätigkeitsveranstaltung einlädt. Die gesamte Familie wird anwesend sein.

Also werde ich endlich Shamars Schwester kennenlernen, die über Weihnachten nach Hause kommt. Silvester werden wir dann in Kalifornien bei ihr feiern; Shamar hatte mir die Details alle verraten. Jetzt versuche ich, in meinem Koffer alles was ich an Klamotten brauche unterzubringen. Ich komme zügig voran, wobei mein größtes Problem die reichhaltige Auswahl an jeder Art von Klamotten ist.

Ich kann mich gerade, was die Abendveranstaltung von Shamars Mutter angeht kaum für ein Kleid entscheiden. Unvorhergesehen schlingen sich zwei braune warme Männerarme um mich, die ich so gut kenne. Shamar küsst mich in den Nacken.

»Bist du schon so aufgeregt oder warum bist du schon so früh wach?«

Ich drehe mich in seinen Armen um und küsse ihn auf seine Lippen.

»Die Sonne hat mich wach gemacht und ich konnte nicht mehr schlafen. Habe ich dich geweckt?«

Er schüttelt lächelnd den Kopf.

»Nein, Chérie, das hast du nicht. Ich hätte gerne dort weitergemacht, wo wir gestern Abend aufgehört haben. Dann höre ich dich hier und mir war klar, dass ich dich heute Morgen zumindest nicht mehr im Bett erobern kann. Komm, Chérie, wir duschen.«

Ich stimme in sein Lächeln ein und ergreife seine ausgestreckte Hand. Unter der Dusche erobert Shamar den Tag und mich. Anschließend frühstücken wir in Ruhe und packen unsere Sachen für die paar Tage, an denen wir bei seinen Eltern und seiner Schwester sind, ein.

Da Kieran frei hat, fahren wir mit dem Porsche zum Flughafen, wo Shamars Heli steht. Wir stellen den Wagen auf dem Parkplatz am Flughafen ab und lassen uns von einem Mitarbeiter zu Shamars Helikopter bringen. Er steht vor einer großen Halle um die ich Wachleute patrouillieren sehe. So groß hätte ich mir das Teil gar nicht vorgestellt.

Schwarzglänzend steht er in der frühen Mittagssonne. Er hat vier Türen und reichlich Platz für fünf Personen. Seine Rotorblätter sind riesig und ich habe auf einmal gewaltigen Respekt vor dem Hubschrauber. Ein junger Mann kommt auf uns zu und grüßt uns freundlich, dabei übergibt er Shamar die Schlüssel zum Helikopter und stellt unser Gepäck nach hinten. Er befestigt unsere Taschen auf den Sitzen mit dem Sicherheitsgurt.

Dann hält er mir vorne die Türe auf und ruft Shamar zu:

»Er ist startbereit, Sir. Alle Checks sind durchgeführt.«

Shamar bedankt sich und hilft mir beim Befestigen des Sicherheitsgurtes. Genau wie in Dubai, kommen mehrere Gurte nach vorne zusammen.

»Alles in Ordnung, mein Engel? Können wir los?«

Er hält mit seinen Bewegungen inne und schaut mich prüfend an.

»Du bist sicher, dass du das Ding hier fliegen kannst?«

So ängstlich, wie ich mich anhöre, bin ich eigentlich nicht. Bisher hatte ich Berufspiloten um mich, wenn ich geflogen bin.

Shamar grinst mich mit einem jungenhaften Lachen an und seine Augen funkeln belustigt.

»Chérie, mach dir keine Sorgen. Ich habe alles im Griff. Du bist so sicher, wie man nur sein kann.«

So richtig beruhigen tut mich das nicht, aber ich

vertraue ihm. Er reicht mir einen Kopfhörer an, der riesige Auswölbungen an den Ohren hat und mich wie Mickey Mouse aussehen lässt. Von der Seite ragt ein dünner Kunststoffstab nach vorne, der mit einem dickeren Schaumstoffmantel am Ende belegt ist. Das ist das Mikrofon. Ich ziehe den Kopfhörer von oben über meinen Kopf. Anschließend besteigt Shamar auf der anderen Seite den Helikopter, schließt die Gurte und setzt seinen Kopfhörer auf. Sofort ertönt seine Stimme warm und ganz deutlich an meinem Ohr.

»Auf geht's!«

Er tätschelt nochmal kurz mein Knie, bevor er sich um die Technik des Helis kümmert. Mit einem Pfeifen erwachen die Rotorblätter aus ihrem Schlaf. Sie machen einen Höllenlärm. »Gleich wird es leiser, wenn wir in der Luft sind.« Höre ich ihn in meinem Ohr. Ich schaue ihn an.

Er kneift mir ein Auge und setzt seine Sonnenbrille auf. Junge, denke ich, dass ist der wohl geilste Pilot, der sich auf der weiten Welt finden lässt. Er sieht so sexy aus, wie er hoch konzentriert alle Hebel und Knöpfe bedient.

Schließlich nickt er zufrieden und stellt die Funkverbindung zum Tower her. Ich höre mit. Sein Heli hat einen Namen, der aus Buchstaben und Zahlen besteht. Die letzten beiden Buchstaben kann ich mir merken. Juliet Yankee. Wir bekommen unsere Startfreigabe und schon dröhnen die Rotoren richtig laut. Sanft heben wir vom Boden ab und steigen seitlich nach außen über die Gebäude wegdriftend auf.

Das Vorderteil ist leicht nach unten gesenkt. Wieder habe ich das Gefühl, in einem ultraschnellen mobilen Fahrstuhl, mit freier Sicht nach allen Seiten, unterwegs zu sein. Es dauert einen Moment, bis meine Hände, die sich vorher auf meinem Schoß verkrampft haben, sich lösen.

»Wie lange werden wir unterwegs sein?« Frage ich ihn.

»Ich denke, dass wir in ungefähr 60 Minuten da sind. Hältst du das solange aus?«

Beinahe entrüstet schaue ich zu ihm rüber. Also ob ich damit ein Problem hätte.

»Shamar, ich bin nur nicht gewohnt, dich als Pilot in einem Helikopter zu sehen, in dem ich mit dir fliege. Das ist alles. Inzwischen habe ich mich an das Fliegen in einem Heli so ziemlich gewöhnt.« Bestätigend drücke ich seine Hand.

Von hier oben sieht alles viel kleiner aus, aber nicht so klein wie damals aus dem Flugzeug. Weite Felder erstrecken sich unter uns. Texas ist richtig grün und dicht bewachsen. Kaum zu glauben, wo es doch hier so warm wird.

Ich sehe verschiedene Städte vor uns auftauchen, die wir jedoch alle in einem Bogen umfliegen. Schließlich nähern wir uns der Skyline von Dallas. Shamar steuert auf einen Flughafen zu und landet dort nach der Freigabe vom Tower vor einem Hangar, der ebenfalls von Wachleuten bewacht wird.

Die Landung ist ganz weich und ohne einen Ruck. Die Rotoren, die sich jetzt wieder laut über unseren Köpfen drehen, schaltet Shamar mit einem der Schalter, die er jetzt betätigt, aus. Das Pfeifen schwillt ab und die Rotorblätter drehen sich langsamer. Sie sind noch nicht zum Stillstand gekommen, als Shamar aus dem Heli aussteigt und mit eingezogenem Kopf, um die Kanzel herum, auf meine Seite zuläuft.

Er öffnet die Tür und befreit mich von meinem Gurt. Den Kopfhörer hatte ich schon vorher abgesetzt, somit bin ich bereit, auszusteigen. Shamar hält mich einen Augenblick zurück.

»Luna, wenn du gleich aussteigst, dann halte dich solange gebückt, bis die Rotoren sich nicht mehr bewegen.«

Ich nicke ihm zu und signalisiere ihm damit, dass ich ihn verstanden habe. Schließlich will ich meinen Kopf ja noch ein Weilchen behalten.

Nicht weit von uns steht eine schwarze Limousine, die

langsam auf uns zu fährt, nachdem die Rotoren gestoppt sind. Ein Chauffeur steigt aus und hält uns die Hintertür auf. Shamar nickt ihm grüßend zu, ich schließe mich ihm an und steige als erstes in die Limousine ein. Draußen übergibt Shamar die Zündschlüssel des Hubschraubers wieder an einen anderen Mann, mit dem er noch ein paar Worte wechselt. Dann steigt er zu mir in das Fahrzeug.

Die Kofferraumklappe hinter uns wird geöffnet und schließt sich einen Moment später wieder. Somit ist unser Gepäck auch dabei.

Unser Chauffeur steigt wieder ein und setzt das Fahrzeug in Bewegung. Wir fahren vom Flughafengelände herunter und streifen lediglich die Peripherie von Dallas, bevor wir abbiegen und die Richtung auf das Land hinaus einschlagen. Die Landschaft ist weit und grün. Hier und da stehen Bäume und Büsche.

Dann biegen wir von der Straße in eine Allee ein. Hinter den Bäumen befinden sich weite Wiesenflächen, die von weiß gestrichenen Holzzäunen begrenzt sind. Am Ende der Auffahrt befindet sich ein großes zweigeschossiges Gebäude auf das wir nun zu fahren.

Der Wagen hält vor dem Haupteingang und der Chauffeur steigt aus, um uns die Tür aufzuhalten. Nahezu zeitgleich öffnet sich die Haustür und Zoé kommt herausgelaufen. Ihr folgen Omar, Susanne, Nad und eine junge Frau, die ich nicht kenne. Zoé freut sich sichtlich, uns beide wiederzusehen.

Sie umarmt uns fest und ihre Augen glänzen. Danach begrüßt uns Omar, nicht weniger herzlich, jedoch deutlich zurückhaltender. Nad und Susanne wiederum begrüßen uns laut und freundschaftlich. Nad umarmt seinen Bruder und klopft ihm freundschaftlich auf den Rücken, während mich Susanne unerwartet heftig in ihre Arme zieht. Ich freue mich sehr, die beiden wiederzusehen. Susanne sieht megaglücklich aus. Sie strahlt regelrecht.

Zum Schluss begrüßt uns die junge Frau, die mir Shamar als seine jüngste Schwester Charlie vorstellt. Sie ist die jüngere Ausgabe von Zoé. Die gleiche Haarfarbe, die gleichen tiefblauen Augen. Lediglich die goldene Hautfarbe verrät ihr südländisches Erbe.

Sie ist etwas kleiner als ich. Ihre Augen leuchten und sie macht den Eindruck, als wollte sie vor Energie gleich platzen. Sie lacht mich fröhlich an und ergreift meine Hand mit einem warmen und festen Griff. Offensichtlich hat sie keine Lust zu warten, bis wir einander vorgestellt werden.

»Hallo Luna, ich bin die kleine Schwester von den beiden Nervensägen, ich heiße Aisha Charlene. Aber wer kann so einen Namen schon aussprechen? Charlie ist mir viel lieber. Also sag Charlie zu mir, ja? Außerdem finde ich Charlie wesentlich einfacher.«

Sie zieht mich fest in ihre Arme und drückt mich. »Wird auch Zeit, dass ich nicht mehr das einzige weibliche Wesen neben meiner Mutter hier bin. Ich freue mich so sehr, dich endlich kennenzulernen. Wenn ich nicht in Kalifornien studieren würde, dann wäre ich schon lange bei euch vorbeigekommen.«

Ihr Redefluss ist einfach nicht zu bremsen, während sie uns ins Haus zieht.

16

Hinter der Eingangstür bleibe ich erstmal stehen und schaue mich um. Das Haus sieht von außen kleiner aus, als es von innen ist. Ich stehe in einer großen geräumigen Halle, in der eine breite geschwungene Treppe nach oben führt.

Rechts von mir befindet sich ein Wohnzimmer mit Kamin und einer Wohnlandschaft, die größer als meine alte Wohnung in München ist. Links geht ein großer eleganter Raum ab, der von einem riesigen Tisch dominiert wird. Edle Brauntöne bilden die Basis für diesen Raum. Der Tisch bietet gut und gerne Platz für 20 Personen. Da das Dinner hier in diesem Haus stattfinden soll, gehe ich davon aus, dass der jetzt vor mir liegende Raum dafür genutzt werden soll.

Langsam folge ich Shamar, der direkt auf die große Treppe zusteuert, die in die obere Etage des Hauses führt. Ein prächtiger Kristallleuchter hängt an der Decke und taucht den ganzen Raum in angenehmes helles Licht. Auf den Stufen liegt ein dicker Teppich, der jegliche Geräusche, die unsere Schritte verursachen, schluckt. Oben angekommen befindet sich ein großzügiges Podest, von dem ein dreigeteilter Flur abgeht. Shamar nimmt den mittleren Flur. Auch hier liegt der dicke Teppich, auf dem ich neben ihm herlaufe. Auf beiden Seiten des Flurs gehen jeweils fünf Räume ab, die mit weißen Türen verschlossen sind. Bei der vorletzten Tür auf der rechten Seite, bleibt er stehen und drückt die Türklinke herunter.

»Das ist mein altes Zimmer.«

Er öffnet die Tür und ich finde mich sofort in einer anderen Welt wieder. Bilder hängen an der Wand. Shamar als Kind mit seinen Eltern, als Jugendlicher in den Emiraten, mit Raoul vor einem alten Gebäude, das so aussieht wie ein Herrenwohnsitz in England. Das muss das Internat sein, von dem er gesprochen hat. Ein alter dunkler Holzschreibtisch, auf dem sich noch ein paar Schulbücher befinden, steht seitlich an der Wand. Liebevoll fahre ich mit meinen Fingern darüber.

»Es ist wunderschön Shamar.«, murmle ich, während ich mich weiter umschaue. Shamar hat unsere Reisetaschen inzwischen auf dem Bett abgestellt. Das, wie ich annehme, nicht aus seiner Jugendzeit stammt. Es ist mit zwei Metern im Quadrat größer als ein Jugendbett. Weiße hauchzarte Vorhänge an den Fenstern blähen sich im Luftzug auf. Der Boden ist aus dunklem Holz, welches mit dicken Teppichen gemütlich ausgelegt ist.

»Du musst dich hier sehr wohl gefühlt haben.« Ich schaue ihn fragend an.

»Ja, das habe ich auch, Chérie. Wenn ich nicht im Internat oder bei meinem Onkel war.«

Stimmt, Shamar ist ja schon als Kind viel in der Welt herumgereist. Trotzdem vermittelt das Zimmer Wärme und Gemütlichkeit.

»War das auch früher schon so aufgeräumt?« Ich laufe in dem Zimmer herum und entdecke diverse Flugzeugmodelle und einen Football mit Autogrammen.

»Ja, selbstverständlich. Meine Mutter hat hier ein eisernes Regiment geführt. Dazu gehörte auch das Aufräumen des eigenen Zimmers.« Er dreht sich zu mir um und streicht eine vorwitzige Locke aus meinem

Gesicht.

Seine Aussage erstaunt mich, denn ich bin davon ausgegangen, dass Shamars Vater das Zepter innerhalb der Familie schwingt. Ich brauche meine Frage nicht auszusprechen, denn Shamar antwortet darauf, ohne dass ich sie formuliert habe.

»Maman hat uns Jungs eingebläut, uns wie Gentlemen zu benehmen. Sie hat uns immer wieder an die Kandare genommen, wenn wir in unserem jugendlichen Leichtsinn ihrer Meinung nach, zu machomäßig waren. Vater war von jeher derjenige, der uns so ziemlich alles durchgehen ließ.«

Mit dieser Aussage kann ich gut verstehen, warum Shamar so fürsorglich ist und mich umsorgt. Das hat er von frühester Kindheit von seiner Mutter mit auf dem Weg bekommen.

Ich helfe ihm, unsere Sachen aus den Taschen in seinen Schrank einzuräumen. Dann gehen wir wieder runter und treffen auf den Rest der Familie.

Ich genieße das Familienleben in vollen Zügen, schließlich habe ich selber darauf viele Jahre verzichten müssen. Ich lache viel, denn Shamar und Nad lassen keine Chance aus, Charlie, Susanne oder mich zu veräppeln. Einzig Zoé und Osman werden von den Frotzeleien ausgenommen. Den beiden begegnen alle drei mit gehörigem Respekt. Umgekehrt machen wir Frauen aber auch unsere Scherze, sogar Zoé mischt kräftig mit, so dass wir über die Weihnachtsfeiertage zusammen mit seinen Eltern in einer gelösten und heiteren Stimmung verbringen.

In einer ruhigen Minute, nimmt mich Zoé bei Seite. Wir gehen in das Arbeitszimmer von Osman.

»Luna, Liebes, ich habe noch etwas, worüber ich unbedingt mit dir reden muss.« Beginnt sie, während wir einander bei einer Tasse Kaffee gegenüber sitzen.

Ich habe nicht den blassesten Schimmer, was Zoé bedrückt und lehne mich abwartend in dem gemütlichen Sessel, in dem ich sitze, zurück.

»Wie du weißt, findet nach den Feiertagen hier in unserem Haus eine Wohltätigkeitsveranstaltung in Form eines Essens statt.« Fährt sie fort.

Ich nicke, das ist mir bekannt. »Was ist damit, Zoé? Brauchst du in irgendeiner Weise Unterstützung?«

Sie sieht ernst aus und ihre Hände beschäftigen sich auf ihrem Schoß miteinander.

»Wie soll ich es dir sagen? Zu den Gästen, die eingeladen sind gehören auch die Eltern von Shamars Ex-Verlobten.«

»Was, Sabahs Eltern werden auch da sein?« Mir fällt vor Erstaunen die Kinnlade herunter. Wie gut, dass ich sitze, denn jetzt bräuchte ich einen Stuhl. Was soll das denn? Eine Begegnung zwischen uns und dann noch im Haus von Shamars Eltern, dürfte für keinen von uns sonderlich toll sein.

»Wieso? Ich meine warum? Ist das überhaupt klug, Zoé?«

Zoé atmet tief durch und schaut mir direkt in die Augen.

»Luna, diese Veranstaltung findet seit vielen Jahren, am selben Tag, immer hier im Haus statt. Sabahs Mutter und ich sind beide Schirmherrinnen hierzu. Ich kann sie nicht ausladen, weil sie einfach dazu gehört. Sicherlich ist das für beide Seiten unangenehm. Aber ich bin mir sicher, dass Sabahs Eltern mit diesem Umstand umgehen können. Was ich nicht möchte ist, dass du unvorbereitet da hinein läufst.« Sie verrührt den Zucker in ihrem Kaffee, bevor sie einen Schluck davon nimmt und mich mustert.

Ich brauche einen Augenblick und überlege. Sabahs Eltern sind mir nicht bekannt. Sie haben nie Kontakt zu mir gehabt, waren nicht unhöflich oder in sonstiger Weise mir gegenüber abwertend. Die beiden wurden ja von Sabahs Verhalten komplett überrascht. Was für den einen die Rettung war, ohne Gesichtsverlust aus einem Arrangement auszusteigen, bedeutet für den anderen eher die Peinlichkeit, die Bedingungen eines Arrangements nicht eingehalten, und somit die Hinfälligkeit einer solchen Vereinbarung herbeigeführt zu haben. Eigentlich müsste ich mit einer Begegnung weniger Probleme haben als sie.

»Zoé, wenn Sabahs Eltern damit umgehen können, dann werde ich das erst recht können. Es ist in Ordnung für mich.« Beruhige ich sie.

»Mir war es nur wichtig, dass du es erfährst. Shamar war das letzte Mal vor über zehn Jahren zu dem Ereignis anwesend, ich bezweifle, dass er sich daran erinnert, dass sie auf der Gästeliste stehen. Deswegen wollte ich sicher sein, dass es für dich in Ordnung ist.«

»Zoé, das ist wirklich in Ordnung. Ich danke dir, dass du mich vorgewarnt hast. Jetzt nachdem ich weiß, was auf mich zukommt, kann ich mich darauf einrichten. Ganz ehrlich.« Ein wenig verlegen greife ich die Hand, die auf ihrem Schoß liegt. Ich kann Zoé verstehen. Es ist manchmal nicht einfach, zwischen allen Stühlen zu sitzen.

Am Tag nach Weihnachten fliegt Charlie nach Kalifornien zurück. Ich finde es sehr schade, aber sie sagt, dass sie noch in diesem Jahr eine Klausur schreiben muss, die ihr Professor für den 30. Dezember angesetzt hat. Man sieht, dass das Studium auch hier kein Zuckerschlecken ist, denn auch sie ist auf den guten Willen ihres Professors angewiesen. Wenn er einen Tag vor Silvester eine Klausur schreibt, dann macht man das halt mit, auch wenn es bedeutet, dass man sich eher von der Familie verabschieden muss. Der Chauffeur, der uns hergebracht hat, bringt sie morgens zum Flughafen.

Es gibt einen kleinen Flughafen in Oxnard, südlich von Santa Barbara wo Charlie studiert. Dorthin fliegt sie. Sie verabschiedet sich von allen. Da Shamar und ich sowie Susanne und Nad Silvester zusammen mit ihr feiern werden, wird der Abschied nicht für lange sein. Wir hätten sicherlich auch mit den Eltern bei ihr gefeiert, aber die beiden fliegen am 30. Dezember nach Dubai. Sie werden das neue Jahr in Shamars Suite im Burj al Arab feiern.

Während Charlie ihrer Klausur entgegensteuert, sehe

ich staunend zu, wie die Vorbereitungen für das Wohltätigkeitsdinner Gestalt annehmen. Das große Esszimmer wird geschmückt, umfangreiche Blumendekorationen werden vormittags angeliefert. Außerdem sind für diesen Tag zusätzliche Servierkräfte eingestellt worden. Sie werden fertig eingekleidet, Schritt für Schritt eingewiesen. Während das Treiben der Vorbereitungen bald seinen Höhepunkt findet, haben Susanne und ich uns zu-rückgezogen.

Zusammen mit Nad und Shamar fahren wir in die Stadt und lassen uns in einem Beauty Salon pflegen. Pedikürt, manikürt, mit frisch gemachten Haaren und einem exklusiven Make-up versehen, fühlen wir uns gewappnet für den Abend. Währenddessen waren die Jungs einem Fitnesscenter und holen uns frisch trainiert und geduscht vom Beauty Salon ab. Erst am späten Nachmittag kehren wir in Shamars Elternhaus zurück. So schnell wie der Tag vergangen ist, kommt der Abend. In dem Haus ist immer noch ein Betrieb wie in einem Vogelschlag, allerdings deutlich strukturierter als heute Mittag.

Oben in unserem Zimmer ziehe ich vorsichtig mein Abendkleid über. Wieder einmal eine Kreation, die Madame Jenkins für mich eingekauft hat. Es ist hellblau, hat einen langen fließenden Rock, das Oberteil liegt eng an. Es ist mit Perlen und kleinen Strass-Steinchen bestickt und lässt mein Dekolletee frei. Das Kleid ist sehr elegant und wirkt gleichzeitig zart und unschuldig.

Ich hatte mich darin sofort verliebt, als ich es das erste Mal gesehen habe. Jetzt bin ich doppelt froh, so ein schönes Kleid zu tragen. Nachdem ich Shamar von dem Gespräch mit seiner Mutter berichtet hatte, war ihm nur eines wichtig, ob ich wirklich mit einer solchen Begegnung zurechtkomme. Er hatte mir angeboten, sonst schon eher abzureisen, wenn ich wollte. Das war aber nicht in meinem Sinne, lieber packe ich den Stier bei den Hörnern, als vor ihm davon zu laufen. Jetzt steht Shamar vor mir und beobachtet mich mit glänzenden Augen, wie ich in die hauchzarten Dessous und Strümpfe schlüpfe. Seine warmen Hände wandern an meinem Körper entlang und hinterlassen eine kribbelnde Spur auf meiner Haut.

»Ich kann einfach meine Finger nicht von dir lassen, mein Engel.«, flüstert er mir ins Ohr, während seine Lippen warm meinen Nacken und meine nackte Schulter küssen.

Seine Nähe ist wie ein warmer lebendiger Umschlag und ich drehe mich um, um mich von seinen Armen umschließen zu lassen. Er kommt der Aufforderung sofort nach und ich lehne mich an ihn und genieße seinen Duft, während sich deutlich fühlbar an meinem Bauch, in seiner Hose eine Ausbuchtung wölbt.

»Ich liebe dich, Shamar!«

Flüstere ich an seinen Lippen.

»Und ich liebe dich, Luna!«, antwortet er mir, während sich unsere Körper von oben bis unten berühren.

»Leider haben wir dafür jetzt keine Zeit mehr, Chérie, sonst würde ich dir zeigen, wie sehr ich dich liebe.« Seufzend zieht er sich zurück und bringt eine Armeslänge Abstand zwischen uns.

»Dann schließe wenigstens meinen Reißverschluss, wenn ich dich den ganzen Abend nur bewundern, aber nicht anfassen darf.« Ich drehe mich wieder mit meinem Rücken zu ihm und warte auf seine warmen Finger, die mein Kleid schließen.

Als letztes befestige ich vorsichtig Shamars Ohrringe, die er mir damals zu unserer ersten Wohltätigkeitsveranstaltung geschenkt hat, an meinen Ohrläppchen. Fertig. Ich schaue rüber zu Shamar, er hat sich sein Jackett übergezogen und ist ebenfalls soweit fertig.

Wie immer zu solchen Anlässen, trägt er einen schwarzen Smoking mit einem weißen Hemd und einer Fliege. Bis ich ihn kennenlernte, habe ich Männer mit einer Fliege immer belächelt. Sie sahen alle aus, wie Kommunionkinder, die Mami fein gemacht hat. Bei Shamar sieht die Sache vollkommen anders aus. Er überragt die meisten anderen Männer und trägt seinen Smoking, als wäre dieser exklusiv nur für ihn erfunden und nicht nur geschneidert worden.

Über den Spiegel schaue ich ihn an und versinke in seinen Perlmuttaugen. Er lässt die Hände, die soeben die Manschetten zu Recht zupfen, sinken.

»Chérie, du wirst heute Abend alle überstrahlen. Du machst deinem Namen alle Ehre, ... du machst mir alle Ehre. Ich liebe dich so sehr!« Ich drehe mich zu ihn um und lege meine Hände auf seine Brust. Seine Wärme strahlt durch den Stoff hindurch in meine Hände. Kaum dass ich ihn berühre, verdunkeln sich auch schon seine Augen und versprechen mir wortlos heißen Sex. Ein köstliches Gefühl breitet sich von meinem Bauch in meine Beine aus. Meine Lippen verziehen sich zu seinem vielversprechenden Lächeln.

»Du siehst zum Anknabbern aus.« Schnell drücke ich ihm einen Kuss auf seine sinnlichen Lippen. Es klopft leise an unserer Tür. Shamar öffnet sie einen Augenblick später und tritt einen Schritt zurück, um Zoé hereinzulassen.

»Darf ich kurz stören?«, fragt sie fast schüchtern.

»Ja, na klar Zoé, komm doch herein.« Sie sieht hinreißend aus, auch sie hat trägt bereits das Kleid für den Abend.

Sie kommt herein und Shamar schließt die Tür hinter ihr. Über Zoés Kopf schaue ich Shamar fragend an, vielleicht hat er eine Ahnung was Zoé bewegt. Doch er zuckt fast unmerklich mit seinen Schultern.

Seine Mutter beachtet ihn gar nicht, sondern wendet sich direkt an mich. Sie trägt einen kleinen Kasten bei sich, den sie jetzt öffnet. In dem Kasten befindet sich ein Collier von ausgesuchter und erlesener Schönheit. Blaue und weiße Diamanten, mit vereinzelten Saphiren und Aquamarinen sind wie zufällig und dahingeworfen, filigran in Weißgold gefasst. Die Steine strahlen und funkeln um die Wette.

»Das hier«, sie deutet auf das Collier, »ist alter

Familienschmuck. Ich würde mich sehr geehrt fühlen und mich wahnsinnig freuen, wenn du ihn heute Abend tragen würdest. Jeder soll sehen, dass wir dich gerne in unserer Familie willkommen heißen.«

Sie schaut mich an, mütterlicher Stolz und gleichzeitig ein wenig Verlegenheit spiegeln sich in ihrem Blick. Ich bin sprachlos und es dauert einen Moment, bis ich mich überhaupt äußern kann.

»Zoé, die Ehre ist ganz bei mir. Ja, ich trage sie sehr gerne. Magst du sie mir umlegen?« Ich drehe mich um und wende ihr, mit beiden Händen meine Haare hochhaltend, meinen Rücken zu. Zoés Finger sind kühl und lassen mich kurz zusammen schrecken. Dann liegt das Collier unerwartet schwer und kühl um meinen Hals. Es hat eine dreieckige Form und ragt mit dem letzten tropfenförmigen Diamanten weit in mein Dekolletee hinein. Zoé tritt zurück und schaut mich an. Sie sieht klein und zierlich neben Shamar aus. Ihr stehen Tränen in den Augen.

»Luna, du bist traumhaft schön. Ich freue mich so sehr. Danke!« Sie tupft vorsichtig mit ihren Fingerspitzen an den Augen, um ihr Make-up nicht zu verschmieren. Auch Shamar sieht aus, als hätte er einen dicken Kloß im Hals. Er räuspert sich.

»Ich wusste nicht, dass sich deine Schönheit noch steigern lässt. Luna. Meine kleine Mondgöttin.« Er schaut mich bewundernd an und Zoé nickt zu seinen Worten. Ich umarme sie behutsam, um ihr Kleid nicht unnötig zu drücken.

»Zoé, ich weiß gar nicht was ich dazu sagen soll. Das Collier ist fast unwirklich schön. Wie aus Tausendundeiner Nacht. Ich danke dir dafür, dass ich es tragen darf.« Sie zieht mich noch einmal fester an sich, bevor sie sich löst, und Shamar zuzwinkernd das Zimmer verlässt.

Im Spiegel betrachte ich mich. Shamar hat Recht. Der Schmuck funkelt bei jeder Bewegung und verleiht dem Kleid eine ganz besondere Note.

»Mein Gott«, flüstere ich »ich erkenne mich kaum

selbst.« Ungläubig berühre ich mit den Fingern die Steine.

Shamar steht hinter mir. Seine dunklen Augen folgen jeder meiner Bewegungen. Er küsst mich sanft auf meine Schulter.

»Danke, dass du sie trägst. Ich glaube, Maman bedeutet das sehr viel.«

Er reicht mir seinen Arm, an den ich mich halte, während wir aus dem Zimmer die Treppe herunter gehen. Unten sind schon Susanne und Nad. Beide sehen toll aus in ihrer Abendrobe. An Susannes Blick erkenne ich, wie erstaunt sie über meinen Anblick ist. Sie nickt mir verschwörerisch zu. Draußen wird es langsam unruhig. Die ersten Autos fahren vor und werden, nachdem die Gäste ausgestiegen sind, auf dem Gelände geparkt. Zusammen mit Shamar, seinen Eltern und Susanne mit Nad begrüßen wir der Reihe nach die eintreffenden Gäste.

Ein Teil der Servierkräfte von heute Morgen, läuft von einem zum anderen und bietet auf einem Tablett Getränke an. Ich lerne den Bürgermeister von Dallas kennen, den Senator von Texas nebst Frau, sogar ein Schauspieler, den ich vorher nur im Kino bewundern durfte, findet Platz in unserer handverlesenen Runde. Zu meinem allergrößten Erstaunen taucht auch Sabah mit ihren Eltern auf. Ihre Eltern mustern mich mit offensichtlicher Neugier gemischt mit einem Blick, den ich als Ablehnung werten würde. Sabahs Blicke übergehen mich, mustern dafür aber umso intensiver das Collier um meinen Hals. Sie trägt ein blutrotes weit ausgeschnittenes Abendkleid, was ihre üppige weibliche Figur betont.

Nachdem sie offensichtlich erkannt hat, wem der wunderschöne Schmuck gehört, schicken ihre Augen Eisblitze in meine Richtung. Ich könnte eine Wette darauf abschließen, dass sie das Familienerbstück kennt und mich vor Missgunst und Neid am liebsten an die Wand genagelt hätte. Was für ein Schachzug von Zoè. Damit ist für jeden der Beteiligten klar, wie die Verhältnisse sind.

Sabah ist Shamar gegenüber zurückhaltend, allerdings

habe ich das Gefühl, dass das nur eine Maske ist, und es darunter ziemlich brodelt. Shamar lässt sie definitiv nicht kalt. Mit einem Zusammentreffen zwischen ihr und mir, habe ich nicht im Entferntesten gerechnet, und ich sehe aus den Augenwinkeln, wie Zoé mich besorgt anschaut. Ich nicke ihr beruhigend zurück. Nicht ich bin hier fehl am Platz, sondern Sabah.

»Shamar, weißt du was Sabah hier will? Ich dachte ihr hättet keinen Kontakt mehr miteinander?« Raune ich ihm erstaunt zu, als Sabah außer Hörweite ist.

»Ich hatte keine Ahnung, dass Sabah ihre Eltern begleitet, davon wusste ich nichts.«

Ich glaube ihm, jeder aus Shamars Familie scheint überrascht zu sein. Auch ich kann nicht nachvollziehen, was Sabah hier will. Nach den ursprünglichen Plänen würde sie jetzt hier stehen und an meiner Stelle die Gäste begrüßen. Wer setzt sich denn freiwillig dem Schmerz und der Schmach aus, die mit einer solchen Gegenüberstellung verbunden sind? Unwillkürlich atme ich tief durch und wappne mich für den bevorstehenden Abend.

Die große Tafel ist festlich eingedeckt und auf den Plätzen stehen Kärtchen mit Namen. Shamar und ich sitzen zusammen, er sitzt auf meiner linken Seite, während rechts von mir der Schauspieler platziert wurde. So unauffällig wie möglich mustere ich ihn.

Er ist kleiner, als ich dachte und, was mich noch mehr erstaunt, er sieht älter aus als in dem letzten Film, in dem ich ihn gesehen habe. Eine blonde junge Frau sitzt neben ihm, die zu jedem, was er sagt, lächelt wie ein dressierter Hund. Zoé und Osman sitzen vor Kopf, dort sitzen auch der Senator und der Bürgermeister. Nad, Susanne und Charlie sitzen am anderen Ende des Tisches.

Dort sind auch Sabah und ihre Eltern untergebracht. Ich bin heilfroh, dass wir nicht beieinander sitzen. Denn ansonsten hätte der Abend vorzeitig enden können. So muss sich Sabah mit Shamars Bruder und Susanne zufrieden geben, gegen die sie keinen Groll hegen kann. Bevor wir mit dem Dinner beginnen, hält Osman eine kurze Ansprache. Es folgt der Senator, der Bürgermeister und zum Schluss Sabahs Vater.

Dann wird der erste Gang serviert. Den vielen Servierkräften ist es zu verdanken, dass wir alle fast gleichzeitig das Essen vor uns stehen haben. Eine Suppe aus Flusskrebsschaum entfaltet ihren sahnig würzigen Geruch vor mir. Sie schmeckt köstlich. Als Nächstes folgt ein Salat mit dem ausgelösten fein hellrosa farbigen Hummerfleisch.

Shamar und ich unterhalten uns nach rechts und links. Über was unterhält man sich eigentlich mit jemandem aus der Filmbranche? Wahrscheinlich wird jedes Thema, was sich um Filme dreht, ihm zuwider sein. Über das Thema Essen komme ich tatsächlich mit ihm ins Gespräch. Und wie ich feststelle, gibt es tatsächlich auch andere Themen. So war er zum Beispiel in diesem Jahr auf dem Oktoberfest in München, von dem er mir stolz erzählt.

Mit einem Blick auf seine Begleiterin gesteht er, dass zwei Maß Bier ihn seine Gangsicherheit gekostet haben. Für mich hätte da schon ein Maß ausgereicht, denke ich. Die Gesellschaft von Shamar und einem überaus aufmerksamen Hollywoodstar bescheren mir einen überraschend kurzweiligen Abend, was ich nach dem Eintreffen von Sabah nicht für möglich gehalten hätte. Ab und zu werfe ich verstohlene Blicke in ihre Richtung. Sie wirkt höflich korrekt, aber so charmant wie eine Eisprinzessin. Ein oder zwei Mal treffen sich unsere Blicke. Oh Mann, wenn ihre Blicke töten könnten, würde ich jetzt unter Höllenqualen sterben. Ich bin unendlich froh, dass sie nicht in unserer Nähe sitzt.

Nach dem Essen ziehen sich die Herren für eine Zigarre und einem Verdauungsschnäpschen in das Wohnzimmer zurück, während die Damen in lockerer Plauderrunde am Tisch sitzen bleiben. Ich brauche ein wenig frische Luft und verlasse den Tisch um durch die

Terassentür nach draußen zu gehen. Die Nacht ist sternenklar und empfindlich kühl. Genau das, was ich jetzt brauche. Die vielen Leute in dem Raum haben durch die geführten Gespräche einen Lärmpegel verursacht, der, trotz der Stille um mich herum, wie ein Echo hartnäckig in meinen Ohren nachhallt. Hinter meiner Stirn zieht es ein wenig und ich hoffe, dass die kühle frische Luft dem beginnenden Kopfschmerz ein Ende setzt. Ich atme die klare Luft ein und genieße die Stille.

Plötzlich merke ich, dass ich nicht mehr alleine bin. Ich drehe mich um und schaue direkt in Sabahs Gesicht. Ihre dunklen Augen glühen und ihr hübsches Gesicht ist hassverzerrt. Angst habe ich nicht vor ihr, doch erscheint es mir vernünftiger zu sein, ihr aus dem Weg zu gehen. Ich drehe mich um und will einen anderen Weg zurück ins Haus nehmen, als sie mich an meinem Oberarm festhält. Sie hat einen festen Griff und ihre Fingernägel bohren sich schmerzhaft in meine Haut.

»Du mieses Flittchen hast alles genommen, was mir gehört. Das wäre mein Abend gewesen, du trägst den Schmuck, den ich hätte tragen sollen und du hast mir meinen Mann gestohlen. Er gehört mir!«

Sollte ich jetzt ein schlechtes Gewissen haben? Definitiv nicht. Als mir Sabah damals in Shamars Haus ihren Besuch abgestattet hat, habe ich mich kampflos aus der Arena zurückgezogen. Auf alles was danach kam, hatte ich keinen Einfluss, dafür bin ich nicht verantwortlich. Ihre Nägel in meinem Arm fühlen sich so an, als wären sie mittlerweile durch die Haut auf meine Muskeln gestoßen. Es kostet mich einiges an Überwindung, sie nicht, wie ich es von Rick gelernt habe, mit einem Griff aufs Kreuz zu legen. Mit einem Eklat wäre niemanden gedient.

»Sabah, du weißt genau, dass ich nicht für die Entwicklung der Ereignisse verantwortlich bin. Und jetzt lass augenblicklich meinen Arm los, bevor ich dir wehtun werde.«

Sie grinst boshaft. Eigentlich ist es eher wie Zähne

fletschen. Sie lässt meinen Arm los, jedoch erst, nachdem sie den Druck noch einmal kurz verstärkt hat. Innerlich stöhne ich vor Schmerz, möchte ihr aber nicht die Freude geben, zu sehen, dass sie mit ihrer Aktion erfolgreich ist.

»Du dreckiges Naziflittchen. Du hast mir das eingebrockt. Shamar hätte niemals darauf gedrungen, mich untersuchen zu lassen, wenn du nicht gewesen wärest.«

Ich schlucke das Naziflittchen herunter. Leider ist eine Wortkombination mit Nazi in jedem Land ein gern gesehenes Schimpfwort um einen Deutschen sofort an die geschichtliche Vergangenheit und den damals begangenen Völkermord zu erinnern. Auch fast achtzig Jahre nach diesem Gräuel wird man mit diesen Verbrechern immer noch über einen Kamm geschoren, als ob man persönlich für die Verbrechen verantwortlich wäre. Das wird sich vermutlich auch in den nächsten hundert Jahren nicht ändern. Jedes Volk hat seine Verbrechen auf dem Kerbholz nicht nur Deutschland.

Obwohl mir mittlerweile vor Wut das Herz pocht. Antworte ich ihr äußerlich ganz ruhig.

»Sabah, für dein Verhältnis mit einem anderen Mann und deiner nicht mehr vorhandenen Jungfräulichkeit bist du ganz alleine verantwortlich, nicht ich. Und glaube mir, Shamar ist nicht der Mann, der sich in dieser Hinsicht verarschen lassen würde. Wenn du ihn auch nur ein kleines bisschen kennen würdest, dann kämst du nicht auf einen solchen Gedanken.«

Aus den Augenwinkeln sehe ich eine Bewegung hinter ihr. Shamar beobachtet uns.

»Du mieses Stück Scheiße!« Sie holt aus und will mich ohrfeigen. Doch instinktiv, wie Rick es mir gezeigt hat, weiche ich ihr aus. Von der Wucht ihres Schlages dreht sie sich einmal um ihre Achse und sieht Shamar, der die Szene mit wutfunkelnden Augen beobachtet hat. Er war vorgeschnellt, als Sabah mich schlagen wollte, war jedoch nicht rechtzeitig da um einen Schlag zu verhindern. Jetzt fasst er Sabah so fest am Arm, wie sie es zuvor mit mir gemacht hat.

»Sabah, es reicht. Sehe ich dich noch einmal in der Nähe von Luna oder belästigst du sie in irgendeiner Weise, werde ich dies zu verhindern wissen und du wirst es bereuen. Also liefere mir keinen Grund dafür!«

Seine Stimme ist ein leises Zischen. Noch nie habe ich ihn so wütend gesehen. Ich bin froh, dass diese Wut nicht mir gilt. Zwar bin ich mir sicher, dass ich mit Sabah auch alleine fertig geworden wäre, aber es ist sicherlich besser, dass Shamar sie in ihre Grenzen verweist. Mit einem Fluch rafft sie ihr Kleid und lässt uns mit hoch erhobenem Kopf alleine. Sofort ist Shamar bei mir.

»Geht es dir gut Chérie?« Mit gerunzelter Stirn sieht er mich forschend an. Ich reibe mir meinen Arm, wo sich Sabahs Fingernägel eingegraben hatten.

»Mach dir keine Sorgen,« beeile ich mich ihm zu versichern, »mir ist nichts passiert. Außerdem habe ich den Eindruck, dass ich mit ihr im Zweifelsfall auch alleine fertig geworden wäre. Das allerdings hätte dann den Abend sicherlich ins Kippen gebracht.« Beim zweiten Teil meines Satzes zwinkere ich ihm zu und versuche ein verschwörerisches Lächeln, das Shamar zu meiner Erleichterung erwidert.

»Komm rein, Chérie, hier draußen wirst du noch ganz kalt.«

Er zieht seine Smoking Jacke aus und legt sie mir über die Schulter. Sein Arm umfängt mich. So betreten wir kurz nach Sabah das Haus. Unter Sabahs giftigen Blicken setzen wir uns wieder an den Tisch und ignorieren sie.

Ihre Eltern schauen irritiert von einem zum anderen, fragen aber nicht nach. Auch Zoé ist die angespannte Situation nicht entgangen. Ich bemühe mich nach Kräften, so normal wie möglich auszusehen, damit niemand merkt, was für eine Szene sich soeben im Garten abgespielt hat.

Shamar sitzt mit undefinierbarer Miene neben mir.

»Da hast du dir eine Feindin fürs Leben geschaffen.«, raune ich ihm leise ins Ohr, damit Sabah mich nicht hören kann. Meine Vorsicht ist unbegründet, denn die Gespräche, die um uns herum geführt werden, machen es für Sabah unmöglich zu verstehen, was ich sage. Sabah beobachtet uns mit zusammengepressten Lippen und kneift die Augen zusammen, als Shamar mir zärtlich auf den Hals küsst.

»Chérie, sie wird sich wieder beruhigen. Sie ist gekränkt, das ist alles.« Ich kann nur hoffen, dass er Recht hat, er kennt sie besser als ich und ich bin wirklich nicht darauf erpicht, in eine offene Konfrontation mit ihr zu geraten.

Es dauert nicht lange, bis sich Sabah zusammen mit ihren Eltern verabschiedet. Der Abschied könnte nicht frostiger sein. Während die Eltern eher einen betretenen Eindruck auf mich machen, wirkt Sabah hochgradig sauer. Das wird sicherlich noch länger dauern, bis sie darüber hinweg ist.

Die letzten Gäste verabschieden sich kurz vor zwei Uhr morgens. Nachdem der letzte seinen Wagen in Empfang genommen hat, ziehen wir und alle auf einen letzten Drink im Wohnzimmer zurück.

Zoé bestürmt mich und will wissen, was zwischen mir und Sabah vorgefallen ist. Ich erzähle ihr in knappen Zügen von Sabahs Ausbruch, während ich mir meinen immer noch schmerzenden Oberarm massiere. Zoé wirkt betreten und es tut ihr wahnsinnig Leid was mir widerfahren ist. Osman hat den Arm um sie gelegt und streichelt ihr beruhigend über den Rücken.

»Liebes, reg dich nicht auf. Es konnte doch niemand wissen, dass Sabah mitkommt. Ich bin froh, dass Luna so besonnen reagiert und eine Szene verhindert hat.«

Nad und Susanne sitzen uns in der anderen Couch gegenüber und hören aufmerksam zu. Es sieht so aus, als hätte Nad sie über Sabah aufgeklärt. Sie hebt ihr Glas und prostet mir zu.

»Auf dich Luna, das Beste was uns allen passieren konnte!« Alle erheben ihre Gläser und stimmen mit ein, errötend stoße mit allen an und nehme einen großen Schluck von meinem Getränk.

»Sabah wird sich schon wieder beruhigen. Schließlich hat sie doch einen Freund, den sie sicherlich liebt, denn sonst wäre sie sicherlich nicht mit ihm im Bett gewesen. Also ist das nur gekränkte Eitelkeit. Darüber kann man hinwegkommen, Sabah ist ein großes Mädchen.«, teilt Shamar der Runde mit.

Dein Wort in Gottes Ohr, denke ich, denn so viel Hass, wie ich in Sabahs Augen gesehen habe, lässt sich nicht mal eben zwischen Tür und Angel verarbeiten.

»Soll ich mit Sabahs Eltern nochmal reden?« Osman mustert mich. »Schließlich war Sabah heute Abend nicht eingeladen und ihre Eltern sind dafür verantwortlich, dass ihr zwei zusammen gestoßen seid.«

Ich hole tief Luft und beeile mich, Osman zu beruhigen. »Nein, macht euch keine Sorgen. Sabah ist alt genug, um zu wissen was sie tut.« Das sollte sie zumindest. »Es liegt sicherlich nicht in ihrem Interesse, ein weiteres Zusammentreffen zu provozieren. Ich glaube nicht, dass hier irgendjemand eingreifen muss. Wahrscheinlich hat Shamar Recht und Sabah beruhigt sich irgendwann.«

Osman nickt mir verständnisvoll zu. »Ganz wie du möchtest Luna. Wichtig ist einzig und alleine nur, dass du weißt, dass wir alle hinter dir stehen.«

Mir wird ganz eng im Hals. Die ungeteilte Zuneigung von allen im Raum zu erfahren und derartig im Mittelpunkt zu stehen ist mir fast unangenehm.

»Danke!«, sage ich mit kehliger Stimme und hebe mein Glas, um einen Schluck zu trinken. »Auf uns alle!«

»Auf uns!« Kommt es geschlossen im Chor zurück.

Die Gläser sind leer und wir beenden den Abend. Mit Susanne laufe ich langsam die Treppe zu unseren Räumen hoch, während Nad und Shamar ein paar Stufen hinter uns hochgehen.

»Süße, mach dir keine Gedanken wegen Sabah. Ich glaube, Shamar hat Recht. Sie ist einfach nur sauer über die

Zurückweisung. Das wird schon wieder ...«

»Schön wäre es, Suse. Aber eines kann ich dir versichern, sie wird nie im Leben zu meinem Freundeskreis zählen.«

Suse grinst. »Da fällt mir aber ein Stein vom Herzen. Ich hatte schon Angst, du hättest vor, demnächst Kochrezepte mit ihr zu tauschen.«

»Niemals im Leben.« Da friert eher die Hölle zu, soviel steht fest.

Im Zimmer angekommen, lege ich vorsichtig das Collier in die Schmuckschatulle zurück und lege dann nach und nach den restlichen Schmuck und meine Kleidung ab. Nach einer Katzenwäsche sinke ich total erschlagen ins Bett. Im Bad habe ich meinen Arm betrachtet. Dunkel violett und blutunterlaufen zeichnen sich Sabahs Fingernägel ab.

Die Haut drum herum ist immer noch gerötet. Wahrscheinlich werde ich, wenn ich aufstehe, ein paar schöne blaue Flecken haben. Grimmig presse ich die Lippen aufeinander. Wenn diese blöde Kuh das nächste Mal meinen Weg kreuzt und mir frech kommt, werde ich ihr beibringen, wo der Frosch die Locken hat. Dann kann sie zur Abwechslung mal ihre eigenen blauen Flecken pflegen. Ich hebe nur noch müde ein Auge, als Shamar sich zu mir unter die Decken kuschelt.

Mit dem Gefühl, erst gerade eingeschlafen zu sein, werde ich bei hellem Tageslicht wach.

»Guten Morgen, meine Schönheit!« Shamar betrachtet mich liebevoll und wie ich sehen kann, äußerst unternehmungslustig. Müde ziehe ich mir die Decke über meinen Kopf.

»Guten Morgen, Shamar. Ich liebe dich, aber ich schlafe noch.«

Indem ich mir die Bettdecke rüber gezogen habe, flaggt sein Fahnenmast ohne Banner. Vorsichtig werfe ich einen Blick unter der Bettdecke in seine Richtung und treffe auf sein amüsiertes Lächeln.

»So müde?«

Ich nicke. »Furchtbar müde!«

»Dreh dich um, Chérie, ich werde dich ein wenig verwöhnen...« Er dreht sich auf die Seite und wartet darauf, dass ich ihm meine Kehrseite zuwende.

»Shamar, ich ...«

»... jetzt drch dich schon um, Süße.«

Gehorsam drehe ich mich auf die andere Seite und zeige ihm meinen Rücken. Ich trage eines seiner T-Shirts, welches er mit einem Handgriff nach oben befördert und meinen Rücken nebst der Verlängerung freilegt.

»Was für eine entzückende Aussicht am Morgen, Chérie.«

Shamars Stimme erklingt heiß und sinnlich an meinem Ohr, während sein Bart ein wenig an meiner Haut schabt. Ich brummle eine undefinierbare Antwort und bleibe mit geschlossenen Augen im Halbschlaf liegen.

Erst spüre ich Shamars Lippen zwischen meinen Schulterblättern, dann folgen seine warmen Hände. Geschickt streichelt und knetet er meinen ganzen Rücken und nach wenigen Minuten, ist Schlafen nicht mehr Priorität Nummer eins für mich. Wohlig stöhnend strecke ich mich unter seinen Händen. Das tut so gut, ich könnte die komplette nächste Woche noch hier liegen und mich von ihm kneten lassen.

»Gefällt dir das, mein Engel?« Wieder streifen seine Lippen mein Ohr.

»Oh ja, Shamar. Hör nicht auf, bitte mach weiter!« Oh Gott ist das gut. Aufmerksam knetet und streichelt er sanft jeden Muskel.

»Sag bloß, das ist besser als Sex?« Mit gespieltem Erstaunen legen seine Hände eine Pause ein.

»Shamar, das kommt verdammt nah ran. Mach weiter, das ist so schön.«

»Kein Sex?«

»Nur, wenn du mir dabei den Rücken knetest!«

Brav knetet und streichelt er weiter meinen Rücken,

während ich mich der Entspannung hingebe und wohlig vor mich hin stöhne. Irgendwann setzt er mir einen Klapps auf den Hintern und bevor ich meinen Kopf anheben und ihn anschauen kann, dreht er mich um.

»Jetzt bin ich dran, Chérie!«

Breit grinsend kniet er vor mir. Sein Haar ist herrlich verwuschelt, seine Augen strahlen in dunkel geschmolzenem Perlmutt, ein Bartschatten hat sich in seinem Gesicht breitgemacht und lässt ihn verwegen aussehen. Während sich seine sinnlichen Lippen immer weiter auseinanderziehen, wandert mein Blick an seinem Körper entlang. Über seine nackte Brust weiter zu seinem Sixpack und dem Glückspfad bis mitten auf sein Patengeschenk. Prächtig geädert und steil aufgerichtet freut sich sein bester Freund auf seinen Einsatz.

Seine Hände greifen nach mir und ziehen mich hoch, direkt in seine Arme und rauf auf seine Hüften. Automatisch umschließe ich mit meinen Beinen seine Hüften und klammere mich damit an ihn fest. Unsere Gesichter liegen sich gegenüber und unsere Lippen finden einander. Mit seinen Händen zieht er mir das T-Shirt über den Kopf und wirft es auf das Bett. Dann schlägt er die Richtung zum Badezimmer, das von unserem Schlafzimmer abgeht, ein. Dabei wölbt sich sein Schwanz heiß entlang meiner Spalte und sendet bei jeder seiner Bewegung kleine Lustschauer in mein Lustzentrum.

Heute Morgen komme ich aus dem Stöhnen so schnell nicht mehr heraus, denn Shamar verwöhnt mich zielstrebig und mit solcher Raffinesse, dass ich meinen ersten Orgasmus mit dem Kopf an seiner Schulter erlebe, noch bevor das Duschwasser läuft.

»Ich glaube ich muss die Latte ein wenig höher legen, Chérie. Es kann nicht angehen, dass eine Rückenmassage zu einer direkten Konkurrenz wird.«

Während ich von meinem Höhepunkt erschlafft, wie ein nasser Sack auf seinen Hüften hänge, hält er mich mit der einen Hand, während er mit der anderen die

Temperatur des Wassers einstellt. Dann umschließt er mich mit beiden Armen und lässt das warme Wasser in dem Duschtempel auf uns einrieseln.

Mit kreisenden Bewegungen seiner Hüfte bringt er meinen Kitzler erneut auf Touren und ich bin froh, dass das Rauschen der Dusche meine Entzückensrufe verschluckt. Er lehnt mich an die Wand, während er mich tief und fordernd küsst. Seine Hände streicheln meine Brüste. Das Wasser läuft warm über uns beide hinweg und lässt alles wunderbar gleiten. Ich bewege mich auf seinem Schaft, der nach wie vor, längs vor meinem Eingang liegt und sich in voller Länge gegen meine intimste Stelle reibt. Meine Hüften kreisen und entwickeln ein erotisches Eigenleben.

Mein Hirn ist ausgeschaltet und meine Instinkte übernehmen. Ich bringe mich selber mit meinen Bewegungen zum nächsten Höhepunkt. Mit dem Oberkörper an der Wand bin ich den Zuckungen in mir willenlos und machtlos ausgeliefert.

»Bitte, Shamar, habe Gnade mit mir.«, stöhne ich ihn mit geschlossenen Augen an. »Ich kann nicht mehr.«

»Dann werde ich mich jetzt in dir versenken!« Mit einer Bewegung seiner Hüfte verändert er die Position seines Schaftes und bringt ihn jetzt senkrecht vor meinen Eingang. Ein einziger Ruck genügt und er dringt vom Wasser nass bis zum Anschlag in mich ein. Wie immer, wenn er mich so erobert, muss ich mich einen Augenblick an seine Größe gewöhnen.

Stöhnend atme ich die Luft, die ich bei seinem Eindringen eingesogen hatte, wieder aus. Dieses Mal gibt es keinen Augenblick des Gewöhnens. An der Wand gelehnt und von seinen Händen gehalten, balanciert er mich auf seinem Schwanz aus. Erregungsschauer rieseln meinen Rücken herunter, als seine Zunge das Wasser von meinen Brüsten leckt und er an meinen Brustwarzen saugt.

Es ist, als gäbe es eine unsichtbare Verbindung direkt zu meinem Lustzentrum. Ich lasse den Kopf nach hinten sinken und genieße den Ritt an der Wand. Shamar übernimmt die komplette Kontrolle und jegliche Aktion. Ich spüre ihn tief in mir, auf mir, an mir - einfach überall. Sein Stöhnen mischt sich mit meinen Lauten, die ich in meiner hilflosen Lust ausstoße. In mir krampfen sich meine Muskeln immer fester um seinen Schaft und im Erstaunen über die Heftigkeit meines Höhepunktes reiße ich meine Augen auf. Shamars fast schwarzer Blick verbrennt mich mitten im strömenden Wasser unserer Dusche.

Meine Lust katapultiert seine Lust explosionsartig nach oben und seine Bewegungen werden rasend schnell. Nicht immer kriegen wir ein Timing hin, bei dem wir gemeinsam kommen, doch dieses Mal klappt es. Ich spüre, wie meine inneren Muskeln seine Härte fest umschließen, während mein Orgasmus wie eine riesige Welle durch mich hindurch schwappt. Ich spüre sein Aufbäumen im Moment seines Höhepunktes tief in mir und er verlängert damit meinen eigenen Orgasmus.

Völlig erschöpft sinke ich auf seiner Hüfte zu einer formlosen Masse zusammen. Er verharrt in mir und küsst mich zärtlich. Erst als er erschlafft und sich dadurch aus mir zurückzieht, nehme ich meine Umwelt wieder war.

»Nochmal guten Morgen, meine Süße.« Murmelt er sexy an meinem Ohr. »Kannst du stehen, oder soll ich dich gleich hier waschen?«

»Ich nehme das Waschangebot an, Shamar. Stehen geht jetzt nicht.«

»Wie du willst, mein Engel.« Er verteilt sein Duschgel auf seine Hände und schäumt mich sorgfältig ein. Wobei sich sein bester Freund wieder rührt, sobald er meine Brüste in seinen Händen hält.

Vorsichtig lässt er mich wieder herab und hält mich fest, bis ich sicher neben ihm in der Dusche stehe. Ich gebe mir etwas von seinem Duschgel auf meine Hände, und fange an, ihn einzuschäumen. Genauso gründlich und zärtlich wie er mit mir, finden meine Hände jeden empfindlichen Zentimeter seines Körpers. Als ich zu seinem Penis komme, wartet er schon heiß und hart auf mich.

Wie kann er bloß so schnell hintereinander schon wieder in den Startlöchern stehen? Mit vom Schaum glitschigen Fingern, reinige ich ihn auch dort genauso penibel, wie er es zuvor bei mir gemacht hat. Sein Stöhnen zeigt mir, dass es ihm offensichtlich genauso gut gefällt wie mir. Ich knie mich vor ihm hin und spüle ihn mit Wasser seifenfrei, dann umschließe ich ihn mit meinen Lippen und nehme seinen Schaft in meine Mundhöhle auf. Während meine linke Hand ihn auf seine Pobacken in meine Richtung drückt, massiere ich ihm mit der rechten Hand seinen unteren Schaft und seine Hoden. Gleichzeitig bearbeite ich ihn mit meiner Zunge und meinen Lippen. Erst sind meine Bewegungen langsam, doch ich steigere das Tempo und werde immer heftiger und schneller. Shamar legt seinen Kopf zurück. Die Adern an seinem Hals sind geschwollen und treten deutlich hervor. Seine Hüften bewegen sich zuckend und ich schmecke seinen nahenden Höhepunkt. Er stöhnt heiser, während sich seine Hoden unter seinem Orgasmus anspannen. Immer noch reichlich landet sein Samen auf meiner nassen Brust und vermischt sich mit dem warmen Wasser aus der Dusche.

Wow, was für ein Tagesbeginn. Der hat nicht nur mich, sondern auch Shamar aus den Puschen gehauen. In postkoitaler Schwäche beenden wir unsere Dusche und trocknen uns leidlich ab, damit wir noch ein paar Minuten im Bett Kraft für den Tag tanken können. Während Shamars Finger ein unsichtbares Muster auf meiner Haut zeichnen, nicke ich ein.

»Was ist das denn?« Shamars Stimme weckt mich.

»Was denn?«

»Das hier!« Er fährt mit seinen Fingern sanft über die Spuren, die Sabahs Finger und Nägel auf meinem Arm hinterlassen haben.

»Das ist ein Andenken an gestern Abend. Sabah scheint wirklich ziemlich sauer zu sein.« Murmle ich mit geschlossenen Augen an seiner Brust.

»Das habe ich nicht gesehen, Chérie. Hätte ich geahnt, dass sie derartig ausrastet, wäre sie unauffällig direkt nach ihrem Eintreffen entfernt worden. Es tut mir so leid, dass sie dich verletzt hat.« Seine Stimme ist heiser geworden und er wirkt verkrampft.

»Hey, Schatz, es ist vorbei. Du hast Sabah gestern eine klare Ansage gemacht. Es wird nicht wieder vorkommen. Und sollte sie noch einmal in meine Nähe kommen, werde ich ihr zeigen, was ich von Rick gelernt habe. Dann überlegt sie es sich bestimmt, mir nochmal gegenüber zu treten. Es ist vorbei und die Spuren bald verschwunden. Vergiss es, okay?«

Sein Gesicht verzieht sich grimmig und ich bin mir sicher, dass das letzte Wort dazu noch nicht gesprochen ist.

»Okay, mein Engel, wenn du es so willst.«

Ich nicke bestätigend und lasse meinen Kopf wieder auf seine Brust sinken und genieße seine unsichtbar malenden Finger.

17

Mit einem kleinen Firmenjet fliegen wir rüber nach Oxnard. Nad und Susanne sind mit an Bord. Der Jet ist klein und wendig. Sechs Sitze verteilen sich auf eine großzügige Passagierkabine. Sogar eine Stewardess ist an Bord und serviert uns die Getränke während des Fluges. Die Landschaft wandert unter unserem Flugzeug wie eine riesige Landkarte vorbei.

»Fliegen wir dann über Dallas wieder zurück nach Hause?« Ich denke darüber nach, dass Shamar seinen Helikopter sicherlich wieder in Houston braucht.

»Nein, wieso fragst du?« Irritiert schaut Shamar mich an.

»Na, weil dein Heli noch in Dallas ist, der muss doch irgendwie wieder zurück?«

»Nad fliegt ihn zurück. Er hat in den nächsten Tagen noch in Dallas zu tun. Dann wird er den Heli nach Houston fliegen.«

»Gehört Fliegen eigentlich bei euch zur Grundausbildung?« Anscheinend kann in der Familie jeder so sicher mit einem Helikopter umgehen, wie Ottonormalverbraucher mit einem Auto.

Er küsst mich grinsend auf die Stirn. Mir scheint, als

würde es ihn immer wieder amüsieren, dass ich mir Gedanken um seine Spielzeuge mache.

»Chérie, fliegen ist nun mal schneller und unproblematischer, als mit dem Auto zu fahren. Deswegen ist für uns der Pilotenschein genauso wichtig wie der Führerschein fürs Auto. Apropos Führerschein, jetzt wo du ein eigenes Auto hast, solltest du auch einen Führerschein hier machen.«

»Mmh, ja.« Ohne erkennbaren Ehrgeiz antworte ich ihm. Ich habe vor Jahren einen Führerschein in Deutschland gemacht und ehrlich gesagt, habe ich null Interesse daran, nochmal den ganzen Kram zu lernen. Außerdem kann ich Autofahren, das muss ich doch nicht nochmal unter Beweis stellen. Ich habe aber keine Lust, das Thema jetzt auszudiskutieren.

Ich wechsle das Thema und hoffe, dass es mir gelingt, seine Gedanken in eine andere Richtung zu lenken.

»Weißt du schon wo wir Silvester feiern werden?«

Shamar nickt nur, sagt aber nichts.

»Ist das ein Geheimnis?«, frage ich ihn.

»Gewissermaßen ja, mein Engel. Lass dich doch einfach überraschen.«

Ich bin gespannt, womit mich Shamar zum Jahreswechsel überraschen möchte und schaue aus dem Fenster, damit er nicht sieht, wie ich in mich hinein lächle. Er schafft es immer wieder, mich zu überraschen. Am Horizont unter mir sehe ich Los Angeles. Ein Flirren liegt in der Luft über der Stadt. Die Hochhäuser der City ragen in den Himmel. Wie fast überall in den Städten hier, sind die Straßen schachbrettartig angelegt und verlaufen parallel zueinander. Ein kleines Einfamilienhaus nach dem anderen reiht sich in den Außenbezirken aneinander und bei fast jedem, ist im Garten der blaue Fleck eines Swimmingpools zu erkennen. Wir fliegen weiter nach Norden und verlieren hinter Burbank an Höhe. Die Gegend hier ist karg und braun.

Shamar beugt sich zu mir rüber und deutet aus dem

Fenster. Das hier nennt sich Canyon Country. Es ist eine trockene Gegend und liegt nahe am Andreas Graben. Als ob die Menschen hier ihr Schicksal ganz besonders herausfordern wollen, sind die Häuser aufwändiger gebaut und sehen hochwertiger aus. Sie sind in Pastelltönen gestrichen und jedes von ihnen hat einen Pool im Garten.

Die Gegend selber ist karg und durchsetzt von braunen Felsen. Nur dort, wo die Menschenhand nachgeholfen hat, erblühen grüne Oasen. Aus der Luft betrachtet sieht der gesamte Ort so aus, als sei er auf dem Reißbrett eines Architekten entworfen worden. Interessiert betrachte ich alles aus dem Fenster neben meinem Sessel.

Wir fliegen in geringer Höhe über die Häuser hinweg und ich kann mir alles ziemlich genau ansehen. Ich komme mir fast so vor wie ein Spion. Doch kaum jemand nimmt Notiz von unserem Flugzeug. Jeder geht seiner Tätigkeit, was immer es auch ist, ungestört weiter nach und ich schaue einfach zu. In der Ferne sehe ich das Glitzern des Ozeans, der sich in einem unglaublichen Blau soweit ich sehen kann, erstreckt. Selbst der Ausblick aus diesem Privatjet ist ein anderer, als aus einem großen Flugzeug.

Die Fensteröffnungen erscheinen größer und die Scheiben klarer. Dann taucht vor uns ein kleines Städtchen auf. Das muss Oxnard sein, denn ich kann die Landebahn erkennen. Das Flugzeug sinkt tiefer und landet schließlich sanft. Wir rollen auf der Bahn aus und biegen auf das Vorfeld mit dem kleinen Abfertigungsgebäude ein.

Die Stewardess öffnet die Kabinentüre und eine automatische Treppe entfaltet sich, über die wir vier aussteigen. Noch bevor wir draußen sind halten drei Autos neben dem Flugzeug. Ein Dienstfahrzeug des Flughafens und zwei Geländewagen.

Ich hätte es mir fast denken können, dass der Cayenne für uns ist. Wenn Shamar unterwegs ist und mit einem Leihwagen fährt, lässt er sich immer einen Cayenne geben. Der Mensch ist ein Gewohnheitstier registriere ich lächelnd. Die zweite Limousine ist ein Audi Q7; in den steigen Susanne und Nad ein. Wir folgen dem Dienstfahrzeug und fahren vorsichtig über das Flughafengelände zum Ausgang.

Per Navi lassen wir uns zu unserem Hotel navigieren. Wir sind für zwei Nächte im Marriott Courtyard eingebucht. Das Hotel liegt malerisch in einer grünen Anlage. Gleich daneben befindet sich ein großer Golfplatz. Wir fahren vor dem Hotel vor und sofort eilen zwei Hotelangestellte zu uns hin. Sie nehmen die Wagenschlüssel in Empfang, dann entladen sie unser Gepäck und parken unsere Fahrzeuge auf einem Parkplatz in der Nähe. Nacheinander betreten wir die kühle, elegante Lobby des Hotels. Nad geht voran. Er sagt dem Empfangschef nur einen Satz und es klingt wie eine Getränkebestellung.

»Zwei Suiten für Shalazar.«

Das reicht jedoch aus, um sofort Bewegung in den hinteren Thekenbereich zu bringen. Zwei junge Burschen, die ich auf 16 oder 17 Jahren schätze, greifen sich jeweils zwei Chipkarten und führen uns in unsere Suiten. Eigentlich klar, dass Shamar kein Zimmer, sondern direkt eine Suite bucht. Noch nie habe ich es erlebt, dass wir uns mit einem Zimmer begnügen mussten. Egal wo wir waren, wir hatten immer reichlich Platz. Platz, den man sich mit dem entsprechenden Kleingeld – über das Shamar zweifellos verfügt - ohne Probleme kaufen kann.

Mit einem leisen Klick öffnet sich die Tür zu unserem Reich und ich muss mir auf die Lippen beißen, um nicht vor Begeisterung loszujubeln. Die Räume unserer Suite sind sehr großzügig im alten englischen Herrschaftsstil eingerichtet. Dicke Teppiche liegen auf dem Boden und schlucken jedes Geräusch. Die Fenster sind bodentief und im Halbbogen oben geschwungen. Sie geben den Blick auf das Grün des Golfplatzes frei. Soweit ich sehen kann, erstreckt sich vor uns eine überaus gepflegte Anlage aus zentimetergenau geschnittenem, unglaublich grünem Gras. Dazwischen befinden sich scharf abgegrenzte Wege, die mit hellen Steinchen ausgelegt sind. Palmen in unterschiedlicher Größe verteilen sich über das gesamte Areal. Weiter weg erkenne ich helle Sandfelder, die zum Golfareal gehören.

Die Zimmer sind hell und luftig, obwohl die Möbel darin aus dunklem, massivem, auf Hochglanz poliertem Holz bestehen. Während Shamar den Hoteldiener mit einem Trinkgeld entlässt, laufe ich weiter in unser Schlafzimmer. Dort steht ein gigantisches Himmelbett, dessen Baldachin aus einem hauchdünnen weißen Stoff gefertigt ist und so zart wie ein Schleier wirkt. Auch das Badezimmer ist eher ein Badetempel als ein Badezimmer.

Wir haben eine begehbare Dusche, bei der das Wasser von der Decke und den Wänden kommt, eine Badewanne die aus einem großen Marmorblock gefräst, in den Boden eingelassen ist. Ringsum ist eine Stufe von vielleicht 25 Zentimetern. Die Wasserhähne sind so konstruiert, dass das Wasser über eine Platte läuft, bevor es wie ein Fächer ins Waschbecken oder aber in die Badewanne fließt.

Ich freue mich darauf, mich von Shamar in jedem Winkel dieser sauteuren Suite verwöhnen zu lassen. Unbemerkt ist er hinter mich getreten und schlingt seine Arme um mich. Von seinen Armen umgeben lasse ich mich rückwärts gegen ihn sinken was ihn dazu verleitet, sein Gesicht in meinen Haaren zu versenken und deren Duft tief einzuatmen.

»Gefällt es dir hier?«, murmelt er mir leise ins Ohr, während ich seinen harten Körper in voller Länge an mir genieße.

»Oh ja, es ist wundervoll.«

Ich drehe mich zu ihm um. »Und ich habe auch schon ein oder zwei Ideen, was ich alles mit dir hier anstellen möchte.« Ich schaue ihn mit unverschleierter Begierde an und finde seine Antwort in seinen Augen. Das geschmolzene Perlmutt verspricht mir weitere heiße Ideen, mit denen er mich beglücken wird. Mir wird ganz weich in den Knien und mein Mund ist plötzlich trocken.

Zu meinem Bedauern können wir nichts von dem was uns gerade durch den Kopf geht, umsetzen, da es an der Türe klopft. Susanne und Nad holen uns ab, um sich ein wenig die Beine zu vertreten und später etwas zu essen.

Unser Nachmittag mit den beiden dauert länger, als ich dachte. Ich bin so voller Vorfreude auf Shamar, dass ich zum Schluss während unseres Essens, unruhig auf dem Stuhl hin und her rutsche. Amüsiert prostet mir Shamar zu.

»Na, mein Engel, bist du müde?«

Wie auf Kommando gähne ich und nicke ihm bejahend zu. Von mir aus hätte es auch zwölf Uhr mittags sein können, mir wäre alles Recht gewesen, um endlich mit ihm alleine zu sein.

Susanne schaut mich verwundert an. »Alles in Ordnung mit dir, Luna? Schon so früh müde?«

Ich zucke mit den Schultern und schaue Shamar an. »Das muss wohl an der Luftveränderung liegen.«

Susanne ist unser Blick nicht entgangen und grinst mir wissend zu.

»Na dann, Süße, schlaf dich mal so richtig aus.« Sie hätte mir auch genauso gut richtig geilen Sex wünschen können. Nichts anderes steht als Botschaft hinter ihren Worten. Lachend verabschieden wir uns von den beiden und an den Händen haltend, eilen wir hinauf in unsere Suite.

Gleich hinter unserer Tür verlässt uns jegliche Zurückhaltung. Wir fallen augenblicklich übereinander her. Shamars Hände umrahmen mein Gesicht, während wir uns so leidenschaftlich küssen, dass unsere Zähne aufeinandertreffen. Stöhnend erbebe ich unter der Macht meiner Libido. Meine Hände finden die Knopfleiste von Shamars Hemd. Blitzschnell ist es aufgeknöpft und markiert, zusammen mit seinem Shirt, welches er darunter trägt, gemeinsam mit meinen Sachen, den Weg zum Bett. Bis wir am Bett angekommen sind, haben wir nur noch unsere Hosen an.

Er wirft mich aufs Bett, wo er mir mit geschickten Fingern die Hose öffnet und sie mir samt Slip von den Hüften zieht. Achtlos wirft er sie zur Seite. Ich richte mich auf meinen Ellenbogen auf und schaue ihm zu, wie er mich mit seinen Augen fixiert und nicht mehr loslässt. Dabei wandern seine Hände fast lasziv nach vorne und öffnen den Gürtel und den Verschluss seiner Hose.

Ungeniert kann ich sein herrliches Muskelspiel sozusagen aus der ersten Reihe beobachten. Ich schlucke krampfhaft. Animalisch, wild und ungezähmt mit den heißesten Versprechen in seinen Augen steht er vor mir und will mich. Wow. Davon werde ich nie im Leben genug bekommen. Er schleudert seine Hose mitsamt den Shorts zur Seite.

Sein Schwanz ist steil aufgerichtet. So groß wie er ist, muss Shamar seine Vorfreude auch schon eine Weile vor sich her schieben. Ich kann mich nicht an ihm sattsehen. Er sieht aus wie ein Gott aus der griechischen Mythologie. Einfach perfekt. Langsam kommt er auf allen Vieren zu mir ins Bett. Ich weiche vorsichtig ein wenig zurück. Die Lust in seinen Augen verbrennt mich fast. In der Zeit, wo wir bei seinen Eltern waren, haben wir uns weitestgehend zurück gehalten. Ich wollte auf keinen Fall, dass uns seine Eltern, oder vielleicht Susanne und Nad hätten hören können. Jetzt will ich alles und ich will vor allem nicht mehr warten.

Noch bevor Shamar die Hand nach mir ausstrecken kann, komme ich auf ihn zu und ergreife die Initiative. Gezielt reize ich ihn. Küsse ihn wild, lasse meine Hände über seine Brust und danach tiefer zu seinem Penis gleiten. Er stöhnt an meinen Lippen auf, was eine ganz besondere Saite in mir zum Klingen bringt. Oh ja, ich möchte, dass er mich genauso schnell und intensiv will, wie ich ihn.

Keine Spielchen, sondern geiler Sex. Ich wandere tiefer, beiße ihn zart und wohldosiert in seine Brustwarzen. Sein Schaft zuckt als Antwort und ein Lusttropfen quillt aus seinem Spalt. Mit meiner Fingerspitze verteile ich ihn auf seiner Penisspitze, während ich mich mit meinen Lippen in Richtung Bauchnabel vorarbeite.

Shamar stöhnt wieder und will sich aufrichten. Doch ich halte ihn mit einer Hand zurück. Fragend schaut er mich an.

»Wenn du dich aufsetzt, dann will ich, dass du mich nach allen Regeln der Kunst vögelst.«

»Alles was du willst, Süße.« Seine Worte sind eins mit seinen Taten. Er richtet sich auf, wirft mich auf den Rücken und drängt meine Beine kraftvoll auseinander. Ohne auch nur eine Sekunde zu zögern dringt er mit einer einzigen Bewegung in mich ein. Von meiner stundenlangen Erregung bin ich tropfnass zwischen den Beinen, dadurch gleitet er bis zum Anschlag in mich hinein. Sein Schaft fühlt sich unglaublich dick und heiß an, das ist aber noch nichts gegen die Glut, die in mir schwelt und ihn sofort umschließt.

»Oh mein Gott Luna. Du bist so heiß. ... Oh ... «

Er bewegt sich langsam vor und zurück. Langsam ist definitiv nicht das, was ich möchte. Ich umfasse mit meinen Händen seine Pobacken und drücke ihm meine Fingernägel ins Fleisch. Ich will mehr – sofort. Die Reaktion auf meinen Griff folgt sofort.

Mit einem tiefen und kehligen Stöhnen wirft er sich tief in mich hinein. Genau das brauche ich jetzt. Während ich ihn mit meinen Händen antreibe, spüre ich, wie sich meine Muskeln zusammenkrampfen und sich heftig zuckend mein Orgasmus entlädt. Ich halte mich nicht zurück, sondern lasse ihn, während ich laut Shamars Namen stöhne, aus mir heraus. Shamar folgt mir augenblicklich und ich spüre ihn in mir, während meine Muskeln ihn von innen melken und massieren. Mit einem letzten Stöhnen bricht er auf mir zusammen und wir bleiben heftig um Atem ringend ineinander verschlungen liegen.

Irgendwann hebt er den Kopf an meiner Brust. »Chérie, das war die Vorspeise. Hast du irgendwelche

Wünsche für das Hauptgericht?«

Ja, denke ich, die habe ich. Ich will es endlich mit ihm ausprobieren und erfahren, ob Analsex wirklich so schmerzhaft ist, wie ich es damals erfahren habe. Er sagte mir damals, dass das nicht der Fall wäre, wenn man es richtig macht. Bei ihm fühle ich mich absolut sicher. Ich weiß ganz genau, dass wenn irgendetwas ist, er sofort aufhören würde. Schon eine ganze Weile habe ich darüber nachgedacht, aber noch nie habe ich das Thema angesprochen.

Sein erwartungsvoller Blick liegt noch immer auf mir.

»Ich, ähmm, erinnerst du dich in den Emiraten noch an unsere erste Nacht im Hotel?«

Vorsichtig nickt er.

»Brauchst du einen Arzt?«

Ich lache auf.

»Nein, selbstverständlich nicht. Ich meine danach; die Nacht nachdem wir essen waren und ich dir von mir erzählt habe.«

Er nickt wieder, immer noch vorsichtig.

»Ja, ich erinnere mich.«

Ich hole tief Luft und schaue ihn an um seine Reaktion auf meinen Wunsch abzuschätzen.

»Ich möchte es unbedingt einmal versuchen. Du sagtest, wenn man es richtig macht, tut es nicht weh.«

Erst sehe ich in seiner Miene Unverständnis, so als ob er erst überlegt, was ich gemeint haben könnte. Dann versteht er und schaut mich ernst an.

»Luna, du musst das nicht für mich tun.«

Ich schüttle den Kopf.

»Nein nicht für dich, sondern für mich. Wenn wir miteinander schlafen und ich dich da spüre, macht mich das sehr an und ich meine, ich dachte, es könnte doch sein ...«

Shamar schließt seine Arme fest um mich und ich kann seinen stetigen kräftigen Herzschlag hören.

»Chérie, ich liebe dich. Wenn du es wirklich möchtest,

dann werden wir das versuchen. Aber ohne Gewährleistung. Wenn dir etwas nicht gefällt, du es dir anders überlegst, oder ich das Gefühl habe, dass es nicht gut ist, dann hören wir damit sofort auf.«

Das ist seine Bedingung. Ich küsse ihn, dankbar für sein Verständnis. »Wir lassen uns Zeit und lassen es in Ruhe angehen.« Ich sehe in seinen Augen, dass ihn der Gedanke an meinem Wunsch anmacht. Seine Augen strafen die Objektivität seiner Worte Lügeen und ich wünsche mir sehnlichst, dass er mit seiner Aussage damals Recht hatte.

»Gönne uns beiden erst mal eine kleine Atempause, Chérie, dann schauen wir weiter.«, murmelt er, während ich halb auf seiner Brust liege und in Gedanken mit meiner Hand über seine Seite streichle. Zustimmend nicke ich mit meinem Kopf an seiner Brust.

»Möchtest du einen Drink?« Er richtet sich auf und schaut mich fragend an.

»Ja, gerne. Ich nehme das, was du nimmst.«

»Sehr gerne, Ma'am.« Mit diesen Worten erhebt sich mein Adonis vom Bett und ich folge mit meinen Augen seiner blanken Kehrseite, während er zur Bar läuft und für uns beide ein Martini auf Eis zubereitet. Mit den Getränken in seiner Hand kommt er zum Bett zurück. Wir kuscheln uns aneinander, genießen den Martini, küssen uns und ich schmecke das Aroma seines Martinis auf meiner Zunge. Mit jedem unserer Küsse steigt unser Appetit auf mehr. Mir klopft vor Aufregung das Herz bis zum Hals. Das Ungewisse und das verbliebene kleine Quäntchen Angst fachen meine Begierde aufs Neue an.

Bald werde ich es wissen. Doch bevor wir intensiver werden, geht er ins Bad und kommt mit einem Tiegel Creme wieder. Natürlich weiß ich, wofür die Creme ist, doch ich beachte sie einfach nicht. Stattdessen konzentriere ich mich voll und ganz auf ihn. Die Vorfreude auf das, was wir gleich miteinander ausprobieren werden, facht meine Lust erneut an. Ich streichle seine Brust, seinen Bauch und seinen Penis. Fahre mit meinen Fingerspitzen über seine Eichel und folge den dicken Venen, die sich an seinem Schaft entlang ziehen. Unendlich sanft drückt er mich zurück in die Kissen.

»Chérie, das ist jetzt mein Part. Lass dich einfach von mir verwöhnen.«

Es fällt mir nicht leicht, mich zurückzulegen und passiv unser Liebesspiel zu genießen. Doch Shamar lässt nicht locker. Er stützt sich seitlich von mir ab und küsst mich. Streichelt meinen Busen und wandert mit seinen Lippen nach unten. Wie unbeabsichtigt spüre ich seine heiße Eichel an meiner Scheide und dann an meinem After.

Er ist glitschig von meiner Feuchtigkeit in meinem Spalt und seinen Liebestropfen, die sich ihren Weg gebahnt haben. Sanft bewegt er sich an mir und erregt mich mit den kleinen Bewegungen und dem Druck seiner Eichel immer mehr. Ich fühle mich, als wäre ich bis zum Platzen mit Begierde angefüllt und keuche, als sich der Druck, der meinem Höhepunkt immer vorausgeht, immer stärker in mir aufbaut. Mein Becken bewegt sich wie im Fieber, kommt ihm entgegen, spielt mit seiner seidigen Härte und lässt ihn an und in meine Nässe gleiten, die noch von unserem vorangegangenen Sex reichlich vorhanden ist. Das ist so gut! Leise stöhnend genieße ich seine Zärtlichkeiten.

Mit meinen Bewegungen versuche ich ihn dazu zu verleiten, in mich einzudringen. Doch er zieht sich immer wieder zurück und konzentriert seine Liebkosungen dafür an anderer Stelle, sodass ich nicht zum Höhepunkt komme. Er küsst meinen Venushügel und eine Hand streichelt mich zwischen den Schenkeln. Er cremt seine Hände reichlich ein und verteilt noch mehr davon an meinem Hintereingang. Während mich seine Lippen vorn verwöhnen und sachte meinen Kitzler berühren, berühren seine Finger geradezu spielerisch meinem Anus.

Ohne dass ich das Gefühl habe, ihm einen großen Widerstand zu bieten, rutscht einer seiner Finger in mich.

Für einen Augenblick verkrampfe ich mich und Shamar hält inne. Er gibt mir Zeit, mich an das ungewohnte Gefühl zu gewöhnen.

Immer wieder findet seine Zunge meine Klitoris und reizt sie mit unterschiedlich schnellen und intensiven Berührungen. Unruhig bewege ich mich wieder, seinen Finger in mir. Mein Körper hat wieder Fahrt für meinen Orgasmus aufgenommen. Das Gefühl seines Fingers in mir ist überhaupt nicht unangenehm, ganz im Gegenteil, ich möchte mehr. Wie schon vorhin, bewege ich mich unruhig. Lust umnebelt mich und ich habe das Gefühl neben mir zu stehen.

Ein zweiter Finger folgt. Das ist schon deutlich enger und der Druck in meinem Hintereingang erhöht sich. Wieder hält er inne und verwöhnt mich mit seinen Lippen und der Zunge. Mit viel Geschick hält er mich immer kurz vor meinem Orgasmus, so dass seine Finger mich nur noch mehr stimulieren und dieses Gefühl alles andere überstrahlt. Jetzt bewegt er seine Finger, gleitet vorsichtig rein und raus.

Dann spreizt er sie und weitet mich noch mehr. Ich befinde mich in einer anderen Welt. Einer Welt aus purer Lust. Jede Bewegung, jedes Streicheln, jeder Kuss katapultiert mich weiter und höher. Er zieht seine Finger aus mir heraus und ich protestiere dagegen. Gleich darauf spüre ich seine Penisspitze an meinem Hintereingang. Mit der Hand, deren Finger mich bereits hinten erkundet haben, verreibt Shamar die Creme an seinem Schaft. Jedes Mal, wenn er mit seinen Händen an sich entlang streicht, berührt mich seine Spitze. Sie fühlt sich heiß an. Ich kann nicht still liegen und komme ihm auf halben Weg entgegen.

Der Augenblick ist gekommen. Seine Eichel liegt heiß vor meinem Anus und drückt mit weicher Unnachgiebigkeit dagegen. Mein Eingang gibt nach. Deutlich spüre ich, wie er sich unter seinem Druck öffnet und Shamars Glied wie mit einer festen Faust umschließt.

Er atmet heftig. Sein Körper ist aufs Äußerste angespannt und konzentriert. Ich ertrinke vor Lust. Mit ein bisschen mehr Druck verschwindet seine Spitze in mir und er hält still. Gibt mir wieder einmal Zeit um mich an ihn zu gewöhnen. Er ist groß, riesig. Den Druck, den seine Eichel in mir auslöst, kann ich kaum aushalten.

Seine Fingerkuppen finden meinen Kitzler und erregen ihn erneut unendlich sanft und vorsichtig. Wieder erlebe ich fast einen Höhepunkt. Doch bevor ich kommen kann, schiebt sich sein Penis langsam weiter in mich hinein und weitet mich. Mein Fleisch gleitet willig zur Seite und gewährt ihm den Platz, den er braucht.

Er beobachtet mich atemlos, registriert jede meiner Bewegungen. Es muss ihn unglaublich viel Überwindung kosten, es so langsam anzugehen. Zentimeter für Zentimeter erobert er mich. Dann ist er vollständig in mir und bewegt sich vorsichtig vor und zurück. Wie gut, dass ich eingecremt bin. Er zieht sich bis auf die Penisspitze zurück und gleitet wieder hinein. Oh ja, er hat Recht behalten.

Wenn man es richtig macht, tut es nicht weh. Er füllt mich komplett aus und weitet mich. Er zieht sich komplett aus mir zurück. Widerstrebend protestiere ich. Noch bevor ich meinen Protest in Worte fassen kann, dreht er mich um und ich knie auf allen vieren vor ihm. Meine Eingänge liegen feucht und offen vor ihm. Er stöhnt, während sein Schwanz erneut um Einlass an meinem Hintereingang bittet. Leicht gleitet er hinein, dieses Mal sogar noch ein Stückchen tiefer.

Er umfasst mich und streichelt meinen Kitzler, mit der anderen Hand zupft er sanft an meinen Brustwarzen, während er aus der Hüfte sanft in mich hinein stößt. Das alles zusammen ist zu viel für mich. Mein Fleisch ist von meinen Beinahe-Orgasmen hochgradig sensibel und bei den zielgerichteten Reizen lässt sich mein Höhepunkt nicht mehr aufhalten. Mit der Gewalt eines ICEs bahnt sich mein Orgasmus seinen Weg in die Zielgerade. Ich habe die Kontrolle verloren und zucke in wilder explosionsartiger Lust. Shamar hält sich nicht mehr zurück und ich hätte auf ihn nicht eine Millisekunde warten können. Er bewegt sich schnell und heftig in mir, um sich unmittelbar nach mir in langen Zügen immer wieder in mich zu ergießen. Mein Denken setzt aus. Ich bestehe nur noch aus Lust und zuckenden Muskeln, die sich nach meinem Höhepunkt zusammen mit mir in eine formlose Masse verwandeln.

In Löffelchenstellung lassen wir uns zurück auf das Bett sinken. Er ist immer noch in mir. Dort. Mein Kopf liegt auf seinem Arm, während seine andere Hand sanft über meine Kontur gleitet. Mit dem Abebben meines Höhepunktes wird der Druck hinten unangenehm und ich rücke ein Stückchen ab. Er gleitet aus mir heraus und verschafft mir augenblicklich Erleichterung. Shamar ist still und küsst meine Schulter. Er wartet darauf, dass ich etwas zu ihm sage.

Ich drehe mich zu ihm um.

»Shamar, das war absolut unglaublich. Du hast so Recht. Es ist unglaublich erregend, wie du es gemacht hast. Das würde ich sehr gerne wieder mit dir machen.«

Er zieht die Augenbrauen hoch.

»Aber nicht jetzt.«, grinse ich. Denn mein Po braucht jetzt erst mal eine kleine Ruhephase. Jetzt, wo ich einmal auf den Geschmack gekommen bin, steht das ganz oben auf meiner Wiederholungsliste. Völlig erledigt küsse ich ihn nochmal und drehe mich wieder um, um mich in seine Arme zu kuscheln. Es dauert noch eine ganze Weile, bis wir uns von unserem Himmelbett trennen und uns im Bad duschen.

18

Wir sind auf den Weg nach Santa Barbara. Nad und Susanne fahren voran und wir folgen ihnen. Die Küstenstraße zwischen Oxnard und Santa Barbara schlängelt sich an den Felsen vorbei. Links von uns schlagen die Wellen des Pazifiks an die Felsen, die viele Meter unter uns liegen. In spitzen Kurven verläuft die Straße exakt an der Küstenlinie. Nad fährt die Strecke recht forsch und Shamar steht ihm nicht ein bisschen nach.

Immer wieder werde ich daher von der Fliehkraft in die Seitenbereiche meines Sitzes gedrückt. Das Fahren macht richtig Spaß, denn beide Autos haben eine fantastische Kurvenlage, die diesen Fahrstil optimal unterstützt. Nach vielleicht einer guten halben Stunde erreichen wir Santa Barbara. Das Erste was uns begegnet, ist ein großer Diner, an einer Kreuzung am Ortseingang.

Die Häuser bestehen aus kleinen gepflegten Einfamilienhäusern, ähnlich denen, die ich bereits aus der Luft bewundert habe. Bislang habe ich Santa Barbara immer für ein kleines Städtchen gehalten, doch ich muss meine Annahme korrigieren. Trotz aller Beschaulichkeit ist die Fläche recht ausgedehnt. Wir erreichen den Campus der Universität und fahren weiter in Richtung Küste. Vor einem kleinen Haus, in einer Stichstraße, unmittelbar an der Küste, bleiben wir stehen. Kaum das unsere Fahrzeuge vor dem Haus halten, öffnet sich die Tür und Charlie springt in ausgewaschenen Jeans und einem viel zu großen Sweatshirt heraus. Sie freut sich, uns zu sehen und begrüßt jeden einzelnen mit einer Umarmung, bevor sie uns alle ins Haus zieht.

Innen drin ist es sehr gemütlich und geräumig. Es gibt eine offene Küche, mit einer Theke in Richtung Wohnraum. Der Wohnraum selber hat eine gemütliche Sitzgruppe und riesengroße Panoramaglasscheiben. Vor den bodentiefen Fenstern im Wohnzimmer befindet sich eine riesige Holzterrasse, die über dem Sand des Strandes liegt und eine Aussicht erster Klasse auf das Meer bietet. Ich bin mir sicher, dass es Menschen gibt, die für den Ausblick aus Charlies Studentenbude gemordet hätten. Der Strand ist über eine schmale Treppe, über wenige Stufen erreichbar. Neben dem Haus ist ein Garten mit einer kleinen Rasenfläche.

Sie teilt sich das Haus mit einer Mitbewohnerin. Tina ist eine Freundin und ehemalige Mit-schülerin, die sie als Cheerleaderin im gleichen Team kennengelernt hat. Außerdem gehört noch Rondo zu den Bewohnern. Allerdings ist Rondo ein Mischlingshund mit mehrfach unbekannten Elternteilen. Ein liebenswertes Kerlchen, der sich sofort an meinen Füßen zusammen kuschelt. Stolz zeigt Charlie Susanne und mir das gesamte Haus. Die Schlafzimmer sind in der oberen Etage. Ich zähle zwei und ein Zimmer, welches als Arbeitszimmer genutzt wird. Darin stehen zwei Schreibtische. Dort oben befindet sich auch ein großes Badezimmer mit einer luxuriösen Ausstattung. Dort kann man genießen und ausspannen. Ihr Schlafzimmer ist in weiß und hellblau gehalten. Kleine Miniaturen hängen an der Wand und eine weiße Spitzendecke liegt über ihrem Bett. Das Haus ist wunderschön und ich kann mir vorstellen, dass sie hier so schnell auch gar nicht mehr ausziehen möchte.

Charlie klappert in der Küche und kocht uns allen noch eine Tasse Kaffee, bevor es losgeht. Wie ich zwischenzeitlich erfahren habe, ist Charlie für die Wahl des Ortes unserer heutigen Silvesterfeier verantwortlich. Wir machen es uns alle in der Sitzecke bequem und warten auf den Kaffee, den Charlie uns aus der Küche mitbringt.

»Du Luna«, sagt sie, während sie mir meine Tasse Kaffee anreicht, »ich musste mir einen Leihwagen vom Flughafen aus nehmen, da mich Tina zwar hingefahren hat, mich aber nicht abholen konnte. Da ihr ja nach Oxnard zurückfahrt, wäre es nicht möglich, dass ihr den Wagen mitnehmt und für mich am Flughafen abgebt?« Ich tausche einen kurzen Blick mit Shamar, ich selber habe kein Problem damit, ihren Wagen nach Oxnard zurück zufahren. Schließlich ist die Strecke nicht weit und wir sind in maximal einer dreiviertel Stunde dort.

»Das mache ich gerne, Charlie. Gib mir einfach den Schlüssel und ich fahre dein Auto brav hinter Shamar her nach Oxnard.«

»Ist ja supi!« Strahlt sie mich an und springt auf, um mir die Fahrzeugschlüssel, die auf der Küchenzeile liegen, anzugeben.

Wir genießen den restlichen Nachmittag auf Charlies Couch und bewundern den herrlichen Sonnenuntergang, für dessen Schauspiel wir in der ersten Reihe sitzen.

Als es auf 20 Uhr zugeht, brechen wir auf. Shamar ist in den letzten Stunden auffallend still geworden und ich wundere mich, was wohl mit ihm los sein könnte. Ich zupfe ihn beim Hinausgehen der Anderen unbemerkt am Ärmel.

»Ist alles mit dir in Ordnung?«, frage ich ihn. Er schaut mich liebevoll an und nimmt eine Haarsträhne, die in mein Gesicht gefallen ist, zur Seite.

»Ja alles in Ordnung, Chérie, tut mir leid. Ich war in Gedanken. Es ist nichts. Wirklich nicht.« Sanft küsst er meine Lippen, während sich seine Augen ein wenig dunkler färben. Ich könnte in seinem Blick versinken und die nächsten hundert Jahre so stehen bleiben. Doch Charlie stößt zu uns und unterbricht unseren magischen Moment.

Wir fahren mit drei Autos wieder in Richtung Zentrum. Vor einem Restaurant mit Karaokebar halten wir und betreten den Laden.

»Charlie, das ist hoffentlich nicht dein Ernst? Eine Karaokebar?«

Ich bin gelinde gesagt entsetzt. Ich kann nicht singen, ich bin mir sicher, dass ich in Nullkommanichts den größten Schuppen leersinge. Was hat sie sich dabei nur gedacht?

»Hey, Luna, das wird ein Riesenspaß. Ganz bestimmt. Vertrau mir einfach. Ich habe das schon ein paar Mal gemacht und ich finde es herrlich! Außerdem gibt es hier die besten Steaks der Welt.« Bei ihren Worten breitet sie, wie ein Star auf der Bühne, ihre Arme aus.

»Charlie, Karaoke ist nicht gerade mein liebster Zeitvertreib, aber was soll es, probieren geht über studieren.« Schulterzuckend folge ich ihr in die Bar hinein. Ich möchte ihr den Spaß nicht verderben und da Nad und Susanne völlig entspannt sind, werde ich sicherlich keine Spaßbremse sein. Alles ist für eine Silvesterfeier geschmückt und alle Tische, die sich um eine große Bühne befinden, sind bis auf einen bereits besetzt.

Der freie Tisch direkt an der verwaisten Bühne ist für uns reserviert. Wir setzen uns alle hin und eine niedliche Kellnerin in schwarzen Shorts und weißem Shirt nimmt unsere Bestellung auf. So wie es aussieht, hat Charlie uns diesen Tisch reserviert, denn auf dem Reservierungsschildchen steht in schwungvollen Buchstaben Charlie S. Shamars Stimmung befindet sich immer noch im Keller und ich frage mich, welche Laus ihm über die Leber gelaufen ist, weswegen er zu Silvester derartig miesepetrig drauf ist. So kenne ich ihn gar nicht.

Ich beschließe, seine schlechte Stimmung einfach zu ignorieren, schließlich ist Karaoke ja auch für mich ein Gräuel. Nur lasse ich mir das nicht anmerken. Susanne und Charlie unterhalten sich über die Kellnerinnen, und deren Berufsbekleidung, zu denen Shorts gehören.

Die beiden werfen kritische Blicke auf die umhereilenden Mädels. Stimmt, nicht jeder kann die kurzen Dinger tragen. Zusammen mit den beiden beobachte ich eine unglücklich wirkende ziemlich stämmige Bedienung. Das Gespräch lenkt mich vor dem vor sich hin brütenden Shamar ab. Nad und Susanne sind in Hochstimmung. Lebhaft fliegen die Kommentare zwischen den beiden und Charlie hin und her. Zum Schluss sitzen wir nachher da und lachen Tränen. Aus den Augenwinkeln betrachte ich Shamar. Er wirkt furchtbar angespannt; er lacht zwar mit, wirkt aber die ganze Zeit abwesend. Keiner der anderen scheint das zu bemerken.

Wir bestellen uns Steaks, die laut Charlie in diesem Restaurant phänomenal sein sollen. Der Laden füllt sich immer mehr und schließlich wird die Bühne hell erleuchtet. Ich nehme an, Charlie mag Karaoke; warum sonst sollte sie darauf bestehen, uns in diese Bar zu führen. Der erste Gast, eine Frau, erobert die Bühne und singt eine ziemlich schräge Auslegung von „Like a virgin“ von Madonna. Ihr folgt ein Mann, der ein mir unbekanntes Lied singt. Immer wieder geben sich die Gäste das Mikro in die Hand und das Publikum johlt und singt mit. Der Abend ist bereits weit vorangeschritten, als Susanne und Nad aufstehen und auf die Bühne zusteuern. Oh nein, denke ich, nicht Susanne. Nie im Leben hätte ich gedacht, dass sie überhaupt jemals auch nur einen Ton vor Publikum singt. Scheinbar reichen ein paar Mojitos und etwas Bier aus, um ihr auf die Bühne zu helfen. Auf den Weg dorthin halten sie kurz bei einem – wie soll ich es nennen? – DJ? - an, um einen Musikwunsch zu platzieren. Ich sitze unten im Publikum und schaue den beiden zu.

Susanne winkt mir zu und konzentriert sich dann auf

Nad und ihren Text. Die Musik fängt an und ich erkenne an den ersten Klängen ein wunderschönes Duett: Summer Wine, welches im Original unter anderem von Ville Valle und Natalie Avelon gesungen wurde. Eine sehr gute Wahl, denke ich, denn Susannes Stimme klingt der Originalsängerin sehr ähnlich. Ich bewundere die beiden, die dieses Duett so lässig singen, als würden sie jeden Tag auf der Bühne stehen und vor einer Menge Leute auftreten.

Ich mag das Lied und singe leise mit. Als das Lied der beiden endet, tritt Susanne an das Mikro und kündigt eine neue Sängerin an. Mich. Mit einem Schlag rutscht mir das Herz in die Hose. Nein, alles mache ich mit, nur bitte nicht Karaoke und nicht hier von der Bühne. Doch es hilft nichts, das Publikum klatscht rhythmisch in Erwartung meines Auftrittes die Hände. Derartig genötigt erhebe ich mich schweren Herzens und laufe zur Bühne.

Shamar grinst mich schief an, was mich nicht wirklich ermutigt. Wenn ich schon singen muss, dann möchte ich etwas singen, was ich ganz gut kann und was meine Empfindungen Shamar gegenüber wiederspiegelt. Fieberhaft denke ich nach. Dann ist meine Entscheidung gefallen. Ich gebe meinen Musikwunsch an. Satellite von Lena. Das ist in Deutschland so oft gelaufen, dass ich es eigentlich rückwärts pfeifen könnte und es passt ganz gut. Außerdem möchte ich nichts Deutsches singen, da es niemand außer Susanne verstehen würde. Also muss die gute Lena herhalten, die Deutschland beim Eurovision Song Contest so gut vertreten hat. In Kürze wird das Publikum wissen, dass ich wie ein Satellit um Shamar kreise und nicht eine Minute ohne seine Liebe leben kann. Von Nad erhalte ich das Mikrofon, das er soeben benutzt hat. Er zieht mich kurz an sich und flüstert mir ins Ohr.

»Ist halb so schlimm, Luna. Augen zu und durch.« Toll, er mag das locker wegstecken, aber ich nicht. Mit wackeligen Beinen und gehörigen Lampenfieber lenke ich meine Schritte die Stufen hoch. Ich kratze meinen ganzen

Mut zusammen und stehe plötzlich alleine auf der Bühne. Die Scheinwerfer strahlen mich an und blenden die vielen Leute aus. Die ich im Moment noch hören aber nicht mehr sehen kann. Mit den ersten Klängen meines Liedes wird es ruhig und alle lauschen der Musik. Ich gehe davon aus, das Lenas Liedchen hier gänzlich unbekannt sein wird. Die Melodie ist leicht und lädt zum Mitwippen ein. Jetzt sehe ich auf den Monitor, auf dem der Text angezeigt wird.

Wie gut, dass ich es so gut wie auswendig kann. Lesen, singen und noch die richtige Tonlage treffen, wäre sicherlich ein bisschen zu viel für mich gewesen. Doch mit der Textsicherheit im Hintergrund funktioniert es ganz gut. Ich schaue Shamar an und singe. Mit einem Mal sind alle Leute ausgeblendet und ich sehe wie hypnotisiert nur noch Shamar. Das Lied geht mir leicht von den Lippen und ich bewege mich ungezwungen im Takt. Mit dem letzten Takt verschwindet der Bann und ich erhalte lauten Applaus. Jetzt habe ich nur noch einen Wunsch, endlich runter von der Bühne. Doch ein bisschen Rache muss sein; da mir Charlie das Erlebnis eingebrockt hat, kündige ich sie mit einem süffisanten Lächeln als Nächstes auf der Bühne an.

So wie sie grinst, hat sie keine andere Reaktion von mir erwartet. Während ich ihr das Mikrofon anreiche umarmt sie mich und raunt mir zu.

»Du warst toll, Luna. Wusstest du eigentlich, wie gut du singen kannst?« Nein das wusste ich nicht. Ich schüttle den Kopf. »Nein, Charlie, das wusste ich nicht. Aber das nächste Mal, wenn du mich in einen solchen Laden schleppen möchtest, warne mich bitte vor!«

Sie lacht und schnappt sich das Mikrofon von mir. »Luna, das ist doch alles ganz harmlos und bei deiner Stimme brauchst du dich nicht zu verstecken!«

Bevor ich ihr antworten kann, steigt sie die letzten Stufen zur Bühne hoch und verneigt sich unter dem Applaus, den sie noch vor ihrem Lied erhält. Sie singt ein uraltes Lied, was es wohl in fast allen Sprachen gibt: „Marmor, Stein und Eisen bricht!“ Schräg und aus lautem Hals trällert sie Drafi Deut-schers Song aus vollem Hals aus sich heraus. Immer wieder unterbricht sie sich selbst, da sie vor lauter Lachen immer wieder aus dem Rhythmus kommt. Anscheinend ist der Titel bekannter als ich dachte. Die Leute gehen richtig mit und singen laut den Refrain mit ihr zusammen. Charlie macht das ganz professionell und animiert das Publikum zum Mitsingen, indem es das Mikrofon einfach zu den Leuten rüber hält.

Sie mal einer an, Shamars kleine Schwester hat den Laden voll im Griff. Ich nehme noch einen Schluck von meinem Virgin Margerita, einer alkoholfreien Variante des Margeritas. Nur noch einer in der Runde fehlt. Shamar. Ich bin gespannt, ob er den Spaß mitmacht. Eigentlich kann ich mir das nicht vorstellen, denn für so eine Aktion ist er viel zu ernsthaft. Doch bevor Charlie von der Bühne herunter kommt, steht er auf und geht auf den DJ zu. Er spricht mit ihm und es dauert etwas länger. Charlie kommt ihm überdreht auf den Stufen entgegen und fällt ihm in die Arme. Mit einem kleinen Klaps schickt er Charlie wieder auf ihren Platz, bevor er selber auf die Bühne steigt. Er steht absolut selbstsicher dort und wartet auf die ersten Klänge seines Liedes. Was er gewählt hat, haut mir glatt die Füße weg. „Wild Love“ von Rea Garvey. Das Publikum tobt und Shamar ist ein Anblick, für den ich freudestrahlend gestorben wäre. Seine Augen schimmern dunkel und geheimnisvoll, die schwarzen Haare fallen ihm leicht in die Stirn, das Hemd leicht geöffnet zeigt es ein wenig von seiner muskulösen unbehaarten Brust.

Die Uhr, die ich ihm zu Weihnachten geschenkt habe, schimmert im Licht der Scheinwerfer silber und edel an seinem Handgelenk. Es gibt keine Frau im Saal, die ihn nicht sprichwörtlich sabbernd anstarrt. Mit seiner klaren Stimme, die stark dem Frontsänger der Gruppe Sunrise Avenue ähnelt, singt er das Lied noch besser als Rea Garvey. Ich habe einen trockenen Mund und ich weiß, dass jeder Satz des Liedes das er singt, nur für mich ist. Das Lied endet und das Publikum gehört ihm. Wieder einmal hat er die Messlatte so hoch gelegt, dass es jedem anderen schwerfallen dürfte, auch nur annähernd daran zukommen. Tobender Applaus belohnt ihn für seine Darbietung. Susanne pfeift sogar ganz undamenhaft auf zwei Fingern.

Warum auch immer, bleibt Shamar oben auf der Bühne stehen. Will er etwa noch eine Zugabe geben?

»Dieses Lied ist für Luna.« Er schaut mich an und meine Beine sind ganz weich. Mühsam schlucke ich den Knoten in meinem Hals herunter. Wild Love war schon eine Liebeserklärung. Was soll danach noch kommen?

Die ersten Klänge eines Liedes erklingen, ich kenne es nicht. Dann singt er:

Ich denke, ich habe lange genug gewartet,
habe genug Zeit verstreiche lassen,
um zu wissen, was ich in meinem Leben will und brauche.
Wenn ich dich im Moment so anschaue,
sagt mir mein Herz warum.
Du bist die Einzige für mich.
Und heute Abend, wenn du mich dies fragen lässt,
Mit dem Himmel als meinem Zeugen:
Willst du mich heiraten?
Ich möchte mit dir bis in alle Ewigkeit zusammen sein.
Ich schwöre dir, meine Liebe zu dir wird immer fortbestehen.
Hier auf meinen gebeugten Knien,
Mein Engel, bitte, ich frage dich,
Willst du mich heiraten?

Alles ist mucksmäuschenstill. Shamar singt mit klarer Stimme und geht mit dem schnurlosen Mikrofon von der Bühne, vom Scheinwerfer verfolgt kommt er zu mir und kniet sich vor mich hin und singt weiter.

Alles was ich in deinen Augen sehe,
macht mich tief in mir so sicher,
Denn ich möchte nicht einen Moment mit dir verlieren.
Wie ein Bild aus meinen Träumen,
eines, welches zur Wirklichkeit werden wird.
Weil du den gleichen Traum träumst wie ich.
Lass mich dich fragen,
der Himmel ist mein Zeuge:
Willst du mich heiraten?
Ich möchte mit dir bis in alle Ewigkeit zusammen sein.

Das ist ein Heiratsantrag! Ein Heiratsantrag, ich fasse es nicht. Ich schaue ihn an, Tränen verschleiern mir die Sicht und ich lache und weine gleichzeitig. Ich kenne ihn erst so kurze Zeit, doch ich bin mir 1000prozentig sicher, dass ich ihn will. Seine Liebe zu mir; die vielen Schwierigkeiten die wir überstanden haben. Jedes seiner gesungenen Worte kann ich persönlich unterschreiben. Ja, es mag nicht üblich sein, so schnell den Bund fürs Leben zu schließen. Doch sicherer als ich jetzt bin, kann ich auch in zwanzig Jahren nicht sein.

Das Licht der Scheinwerfer ist Shamar gefolgt und liegt nun das zweite Mal an diesem Abend auf mir. Trotz der vielen Leute um uns herum, habe ich das Gefühl, mit ihm alleine zu sein. Alles andere ist ausgeblendet. Shamar umfängt mich mit einem liebevollen Blick. Ich kann nicht anders, als ihm meine Hand zu reichen, von meinem Stuhl aufzustehen und Shamar zu mir hoch zu ziehen. Dann nehme ich ihm das Mikrofon aus der Hand. Just in diesem Augenblick dreht der Diskjockey die Musik leise und alle im Saal hören laut und deutlich meine Antwort.

»Ja, Shamar. Ich liebe dich. Ja, ich will!«

So atemlos, wie alle gelauscht haben, bricht jetzt lautstarker Jubel los. Ich werfe mich in Shamars Arme und küsse ihn. Susanne, Nad und Charlie stehen sofort bei uns und nehmen uns nacheinander in die Arme. Nad drückt seinen Bruder fest an sich und klopft ihm auf die Schulter. Dann bestellt er für unsere Runde eine Flasche Champagner und ich kann kaum glauben, dass eine Karaoke Bar tatsächlich eine Flasche Moet&Chandon bevorratet, die von unserer niedlichen Kellnerin in Shorts gekonnt serviert wird.

Das Treiben auf der Bühne wird zur kompletten Nebensache. Shamar zieht aus der Innentasche seiner Jacke ein kleines Kästchen. Das öffnet er und steckt mir einen Verlobungsring an meinen rechten Ringfinger. Atemlos schaue ich dabei zu. Er ist aus Platin gearbeitet. Ein großer blauer Brillant umgeben von kleinen weißen Diamanten. Ich bin sprachlos vor Überraschung und Glück. Mit einem Schluchzen vor lauter ungläubigem Glück werfe ich mich erneut an seine breite Brust und halte ihn ganz fest.

Ich liebe ihn so sehr. Die Ewigkeit ist mir nicht genug, aber ich fange schon mal mit einer gemeinsamen Lebensspanne an. Unsere Lippen finden sich und ich lege alle meine Gefühle in diesen Kuss hinein. Er umfasst zärtlich mein Gesicht und schaut mir in die Augen.

»Ich liebe dich so sehr, Chérie!«, flüstert er leise und für die anderen im umgebenden Lärm unhörbar.

Die Uhr ist vorangeschritten und es sind nur noch wenige Minuten bis zum neuen Jahr. Um uns herum werden Gläser vorbereitet, mit denen wir auf das neue Jahr anstoßen werden. Laut zählen wir, als es soweit ist, alle rückwärts. Dann prosten wir einander zu und nehmen uns in die Arme.

Was für ein ereignisreiches Jahr liegt hinter mir, und was hält das neue Jahr wohl für uns bereit? Ob Shamar Kinder will? Ich hätte gerne eine richtige Familie. Jedes Mal wenn Raoul und Mayenne mit ihrer Tochter da sind, spüre ich deutlich, dass ich genau das sehnsüchtig erträume. Doch erst mal einen Schritt nach dem anderen. Ich lächle versonnen, während ich mit meinem Rücken an Shamars Brust lehne und dem Treiben um uns herum zuschaue.

Gegen ein Uhr nachts verlassen wir die Bar und verabschieden uns draußen voneinander. Nad und Susanne setzen Charlie an ihrem Haus ab und fahren dann weiter zu ihrem Hotel in Santa Barbara. Die beiden wollen noch ein paar Tage hier in der Gegend verbringen und haben deshalb nur eine Nacht in unserem Hotel in Oxnard verbracht.

Ich setze mich wieder in den kleinen Leihwagen von Charlie, den ich schon hierhin gefahren habe und Shamar fährt mir mit dem Cayenne voraus. Die Straßen sind wie ausgestorben. Das Marriott Hotel ist noch in dem Navigationssystem von Shamars Leihwagen gespeichert. Mehr als dreißig Minuten dürfte es nicht dauern, bis wir da sind. Ich schnalle mich an und fahre dem Cayenne hinterher. Trotz der einsamen Straßen muss Shamar an einer Kreuzung stark bremsen, weil aus der Straße rechts von ihm, ein Fahrzeug in den Kreuzungsbereich hereinfährt und ihn schneidet. Schnell verlassen wir Santa Barbara und biegen auf die Küstenstraße ein.

Anscheinend hat er es sehr eilig, zum Hotel zu kommen. Er fährt zügig in die nächste Kurve. ‚Bist du von allen guten Geistern verlassen Shamar?' Denke ich. Diesen Fahrstil kenne ich nicht von ihm. Mein Handy klingelt. Es liegt in der Ablage vorne vor dem Automatikhebel. Auf dem Display wird mir Shamars Name angezeigt. So gut es geht, halte ich mir das Telefon ans Ohr.

»Luna,« seine Stimme klingt seltsam gepresst, »irgendetwas stimmt mit meinem Fahrzeug nicht. Die Bremsen funktionieren nicht und meine Lenkung ist sehr schwergängig, dafür werde ich immer schneller.«

Scheiße, das hört sich nicht gut an.

»Funktioniert die Handbremse?« Ich bin hochgradig beunruhigt, denn die Küstenstraße ist definitiv der falsche Ort für eine defekte Bremsanlage.

»Schon versucht, Luna. Nein auch die Handbremse funktioniert nicht. Ahhh, verdammt ...«

Mit quietschenden Reifen durchfährt er eine Innenkurve.

»Oh Gott, was ist da los bei dir?« Ich höre die Panik in meiner Stimme.

»Luna, höre mir genau zu, denn ich weiß nicht, wie lange ich noch mit dir reden kann. Ich kann weder bremsen noch richtig lenken und werde versuchen, an einer geeigneten Stelle auszusteigen. Wenn mir etwas passiert, dann wende dich an Nad und Raoul. Ich habe ein Testament gemacht und dich als Begünstigte eingetragen. Die beiden werden dir in allen Dingen helfen. Ich liebe dich, mein Engel, ich werde dich immer lieben.«

Ich atme hektisch und merke, dass meine Angst um ihn mich in meinem Handeln völlig einschränkt. Was sagt Rick immer? Eine Lösung finden. Gefahr ist real – Angst ist meine Entscheidung.

»Shamar, ich liebe dich! Es muss doch irgendeine Lösung geben. Was kann ich machen?«

»Chérie, du kannst nichts machen. Bring dich in Sicherheit, das ist das Wichtigste. Ich will auf keinen Fall, dass dir etwas passiert.«

Typisch Shamar, wenn es brenzlig wird, soll ich mich zurückziehen. Ganz sicher nicht. Ein Plan formt sich in meinem Kopf. Wenn es mir gelingt, mich mit meinem Auto vor ihn zu setzen, dann könnte ich für ihn bremsen. Das muss doch irgendwie funktionieren. Im Film klappt das doch auch immer...

»Shamar, versuche so weit, wie möglich, rechts zu fahren!«

Ich schalte mein Handy auf die Freisprechfunktion und werfe es auf den Beifahrersitz. Dann trete ich das Gaspedal bis unten hin durch. Mit einem Aufheulen reagiert der Motor und mein Auto gewinnt an Geschwindigkeit.

»Luna, bist du verrückt? Was machst du da?« Höre ich Shamars entsetzte Stimme.

»Ich versuche deinen Arsch zu retten, Kumpel.« Eine

bessere Ausdrucksart fällt mir gerade nicht ein. Mein Auto schlingert, während ich mit aufgeblendeten Scheinwerfern den Cayenne auf der Gegenfahrbahn überhole.

»Luna, ich bin bereit, mein Schicksal anzunehmen. Aber hör gefälligst auf, dich selber zu gefährden!«

Ich bin mit ihm auf gleicher Höhe, habe aber keine Zeit zu ihm rüber zuschauen. Zum Teufel mit seinem „Ich akzeptiere mein Schicksals". Das ist mir so was von schnuppe.

»Shamar, ich liebe dich. Entweder wir beide oder niemand. Es ist mein Leben und ich lasse mir da jetzt nicht von dir reinreden!«

Ich höre ihn eine ganze Reihe von Schimpfwörtern ausstoßen. Ist mir total egal. Mit beiden Händen habe ich das Lenkrad fest im Griff und danke Gott, dass mir niemand entgegen kommt. Mein Auto schaukelt und quietscht. Warum hat sich Charlie bloß so ein kleines Auto geliehen. Normalerweise gönnt sich die ganze Familie Shalazar alles in XXL. Aber nein, ich trete mit einer sprichwörtlichen Nuckelpinne gegen Goliath an. Alles aus dem kleinen Wagen herausholend, überhole ich den Cayenne schließlich und schere auf seiner Fahrspur schaukelnd vor ihm ein. Dann bremse ich meinen Wagen ab. Langsam, trotzdem kann ich nicht verhindern, dass er hinten mit einem lauten Knall auf meinen Kofferraum auffährt.

»Chérie« tönt seine Stimme aus dem Lautsprecher meines Handys, »wenn du das nicht überlebst, bringe ich dich eigenhändig um.« Seine Stimme ist schneidend. So angepisst habe ich ihn noch nie gehört. Klar, wäre ich an seiner Stelle auch. Aber ich werde ja wohl noch das Recht haben, über mein eigenes Leben zu entscheiden.

»Shamar, ich liebe dich und ich werde verdammt nochmal dein angebliches Schicksal nicht akzeptieren. Wenn ich das nicht überlebe, kannst du mich meinetwegen umbringen, jetzt bin ich erstmal beschäftigt.« Ich kann das, was er sagt nicht verstehen, da das Kreischen des Metalls so furchtbar laut ist. Verzweifelt versuche ich zu bremsen. Dazu drücke ich mit beiden Füßen auf dem Bremspedal. Tatsächlich schaffe ich es, die Geschwindigkeit zu reduzieren.

Mein Auto vibriert komplett, so als hätte es Schüttelfrost.

»Es funktioniert, Shamar.«, schreie ich enthusiastisch in Richtung Telefon.

Trotz meines Bremsens werde ich von dem Cayenne nahezu mühelos nach vorne geschoben. Allerdings rasen wir nicht mehr so schnell die Küstenstraße entlang, sondern nähern uns den 50 Km/h. Das ist ein himmelweiter Unterschied zu der Geschwindigkeit die wir noch vor wenigen Minuten drauf hatten.

»Es funktioniert, Chérie! Es funktioniert!« Seine Stimme klingt ungläubig und staunend. Das Herz schlägt mir bis zum Hals.

»Wir kriegen das hin, mein Schatz. Ganz ruhig, gleich haben wir es.« Versuche ich mich selber zu beruhigen. Es stinkt nach verbrannten Bremsbelägen und nach Gummi, sodass mir von dem Geruch übel wird. Doch die Geschwindigkeit nimmt ab. Im Geiste sehe ich uns schon mit zwei Unfallautos, aber heil und unversehrt. Shamars Stimme holt mich aus meiner Sekundenillusion.

»Luna, es gibt ein Problem.« Seine Stimme ist gequält.

Was denn noch? Es funktioniert doch?

»Was für ein Problem, Shamar?«

»Die Lenkung. Ich kann das Lenkrad so gut wie nicht bewegen.«

Scheiße, scheiße, scheiße. Meine Gedanken rasen immer schneller in der Hoffnung, eine Lösung zu finden. Aber ich kann die Steuerung nicht übernehmen, selbst wenn der Cayenne mit meinem Wagen verbunden wäre, könnte ich uns beide nicht lenken. Dazu ist die Masse des Cayennes viel zu groß. Die einzige Chance ist, bis zur nächsten Kurve beide Autos zum Stehen zu bringen.

»Ich versuche nochmehr zu bremsen, vielleicht schaffe ich es bis zur nächsten Kurve beide Autos anzuhalten.« Ich spreche mit dem Mut der Verzweiflung.

»Luna. Das wird nicht hinhauen. Bremse so gut es geht, wir werden sehen. Ich liebe dich!«

Ich sehe die nächste Kurve auf uns zukommen. Es ist eine Außenkurve, die am Berg, direkt ober-halb der Felsenküste entlang führt. Mit beiden Füßen stehe ich auf der Bremse und habe die Hand-bremse fest angezogen. Doch die Fahrzeuge schieben sich als schwere wuchtige Masse auf die Kure zu.

»Schatz, was soll ich tun?« Verzweifelt hoffe ich auf ein Wunder auf irgendeine Idee, die ihm noch einfällt und die ihn rettet.

»Luna, löse bitte vorsichtig deine Bremsen, damit du deinen Wagen sicher um die Kurve lenken kannst. Ich sag dir wann.« Er ist unheimlich ruhig.

»Und du?«

»Wenn du die Bremsen löst, bekomme ich für einen Augenblick mehr Fahrt. Vielleicht löst das die blockierte Lenkung.«

Ich nicke.

»Luna?«

Oh Mist, wenn ich nichts sage, kann er mich nicht hören.

»Ja, Shamar, habe ich verstanden. Ich warte auf dein Kommando.«

Ich habe zwar noch nie gehört, dass Geschwindigkeit eine blockierte Lenkung lösen kann, aber er muss wissen, was er da sagt. Die Kurve kommt viel zu schnell auf mich zu.

»Jetzt Luna, jetzt!«

Laut schreit er mich an und ich gehorche automatisch. Meine Füße lösen sich vom Bremspedal, und mein Auto ruckelt um die Kurve. Durch das Telefon höre ich Shamar schreien.

Im Rückspiegel sehe ich den Cayenne als dunklen

Schatten quer hinter mir mit einem lauten Krachen durch die Leitplanke schießen.

Nein! Denke ich. Nein! Nein, das darf nicht sein. Mein Auto steht augenblicklich, nachdem der schwere Schub durch den Cayenne fehlt. Die Nacht ist rabenschwarz. Dort, wo soeben noch die Lichter von Shamars Auto in meinen Rückspiegel leuchteten, ist es tief schwarz.

Unglaubliches Getöse von knirschenden, sich verformenden Metall, platzenden Fahrzeugscheiben und dem hell kreischenden Geräusch, des Metalls, welches über Felsen schlittert, während der Wagen in die Tiefe stürzt. Dann ein ohrenbetäubender Knall und wenige Sekunden später eine Explosion, deren Feuerschein die Felsen und das Teilstück der Straße hell erleuchten.

Die danach folgende Stille dehnt sich genauso wie die Schwärze ohne Zeit und ohne Grenzen in jede Richtung aus.

Wir haben es nicht geschafft. Shamar ist tot. Ich sitze in dem völlig verbeulten Auto und sehe auf meinen Ring, der wie silbernes Feuer im Dunklen leuchtet. Dann beginne ich zu schreien, völlig hysterisch und ohne Ende. Ich kann nicht mehr damit aufhören.

Wie geht es weiter mit Luna und Shamar?

Das erfahren Sie im letzten Teil der Trilogie

Texas Knight – Houston Heat

Ein Attentat, welches Shamar und Luna gilt, überlebt Shamar durch Lunas Eingreifen nur knapp. Kaum ist Shamar von seinen Verletzungen genesen, heiraten die beiden. Doch der unbekannte Angreifer gibt nicht auf. Er fokussiert sich auf die inzwischen schwangere Luna. Auch Sabah, Shamars Ex-Verlobte wird von ihm bedroht. Sehr zu Lunas Leidwesen sucht Sabah Schutz bei Shamar. Während Shamar an ein Hilfeersuchen seiner Ex-Verlobten glaubt, versucht diese, unter allen Umständen, Luna auszubooten. Da schlägt der Angreifer erneut zu und Luna wird Opfer einer Entführung.

ÜBER DIE AUTORIN

M.C. Steinweg ist verheiratet und lebt mit ihrem Mann im Herzen des Ruhrgebietes. Sie arbeitet als Angestellte in einem international tätigen Unternehmen. In ihrer Freizeit treibt sie gerne Sport und geht mit ihrem Mann so oft, wie möglich, auf Reisen. Zu ihren Lieblingsautoren gehören J.D. Robb, J.R. Ward und Tess Gerritsen.

Aus einem Impuls heraus, entstand im Laufe von mehreren Monaten die Texas Knight Reihe als reine Freizeitbeschäftigung. Das Erstlingswerk besteht aus einer Serie von drei Büchern, die binnen kürzester Zeit die vordersten Ränge der Bestseller Liste belegten.

Liebe Leserinnen und Leser,

an dieser Stelle noch eine Bitte in eigener Sache: Wenn euch mein Buch gefallen hat, dann schreibt mir eine kleine Lobeshymne als Rezension bei Amazon oder dem Händler, über den ihr das Buch erworben habt. Hat es euch nicht so gut gefallen, schreibt mir eine E-Mail, denn für euch schreibe ich meine Geschichten, deshalb freue ich mich über eure konstruktive Kritik. Ihr erreicht mich unter: **m.c.steinweg@googlemail.com** Natürlich könnt ihr mir auch schreiben, wenn ihr Fragen habt oder mir einfach ein paar persönliche Zeilen zukommen lassen wollt. Wenn ich eure Kommentare verwenden darf, dann sagt es mir bitte, ansonsten bleibt alles unter uns.

Als selbstpublizierende Autorin, trage ich das finanzielle Risiko einer Veröffentlichung selbst. Bitte achtet aus diesem Grund meine Urheberrechte und verteilt das Buch nicht im Internet.

Wenn ihr mehr über meine Bücher oder aktuelle Projekte wissen wollt, so schaut einfach in mein Facebook-Profil oder schreibt mir.

Vielen Dank

M.C. Steinweg

Folgende eBooks und Taschenbücher sind bisher von M.C. Steinweg erschienen:

Texas Knight Trilogie:

Texas Knight - Desert Dream (Teil 1)
Texas Knight – Munich Calling (Teil 2)
Texas Knight – Houston Heat (Teil 3)

Safe! – Romantic Crime Story

Zur Zeit in Vorbereitung befindet sich ein vierter Teil der Texas Knight Story, der unabhängig von der Trilogie gelesen werden kann. Er wird ab September/Oktober 2014 unter dem Titel

Texas Knight – California Fiction

erhältlich sein.

Charlene, Shamars kleine Schwester findet ihr Glück in der Liebe. Natürlich auf Umwegen …

M.C. Steinweg – Safe!

Evelyn Dexter ist 27 Jahre alt und arbeitet als Biochemikerin in einem Labor eines kleineren Pharmaunternehmens. Innerhalb ihrer neuesten Forschungsreihe, entdeckt sie ein vielversprechendes Heilmittel gegen die Alzheimer Krankheit. Ihr Kollege Andreas Keller berichtet dem Firmenvorstand ausführlich darüber. Wenige Tage später wird das Labor, in dem Evelyn und Andreas arbeiten, überfallen.

Andreas überlebt den Überfall nicht, doch Evelyn kann über die Feuertreppe fliehen. Sie findet ihre Wohnung aufgebrochen und durchwühlt vor, ihr Handy funktioniert nicht mehr und die Verbrecher sind ihr dicht auf den Fersen. In ihrer Not entschließt sie sich spontan dazu, einen Ferienflieger zu besteigen. Sie landet in einem Hotel im Süden von Gran Canaria.

Dort trifft sie auf Marcus Whitburn. Sie weiß nicht, dass er als Agent für den GCHQ arbeitet. Marc verbringt in der Ferienanlage ein paar freie Tage, nachdem er einen Auftrag in Las Palmas erledigt hat. Zwischen den beiden entwickelt sich eine ungeheure Anziehungskraft. Gerade als sie sich näher kommen, findet Evelyn ihr Hotelzimmer durchwühlt vor. Mit Marcs Hilfe flieht sie erneut. Die Flucht führt über eine sichere Unterkunft, die als Jagdhütte in den Bergen Gran Canarias getarnt ist, über ein Kreuzfahrtschiff, wieder zurück nach Deutschland.

In Hamburg übernimmt der BND die Verantwortung für Evelyns Sicherheit. Marc und Eves Wege trennen sich. Doch die Organisation, die hinter der Formel her ist, ist gut vernetzt. Plötzlich ist ihre sichere Unterkunft nicht mehr sicher.

Kann Eve den Verbrechern entfliehen? Gibt es für sie und Marc eine Zukunft?

Durch die Beschreibung expliziter erotischer Szenen ist dieser Roman nur für volljährige Leser geeignet.

3512989R00180

Printed in Germany
by Amazon Distribution
GmbH, Leipzig